Rebecca Wait · Meine bessere Schwester

Rebecca Wait

Meine bessere Schwester

Roman

Aus dem Englischen von
Anna-Christin Kramer

KEIN & ABER

Ebenfalls von Rebecca Wait:
Das Vermächtnis unsrer Väter
Kopfüber zurück

Die Zitate aus den Werken von William Shakespeare folgen den Übersetzungen von August Wilhelm Schlegel.

Die Originalausgabe erschien 2022 unter dem Titel *I'm Sorry You Feel That Way* bei riverrun, ein Imprint von Quercus Editions Limited, London

Deutsche Erstausgabe

Cover: Andrew Smith/Maurice Ettlin
Satz: Dörlemann Satz, Lemförde
Druck und Bindung: GGP Media GmbH, Pößneck
ISBN 978-3-0369-5882-8
Auch als eBook erhältlich

www.keinundaber.ch

Für Chris und Iris

I

2018

Alles in allem gehen sie gern auf Beerdigungen. Michael hat einen Sinn fürs Zeremonielle, Hanna erfreut sich am Drama, und Alice mag es, wenn Menschen dafür zusammenkommen. Ihrer Mutter geben Beerdigungen ein Gefühl des Triumphes.

Heute ist Alice früh dran und wartet am Eingang des Krematoriums auf die Gäste. Das ist ihre Rolle im Leben – früh dran sein, genauso wie es Hannas ist, zu spät zu kommen (oder gar nicht erst aufzutauchen, oder genau dann, wenn sie nicht sollte).

»Es wäre netter, wenn du draußen warten würdest«, sagt ihre Mutter.

»Aber es regnet.«

»Wir sind hier bei einer Beerdigung, Alice«, erwidert ihre Mutter, als müsste sie sich deswegen nass regnen lassen.

Aber da ihre Mutter keine Anstalten gemacht hat, mit ihr im Regen zu warten, und außerdem sowieso verschwunden ist, bleibt Alice im überheizten Eingangsbereich stehen, in dem es nach Desinfektionsmittel und feuchter Wolle und etwas anderem, unbestimmt

Durchdringlichem riecht. Alice hofft inständig, dass es nicht der Geruch des Todes ist.

Sie hat ihrer Mutter bei den Vorbereitungen geholfen, so lautet zumindest die offizielle Version. In Wirklichkeit hat sie das meiste allein erledigt, Bestattungsunternehmen kontaktiert, gemeinsam mit dem Redner den Ablauf der Trauerfeier geplant (komisch, dass man unter diesen Umständen von einer Feier spricht, denkt Alice) und die Räumlichkeiten des nahe gelegenen Working Men's Clubs für den anschließenden Trauerkaffee reserviert. Die Auswahl des Büfetts hat ihr am meisten Kopfzerbrechen bereitet, da sie nicht einschätzen konnte, wie viele Gäste kommen würden. Vor ein paar Wochen hatte sie einen ganzen Samstag lang im alten Haus die Unterlagen ihrer Tante durchgesehen und ein paar Adressen gefunden (manche davon ohne Namen), an die sie Trauerkarten verschickte. Außerdem entdeckte sie einige Telefonnummern und hinterließ Nachrichten, unterhielt sich mit einem sehr netten Mann, der behauptete, ihrer Tante nie begegnet zu sein, und einer weniger netten Frau, die sie erst anraunzte und dann abrupt auflegte. Ein paar Nachbarn ihrer Tante haben zugesagt, ältere Herrschaften, die schon lange vor dem Tod ihrer Großeltern in der Straße wohnten.

Der Sarg ihrer Tante steht bereits vorne in der Kapelle. Alices Mutter war dagegen, ihn feierlich hereintragen zu lassen. »Das ist ein unnötiger Aufriss«, meinte sie. »Was ist, wenn sie den Sarg fallen lassen?«

»Sie lassen ihn bestimmt nicht fallen«, erwiderte Alice.

»Sei dir da mal nicht so sicher. Richtig leicht war deine Tante nicht.«

Alice, immer bemüht, ihre Tante zu lieben, geht nicht weiter auf den Kommentar ein.

Die ersten Autos rollen auf den Parkplatz. Durch das regennasse Türfenster beobachtet Alice die Leute beim Aussteigen und spürt, wie ihr stellvertretend das Herz in die Hose rutscht – ihr altes Ankunftsproblem. Wenn sie als Kind zum Spielen (oder noch schlimmer, zu einer Feier) zu einer Freundin oder zu ihren Großeltern gebracht wurde, wuchs die Nervosität jedes Mal kribbelnd und unerbittlich an, und wenn der Motor abgestellt wurde, sackte ihr der Magen in die Kniekehlen (Hanna dagegen schritt munter voran und drehte sich kein einziges Mal um). Die Verabredung an sich verlief dann meistens problemlos, machte manchmal sogar Spaß. Die Kluft zwischen Abwesenheit und Anwesenheit bei einer sozialen Verpflichtung ist Alice schon immer massiv erschienen, muss jedoch irgendwie innerhalb weniger Sekunden überwunden werden.

Alice entdeckt unter den Ankömmlingen keine Spur von Hanna. Sie zieht die schwere Holztür auf und begrüßt zwei ältere Damen, Nachbarinnen ihrer Tante. Mrs Linden und Mrs Jackson, die Namen fallen ihr gerade noch rechtzeitig ein. Sie tauschen sich kurz über das schlechte Wetter aus, dann wendet sich Alice dem Mann zu, der nach den beiden hereingekommen ist. Er ist sehr dünn, hat sich das schüttere Haar über den Kopf gekämmt und trägt eine hellbraune, mit Regentropfen gesprenkelte Wildlederweste.

»Ich war ein naher Freund von ihr«, sagt er und schüttelt Alice die Hand. Er betont das Wort »nah« auf leicht verstörende Weise.

»Wie schön«, erwidert sie. »Woher kannten Sie sich?«

Er schaut sich kurz um, als könnte sie jemand belauschen. »Von hier und dort.«

Diese Antwort scheint nicht auf Nachfragen ausgelegt. »Kannten Sie sich lange?«, versucht es Alice stattdessen.

»Na ja. Wie man es nimmt.«

Die Unterhaltung fällt Alice zunehmend schwer, doch zu ihrer Erleichterung tritt eine ihr unbekannte, ausladende Frau in einem dunkelblauen Glitzerblazer durch die Tür und ergreift ihre Hand. »Grüß dich, meine Liebe!«

»Hallo. Danke, dass Sie gekommen sind.«

»Aber natürlich. Schön, dich nach so langer Zeit endlich mal wiederzusehen.«

Das bereitet Alice Sorgen, da ihr die Frau nicht bekannt vorkommt. Sie starrt sie allerdings derart erwartungsvoll an, dass Alice sie nicht enttäuschen möchte, also erwidert sie schwach: »Ja, und wie. So nett, dass wir uns mal wiedersehen.«

»Wenn auch aus einem traurigen Anlass«, sagt die Frau.

Alice stimmt zu. Mrs Linden und Mrs Jackson sind inzwischen ein Stück weitergegangen, doch der nahe Freund steht immer noch neben ihr. Hoffentlich möchte er nicht vorgestellt werden. Plötzlich wird ihr klar, dass sie auch seinen Namen nicht kennt.

Sie wagt sich auf der Suche nach hilfreichen Informationen noch einmal an die Frau heran. »Wie war die Anreise?«

»Sehr leicht, Liebes«, antwortet die Frau. »Du weißt doch, dass wir direkt um die Ecke wohnen.« Eine Nachbarin, denkt Alice triumphierend.

Dann lächelt die Frau. »Schon komisch, wie ähnlich du ihm siehst. Ach, er wird uns wirklich fehlen.«

Langsam dämmert es Alice, dass hier ein Missverständnis vorliegt, doch sie weiß nicht, wie sie es am besten ansprechen soll.

»Fast schon unheimlich.« Die Frau mustert sie genauer. »Als stünde er vor mir. Du hast seine Augen. Und seine berühmte Nase! Sogar den gleichen Unterkiefer.«

Der Vergleich kommt Alice nicht gerade schmeichelhaft vor, und sie setzt an: »Wissen Sie, ich glaube –«

Doch die Frau unterbricht sie. »Ich gehe dann mal lieber Marjorie suchen. Sie hat mir geschrieben, dass sie mir einen Platz freihält, und du kennst sie ja.«

Alice bleibt mit dem westentragenden Freund ihrer Tante zurück. Die Demütigung ist umso schmerzhafter, da sie vor Zeugen geschah, und sie sucht nach einem beiläufig amüsierten Kommentar, mit dem sie die Situation abtun kann, doch der Mann kommt ihr zuvor. »Nette Dame. Wenn Sie nichts dagegen haben, suche ich mir dann auch mal einen Platz.«

Alice sieht ihm hinterher. Sie ist in eine Spirale aus Selbstvorwürfen gestürzt und verbringt die nächsten Minuten damit, das Gespräch mit der Dame im Blazer geistig zu rekonstruieren, um zu bestimmen, was sie anders hätte machen sollen. Die Wahrscheinlichkeit ist hoch, dass die peinliche Begegnung sie in Zukunft nachts heimsuchen wird.

Sie spürt jetzt, dass ihr zu warm ist, Schweiß sammelt sich in ihren Achselhöhlen und verdunkelt den dichten Stoff ihres Kleides. Das Kleid war ein Fehlkauf, Folge einer panischen Onlineaktion vor ein paar Tagen. Auf der Webseite hatte es elegant gewirkt, aber als Alice sich am Morgen im Spiegel betrachtete, sah es aus, als wäre sie in einen dunklen Sack gehüllt, eine Art mittelalterliches Büßergewand. Gleichzeitig ist der voluminöse Stoff unter den Armen zu eng, saugt ihren Schweiß auf und schränkt gleichzeitig den Bewegungsradius ihrer Arme ein.

Diese Anhäufung kleinerer Katastrophen nimmt sie derart in Anspruch, dass sie überhaupt nicht bemerkt, wie Hanna plötzlich hinter ihr auftaucht.

»Ich bin durch die andere Tür gekommen«, sagt Hanna, als Alice sich umdreht und sie entdeckt. »Wusstest du, dass da hinten noch eine Kapelle ist? Ich wäre beinahe auf der falschen Beerdigung gelandet.« Sie senkt die Stimme. »Und? Wo ist sie?«

»Vorne im Sarg. Wurde schon reingebracht.«

Hanna lacht auf. »Ich meinte unsere Mutter. Mach mir mal keine falschen Hoffnungen.«

»Weiß ich nicht. Wir sind zusammen gekommen, aber seitdem habe ich sie nicht mehr gesehen.«

»Wie ist sie heute drauf?«

»Ziemlich fröhlich.«

»Na toll.«

Alice steckt die Hände in die Taschen und umklammert die am Morgen strategisch platzierten Taschentücher. »War deine Anreise in Ordnung?«

»Ja. Lang eben.«

Beide schweigen.

Dann sagt Hanna: »Wusstest du, dass das hier unsere neunte Beerdigung ist? Für unsere Familie, meine ich.«

»Unmöglich.«

»Doch. Hör zu. Zwei Paar Großeltern. Großtante May. Die alte Mrs Mulligan von gegenüber, die uns nicht leiden konnte. Im Jahr darauf dann Mr Mulligan, weil wir auf der Beerdigung seiner Frau so gut ankamen.«

Alice nennt die letzte, damit Hanna es nicht tun muss. »Dad.«

»Siehst du?«, meint Hanna. »Ganz schön beachtlich. Bald kommen die Leute noch auf Ideen.«

Da entdeckt sie ihre Mutter, die gerade aus den Toiletten kommt.

»Bis später.« Sie verschwindet den Flur hinab.

»Bis dann«, sagt Alice.

Das war ihr erstes Gespräch seit vier Jahren.

Michael trifft als Letzter ein und tritt mit der Gravität eines Mannes durch den Haupteingang, der bedauerlicherweise durch wichtige Dinge aufgehalten wurde. Die meisten Gäste sitzen bereits in der Kapelle, nur Alice wartet noch auf Nachzügler. Insgesamt sind vier ältere Gäste aus der Nachbarschaft von Alices Tante aufgetaucht, die sie schon als Kind kannten, und vier aus ihrem Freundeskreis. Ein weiterer Mann und zwei Frauen (abzüglich der Dame im Blazer, die vermutlich den Weg in die richtige Kapelle gefunden hat). Sie scheinen einander nicht zu kennen. Wenn man Alice, ihre Mutter, Michael und Hanna mitzählt, kommt man insgesamt auf zwölf Trauergäste, und Alice wird klar, dass sie auf reichlich Sandwiches sitzen bleiben wird. Auch mit dem Wein hat sie es übertrieben; sie selbst trinkt nur selten und konnte schwer einschätzen, wie viel die anderen Gäste trinken würden. Außerdem hatte sie eine Riesenangst davor, jemand müsste auf dem Trockenen sitzen.

»Hanna ist da«, sagt sie, als Michael ihr einen Kuss auf die Wange gibt. In seinem dunklen Anzug wirkt er sehr elegant. Er ist zwar erst sechsunddreißig, ergraut aber schon an den Schläfen. Steht ihm gut, findet Alice.

»Ja.« Michael zuckt mit den Schultern. »Hat sie ja auch angekündigt.« Offensichtlich möchte er ihrer Schwester keine Zugeständnisse machen.

Anscheinend ist er allein gekommen, aber Alice hütet sich davor, ihn darauf anzusprechen. Wahrscheinlich ist es sowieso besser, dass seine Frau nicht dabei ist; am Ende würde sie sich noch wehklagend ins Grab werfen, ganz egal, ob sie die Verstorbene gekannt hatte oder nicht. Wobei es heute natürlich kein Grab gibt. Ob wohl schon mal jemand versucht hat, sich bei einer Einäscherung in den Ofen zu stürzen? Das würde sich wahrscheinlich eher schwierig gestalten, da man erst mal durch den Metalltunnel kriechen müsste. Sie unterbricht den Gedankengang, da er ihrer Schwägerin gegenüber unhöflich und gleichzeitig unpassend für eine Trauerfeier ist.

»Acht Leute sind da«, sagt sie zu Michael, um das Schweigen zu beenden. »Außer uns. Schön, dass so viele kommen wollten, oder?«

»Auch wenn ich nicht verstehe, weshalb.«

»Aber ich fürchte, ich habe zu viel Wein besorgt.«

»Wie viel hast du denn?«

»Vierundzwanzig Flaschen.«

»Um Gottes willen, Alice. Das hier ist eine Einäscherung, keine Orgie.«

»Ich weiß«, erwidert Alice kleinlaut. Michael hält sie schon lange für leichtsinnig, dabei kann sie sich diesen Ruf nicht im Ansatz erklären. Eigentlich gilt sie eher als zu ernst. Oft befürchtet sie, sie könnte eine Langweilerin sein.

»Wo ist Mum?«

»Erste Reihe. Wirkte ganz gut gelaunt.«

»Das wage ich zu bezweifeln«, erwidert Michael. »Immerhin sind wir bei einer Einäscherung.«

»Klar«, sagt Alice. »In Anbetracht der Umstände, meinte ich.« Sie hofft, sie klingt angemessen ernst. »Deine Anwesenheit ist ihr sicher ein großer Trost.«

Michael nickt. »Ich geh besser mal rein.« Er schaut auf die Uhr. »In sieben Minuten geht es los. Du kommst doch rechtzeitig dazu, oder?«

»Ich komme mit dir.«

»Gut.« Er schaut sie kurz an. »Ist das Kleid neu?«

»Ja«, antwortet Alice trotzig.

»Sieht schön aus. Ich bin ja kein Fan von diesem modernen Trend, auf Beerdigungen kein Schwarz zu tragen.«

Alice stimmt ihm zu, streicht sich über das Sackkleid und erfreut sich innerlich an seinem positiven Urteil.

Da kommt die Dame im dunkelblauen Blazer aus den Toiletten. Sie winkt Alice zu. »Bis gleich, Jeanie.«

»Alice?«, fragt Michael streng. »Hast du dir etwa einen neuen Spitznamen zugelegt?«

Nach der Trauerfeier ergießen sie sich in den schwachen Sonnenschein, dem der Regen Platz gemacht hat, und Alice sieht sich nach Hanna um, die während der Feier nicht bei ihnen, sondern in einer hinteren Reihe gesessen hat. Soweit Alice das überblicken kann, hat sie bislang weder mit ihrer Mutter noch mit Michael gesprochen. Jetzt macht Alice sich – womöglich unbegründete – Sorgen, dass ihre Schwester sich bereits davongemacht, sich ihnen erneut entzogen hat. Doch da entdeckt sie Hanna abseits der verstreuten Grüppchen. Alice wischt sich rasch über das Gesicht, um die Tränenspuren zu beseitigen.

Sie berührt Hanna am Arm. Sagt schüchtern: »Hallo.«

»Hi.« Hanna dreht sich zu ihr und verschränkt die Arme vor der Brust. »Nette Trauerfeier, oder?«

»Ja.«

»Hätte ihr bestimmt gefallen.« Dann korrigiert sie sich. »Wobei, ich habe keine Ahnung, was ihr gefallen hätte.«

Still denken sie an ihre Tante.

»Weißt du noch, als sie dich mit einem Messer bedroht hat?«, fragt Hanna.

»Ja«, erwidert Alice. »Ich kann mich lebhaft daran erinnern.«

»Ich war immer neidisch, dass das nicht mir passiert ist.«

»Bist du mit dem Auto da, oder sollen wir dich mitnehmen? Mum und ich fahren gleich vor, um alles fertig zu machen.«

»Danke, ich fahr bei Michael mit.«

Das macht Alice traurig. Wenn es eine tröstliche Konstante in ihrem Leben gegeben hatte, dann das Wissen, dass Hanna sie Michael vorzog, wenn auch nur geringfügig. Aber sie musste ja alles kaputt machen.

»Du bist in Jeans aufgekreuzt?«, hört sie Michael fragen.

Woraufhin Hanna erwidert: »Der Schein trügt. Ich trage ganz offensichtlich eine zeremonielle schwarze Robe. Kannst du mich zum Schmaus mitnehmen?«

Alice geht ihre Mutter suchen.

Ihre Mutter hält das Lenkrad fest umklammert. »Natürlich konnte deine Schwester mich nicht begrüßen. Natürlich wäre das zu viel verlangt.«

Alice betrachtet den Vorort, der grau am Fenster vorbeizieht. Zum Glück dauert die Fahrt zum Working Men's Club nicht lange. Das Auto kommt ihr eng und stickig vor, obwohl sie nur zu zweit sind. »Ist vielleicht nicht ganz so einfach auf einer Beerdigung, oder? Sie war sich wahrscheinlich unsicher.« Sie versucht, sich Hanna als unsicher vorzustellen. Unmöglich.

»Tut gerade so, als würde sie mich nicht kennen. Setzt sich in die letzte Reihe wie eine Fremde.«

Alice merkt, dass ihre Mutter sich in Rage redet. »Wahrscheinlich braucht sie einfach noch ein bisschen Zeit«, sagt sie zaghaft.

»Zeit? Sie hatte doch schon genug Zeit. Das ist mal wieder typisch.«

War es wirklich typisch? Alice ist sich nicht sicher. Ihr scheint, sie kennen sich in ihrer Familie nicht richtig gut. Jahrelang haben sie zusammen in einem Haus gewohnt und sich trotzdem nie kennengelernt. Stattdessen haben sie die Geschichten, die sie voneinander erzählen.

Im Working Men's Club angekommen, inspiziert ihre Mutter den Veranstaltungsraum, während Alice in die Küche geht, wo der Caterer gerade alles vorbereitet.

»Ah«, sagt er wie zu einer alten Freundin. Sie haben zwei Mal miteinander telefoniert. »Sie sind bestimmt Alice.«

Alice lächelt ihn dankbar an. »Sieht lecker aus.« Sie deutet auf die Sandwichplatten.

»Das sind bloß ganz einfache Sandwiches, Liebes. Kaffee und Tee habe ich schon nebenan aufgebaut.«

Für einen Trauerkaffee ist er seltsam vergnügt, was Alice ihm hoch anrechnet. Auf der Webseite ist sein Name als James angegeben, doch sie soll ihn Jimmy nennen, das findet sie rührend, macht sie aber gleichzeitig so befangen, dass sie ihn gar nicht erst mit Namen anredet.

Sie beschäftigt sich, indem sie mehrmals zum Auto geht, um Wein und Orangensaft hereinzuholen, während Jimmy die Platten zusammen mit Gläsern, Geschirr und Servietten in den Veranstaltungsraum bringt.

Ihre Mutter betritt die Küche. Sie mustert die Weinkisten auf der Arbeitsfläche. »Warum um alles in der Welt hast du so viel Wein gekauft?«

»Ich habe mich verschätzt.«

»Stell das bloß nicht alles raus.« Sie verschwindet wieder.

Jimmy, der das Ende dieses Austauschs gerade noch mitbekommen hat, zwinkert ihr zu. »Alkohol kann man nie genug haben«, sagt er. »Merken Sie sich das fürs Leben. Brauchen Sie sonst noch etwas?«

»Nein, vielen Dank«, erwidert Alice. »Sie waren eine Riesenhilfe.«

»Alles klar. Na dann, viel Glück.«

Er huscht geschäftig davon, und Alice kommt sich leicht beraubt vor, als hätte sie ihren einzigen Komplizen verloren.

Aber wo sind Hanna und Michael?

Die anderen Gäste treffen nach und nach ein, und Alice begrüßt sie am Eingang und weist den Weg zum Veranstaltungsraum, wo ihre Mutter mit monarchinnenhafter Feierlichkeit auf sie wartet. Die Nachbarinnen und Nachbarn kommen paarweise an, die vier Freundinnen und Freunde ihrer Tante separat in kurzer

Folge, wobei sie leicht verstohlen wirken. Doch von Hanna oder Michael ist keine Spur, und langsam wird Alice nervös. Sie bleibt noch kurz an der Tür stehen, dann kehrt sie ebenfalls in den Veranstaltungsraum zurück.

Die Gäste haben kleine Grüppchen gebildet. Der nahe Freund in der Weste unterhält sich mit einer anderen Freundin ihrer Tante, einer Frau mit rotem Lippenstift, die sich als Nicky vorgestellt hat. Der andere Freund ihrer Tante, Harry oder Henry (beide Namen waren unter den Trauerkartenempfängern gewesen, und obwohl er sich ihr vorgestellt hat, kann sie sich nicht mehr genau erinnern), ist nirgends zu sehen, und die letzte Freundin steht allein mit einem Glas Weißwein in einer Ecke, also gesellt Alice sich zu ihr.

Bei der Begrüßung am Krematorium hatte sie ihren Namen nicht genannt, und Alice kam nicht dazu, sich danach zu erkundigen. Sie ist ungefähr so alt wie ihre Mutter, Anfang sechzig vielleicht. Sie hat ein ziemlich strenges Gesicht, aber dafür kann sie ja nichts.

»Wie kommen Sie zurecht?«, fragt Alice.

»Womit?«, fragt die Frau ungeduldig.

Alice kommt sich dämlich vor. »Mit der Beerdigung.«

»Hab schon schlimmere gesehen.«

Die Frau nippt in der darauffolgenden Stille an ihrem Wein, und Alice wünscht ganz entgegen ihrer Natur, sie hätte selbst ein Glas in der Hand.

»Woher kannten Sie meine Tante?«, versucht sie es.

»Figürliches Zeichnen.«

»Ach ja?«, sagt Alice. »Wie interessant. Ich wusste gar nicht, dass meine Tante einen Zeichenkurs belegt hat.«

»Sie hat Modell gestanden.«

»Oh.«

»Sie werden da doch jetzt nicht prüde, oder?«

»Nein, natürlich nicht.«

»Ist ein netter Nebenverdienst.«

»Glaube ich gern.«

»Ist ja wohl keine Sexarbeit, oder?«

»Nein«, erwidert Alice. »Natürlich nicht.« Und dann, um nicht als prüde abgestempelt zu werden, fügt sie hinzu: »Nicht, dass Sexarbeit verwerflich wäre.«

Darauf folgt eine längere Stille. Alice kann sich nicht erklären, wie sie innerhalb von einer Minute an diesen Punkt gelangt sind.

»Haben Sie Kinder?«, fragt die Frau plötzlich.

Alice schüttelt den Kopf. »Nein.«

»Verheiratet?«

»Nein.«

»Wie alt sind Sie denn?«

»Zweiunddreißig.« Alice kommt sich vor wie bei einem Verhör.

»Zweiunddreißig? Mein Gott, was würde ich nicht geben, um noch mal zweiunddreißig zu sein.« Sie betrachtet Alice. »Na dann. Genießen Sie es, solange Sie noch können.«

Sie klingt schwermütig, und Alice würde ihr am liebsten erklären, dass sie keiner von diesen Menschen ist, die denken, sie würden nie altern. Alice kann sich das bestens vorstellen. Neben dem Kind, das in ihr wohnt, verängstigt und verloren, lebt dort ihr älteres Ich und dringt mit jedem Tag ein bisschen näher an die Oberfläche. Jedenfalls ist es nicht so, als hätte sie einen Nutzen von ihrer Jugend. Ob dieses Wissen für die Frau wohl tröstlich wäre?

»Warten Sie trotzdem lieber nicht, bis es zu spät ist«, rät sie nun. »Ihre Generation denkt immer, sie könnte alles haben, aber dann wachen Sie eines Tages auf und sind alt, und es ist zu spät.«

Alice nickt. Sie wird immer nervöser wegen Hanna, und erneut wirft sie einen Blick in die Runde.

»Was ist, langweile ich Sie etwa?«

»Nein.« Alice ist von ihrem feindseligen Ton erschrocken. »Nein, ich suche bloß nach meiner Schwester. Sie sollte eigentlich hier sein, aber anscheinend hat sie es noch nicht geschafft.«

»Hat sich aus dem Staub gemacht, wie?« Der Frau scheint diese Idee zu gefallen.

»Hoffentlich nicht.« Ihr kommt ein neuer Gedanke: Hatten Hanna und Michael womöglich einen Autounfall?

In der Nähe bricht lautes Gelächter aus, und Alice und die Frau sehen sich reflexartig danach um: Es stammt vom Westenmann, der sich anscheinend bestens mit der Frau namens Nicky versteht. Er füllt ihnen am Getränketisch die Weingläser.

»Flirten auf einer Beerdigung«, bemerkt Alices Gesprächspartnerin. »Peinlicher geht es nicht mehr.«

Alice entdeckt den fehlenden zweiten Mann, Harry-oder-Henry, wie er gerade von den Toiletten zurückkommt, und fängt ihn einigermaßen verzweifelt ab.

»Kennen Sie sich?«, fragt sie. »Ich glaube, Sie waren beide mit meiner Tante befreundet.«

»Lydia«, stellt die Frau sich vor, ohne die Hand anzubieten.

»Hugh«, erwidert er.

Hugh ist Ende sechzig, wirkt sanft und schüchtern. Alice lässt die beiden mit schlechtem Gewissen allein. Wahrscheinlich ist er Lydia nicht gewachsen, aber lange kann sie sich darüber nicht sorgen, denn sie entdeckt Michael, der am anderen Ende des Raums mit ihrer Mutter spricht. Hanna ist nicht dabei.

Alice geht auf sie zu, doch bevor sie sich nach Hanna erkundigen kann, sagt Michael: »Alice, wusstest du, dass die vegetarischen Sandwiches auf der gleichen Platte liegen wie die mit Fleisch?«

»Oje«, sagt Alice. »Na ja, solange die Leute darauf achten, was sie sich in den Mund stecken, sollte es kein Problem sein.«

»Und wusstest du nicht, dass alles nach Ei schmeckt, wenn man die Eiersandwiches direkt neben die anderen legt?«

»Aber du magst Eiersandwiches doch«, entgegnet Alice. »Du hast eins in der Hand.«

»Darum geht es nicht. Schinkensandwiches mag ich auch gerne, aber nur, wenn sie nach Schinken schmecken und nicht nach Ei.«

»Vielleicht lege ich die mit Ei dann einfach auf eine andere Platte.«

»Dafür ist es jetzt auch zu spät.«

»Wo ist Hanna?«

»Woher soll ich das wissen?«, gibt er genervt zurück. »Bin ich etwa ihr Babysitter?«

»Ihr seid doch zusammen hergefahren, oder?«, fragt Alice nervös.

»Ach so, ja. Aber sie wollte erst noch ›ihren Kopf auslüften‹, seitdem habe ich sie nicht mehr gesehen.«

In seinem trockenen Tonfall klingt es, als wollte er Hanna irgendwelche Schandtaten unterstellen.

»Mir geht es übrigens gut«, schaltet sich ihre Mutter ein. »Danke der Nachfrage.«

»Tut mir leid, Mum«, sagt Alice. »Ich bin nicht ganz bei der Sache. Ist alles in Ordnung?«

»Geht so. Der Tag war nicht einfach. Und jetzt kommt auch noch Hanna mit ihrem Geltungsdrang dazu.«

»Das stimmt doch gar nicht«, erwidert Alice. Genau das Gegenteil scheint der Fall zu sein. Hanna ist so sehr in den Hintergrund getreten, dass sie komplett verschwunden ist.

Erneut schallendes Gelächter des Westenmanns. Alice dreht sich um und sieht, dass er mit Nicky im Schlepptau auf sie zukommt.

»Wunderschöne Feier.« Er hebt das Glas.

»Ja, das war ein richtig schöner Abschied.« An Nickys Schneidezähnen klebt Lippenstift. Die beiden wirken ein wenig neben der Spur.

Alice wirft einen Blick zum Getränketisch und muss zu ihrem Schreck feststellen, dass sechs der acht bereitgestellten Flaschen schon leer sind. Vermutlich ist das nicht allein den beiden geschuldet. Sie schaut sich um, und zum Glück haben noch andere Leute Weingläser in der Hand.

Zu niemand Bestimmten sagt Alices Mutter: »Die Sandwiches sind leider etwas trocken geraten.«

»Überhaupt nicht«, widerspricht der Westenmann. »Im Gegenteil, sie sind köstlich. Hervorragend.«

»Hoffentlich hat der Caterer sie nicht zu lange offen stehen gelassen«, fährt ihre Mutter fort. »Er wirkte recht unbekümmert.«

»Mir kam er sehr professionell vor«, entgegnet Alice.

»Ach, Alice, dir kommt doch jeder professionell vor.«

»Ich hole noch ein paar Flaschen«, weicht Alice aus. In Wirklichkeit will sie nach Hanna suchen.

Endlich findet sie ihre Schwester in der Küche. Sie sitzt mit baumelnden Beinen auf der Arbeitsfläche und trinkt ein Glas Wein.

»Hallo!« Alice klingt überschwänglicher als geplant.

»Nach der Fahrt musste ich erst mal was trinken«, sagt Hanna. »Michael ist mit den Jahren auch nicht erträglicher geworden.«

»Heute ist er ganz schön nervig«, stimmt Alice treulos zu. Hanna lächelt kurz, was den Betrug rechtfertigt. Alice geht zu den Weinkisten. Ob sie sich wohl in London treffen könnten, bevor sie wieder abreist? Ob sie sich auf einen Kaffee oder einen Drink einlassen würde, damit sie endlich alles klären könnten? An schlechten Tagen hat sie furchtbare Angst davor, Hanna würde ihr nie verzeihen und sie müsste ihr Leben ohne sie verbringen.

»Wie lange bleibst du?«, fragt sie bemüht beiläufig.

»Was meinst du?«

»Wann fliegst du wieder zurück?«

Ohne ihr in die Augen zu schauen, erwidert Hanna: »Gar nicht.« Als Alice nicht darauf antwortet, fügt sie hinzu: »Meintest du wirklich, ich wäre nur hierfür zurückgekommen?«

Alice schüttelt den Kopf, dabei war sie tatsächlich davon ausgegangen.

Hanna lacht. »Ich reise doch keine sechstausend Meilen für jemanden, den ich kaum kannte. Also wirklich, Alice. Das wäre doch eher dein Ding.«

Das mag sein, bloß kann Alice sich nicht vorstellen, wie sie es überhaupt in sechstausend Meilen Entfernung verschlagen sollte. »Du bist wieder zu Hause? Für immer?«

»In England«, berichtigt Hanna sie sanft. »Fürs Erste.«

»Und was ist mit deiner Arbeit?«

»Ich habe eine Stelle beim Außenministerium in London bekommen.«

»Wie toll«, sagt Alice. »Was für wunderbare Neuigkeiten. Und wo wohnst du dann?«

»Weiß ich noch nicht. Ich muss mir eine Wohnung –«

»Wenn du willst, kannst du bei mir unterkommen«,

fällt Alice ihr ins Wort. »Meine Mitbewohnerinnen haben bestimmt nichts dagegen. Du könntest auf dem Sofa schlafen. Oder in meinem Bett, und ich gehe aufs Sofa. Ich wohne in Clapham, weißt du noch? Super Anschluss. Du könntest mit der Northern Line bis nach Embankment oder Waterloo fahren und von dort zu Fuß gehen.«

»Danke«, erwidert Hanna knapp. »Ich komme schon klar.«

Alice schweigt. Sie wollte zu viel, zu schnell, und sie weiß es.

Hanna gleitet anmutig von der Arbeitsfläche, ohne ihren Wein zu vergießen. »Ich gehe dann mal zu Mum. Kann es wahrscheinlich nicht ewig aufschieben.«

»Sie ist heute ein bisschen …«

»Ein bisschen wie immer. Da muss ich durch.«

»Wenn du dir da mal nicht dein eigenes Grab schaufelst«, scherzt Alice.

Hanna verschwindet, und Alice wartet kurz, um sich zu sammeln. Dann bringt sie die Weinkiste in den Veranstaltungsraum, stellt frische Flaschen auf den Getränketisch und räumt die leeren zurück in die Kiste.

Hanna steht bei ihrer Mutter, Nicky und dem Westenmann. Die alte Mrs Linden gesellt sich eben dazu. Schlau von Hanna, sich ihrer Mutter hier zu stellen. Vor Zeugen.

»Jetzt mach mal halblang.« Michael ist wie aus dem Nichts neben ihr aufgetaucht. »Brauchen wir wirklich noch mal sechs Flaschen? Der Kerl da drüben hat jedenfalls schon genug intus.«

Alice folgt Michaels Blick. Der Westenmann redet auf Hanna ein und gestikuliert dabei mit seinem Weinglas. Hanna nickt und scheint sich ein Lachen zu verkneifen. Beim Anblick ihrer Schwester schwillt Alice vor Glück die Brust.

»Ist doch schön, dass die Leute so entspannt sind«, sagt sie zu Michael. Hanna ist wieder zu Hause, würde sie am liebsten verkünden. Hanna ist endlich wieder da. Doch die Information ist noch zu neu, zu wertvoll, um sie zur Diskussion zu stellen.

»Auf mich wirkt er ein bisschen zu entspannt«, meint Michael.

»Ach, so daneben ist er doch gar nicht.«

»Eben meinte er zu mir, ich sähe aus wie ein Anwalt.«

»Na ja, du bist ja auch einer.«

»Es war nicht als Kompliment gemeint.«

Alice bringt die Kiste wieder in die Küche und holt eine Platte mit Schokokeksen. Es sind zwar noch reichlich Sandwiches da, aber die Gäste könnten jetzt sicher etwas Süßes vertragen.

Sie dreht eine Runde durch den Raum, um sicherzugehen, dass alle versorgt sind, insbesondere die älteren Herrschaften. Die reizbare Frau namens Lydia unterhält sich immer noch mit dem sanftmütigen Hugh.

Alice gesellt sich zu den Nachbarinnen Mrs Jackson und Mr Blight, die zusammen Tee trinken und sich leise unterhalten.

»Vielen Dank, dass Sie gekommen sind«, sagt sie.

»Aber natürlich, Liebes«, erwidert Mrs Jackson. »Früher war sie mal ein wirklich reizendes Kind.«

Das kann Alice sich nur schwer vorstellen, und das macht sie traurig.

»Tragische Geschichte«, stimmt Mr Blight zu. »Für die ganze Familie.«

Alice nickt. Vor ihrem inneren Auge sieht sie ihre nervösen, verblassten Großeltern. Die kalte, unbewegliche Miene ihrer Mutter. Dann denkt sie an Hanna, deren Leben schwieriger war, als es hätte sein sollen.

»Hanna ist ihr wie aus dem Gesicht geschnitten«, fährt Mrs Jackson fort. »Die schönen blonden Haare. Katy war in ihrer Jugend unglaublich hübsch, das hat Hanna von ihr geerbt.«

»Aber merkwürdig«, meint Mr Blight. »Ihr zwei seht euch überhaupt nicht ähnlich, obwohl ihr Zwillinge seid. Du bist viel dunkler.«

»Hanna ist wunderschön, genau wie Katy damals«, sagt Mrs Jackson.

»Du siehst ihr gar nicht ähnlich«, wiederholt Mr Blight. »Im Grunde das genaue Gegenteil.«

Kein guter Tag für ihr Selbstwertgefühl. »Kann ich Ihnen noch irgendetwas anbieten?«, fragt sie. »Noch ein Sandwich vielleicht, oder ein paar Kekse?«

Nachdem sie ihnen jeweils mehrere Schokokekse auf einem Teller gebracht hat, fühlt sie sich endlich Hanna und ihrer Mutter gewachsen. Mrs Linden und der Westenmann stehen immer noch bei ihnen, nur Nicky ist weitergezogen.

»Gerade habe ich zu Ihrer Mutter gesagt, was es für

ein Geschenk ist, an so einem Tag von seinen Kindern umgeben zu sein«, sagt der Westenmann zu Alice. Der Gedanke scheint ihm Tränen in die Augen zu treiben.

Alice nickt lächelnd. Ihre Mutter scheint es nicht eilig zu haben, ihm beizupflichten. Kurz trifft Hannas Blick auf ihren. Hanna schaut schnell wieder weg, doch Alice hat ihr die Belustigung angesehen. Es versetzt ihr einen Kitzel, dass sie ausnahmsweise einer Meinung sind.

»Ich selbst habe ja keine Kinder«, verkündet der Westenmann.

»Ach ja?«, fragt Mrs Linden. »Wie schade.«

»Das muss man auch wollen«, meint Alices Mutter.

»Ich konnte keine bekommen.«

»Oh, das tut mir leid«, sagt Alice. Sie ist nicht ganz bei der Sache, da sich Hanna murmelnd entschuldigt und von der Gruppe entfernt hat. Wo will sie hin?

»Es hat nicht sollen sein«, erwidert der Westenmann.

»Ja, manchmal ist das eben so«, stimmt Alice zu. Sie will nicht unhöflich sein und zwingt sich, ihm aufmerksam zuzuhören. Er wirkt deutlich betrunken und fängt langsam an zu lallen.

»Ist ja nicht so, als hätte ich es nicht versucht«, sagt er.

»Oje«, sagt Alice. »Das tut mir leid.«

»Das kommt öfter vor«, meint Mrs Linden. »Wirklich schade.«

Der Mann seufzt. »Der Geist war willig.«

Niemandem fällt eine passende Antwort ein.

»Es lag am Fleisch.« Er beugt sich vertraulich zu

Alice, in der er das meiste Mitgefühl vermutet. »Das Fleisch war schwach.«

Alice spürt, wie ihr die Hitze ins Gesicht steigt. Sie meidet die Blicke ihrer Mutter und Mrs Lindens. »Das tut mir sehr leid.«

Er trinkt einen großen Schluck. »So ist das eben. Man tut, was man kann.«

»Richtig.«

Eine Stille entsteht, und Alice ist erleichtert, dass er das Thema anscheinend abgehakt hat, doch dann fährt er fort: »Manchmal reicht es einfach nicht. Das ist das Problem. Wenn es darauf ankommt, ist man der Situation nicht gewachsen.«

Alice ist wie erstarrt, ihr fehlen die Worte.

»Alice«, sagt ihre Mutter scharf. »Erzähl Mrs Linden doch mal von dem Sponsorenlauf, den ihr auf der Arbeit gemacht habt.«

»Wir haben an einem Sponsorenlauf –«, setzt Alice an.

»Die verstehen einfach nicht, wie nervös sie einen machen, das ist das Problem«, fällt der Mann ihr ins Wort. »Dieser Blick, den sie aufsetzen.« Er leert sein Glas und starrt ins Nichts. »Für die ist es ja einfach. Müssen ja bloß daliegen.«

»Möchten Sie vielleicht einen Tee?«, platzt es aus Alice.

Erschrocken schaut er sie an. Er scheint kurz zu überlegen, dann sagt er: »Ja, das wäre sehr nett. Danke.« Gehorsam wie ein Kind folgt er ihr ans Büfett und wartet geduldig, während sie ihm vorsichtig sein Weinglas abnimmt und ihm stattdessen einen Tee mit Milch reicht.

»Bitte sehr«, sagt sie.

Er trinkt langsam davon.

»Nehmen Sie sich einen Keks.« Alice hält ihm die Platte hin.

Michael steht am anderen Ende des Büfetts und kaut schlecht gelaunt auf einem Schinkensandwich herum. Er mustert den Westenmann, dann wirft er Alice einen missbilligenden Blick zu, er hat es ihr doch gesagt.

»Ich gehe mal an die frische Luft.« Mit der Teetasse in der Hand schwankt der Mann zur Tür.

Michael kommt zu ihr. »Wieso hast du ihn so viel trinken lassen?«

»Dafür kann ich doch nichts. Außerdem ist er gar nicht so betrunken.«

»Er kann kaum noch geradeaus laufen.« Michael sieht dem Mann hinterher. Erneut beißt er in sein Sandwich, kaut, schüttelt den Kopf. Eher traurig als wütend stellt er fest: »Schmeckt nach Ei.«

»So schön, dass Hanna hier ist«, sagt Alice. »Findest du nicht? Ich habe ja erst geglaubt, dass sie wirklich kommt, als ich sie gesehen habe.«

Michael zuckt mit den Schultern. »Hanna macht, was sie will. War schon immer so.«

»Und sie ist wieder zu Hause.« Alice kann nicht länger an sich halten. »Sie zieht wieder her.«

»Dann können wir sie wenigstens ordentlich im Blick behalten. Aufpassen, dass sie nicht entgleist.«

»Macht sie schon nicht«, erwidert Alice genervt.

Er wirkt nicht überzeugt.

»Hauptsache, wir sind alle wieder zusammen«, sagt Alice. »Endlich.«

»Bis auf Dad«, bemerkt Michael trocken. »Der ist tot.« Diese Tatsache verkündet er völlig emotionslos, und Alice, die im Zweifel immer tröstlich reagiert, weiß nicht, wie sie reagieren soll.

Sie werden von einer Gabel unterbrochen, die an ein Weinglas schlägt. Das Gemurmel verstummt, und Alice sieht sich nach dem Verursacher des Geräuschs um. Entsetzt stellt sie fest, dass es sich dabei um den Westenmann handelt, der es anscheinend nicht an die frische Luft geschafft hat und stattdessen auf einen Stuhl mitten im Raum gestiegen ist. Sein Weinglas ist voll.

»Zeit für ein paar Worte«, erklärt er mit der übertrieben deutlichen Aussprache der Sturzbetrunkenen. »Im Gedenken an die Verstorbene.«

»Was macht er da?«, zischt Michael.

»Er hält eine Rede«, flüstert sie.

»Das sehe ich selbst, Alice.«

Jetzt, da sämtliche Blicke auf ihn gerichtet sind, scheint der Mann verunsichert. Alice sieht, wie ihm ein panischer Schatten über das Gesicht huscht. Hoffentlich wird er sich auf ein paar tröstliche Plattitüden beschränken, ihre Tante habe ein erfülltes Leben gehabt, werde schmerzlich vermisst und so weiter, und die Ansprache damit beenden. Dann müsste sich wenigstens keiner unnötig lange schämen.

Leider entscheidet der Mann sich im Griff des Lampenfiebers für einen anderen Weg. »Mitbürger! Freunde!

Römer! Hört mich an.« Diese Eröffnung scheint ihm Mut zu verleihen. »Begraben will ich Cäsarn, nicht ihn preisen.« Er schwankt leicht auf dem Stuhl.

»Alice, halt ihn auf«, raunt Michael.

»Aber wie?« Alice schaut sich verstohlen um. Die meisten Gäste wirken verwirrt, nur ihre Mutter sieht angespannt aus.

Michael schreitet selbst zur Tat und räuspert sich. »Danke, aber wir haben keine Ansprachen vorgesehen.«

Der Westenmann will ihn mit einer Geste zum Schweigen bringen. »Was Menschen Übles tun, das überlebt sie.«

»Das hier ist wirklich nicht der passende Rahmen«, sagt Michael. Er schaut zu ihrer Mutter.

»Das Gute wird mit ihnen oft begraben.«

»Das reicht.«

»So sei es auch mit Cäsarn!« Der Mann schwingt den Arm in einer ausladenden Geste, wobei er Hugh, der dummerweise in der Nähe steht, seinen Wein übergießt.

»Gut.« Michael tritt einen Schritt näher. »Jetzt reicht es. Bitte kommen Sie da runter.«

Alice fragt sich kurz, ob er ihn wohl festnehmen will.

Der Westenmann sieht ihn an. »Sie, mein Herr, sind ein furchtbar unhöflicher Kerl. Zwischenrufer werden hier nicht toleriert. Bitte schweigen Sie, sonst lasse ich Sie an den Ohren rausschleifen.«

»Verdammt noch mal«, schimpft Michael, ist allerdings verunsichert und rührt sich nicht von der Stelle.

Anscheinend will er den Mann nicht mit körperlicher Gewalt von seinem Podest zerren. Sie weiß, dass sie ihm helfen sollte – Zornesröte ist ihm ins Gesicht gestiegen –, doch sie ist wie gelähmt. Sonst scheint auch niemand eingreifen zu wollen. Die Gäste schauen sämtlich betreten zu Boden, bis auf Lydia, die den Redner mit sichtlicher Freude betrachtet. Alices Mutter starrt aus dem Fenster, als hätte sie nichts mit dieser lächerlichen Situation zu tun. Sie scheint sich in Nachsicht zu üben, doch Alice kennt sie schon zu lange, um dem Braten zu trauen.

Der Westenmann schaut leicht benommen von Michael zu seinem restlichen Publikum. »Wo war ich stehen geblieben?«

»So sei es auch mit Cäsarn«, hilft Lydia ihm aus.

»Ach, genau. So sei es auch mit Cäsarn.«

Er hält inne, und kurz hofft Alice, damit wäre er fertig, doch er holt lediglich tief Luft.

»Der edle Brutus hat euch gesagt, dass er voll Herrschsucht war!« Erneut schwenkt er den Arm, und diesmal rutscht ihm das Weinglas aus der Hand, verfehlt Hugh nur knapp und zerspringt auf dem Boden. Der Westenmann hält überrascht inne.

Alice entdeckt Hanna im Flur zur Küche. Wie so oft ist ihre Miene undurchdringlich, doch als sie Alices Blick bemerkt, zwinkert sie ihr zu. Alice weiß nicht, wie sie das deuten soll.

Der Westenmann schüttelt vorwurfsvoll den Kopf in Richtung Hugh, als wäre dieser für das Wurfgeschoss verantwortlich, dann fährt er fort: »Und war er das, so wars ein schwer Vergehen, und schwer hat Cäsar auch dafür gebüßt. Hier, mit des Brutus Willen und der andern …« Er legt eine bedeutungsschwangere Pause ein. »Denn Brutus ist ein *ehrenwerter Mann.*« Er bedenkt Michael mit einem spitzen Blick.

»Das ist alles deine Schuld, Alice«, murmelt Michael.

»Das sind sie alle, alle ehrenwert.« Mit einer spöttischen Handbewegung bezeichnet er die versammelten Gäste. Mit fortschreitender Rede scheint sich seine Laune verschlechtert zu haben, vielleicht wegen Michaels Unterbrechung. Nach einer weiteren effekthascherischen Pause flüstert er deutlich hörbar: »Komm ich, bei Cäsars Leichenzug zu reden.«

Um Gottes willen, denkt Alice. War das etwa nur die Eröffnung?

»Sie machen sich und uns alle lächerlich.« Michael hat sich anscheinend wieder gefangen. »Kommen Sie bitte sofort da runter.«

»Ich lasse mir nicht den Mund verbieten!«, blafft er Michael an. Offenbar ist er jetzt in Fahrt geraten. »Sie, mein Herr, sind ein ehrloser Mann. Das Erste, was wir tun müssen, ist, dass wir alle Rechtsgelahrte umbringen. Ha! Nehmen Sie sich vor dem in Acht, meine Damen und Herren.« Er scheint sich in Rage zu reden. »Er bringt sie lebenslang hinter Gitter, der Richter frisst ihm aus der Hand. Richtig gehört! Er ist Richter, Geschworener und Henker in einem.«

»Ich praktiziere kein Strafrecht«, erklärt Michael würdevoll. »Ich bin Steuerrechtler im Unternehmensbereich.«

Leider gibt dieses Geständnis dem Redner den Rest. »Der Gipfel der Ehrlosigkeit!«, ruft er. »Die reinste Lasterhöhle ist das hier! Da kommt man rein und denkt, man wäre in Sicherheit, und im nächsten Moment wimmelt es von Steueranwälten! Ich wette, die ganze Sippe besteht aus Steueranwälten, und ihre Kumpanei noch dazu. Selbst die Dame da drüben« – er deutet auf die alte Mrs Linden – »ist wahrscheinlich Steueranwältin. Im Ruhestand, vielleicht«, räumt er ein. »Aber das macht es auch nicht besser. Dieser Herr ebenfalls.« (Er zeigt auf Mr Blight, der fassungslos den Kopf schüttelt.) Dann sieht er sich auf der Suche nach Inspiration im Raum um. »Dieser Mann«, erklärt er mit Blick auf Hugh, »ist vielleicht kein Steueranwalt. Vielleicht aber auch doch. Schwer zu sagen. Könnte sogar ein Buchhalter sein.«

Hugh starrt in sein Weinglas, als würde er sich am liebsten darin verkriechen.

»Und die da …« Der Westenmann zeigt auf Alice, die in Panikstarre verfällt. Doch der Mann bricht ab. »Nein, die ist in Ordnung. Hat mir einen Keks gegeben. Ist der einzige Lichtblick.«

Alice fühlt sich wider besseres Wissen geschmeichelt.

»Nein, an so einem Ort dürfen wir nicht achtlos werden«, sagt der Mann. »Wir sitzen in einem Schlangennest. Und eins noch!« Er wankt bedrohlich. »Hüten Sie sich vor den Sandwiches. Vorhin habe ich zwar das Gegenteil behauptet, aber die Dinger sind staubtrocken.« Er legt eine dramatische Pause ein. »Um ehrlich zu sein, ich weiß nicht mal, ob das Brot wirklich von heute ist.«

Er will gerade fortfahren, da bricht Hanna in stürmischen Applaus aus. »Bravo!«, ruft sie. »Wunderbar.«

Sie tritt auf den Mann zu und reicht ihm die Hand. »Was für ein Auftritt«, sagt sie. »Der reinste Genuss.«

Der Mann zögert benommen, dann ergreift er ihre Hand. Hanna hebt sie in die Höhe, und sie verbeugen sich gemeinsam. Dann hilft sie ihm vom Stuhl.

»Dann wollen wir Ihnen mal ein Glas Wasser holen«, sagt sie. »Die Stimmbänder ein bisschen beruhigen.« Die beiden verschwinden in der Küche.

Im Raum herrscht Schweigen.

Schließlich meldet sich Mrs Jackson zu Wort. »Ich fürchte, der Arme hat wohl ein bisschen zu viel getrunken.«

»Ich fand es eigentlich ganz gut«, sagt Lydia.

Danach löst sich die Versammlung rasch auf. Die älteren Herrschaften schauen auf die Uhr und verabschieden sich. Hugh und Nicky verlassen das Gebäude gemeinsam, und der Westenmann wird von Lydia zu einem Taxi geführt. An Alice gewandt sagt sie: »Ich passe auf, dass er nach Hause kommt.« Sie zögert kurz, dann fügt sie hinzu: »Ich bin mir nicht mal sicher, ob er Ihre Tante überhaupt kannte. Ich habe ihn gefragt, wie sie hieß, und er meinte, es wäre ihm vorübergehend entfallen, aber womöglich hätte ihr Name mit M angefangen.«

»Ach du je.« Gleich bricht sie noch in Tränen aus.

»Machen Sie sich nichts draus«, sagt Lydia. »Solche Sachen passieren auf Beerdigungen ständig.«

Tatsächlich?, denkt Alice.

Nachdem sich alle Gäste verabschiedet haben, überlässt Alice das Aufräumen im Veranstaltungsraum ihrer Mutter und Michael und macht sich auf die Suche nach Hanna. Sie wird in der Küche fündig, wo ihre Schwester Gläser spült.

»Wollte mich nützlich machen«, sagt sie.

»Lass nur. Ich kann das gerne machen.«

Ohne Einwand zuckt Hanna mit den Schultern und streift die Spülhandschuhe ab.

»Tolle Beerdigung hast du da organisiert«, sagt sie. »Hat echt Spaß gemacht.«

»Dieser Mann …«, setzt Alice verzweifelt an.

»Das war der absolute Höhepunkt. Kannst du den bitte auch für meine Beerdigung anheuern?«

»Sollen wir dich mit zurück nach London nehmen?«, fragt Alice. »Mum und ich sind in zwanzig Minuten fertig.«

»Schon gut, ich fahre mit Michael.«

»Der liegt dir dann die ganze Fahrt über mit den Vorteilen einer eigenen Immobilie in den Ohren.«

»Ich setz meine Kopfhörer auf.«

Sie schauen sich an. Alice will gerade noch etwas sagen, doch Hanna kommt ihr zuvor. »Na, dann gehe ich mal bei Mum meinen Kragen riskieren. Drück mir die Daumen.« Sie geht zur Tür. »Bis die Tage.« Und über die Schulter hinweg fügt sie noch hinzu: »Falls ich es überlebe, meine ich.«

»Viel Glück«, sagt Alice, aber Hanna ist schon verschwunden.

Alice und ihre Mutter räumen den Rest schweigend auf. Alice ist mit den Nuancen im Schweigen ihrer Mutter vertraut und weiß genau, welches man besser nicht bricht.

»Ich hoffe, du hast deine Lektion gelernt«, sagt ihre Mutter schließlich. »Das kommt davon, wenn man anderen Alkohol aufdrängt.«

»Ich habe doch niemandem etwas aufgedrängt«, entgegnet Alice.

»Was für ein Reinfall.«

»Tut mir leid«, sagt Alice. »Das war keine Absicht.«

»Bei dir ist auch nie irgendwas Absicht«, gibt ihre Mutter zurück. »Alles passiert einfach so.«

Alice denkt darüber nach. Die Aussage fasst ihr Leben niederschlagend trefflich zusammen.

»Die Trauerfeier hat den Gästen gefallen«, erwidert sie. »Und das Büfett kam auch gut an, abgesehen vom Wein.«

Ihre Mutter seufzt.

»Und die Trauerfeier ist doch das Wichtigste, oder?«

»Mag sein.«

»Und Hanna war da. Hanna ist wieder zu Hause.«

Darauf gibt ihre Mutter keine Antwort.

Nachdem die letzten Sandwiches eingepackt und Tassen und Gläser weggeräumt sind, schließt Alice ab und wirft den Schlüssel in den Briefkasten.

Im Auto sitzen sie schweigsam nebeneinander. Alice

spürt, wie sich die Last des Tages auf ihren Schultern ablegt.

»Das hätten wir geschafft«, sagt ihre Mutter. Das sagte sie auch immer am Weihnachtsmorgen, oft schon am frühen Nachmittag. *Das hätten wir geschafft. Nächstes Jahr dann wieder.* Alice erinnert sich noch genau daran, wie traurig sie das jedes Mal machte.

Alice schaut zu ihrer Mutter, die immer noch starr geradeaus blickt. Ihre Mutter trauert, ermahnt sie sich, auch wenn das nicht offensichtlich ist. Sie war schon immer schwer zu trösten.

»Ich glaube, ihr hätte es gefallen«, sagt Alice. »Das hoffe ich zumindest.« In den letzten Stunden hat sie kaum an ihre Tante gedacht, es ist einfach zu viel los gewesen. Jetzt gibt sie sich besonders viel Mühe dabei. »Was für eine traurige Geschichte«, bemerkt sie schließlich.

»Was?«

»Alles. Wie es für sie gelaufen ist.«

»So ist das im Leben«, erwidert ihre Mutter kurz angebunden.

»Aber vielleicht hatte sie nicht das Leben, das sie verdient hätte.«

»Kann schon sein.« Ihre Mutter lässt den Wagen an. »Aber wer hat das schon?«

2

Fahl und unscheinbar. Da ist Celia im Alter von acht Jahren, ungeliebt und unansehnlich. Sie hat eine Höckernase, und ihre Augen liegen einen Hauch zu tief, nur ihre Farbe – ein leuchtend klares Grün – sticht hervor. Ihr Teint ist ungesund gelblich. Manche Leute müssen erst in ihr Äußeres hineinwachsen, erklärt ihre Mutter, was Celia verwirrt, da sie mit acht noch nicht begriffen hat, dass sie nicht hübsch ist.

Ständig bekommt sie zu Ohren, wie schön ihre große Schwester Katy sei, nur zu Celias Aussehen herrscht Schweigen. Doch aus irgendeinem Grund hat Celia daraus noch keine Schlüsse gezogen. Es schadet natürlich nicht, dass Katy auf sehr offensichtliche Weise hübsch ist, goldblondes Haar und blaue Augen, goldschimmernde Haut wie eine Göttinnenstatue. Die Leute sind nicht besonders fantasievoll, hat Celia festgestellt, und sehen fast immer nur das Offensichtliche, nicht das Interessante.

Celia ist ein stilles, wachsames Kind und macht ihre Lehrer nervös. Sie lacht nur selten.

»Sie neigt zu Extremen«, schreibt ihre Klassenlehrerin ins Zeugnis.

Celia hält das für ein Kompliment.

Selbst als sie auf dem Spielplatz die Berufe ihrer zukünftigen Ehemänner diskutieren, fällt der Groschen nicht. Celia erklärt, ihrer werde Arzt sein, und ein anderes Mädchen erwidert: »Du findest bestimmt keinen Mann«, woraufhin alle kichern.

Celia hält das für eine Anspielung auf ihren Intellekt. »Macht euch keine Sorgen«, beruhigt sie die anderen. »Die meisten Männer heutzutage wollen keine albernen Frauen.« Das hat Celia von ihrer Mutter gelernt, die sich sehr für gesellschaftlichen Wandel interessiert. Immerhin befinden sie sich in den Sechzigern: Die Welt verändert sich.

Doch die anderen kichern immer noch, und Celia ist genervt. Sie kann dieses Gackern nicht ertragen. Als die anderen davongehen wollen, folgt sie ihnen trotzdem.

Die elfjährige Katy überbringt Celia die Nachricht schließlich kurz vor ihrem neunten Geburtstag.

»Du bist hässlich«, sagt sie unverblümt. »Weiß doch jeder. Ich habe gehört, wie Mummy das zu Daddy gesagt hat. Bloß hat sie nicht ›hässlich‹, sondern ›reizlos‹ gesagt. Im Wörterbuch steht, das heißt ›hässlich‹.«

Katy scheint das nicht böse zu meinen, sie erklärt es mit der für sie typischen ausdruckslosen Art. Falls sie Celia damit hätte ärgern wollen, hätte diese es sich vielleicht nicht so zu Herzen genommen.

In ihrem Zimmer mustert sie ihr tränenüberströmtes Gesicht. Reizlos. Ja, jetzt sieht sie es auch.

Celias Mutter scheint vieles zu ermüden, insbesondere Celia. »Jetzt nicht«, sagt sie oft, wenn Celia sie etwas fragen oder ihr etwas erzählen will.

Ihre Mutter stickt gern, aber immer das gleiche Motiv: Narzissen auf weißem Hintergrund. Celia findet sie nicht selten bei der Arbeit im Wohnzimmer. Die Hand mit der Nadel bewegt sich gleichmäßig, ihr Blick ist auf das Fenster gerichtet, obwohl es dort draußen außer einem kleinen, gepflegten Rasenstück nicht viel zu sehen gibt.

Über dem Kamin hängt für den Großteil von Celias Kindheit eine Narzissenstickerei. Unzählige Stunden lang mustert sie das Bild prüfend, um herauszufinden, ob es sich stets um ein und dasselbe Exemplar handelt oder ob es wechselt. Sie hütet sich jedoch davor, ihre Mutter darauf anzusprechen. Sie betrachtet die Stickerei heimlich, aber jedes Mal, wenn sie glaubt, sie hätte einen Unterschied ausgemacht, kommen ihr sofort Zweifel. Ist die gelbe Nebenkrone der mittleren Narzisse vielleicht mal einen Hauch dunkler gewesen? Hatte dieses Blatt schon immer einen zusätzlichen Stich an der Kante?

Als Celia noch klein ist, durchlebt sie eine eigene Narzissenkunstphase. Katy darf schon sticken, aber Celia ist noch zu jung und muss sich mit Filzstiften und Wasserfarben begnügen. Sie hat kein besonderes Interesse an Narzissen, sondern hält sie einfach für den festgelegten Gegenstand jedweder künstlerischen Bemühung.

Als ihr Vater nach Hause kommt, streckt sie ihm ihr neuestes Narzissenbild hin. Ihr Vater betrachtet es auf der Türschwelle zum Wohnzimmer. Dann wandert sein Blick zu den Narzissen über dem Kamin und von dort zum Sofa, wo Celias Mutter und Katy nebeneinander über ihre Narzissenstickereien gebeugt sitzen. Schließlich richtet er den Blick wieder auf Celias Bild. Ihm scheinen die Worte zu fehlen.

Dann sagt er: »Ich brauche erst mal einen Schluck«, und geht davon, ohne sich zu Celias Bild zu äußern.

Eines Tages fragt sie ihre Mutter, weshalb sie so viel stickt, und ihre Mutter erwidert: »Ich mag es lieber, wenn meine Hände beschäftigt sind.«

»Und warum Narzissen?« Celia ist jetzt älter und weiß, dass man auch andere Blumen sticken kann.

»Das Muster ist so leicht, da muss ich mich nicht konzentrieren«, sagt ihre Mutter.

Celia ist mit dieser Antwort nicht zufrieden, doch sie kann nicht genau sagen, woran das liegt.

Celias Vater dagegen hat eine Schwäche für Scherzfragen, was Celia nicht im Geringsten nachvollziehen kann.

»He, ihr zwei«, sagt er etwa schelmisch am Abendbrottisch. »Was steigt hoch, kommt aber nicht wieder herunter?«

Celia denkt gründlich darüber nach. Die Aussage trifft auf vieles zu, einen Heliumballon etwa, wenn man die Schnur loslässt und er in den Himmel steigt, bis er nur noch ein winziger Punkt ist und dann ganz verschwindet. Eine Rakete, die ins Weltall fliegt. Ein Ball, der in einem Baum hängen bleibt.

»Und?«, fragt ihr Vater. »Was steigt hoch, kommt aber nicht wieder herunter?«

Celia hat die Qual der Wahl und entscheidet sich schließlich für: »Ein Bergsteiger, der auf den Mount Everest klettert und auf dem Gipfel stirbt.«

Eine Pause entsteht. Ihr Vater wirkt beunruhigt. »Wie bitte?«, fragt er. »Nein, leider falsch.«

»Das Alter«, löst Katy ruhig auf.

Er scheint sich wieder zu entspannen. »Ja, mein Schatz, ganz genau. Das Alter.«

»Aber warum ist das die richtige Antwort?«, will Celia wissen.

»Ist eben so.«

»Und was ist mit allen anderen möglichen Antworten?«

»Die sind falsch«, sagt ihr Vater.

»Aber wer bestimmt, welche Antwort richtig ist?«

»Das reicht jetzt, Celia.« Ihr Vater sieht abgespannt aus.

»Du verstehst das nicht richtig«, erklärt Katy. »Bei solchen Fragen geht es um Wörter, nicht um Tatsachen.«

Celia versucht, sich das zu merken, bleibt jedoch argwöhnisch gegenüber dem Überlegenheitsanspruch von Scherzfragen, die einen doch nur bloßstellen wollen.

Celia sehnt sich nach Freunden, merkt jedoch nicht, wie abstoßend sie auf die anderen Kinder wirkt. Sie ist zu forsch, verlangt anderen zu viel ab. Sie verdirbt ihnen den Spaß, weil sie bestimmen will, und weint, wenn niemand auf sie hört, wenn die anderen Quatsch machen oder die Regeln abändern, sie nicht beachten oder sie auslachen. Sie wenden sich instinktiv von ihr ab, von ihren zahllosen Bedürfnissen, ihrer Ernsthaftigkeit.

Während ihres letzten Grundschuljahres kommt kurzzeitig Hoffnung auf, als eine neue Mitschülerin dazustößt. Mary ist klein und schüchtern, und Celia reißt sie sich unter den Nagel. Mary lässt es zu, ist vielleicht dankbar, so schnell eine neue Freundin gefunden zu haben. Den Großteil des Schuljahres sind sie beste Freundinnen. Celia wacht eifersüchtig über sie. Sie sitzen in jedem Fach nebeneinander und spielen in den Pausen zusammen. Celia besteht außerdem darauf, dass ihre Karokleider die gleiche Farbe haben (die Mädchen dürfen zwischen Grün, Rosa und Blau wählen, und Celia entscheidet, dass sie und Mary immer Grün tragen). Mary darf nicht mit anderen Mädchen spielen, und als sie es einmal wagt, in der Pause mit den anderen Hüpfseil zu springen, straft Celia sie zwei Tage lang mit Schweigen, bis Mary sie unter Tränen anbettelt, wieder ihre Freundin zu sein. Sie besuchen sich gegenseitig und teilen sich ein gemeinsames Tagebuch, ein ledergebundenes Notizbuch, das Mary zu Weihnachten bekommen hat. Doch dann, nach den Osterferien, tritt die Katastrophe ein. Celia fängt sich ein gemeines Virus ein und muss eine Woche lang zu Hause bleiben. Anschließend weicht Mary ihr aus, tuschelt in der Ecke mit Helen Wilson und rennt mit ihr davon, wenn Celia sich nähert. Wenn Celia während des Unterrichts mit Mary reden will, sagt Mary zu Helen: »Hörst du dieses Summen auch? Ist hier irgendwo eine Fliege im Zimmer?« Celia schreit wütend auf und schlägt nach Mary, die rechtzeitig ausweicht. Mary und Helen starren Celia entsetzt an.

»Mary war schon länger nicht mehr hier«, bemerkt ihre Mutter ein paar Wochen später. »Habt ihr euch zerstritten?«

Celia spürt, wie heiße Tränen in ihr aufsteigen, und zuckt mit den Schultern. »Ich hasse sie.«

»Das ist aber nicht nett von dir«, meint ihre Mutter.

Da kommt ihr Vater herein und sagt: »Du, Cee, je mehr er hat, desto weniger wiegt er. Was ist das?«

Celia flüchtet auf ihr Zimmer.

Katy ist ebenfalls einsam, bemüht sich jedoch ihm Gegensatz zur verzweifelten Celia nicht, etwas daran zu ändern. In der Schule ist sie schüchtern und meidet ihre Mitschülerinnen und Mitschüler, verbringt die Pausen in der Bibliothek oder manchmal sogar auf den Toiletten. Hin und wieder gesellt Celia sich in der Mittagspause zu ihr, aber Katy schickt sie fort oder ignoriert sie gleich ganz. Celia hat gehört, Schwestern seien oft beste Freundinnen. Sie ist sich zwar nicht sicher, glaubt allerdings nicht, dass sie und Katy beste Freundinnen sind. Zu Hause hat sie schon öfter versucht, mit Katy zu spielen, aber Katy spielt lieber allein und ist meist in ihrer eigenen Welt versunken. Sie ist ganz vernarrt in ihren Kater Rhabarber, mit dem sie sich oft unterhält und ihn ausgiebig krault. Obwohl sie so merkwürdig ist, wirkt sie gleichzeitig zart, und da sie auch noch hübsch ist, nimmt das die Leute für sie ein.

»Unsere kleine Tagträumerin«, sagt ihr Vater liebevoll. »Immer im Wolkenkuckucksheim.«

Celia lernt dadurch schon früh, dass attraktive Mädchen mit mehr davonkommen.

Da Katy die Hübsche ist, wäre es ja nur gerecht, wenn Celia die Schlaue wäre. Allerdings ist das Leben nicht gerecht, wie sie ebenfalls rasch lernt. Bis zur Sekundarschule hält sie sich für eine Intellektuelle. Seit Jahren sammelt sie lateinische Ausdrücke und bringt sie im Alltag unter. »Es liegt ja nicht am Brokkoli *per se*«, erklärt sie am Abendbrottisch, »sondern daran, dass er so matschig ist. *De facto* müsste er das ja gar nicht.«

»Gott, bist du bescheuert«, sagt Katy.

Celia und Katy landen auf dem Gymnasium, doch keine von beiden bekleckert sich dort mit Ruhm. Sie schaffen es in keinem Fach ins obere Klassendrittel und bewegen sich in mehreren Fächern am unteren Rand.

Obwohl ihre Zeugnisse ähnlich durchschnittlich ausfallen, wird nur Celia von ihrer Mutter auf ein Studium angesprochen.

»Du könntest einen Universitätsabschluss machen«, sagt sie. »Das machen heutzutage viele Mädchen. Damit könntest du dann Lehrerin an einer netten Mädchenschule werden.«

Celia, mittlerweile dreizehn Jahre alt, ist misstrauisch. Mädchenschulen sind ihrer Erfahrung nach nicht sonderlich nett. »Geht Katy auch studieren?«, fragt sie. Katy lernt gerade halbherzig für ihre O-Levels.

Ihre Mutter weicht ihr aus. »Vielleicht, kann sein. Mal sehen.«

Für Katy spielt es keine Rolle, ob sie studiert oder nicht, erkennt Celia. Denn Katy wird heiraten.

Sie hatte schon mehrere feste Freunde, aber keiner hat es lange durchgehalten. Katy beschuldigt einen nach dem anderen der Untreue, als wären die schlaksigen Halbwüchsigen unwiderstehliche Schwerenöter, denen sich die Frauen reihenweise an den Hals werfen.

»Denen darf man nicht vertrauen«, warnt sie Celia. »Keinem einzigen.«

Celia nickt, so wie immer, doch von da an betrachtet sie Katy mit anderen Augen.

Mit sechzehn ist die einst so fügsame Katy streitsüchtig und wütend geworden. Wo sie früher fast unsichtbar durch die Räume glitt, macht sie ihre Anwesenheit jetzt durch knallende Türen spürbar. Sie beschuldigt ihre Eltern, sie zu ärgern, wenn sie sie bitten, das Geschirr zu spülen oder ihr Zimmer aufzuräumen. »Lasst mich in Ruhe! Immer müsst ihr auf mir rumhacken und mich ärgern!« Irgendwann geben sie auf und bitten sie kaum noch um etwas. (Celia muss nach wie vor abspülen, egal, ob es sie ärgert oder nicht.)

Celia ist Katy der größte Dorn im Auge. »Immer glotzt du mich so blöd an«, beschwert sich Katy. »Schau woanders hin, du Ekelfetzen.«

Es stimmt, Celia mustert andere Leute oft sehr intensiv. Aber sie kann nichts dagegen tun. Katy ist ein interessantes Studienobjekt.

»Alle seid ihr gegen mich«, behauptet Katy eines Tages am Frühstück. »Celia war schon immer neidisch auf mich, und ihr habt sie auch noch angestachelt.«

»Schatz, das stimmt doch gar nicht«, beschwichtigt ihre Mutter.

»Immer habt ihr ihren komischen Launen nachgegeben.«

»Welchen Launen denn?«, fragt Celia, aber niemand beachtet sie.

»Wir haben ihr nie nachgegeben«, erwidert ihre Mutter.

»Immer seid ihr auf ihrer Seite«, beharrt Katy. »Habt ihren Neid angefacht.«

»Wir waren nie auf irgendeiner Seite.«

»Aber ich bin doch gar nicht neidisch«, verteidigt sich Celia. Niemand hört ihr zu.

Das Haus zittert unter der Sprunghaftigkeit ihrer Schwester. Eines Nachts wacht Celia auf, und Katy sitzt auf ihrer Bettkante und starrt sie an. Celia verkneift sich gerade so einen lauten Schrei. »Was machst du da?«

»Dich im Auge behalten«, erwidert Katy unheilvoll. Sie wirft ihr einen letzten finsteren Blick zu, dann verschwindet sie wieder in ihrem Zimmer.

Zu dieser Zeit nimmt Celia allmählich ihre Umgebung wahr, was sie ruhelos und unglücklich macht. In den Vororten von Peterborough ist kein romantisches Leben möglich (Celia weiß das, sie hat es versucht). Die

Straßen sehen alle gleich aus, genau wie die Häuser. Ihr wird schmerzlich bewusst, dass sie noch nie irgendwo hingereist ist (außer einmal im Urlaub nach Wales, und das zählt ja wohl nicht), wobei sie es gleichzeitig vielleicht doch behaupten könnte – wahrscheinlich sehen die Vororte im ganzen Land gleich aus, und so gesehen kennt sie das ganze Land. Der Gedanke ist nicht gerade erbaulich.

Hinter den eintönigen Ausläufern der Stadt wartet nichts Besseres. Wo die Häuser aufhören, beginnt das Moor, erstreckt sich unerbittlich flach in die Ferne, bis es am Horizont verschwimmt. Celia spürt, wie die entmutigende Leere in sie hineinsickert, ihre Sinne abstumpft und ihre Ecken abstößt.

Sie versucht, sich ein Leben als Erwachsene vorzustellen, scheitert jedoch jedes Mal.

Sie fragt Katy: »Wo willst du wohnen, wenn du groß bist?«

Und Katy erwidert: »Wieso? Damit du mir nachstellen kannst? Lass mich bloß in Ruhe, du blöde Schlampe. Ich behalte dich im Blick.«

Es beunruhigt Celia, dass sie sich nichts vorstellen kann, was über ihre derzeitigen Umstände hinausgeht.

Katy besteht ihre O-Level-Prüfungen mit nicht gerade fliegenden Fahnen, aber ihre Eltern wollen zur Feier des Tages trotzdem mit ihr essen gehen. Celia hat erst zwei Mal in ihrem Leben auswärts gegessen und will unbedingt mit, ist jedoch nicht eingeladen. Ihre Eltern behaupten, es läge daran, dass Katy gefeiert werden solle, und Celia sei ja bald selbst an der Reihe, doch sie kennt den wahren Grund: Katy geht seltener in die Luft, wenn ihre Schwester nicht dabei ist. (Als Celia schließlich ihre Prüfungsergebnisse bekommt, sind ihre Eltern mit anderen Dingen beschäftigt, und niemand kommt auf die Idee, mit ihr essen zu gehen.)

Nach ein paar Monaten in der Oberstufe lernt Katy Jonathan kennen und scheint ihre schwierige Teenagerphase zu überwinden. Sie quält Celia jetzt nicht mehr, sondern beachtet sie einfach nicht. So wie in Kindertagen. Celia kann Jonathan gut leiden, er ist neunzehn und sehr vernünftig. Er isst jeden Sonntag mit ihnen zu Mittag und lächelt Katy über die Soßenschüssel hinweg an. Wenn Katy behauptet, alle wären gegen sie, sagt Jonathan: »Ach Quatsch, Süße.«

Celia weiß zwar nicht, was das mit »Süße« soll, ist aber dankbar für den beruhigenden Effekt, den Jonathan auf ihre Schwester hat. Sie sieht in ihm ihren zukünftigen Schwager und geht davon aus, dass die Verlobung kurz nach Katys achtzehntem Geburtstag bekannt gegeben wird, sobald Katy die A-Levels abgelegt hat.

Weder Celia noch ihre Eltern erfahren je, was zur Trennung geführt hat. Katy kommt lediglich eines Sonntagmorgens nach Hause, obwohl sie eigentlich den ganzen Tag mit Jonathan verbringen wollte, schmeißt ihre Tasche im Wohnzimmer auf den Boden und verkündet: »Arschloch. Was für ein Arschloch.«

Celia und ihre Mutter sitzen auf dem Sofa, Celia liest, und ihre Mutter stickt. Ihre Mutter fragt: »Was ist denn los, mein Schatz?« Katy schluchzt los, und als ihre

Mutter sie in den Arm nimmt, heult sie laut auf. Das Geräusch ist furchtbar, beängstigend und verzweifelt, und Celia geht aus dem Raum.

Katy verschwindet auf ihrem Zimmer und verbringt dort den Rest des Tages, verpasst sogar das Abendessen. Celia wird mit einem Tablett nach oben geschickt, aber Katy macht die Tür nicht auf.

»Hau ab«, zischt sie von der anderen Seite. »Du freust dich jetzt bestimmt richtig.«

Dann wird sie wieder von Schluchzern geschüttelt.

»Sie wird schon darüber hinwegkommen«, sagen ihre Eltern zueinander (und zu Celia, die sich über ihre Giftspritze von einer Schwester beschwert). »Sie ist eben in einem schwierigen Alter.«

Am nächsten Tag kommt Celia aus der Schule nach Hause, und ihr Lieblingskleid von Laura Ashley liegt in Streifen geschnitten auf ihrem Bett. Katy leugnet ihre Täterschaft – was natürlich absurd ist –, doch zu Celias Entrüstung unternehmen ihre Eltern nichts, sondern versprechen ihr lediglich heimlich ein neues Kleid.

Celia erinnert sich noch daran, wie Katy als Kind einmal im Garten Blüten abschnitt, was auf Celia faszinierend zerstörerisch wirkte, bis sie das Endergebnis sah: eine Wasserschale mit schwimmenden Blüten, die Katy ihrer Mutter zum Geburtstag überreichte. Ihre Mutter lobt in den höchsten Tönen, wie aufmerksam und künstlerisch begabt Katy doch sei. Katy hat die Schale in einem Antiquitätengeschäft erstanden. Sie ist in wunderschönen Grün- und Rosatönen bemalt.

Celia gefällt der zarte Rand, und sie stellt sich vor, wie sie ein Stück davon abbricht, als wäre er aus Schokolade.

Celia schenkt ihrer Mutter einen wunderschönen türkisfarbenen Schal, den sie vor mehreren Monaten bei einem gemeinsamen Kaufhausbesuch bewundert hatte. Celia hat sich diesen Moment gemerkt und gewissenhaft ihr Taschengeld zusammengespart. Als ihre Mutter das Geschenk auspackt, lächelt sie nur vage und sagt: »Wie schön, mein Schatz, aber meine Farbe ist das ja nicht«, und Celia erkennt, dass ihre Mutter sich nicht an den Schal erinnert und sie genauso gut etwas Beliebiges hätte aussuchen können, so wie Katy, einfach nur, weil es ihr selbst gut gefällt. Ihr wäre es bestimmt nicht nachgesehen worden, wenn sie die Blüten abgeschnitten hätte.

Die Schale hat auch nicht gerade die Farbe ihrer Mutter, erhält jedoch einen Ehrenplatz auf dem Couchtisch im Wohnzimmer, wo sie sich mit den Orange- und Brauntönen des restlichen Raums beißt. Dort bleibt sie viele Jahre lang und versetzt Celia jedes Mal einen eifersüchtigen Stich, bis Katy sie eines Tages zerstört, um an das versteckte Abhörgerät zu gelangen.

Eines Morgens beim Frühstück, kurz nach dem Zwischenfall mit dem Kleid, steht Katy plötzlich auf, schüttet Celia ihr Müsli über und setzt ihr die Schüssel auf den Kopf.

Celia schreit auf und spuckt dann die Milch aus, die ihr in den Mund gelaufen ist. Ihre Mutter ruft: »Katy!«, und ihr Vater sagt: »Du liebe Güte.«

Mit zufriedener Miene setzt Katy sich wieder auf ihren Platz. »Die dumme Schlampe musste sich ja mit mir anlegen.«

Celia, die die Schüssel noch immer auf dem Kopf trägt wie einen Porzellanhelm, ist zu entgeistert, um dem etwas entgegenzusetzen.

Diese Vorfälle sind beunruhigend, genau wie das zerschnittene Kleid, doch sie kommen so unregelmäßig vor, dass Katys Eltern sich gegenseitig einreden können, sie sei nur übermüdet, überspannt, habe ihre Tage, meine es bloß im übertragenen Sinne, wenn sie behauptet, Celia wolle sie vergiften.

»Sie ist nicht mehr normal«, sagt Celia zu ihnen. »Das ist nicht mehr normal.«

»Du darfst sie nicht so piesacken«, tadelt ihr Vater, und Celia erwidert nur: »Mach ich doch gar nicht!« Sie fragt sich, was ihre Eltern wohl glauben, was sie mit Katy anstellt, wenn sie nicht hinschauen.

Wenige Monate vor den A-Levels schmeißt Katy die Schule, und nichts kann sie von dieser Entscheidung abbringen, nicht einmal das Versprechen, sie bekäme ein gebrauchtes Auto, wenn sie an der Prüfung teilnähme (»teilnähme«, nicht »bestünde«; die Hoffnungen ihrer Eltern sind dieser Tage bescheidener).

Wenn Katy etwas sagt, kann man sie kaum verstehen. Manchmal spricht sie so schnell, dass es unverständlich wird, jagt von einem Thema zum nächsten. Aber mitten im Wortschwall scheint sie plötzlich den Faden zu verlieren und bricht ab. Mitunter hat das Ende ihrer Sätze nichts mehr mit dem Anfang zu tun.

»Ich muss ans Meer«, erklärt sie eines Abends. »Der Sand wird gejagt und geplagt.«

Niemand weiß, was damit gemeint ist, aber sie machen einen Ausflug nach Skegness. Katy weigert sich, an den Strand zu gehen – wieder wegen des Sands –, nimmt jedoch ein Eis entgegen, das sie kleckernd und mit offensichtlicher Genugtuung verspeist. Celia verspürt zu ihrer Überraschung einen Kloß im Hals, während sie ihre Schwester beobachtet. Katy macht sich gierig über das Eis her, ihr ganzes Gesicht ist verschmiert wie bei einem kleinen Kind. Sie versucht, sich daran zu erinnern, wie Katy als Kind war: so jedenfalls nicht. Katy ist auch nicht mehr attraktiv. Ihre Haare sind ungewaschen und fettig, dunkle Ringe untermalen ihre Augen, und Stirn und Kinn sind mit Pickeln übersät.

Plötzlich schaut Katy auf und fixiert Celia. »Ich weiß genau, was du da machst. Wir wissen das. Sie wissen das. Wisse, wisse. Erkenne, handle.«

Als sie wieder zu Hause sind und Katy sich im Bad eingeschlossen hat, sagt Celia zu ihrer Mutter: »Ich glaube, Katy braucht einen Arzt.«

Sie rechnet damit, wieder des Neids beschuldigt zu werden, aber ihre Mutter nickt lediglich resigniert. »Ja«, erwidert sie. »Ich weiß.«

Der Hausarzt verschreibt Katy Beruhigungsmittel für die Nerven und überweist sie an einen Psychiater. Celia erfährt nie, was bei diesem Termin besprochen wird; sie bekommt aus ihrer Mutter nur heraus, dass der Psychiater weitere Medikamente verschrieben hat. Celia sucht im Arzneischränkchen danach, wird aber nicht fündig.

Was auch immer der Psychiater verschrieben hat, Katy scheint es nicht zu nehmen. Warum auch? Mittlerweile ist sie der Ansicht, nicht nur Celia wolle sie vergiften. Sie bleibt den Tag über auf ihrem Zimmer und kommt nur in der Nacht heraus, um murmelnd das Haus zu durchstreifen. Celia fürchtet sich davor, nachts aus ihrem Zimmer zu gehen, und pinkelt von da an in ein Glas, das sie morgens vorsichtig im Bad ausleert.

Ihre Eltern wirken müde und zerstreut. Eines Morgens begegnet Celia ihrer Mutter auf dem Treppenabsatz, als sie sich gerade um ihr Nachtglas kümmert.

»Was hast du da?«, fragt ihre Mutter.

»Meinen Urin.«

»Verstehe«, sagt ihre Mutter abwesend und geht weiter.

Anscheinend hat der Arzt Ruhe empfohlen, aber Katy ist da anderer Meinung. Niemand weiß, ob sie überhaupt schläft. Sie sieht jedenfalls nicht danach aus. Tagsüber hört man durch die Zimmertür, wie sie leise spricht – aber mit wem?

»Ich glaube, sie liest ein Theaterstück«, sagt Celias Vater hoffnungsvoll. »In der Schule haben sie doch Shakespeare durchgenommen, oder? Das mit dem verrückten König und dem schlechten Wetter.«

»Sie liest bestimmt kein Shakespeare«, sagt Celia. »Sie versteht Shakespeare doch überhaupt nicht.«

»Jetzt reicht es aber mal mit deiner Griesgrämigkeit«, mahnt ihre Mutter.

Eines Samstagnachmittags klingelt es an der Tür. Es ist ihre Nachbarin, Mrs Clarke, die eine Auflaufform zurückbringt. Celia geht gerade vom Wohnzimmer in die Küche und sieht, wie Katy plötzlich die Treppe herunterflitzt, Mrs Clarke beiseitestößt und auf die Straße rennt. Celia, ihre Mutter und Mrs Clarke schauen der kleinen Gestalt erschrocken hinterher, wie sie blitzschnell um die Ecke verschwindet. Katy trägt nur ein Nachthemd und ist barfuß.

Celias Mutter fasst sich schließlich so weit, dass sie nach Celias Vater ruft, der sofort angelaufen kommt.

Sie suchen mit dem Auto nach ihr – ihr Vater hält das Lenkrad fest umklammert, Celia späht von der Rückbank aus dem Fenster. Ab und zu verkündet ihre Mutter irgendetwas Unheilvolles, und Celia gibt sich größte Mühe, ihr gut zuzureden: Sie sind mitten in den Vororten von Peterborough, es ist höchst unwahrscheinlich, dass Katy einer mordlustigen Bande begegnet oder von wilden Tieren gerissen wird.

Als sie Katy nach drei Stunden immer noch nicht gefunden haben, gibt Celias Vater auf und schaltet die Polizei ein. Katy befindet sich bereits in Gewahrsam. Anscheinend hat sie ein paar Meilen zu Fuß zurückgelegt und wurde dann dabei erwischt, wie sie in einem Supermarkt in die Tiefkühltruhe klettern wollte. Am Abend wird sie in eine psychiatrische Klinik eingewiesen, wo sie die nächsten drei Monate verbringt. In der ersten Woche ihres Aufenthaltes wird sie neunzehn.

Celia ist entsetzt, als Katy endlich wieder nach Hause kommt. Im Gegensatz zu ihren Eltern hat sie Katy nicht in der Klinik besucht; sehr zu ihrer Erleichterung hatte es niemand vorgeschlagen. Daher sind die Veränderungen in Katy besonders erschreckend. Sie ist zwar nicht mehr bösartig und unberechenbar, dafür aber seltsam hohl. Ihre Kiefer mahlen, selbst wenn sie nichts im Mund hat. Lange sitzt sie reglos da und starrt ins Leere, bis sie plötzlich zusammenzuckt, als hätte ihr jemand einen Elektroschock verpasst.

Celias Mutter weicht Katy kaum von der Seite und erledigt den Haushalt um sie herum, so weit sie kann. Sie liest ihr vor, plappert auf sie ein (manchmal antwortet Katy sogar, und manchmal ergeben die Antworten sogar fast Sinn), und sie schauen gemeinsam *Coronation Street*, wobei »schauen« eine großzügig aktive Bezeichnung dafür ist, was Katy tut. Celias Vater stellt Katy Scherzfragen, aber die Antworten muss er nun selbst geben. Am Wochenende machen Celias Eltern Ausflüge mit Katy, und Celia schiebt meistens Hausaufgaben vor, um nicht daran teilnehmen zu müssen. Sie lernt für die A-Levels, aber niemand erkundigt sich je danach, wie es mit dem Lernen läuft.

Celia weiß, dass sie so schnell wie möglich ausziehen muss. Heiraten wird sie in nächster Zeit nicht – sie hat keine männlichen Freunde, geschweige denn einen festen Freund, und dazu kommt ihre anhaltende Unansehnlichkeit –, aber glücklicherweise bleibt ihr die Universität als Zufluchtsort.

In den nächsten Monaten konzentriert sie sich voll

und ganz auf ihre Prüfungen (nicht, dass sie irgendetwas anderes zu tun hätte). Am Ende können sich ihre Noten sehen lassen. »Gut« in Englisch und Französisch, »Sehr gut« in Geografie, was sie sich als Studienfach ausgesucht hat, und zwar nicht, weil sie eine Vorliebe dafür hat, sondern einfach, weil sie darin etwas besser zu sein scheint. Zu ihrer großen Freude und auch Überraschung bekommt sie einen Platz an der University of London. Das war ihre erste Wahl, da London glanzvoll klingt und so weit entfernt ist, dass häufige Heimatbesuche ausgeschlossen sind.

Sie geht davon aus, ihre Eltern würden nun endlich zur Feier des Tages mit ihr essen gehen. Sie hat sich schon ein italienisches Restaurant ausgesucht, da sie noch nie im Leben Pizza gegessen hat und glaubt, sie könnte ihr schmecken. Ihr kommt es weltgewandt vor, zu Beginn ihres Studiums bereits Erfahrung mit Pizza vorweisen zu können. *Ach, Pizza?*, würde sie beiläufig zu ihren neuen Freunden sagen. *Ja, schmeckt ganz gut.*

Doch als sie das Thema zur Sprache bringt, erwidert ihre Mutter genervt: »Dafür haben wir keine Zeit, und Katy gegenüber wäre es auch nicht gerecht. Das musst du doch verstehen.«

Celia sieht die Pizza davonschwimmen. Aber das macht nichts, sagt sie sich. Sie ist auf dem richtigen Weg.

Leider kommt sie mit der Universität überhaupt nicht zurecht. Wie in der Schule finden sich die anderen Studenten in den ersten Wochen zusammen, bilden

Grüppchen um sie herum, aber sie wird nie eingeschlossen. Wie kommt es, dass alle wissen, wie man miteinander spricht, was man zu sagen hat? Und noch wichtiger, wie man es zu sagen hat, denn Celia hat es bereits mit den Standardfragen probiert – »Was studierst du? Wo kommst du her? Hast du Lust auf eine Scherzfrage?«, blafft sie –, erhält allerdings jedes Mal nur die knappsten Antworten. Anscheinend hat sie lediglich die Leute, die sie in der Schule nicht leiden konnten, mit Leuten an der Uni ersetzt, die sie nicht leiden können.

Die Vorlesungen sind in Ordnung, wenn auch nicht sonderlich interessant, und Celia verbringt die Abende meistens allein, bereitet geschmacksneutrale Aufläufe in der Gemeinschaftsküche des Wohnheims zu oder arbeitet gewissenhaft die aufgegebenen Texte auf ihrem Zimmer ab. Eine Zeit lang setzt sie sich mit ihren Büchern, Notizen und einer Tasse Tee an den kleinen Küchentisch und hofft, eine Kommilitonin in ein Gespräch zu verwickeln, kommt allerdings nie über den Austausch von Belanglosigkeiten hinaus, und niemand lädt sie mit in den Pub ein.

Während der Vorlesungen versucht sie, sich mit anderen anzufreunden, kann jedoch ebenfalls keine Erfolge verzeichnen. Ihr Eröffnungszug besteht lange darin, ihren Sitznachbarn um einen Stift zu bitten, da sie ihren vergessen habe, aber sobald sie den Stift in der Hand hält, wird es kompliziert. Sie bemerkt, wie mühelos der Stift doch über das Papier gleite, was er für einen nützlichen Hemdtaschenclip habe, wie schön die Tinte sei, und wenn es sich um einen Kugelschreiber handelt, gibt sie eine interessante Anekdote über die Brüder Bíró zum Besten. Bislang hat sie es allerdings nicht geschafft, diese Ansätze in einen längeren Austausch zu verwandeln, geschweige denn eine Freundschaft.

Einmal die Woche ruft sie zu Hause an, immer sonntagsabends, und jedes Mal wird sie von der Intensität ihres Heimwehs überrascht. Manchmal besteht ihre Mutter darauf, dass sie mit Katy spricht, und manchmal ist Katy einverstanden, sodass Celia ein qualvoll stockendes Gespräch mit ihrer Schwester ertragen muss.

»Wie gehts dir?«, fragt Celia dann.

»Ganz gut.«

»Läuft was Gutes im Fernsehen?«

Pause. Dann: »Nein.«

»Was gabs heute zu Mittag?«

Pause. »Brathähnchen.«

»Und zum Nachtisch?«

Pause. »Dampfpudding.«

Katy stellt ihrerseits keine Fragen. Ihre früher so schlanke Schwester hat im Laufe des letzten Jahres ordentlich zugenommen, und Celia stellt sich vor, wie sie übergewichtig und mit totem Blick auf dem Sofa zwischen ihren Eltern sitzt.

Glaubst du immer noch, dass ich neidisch auf dich bin?, würde sie am liebsten fragen.

Während ihres zweiten Semesters beschließt Celia, drastische Maßnahmen zu ergreifen. Sie hat ein Poster der Christlichen Studentenvereinigung gesehen, und obwohl sie nicht gläubig ist, nimmt sie in der Überzeugung an den Treffen teil, die christlichen Studenten könnten ihr aus religiösen Gründen nicht die Freundschaft verweigern.

Ihr erstes Treffen besucht sie in einem Konferenzzimmer eines Universitätsgebäudes auf der Gower Street. Für den Vortrag wurden Stuhlreihen aufgebaut, und auf Tischen an der Wand stehen Knabbereien und Pappbecher mit Apfelsaft. Celia hat sich vorgenommen, früh einzutreffen und in der ersten Reihe zu sitzen, um ihre Stiftnummer an ein paar Christen auszuprobieren, aber leider irrt sie sich im Gebäude und bemerkt ihren Irrtum erst, als sie vor einem dunklen, versperrten Raum steht, von wo aus sie die Gower Street entlang zum richtigen Gebäude rennen muss und sich gerade noch rechtzeitig verschwitzt auf einen Platz in der letzten Reihe sinken lässt.

Ein junger Mann mit Heinrich-V.-Gedächtnisfrisur steht vor einem Halbkreis aus Komiteemitgliedern und lässt sich fast eine Dreiviertelstunde lang über die Natur ihrer »Mission« aus. Seine Stimme klingt pedantisch und nasal, und er kann kein »R« aussprechen, was Celia in Anbetracht der Tatsache, wie oft er die Sprache auf die Kreuzigung bringt, bedauerlich vorkommt. Er ermahnt sein Publikum, dass die Christliche Studentenvereinigung auch für Außenstehende existiere und es die Pflicht der Mitglieder sei, die Gute Nachricht möglichst vielen zu überbringen.

Während der Vortrag so vor sich hin plätschert, schweifen Celias Gedanken ab. Sie beobachtet erst den

Redner, sein schmales Gesicht, die Topffrisur, die übertrieben präzise Ausdrucksweise, und dann die anderen aus dem Komitee. Sie ist enttäuscht, wie langweilig sie aussehen: Einer trägt eine Lederjacke mit Quasten und eine Bolokrawatte, als wäre er einem Western entsprungen, ein anderer steckt in einem Anzug, der ihm mehrere Nummern zu groß ist. Ein Mädchen am Ende der Reihe hat einen Flechtzopf, der ihm bis über die Hüfte reicht, wobei das untere Drittel derart dünn und zerbrechlich ist, dass es an einen Rattenschwanz erinnert. Ein anderes Mädchen trägt eine Art Halskrause. Nicht unbedingt die optimale Bekehrungsstrategie, solche Leute auf die Öffentlichkeit loszulassen.

Zu Freundschaftszwecken könnten sie allerdings ausreichen, und im Publikum sitzen zahlreiche normal aussehende Leute, sodass Celia weiterhin Hoffnung hegt, als der Vortrag zu Ende ist und sie sich unter die Leute mischt.

Sie rechnet damit, die Leute würden auf sie zukommen, da sie ein »neues Gesicht« ist, doch niemand spricht sie an. Erneut bilden sich kleine Grüppchen, und wie immer bleibt Celia außen vor. Einige hier sollten sich ruhig mal zu Herzen nahmen, was der Kerl mit der Topffrisur erzählt hat, von wegen die CSV existiere für diejenigen, die noch errettet werden müssen. Sie greift sich einen Ananas-Käse-Spieß vom Büfett und wendet sich an die nächststehende Person, einen jungen Mann in einem blauen Hemd. »Ich habe ja noch nie so richtig an Gott geglaubt. Kommt mir alles ein bisschen weit hergeholt vor.«

Aber statt sich seiner Mission zu entsinnen, wirkt der junge Mann beunruhigt. Er lächelt schief und geht davon.

Celia nagt an ihrem Käsespieß und sieht ihm hinterher. Wütende Tränen steigen in ihr auf. Sie lässt den Blick streitlustig über die Grüppchen schweifen, doch niemand schaut ihr in die Augen, und niemand lächelt sie aufmunternd an. Anscheinend wird sie absichtlich ignoriert. Celia greift sich ein Würstchen im Schlafrock und will es sich so nonchalant wie möglich in den Mund stecken, lässt es jedoch vor lauter Nonchalance fallen. Panisch versucht sie, es vor dem Aufprall zu retten, doch ihre Gliedmaßen sind sich ihrer Aufgabe nicht im Klaren, und statt es mit der Hand zu fangen, tritt sie mit dem Fuß danach. Das Würstchen im Schlafrock fliegt quer durch den Raum, und Celia beobachtet erschrocken, wie es über die Köpfe fliegt und schließlich den fliehenden jungen Mann im blauen Hemd am Hinterkopf erwischt. Celia dreht sich gerade noch rechtzeitig zum Büfett, als er sich überrascht umsieht. Sie tut so, als würde sie das Angebot in Augenschein nehmen, und spürt dabei seinen Blick im Nacken. Doch wie soll er beweisen, dass sie die Schützin war, und wieso sollte irgendwer auf die Idee kommen, sie hätte ihm ein Würstchen im Schlafrock an den Kopf gepfeffert? Wenn sie jemand darauf ansprechen sollte, würde sie es einfach leugnen.

Schließlich scheint es ihr sicher, sich wieder umzudrehen, und tatsächlich ist er in der Menge verschwunden.

»Mensch, das war vielleicht ein Schuss«, sagt eine Stimme neben Celia. »Spielst du zufällig Rugby?«

Und so lernt Celia Anne kennen.

Rückblickend muss Celia zugeben, dass sie damals keinen sonderlich vielversprechenden Eindruck von Anne gehabt hat. Ihr leuchtend oranges Haar bauscht sich hinab zu den Schultern, sodass ihr Kopf dreieckig wirkt wie bei einer Zeichentrickfigur. Ihr Pony ist etwas zu kurz und liegt nicht an, und mit der großen Nase, den Knopfaugen, blassen Brauen und Wimpern erinnert sie an eine Maus. Das alles stellt Celia bei ihrer ersten Bestandsaufnahme fest. Seit sie sich ihrer eigenen Reizlosigkeit bewusst wurde, achtet sie auch bei anderen auf das Äußere.

»Das war keine Absicht«, erwidert Celia zögerlich.

»Ist klar.« Anne zwinkert ihr lächelnd zu.

»Nein, wirklich.«

»Ich weiß.« Anne zwinkert erneut.

»Ich wollte bloß nicht, dass es auf den Boden fällt.« Celia ist leicht genervt.

»Wie dem auch sei«, sagt Anne. »Er hat es wahrscheinlich verdient. Bist du heute zum ersten Mal dabei?«

»Ja.«

»Toll! Herzlich willkommen. Bist du eine frische Christin oder eine altgediente?«

»Ähm … eher frisch, würde ich sagen.«

»Toll«, wiederholt Anne. »Das klingt immer direkt interessanter. Ich bin schon immer Christin gewesen.

Als Kind schon jeden Sonntag in die Kirche und so weiter. So vom Saulus zum Paulus wäre schon aufregender gewesen. Und stell dir mal vor, was man bis dahin alles hätte anstellen können. Da hätte man auf Partys mehr zu erzählen.«

Celia nickt, obwohl ihre Partyerfahrung begrenzt ist und sie nicht darauf eingehen kann. Erneut betrachtet sie ihr strahlendes Gegenüber. Anne rollt leicht das R, bei »Christin« und »aufregender« hört man es raus.

»Was studierst du?«, fragt Celia.

»Physik.«

»Da sind fast nur Männer, oder?«

»Ja«, antwortet Anne. »Dieses Jahr sind wir nur zu fünft. Wir Frauen, meine ich. Und neunundachtzig Männer. Der Frauenanteil liegt also bei sechs Prozent. Insgesamt haben wir dreihundertneununddreißig Physikstudenten, und davon nur zwanzig Frauen. Der Anteil bleibt also bei sechs Prozent.«

»Woher weißt du das?«, will Celia wissen. Sie befürchtet, Anne könnte etwas speziell sein.

»Ich habe bei der Verwaltung nachgefragt«, erklärt Anne. »Erst wollten sie mir nichts verraten. Dachten wohl, ich wäre eine Journalistin. Ich hatte unseren Jahrgang auch schon in den Vorlesungen durchgezählt, aber es gehen ja nicht alle zu den Vorlesungen.«

»Wieso wolltest du das wissen?«

Anne zuckt mit den Schultern. »Ist doch gut, wenn man weiß, was Sache ist, oder? Womit man es zu tun hat.«

»In der Geografie ist es ziemlich ausgeglichen«,

sagt Celia vorsichtig. »Das Verhältnis von Männern zu Frauen.«

»Ist bestimmt schön.«

»Ja.« Anne lächelt sie weiter an, und Celia fährt fort: »Wobei wir natürlich auch unsere Probleme haben. Alle denken immer, wir würden nur irgendwelche Arbeitsblätter ausmalen.«

Anne lacht, und Celia ist überrascht. Sie kann sich nicht daran erinnern, jemals jemanden zum Lachen gebracht zu haben. Womöglich war das der erste Witz, den sie je gemacht hat.

»Wo kommst du her?«, fragt Anne. Celia bemüht sich, die Trostlosigkeit ihrer Straße heraufzubeschwören, die beunruhigende Leere des Moores. Sie erfährt, dass Anne in einem kleinen Fischerdorf in Cornwall aufgewachsen ist. Vielleicht wirkt sie deshalb so erfrischend, bringt die belebende, saubere Meeresluft mit sich. Anne hat drei Brüder, und Celia überlegt, ob sie wohl irgendwann einen davon heiraten könnte. Dann fragt Anne, ob Celia Geschwister hat, und eigentlich will sie verneinen, nickt dann jedoch.

»Meiner Schwester geht es nicht gut«, fügt sie nach einer kurzen Pause hinzu.

»Oje«, sagt Anne. »Was fehlt ihr denn?«

»Sie … hat es mit den Nerven.«

»Das ist bestimmt nicht leicht«, sagt Anne. »Das tut mir leid.« Es klingt, als würde sie es so meinen.

Anne hat Freundschaftspotenzial, und nachdem Celia das erkannt hat, lässt sie nichts mehr anbrennen.

Zum nächsten Treffen der CSV erscheint sie eine halbe Stunde zu früh und wartet an der Tür, bis Anne schließlich fünf Minuten vor Beginn eintrudelt (ziemlich knapp, was sicher nicht im Sinne des Erfinders ist; Jesus hat sie sich immer als pünktlich vorgestellt).

Celia erblickt Anne zuerst, sieht die orangefarbene Helmfrisur die Gower Street entlangwippen. Schnell geht Celia in die Hocke, als müsste sie sich die Schuhe binden. Genau im richtigen Moment richtet sie sich wieder auf (woraufhin Anne leicht zusammenzuckt).

»Hallo, Anne«, sagt Celia.

»Du liebe Güte«, sagt Anne mit der Hand auf der Brust. »Du hast mich vielleicht erschreckt.«

»Ich musste mir den Schuh binden«, erklärt Celia. »Und dann bin ich wieder aufgestanden.«

»Ja, das habe ich gesehen.« Anne lächelt. »Gehst du auch zum Treffen?«

»Ja.« Dann fügt Celia beiläufig hinzu: »Sollen wir nebeneinandersitzen?«

»Klar«, erwidert Anne, und sie gehen hinein.

Danach ist es nicht besonders schwer, herauszufinden, wo Annes Zimmer ist (praktischerweise im gleichen Wohnheim wie Celias, nur einen Stock höher) und wann und wo ihre Vorlesungen stattfinden, und dann läuft Celia ihr einfach zufällig über den Weg. Sie vermutet, dass es eine Weile dauern wird, die Freundschaft zu festigen, weil sie mit einem gewissen Widerstand rechnet. Doch da ist keiner. Anne scheint sich jedes Mal aufrichtig zu freuen, wenn sie Celia sieht. Die Freundschaft blüht auf.

An Annes Seite wird Celia plötzlich zur Mitmacherin. Anne nimmt sie mit zu den Treffen der Frauenbewegung, wo sich Celia während der Vorträge langweilt, gleichzeitig aber stolz darauf ist, als Annes Freundin daran teilzunehmen. Anne kennt anscheinend jeden und begrüßt alle auf dieselbe freundliche Art, sitzt jedoch immer neben Celia. Sie gehen weiterhin zu den Treffen der Christlichen Studentenvereinigung, wo sie ebenfalls nebeneinandersitzen und sich im Anschluss hauptsächlich miteinander unterhalten. Sie treten dem Filmclub bei und schnarchen sich donnerstagsabends durch künstlerisch wertvolle Schwarz-Weiß-Filme, um danach im Pub darüber zu kichern. Celia hat ihr Lebtag noch nicht gekichert, doch so langsam bekommt sie den Dreh raus. Sie werden Mitglieder bei Amnesty International, stürzen sich in die Briefaktionen und schreiben Idi Amin, politische Gegner nicht länger verschwinden zu lassen. Als Celia mit ihrem echten Namen und ihrer echten Adresse unterschreibt, wird sie kurz nervös. Was, wenn Idi Amin sie fortan auch als politische Gegnerin zählt?

Sie erkundigt sich bei Anne, die in schallendes Gelächter ausbricht. »Celia«, sagt sie. »Ich glaube, du stehst auf seiner Liste ganz weit unten.«

Celia hat festgestellt, dass sie nichts dagegen hat, von Anne geneckt zu werden.

Im Gegensatz zu Celia hat Anne noch andere Freunde, doch Celia ist zuversichtlich, dass sie sie verscheuchen kann. Annes Freundlichkeit macht sie beliebt, aber sie ist gleichzeitig unmodisch gekleidet und verhält sich unkonventionell, wodurch ihre Freundinnen hauptsächlich stille graue Mäuse aus ihrem Wohnheim sind, die keine Hoffnung auf sozialen Aufstieg haben. Vielleicht hat Anne schon die ganze Zeit über auf jemanden mit etwas mehr Pfeffer im Hintern gewartet. Die grauen Mäuse können es mit Celia nicht aufnehmen und schwinden unter ihrem unerbittlichen Blick dahin. Wenn sie sich mittags zu Celia und Anne setzen, ignoriert Celia sie und unterhält sich so lange ausschließlich mit Anne, bis die Eindringlinge unsicher werden und verstummen. Anne scheint davon nichts zu bemerken. Sie begrüßt jeden mit derselben Offenherzigkeit, doch Celia schafft es in der Regel rasch, Annes Aufmerksamkeit wieder auf sich zu ziehen. Nach ein paar Monaten des langsamen, aber sicheren Fortschritts stellt Celia zufrieden fest, dass die anderen Mädchen degradiert wurden und sie Annes Hauptfreundin ist.

Sie und Anne warten nach Vorlesungen aufeinander, arbeiten nebeneinander in der Bibliothek und essen jeden Tag zusammen Mittag. Celias Höhepunkte sind allerdings die gemeinsamen Abende, wenn sie sich bei heißer Schokolade oder Gin auf ihrem oder Annes Zimmer über ihr Leben unterhalten. Sie bleiben regelmäßig bis spät in die Nacht auf, haben einander so viel zu sagen, dass kaum genug Zeit für alles ist. Celia erzählt Anne sogar genauer von Katys Erkrankung. Was ihr immer unmöglich erschien, fällt ihr mit Anne zusammen leicht. Endlich liegt das Geheimnis der Freundschaft offen vor ihr.

Das einzige anhaltende Problem ist Annes Freund. Als sie von seiner Existenz erfährt, ist Celia zunächst überrascht, da Anne, genau wie Celia, nicht gerade die Art Mädchen ist, der man einen festen Freund zutraut. Paul ist jedoch schon lange auf der Bildfläche. Die beiden sind ein Paar, seit Anne fünfzehn war und Paul siebzehn; er ist ein Freund ihres großen Bruders. So eine Beziehung ist das also, schließt Celia: praktisch und einfallslos, begründet auf räumlicher Nähe und günstigen Umständen statt auf wahrer Leidenschaft.

Zu ihrer Faszination erfährt sie, dass Anne ursprünglich das Heft in die Hand genommen und ihn gefragt hatte, ob er mit ihr ausgehen wolle.

»Von selbst wäre er wahrscheinlich nie auf die Idee gekommen, aber zum Glück ist er recht leicht zu beeinflussen.« Dann lacht sie schallend.

Celia findet, das gehört sich irgendwie nicht, behält es aber für sich.

Glücklicherweise lässt Paul sich nicht oft blicken. Er arbeitet in Plymouth, irgendwas mit Werbung oder Vertrieb oder Einkauf (Celia versteht diese Begriffe ohnehin nicht). Wenn Anne über ihn spricht, hört Celia genau hin, doch das passiert nur selten und nebenbei, sodass sie schließlich davon überzeugt ist, Paul stelle keine echte Bedrohung dar.

Sie lernt ihn erst im Sommersemester kennen, als er Anne besucht. Sie ist überrascht, wie normal er aussieht. Nicht unbedingt gut – er hat ein leicht fliehendes Kinn, und seine Augen stehen zu nah beieinander –, aber doch so was Ähnliches: Seine Gesichtszüge schießen haarscharf an gut aussehend vorbei.

Vor allem ist er nicht die Art Freund, die Celia sich an Annes Seite vorgestellt hat. Sie hat sich irgendeinen gehemmten Brillenheini ausgemalt, der sich mit Anne begnügt, weil sie auf der gleichen sozialen Sprosse stehen und keiner von beiden Aussichten auf eine bessere Partie hat. Dieser Junge, dieser Mann – schließlich arbeitet er schon, wie er sie gern erinnert –, beunruhigt Celia mit seinem fast guten Aussehen und seiner Normalität. Im Gegensatz zu Anne haftet ihm nicht der Hauch des Merkwürdigen an. Er ist nicht gerade cool oder besonders charismatisch, bewegt sich jedoch mit einer Leichtigkeit, die Celia völlig abgeht; besitzt die Fähigkeit, sich mit anderen Leuten zu umgeben, in jener Geheimsprache zu sprechen, die sie nicht beherrscht. Paul kann sich unbemerkt unter die normalen Leute mischen. Seit ihrem Studienbeginn überlegt Celia, ob diese Fähigkeit angeboren ist oder sie sie bloß nie erlernt hat. Sie war davon ausgegangen, Paul gehöre zur gleichen Welt wie sie und Anne, und hat sich noch nicht davon erholt, dass dies nicht der Fall ist.

Nicht, dass er etwas Besonderes wäre. Bei ihrem ersten Treffen in einem Pub in Camden ist Celia nicht sonderlich beeindruckt.

»Dann sag mal, Celia«, meint er, nachdem er großspurig für die Getränke bezahlt hat. »Was willst du denn so erreichen im Leben?«

»Ähm …«, sagt Celia.

»Na los«, sagt Paul. »Irgendein Ziel musst du doch

haben. Anders geht es nicht. Hat Anne dir nicht erzählt, wie ehrgeizig ich bin?«

Celia wirft ihrer Freundin einen kurzen Blick zu.

»Doch, habe ich«, erwidert Anne fröhlich.

»Ich habe vor«, erklärt Paul, »Chefspielzeugeinkäufer bei einem der Marktführer zu werden. Vielleicht sogar bei Woolworth.«

Diese Information trifft Celia in Verbindung mit Pauls Ernsthaftigkeit so unerwartet, dass sie beinahe laut lachen muss. Sie verkneift es sich jedoch. »Was machst du im Moment noch gleich?«

»Ich bin Einkäufer«, sagt er. »Bei Budgens. Im Moment bin ich im Konserventeam, aber demnächst werde ich wohl zu Fruchtsaft oder kohlensäurehaltige Getränke befördert.«

»Celia wird mal Anwältin«, sagt Anne. »Oder Lehrerin, oder vielleicht tritt sie auch im Zirkus auf.« Sie grinst Celia an. »Wie wärs mit einer gemeinsamen Nummer? Akrobatinnen, oder Dompteurinnen vielleicht.«

Celia findet, Anne geht etwas leichtfertig mit ihrer Zukunft um, freut sich jedoch insgeheim, dass Paul keinen Platz in dieser Fantasie hat.

Großmütig wendet sie sich wieder zu ihm. »Und wieso Spielzeug?«

»Spielzeug macht die Menschen froh«, antwortet Paul. »Meinst du nicht auch? Viele Leute verbinden ihre schönsten Erinnerungen mit einem bestimmten Spielzeug. Erinnerst du dich nicht mehr daran, wie toll es sich angefühlt hat, wenn man ein Spielzeug bekam, das man sich schon ewig gewünscht hat? Bei mir war das eine Zaubertafel. Ich weiß noch, wie ich den ganzen Weihnachtstag lang damit gespielt habe.«

Celia denkt darüber nach. Sie kann sich nicht entsinnen, je ein Lieblingsspielzeug besessen zu haben. »Ich mochte meine Sindy ganz gerne«, sagt sie nach einer Weile.

»O ja.« Paul wirkt begeistert. »Das war bestimmt wie eine beste Freundin für dich, oder sogar eine Schwester, hm? Ihr habt euch sicher unterhalten, und du hast ihr alle deine Geheimnisse erzählt.«

Das kommt Celia hanebüchen vor. Sie betrachtet Paul. Ob er er sich wohl im Supermarkt den Dosenbohnen anvertraut und so tut, als wäre er mit ihnen verwandt?

Paul deutet ihr Schweigen als emotionale Bewegtheit.

»Eben. Die Erinnerungen an unsere Lieblingsspielsachen sind ungemein wertvoll. Spielsachen sind Zeichen der Hoffnung, der unbegrenzten Möglichkeiten. In guten Zeiten sind sie unsere Freunde und in schlechten unsere Begleiter.« (Hin und wieder rutscht er in diese Sprechweise ab, als wäre er auf einmal in einem Theaterstück. Kurz zuvor beschrieb er Plymouth als »Stadt der unbegrenzten Möglichkeiten«. Und um erfolgreich zu sein, brauche man nicht nur »den Hunger«, sondern müsse auch zur rechten Zeit am rechten Ort sein. Anne scheint das nicht auf die Nerven zu gehen, aber ihr geht ohnehin nichts so leicht auf die Nerven.)

Nachdem Paul sich in Richtung Bahnhof von ihnen

verabschiedet hat, sagt Anne: »Ich bin so froh, dass ihr euch endlich kennengelernt habt. Er hat schon so viel von dir gehört.«

Celia erfreut sich an dem Gedanken, dass sie im Gegenzug kaum etwas von Paul gehört hat.

Weniger erfreulich ist es jedoch, als er während ihres zweiten Jahres an der Uni eine neue Stelle in London antritt (Plymouth ist anscheinend nicht mehr der rechte Ort, oder es ist nicht die rechte Zeit). Celia tut so, als fände sie das genauso toll wie Anne. Paul ist einen Schritt näher an seinem Traum: Er ist jetzt Assistenzeinkäufer in der Spielzeugabteilung einer kleinen Firma für Papierwaren und Geschenke. London sei das Herz der Spielzeugeinkaufsbranche, erklärt er, und wimmele nur so von Karrierechancen (zu schade, denkt Celia, dass die Stelle im Außenbezirk Hounslow ist). Allerdings werde er in seiner neuen Funktion viel unterwegs sein. Er mietet sich ein Zimmer in Putney, kauft einen zerbeulten Gebrauchtwagen und ist plötzlich die ganze Zeit über da.

Celia behält genau im Blick, wie Anne und Paul miteinander umgehen, und vergleicht es damit, wie Anne und sie miteinander umgehen, wobei sie sich innerlich dafür wappnet, erneut ausgeschlossen und rasend zu werden. Allerdings schließen die beiden sie gar nicht aus. Anne ist von Natur aus großzügig, und abends und am Wochenende sind sie oft zu dritt unterwegs, gehen ins Kino, in Cafés und Pubs, spazieren in Putney am Fluss entlang oder am Kanal durch Camden, Kings

Cross und Angel. Außerdem war Paul schon immer da, immer im Hintergrund – ganz offensichtlich ist Anne keine von denen, die ihre Freundinnen vergessen, sobald sie einen Partner finden. Celia kommt zu dem Schluss, dass sie und Paul unterschiedliche Rollen in Annes Leben erfüllen. Vielleicht war es ja doch kein Kampf um Leben und Tod.

Sie ist sich so gut wie sicher, dass Paul und Anne nicht miteinander schlafen. Anne übernachtet nie in seiner Bude, und im Frauenwohnheim lässt er sich auch nicht blicken. Jedes Treffen scheint in der Öffentlichkeit stattzufinden. Celia beobachtet sie aufmerksam, doch eine Gelegenheit für Geschlechtsverkehr entdeckt sie nicht, weswegen Anne glücklicherweise nicht in ihrer Achtung sinken muss.

Aber manchmal enttäuscht Anne sie schon, das stimmt. In ihrem zweiten Sommersemester zum Beispiel unternehmen Celia und Anne mit der Christlichen Studentenvereinigung einen Wochenendausflug nach Oxford, wo eine gemeinsame Konferenz mit der CSV der Oxford University stattfindet. Sie übernachten in einer Jugendherberge und hören sich tagsüber Vorträge von Studierenden an, die mittags von einem Picknick in den University Parks unterbrochen werden. Auf der Busfahrt sitzen sie noch nebeneinander, aber den Rest des Wochenendes über scheint Anne sich unbedingt mit anderen unterhalten zu wollen, sowohl den Londonern als auch den Oxfordern. Was hat Anne denen bitte zu sagen? Die christlichen Studierenden in Oxford sind noch merkwürdiger als die Londoner, was

Celia für eine beachtliche Leistung hält. Beim Picknick sitzt Anne mit einer großen Gruppe Oxforderinnen zusammen und winkt Celia heran, schenkt ihr dann jedoch keine gesonderte Aufmerksamkeit, die sie als ihre wichtigste, ranghöchste Freundin kennzeichnen würde. Celia brodelt innerlich, während Anne redet und lacht und Käsebrote herumreicht, als wäre Celia einfach irgendwer, den sie auf der Busfahrt kennengelernt hätte.

Immer wieder ruft sie sich in Erinnerung, wie viel Anne ihre Freundschaft bedeutet, das hat sie schließlich schon mehrfach gesagt und Celia oft als ihre beste Freundin bezeichnet, wobei Celia vor Glück innerlich zergeht. Trotzdem macht sich Celia Sorgen. Anne scheint ihre Zuneigung leichtfertig zu verteilen, unterscheidet nicht ausreichend zwischen verschiedenen Leuten. Anne ist von Natur aus fröhlich und offenherzig, und Celia traut dem Ganzen nicht. Sie kann sich nicht vorstellen, so zu sein wie Anne. Manchmal verbrennt sie schier vor Sehnsucht, vor Bedürftigkeit.

In den ersten zwei Jahren kehrt Celia zu Weihnachten und Ostern zurück nach Peterborough, erledigt still ihre Hausaufgaben und zählt die Tage bis zum Vorlesungsbeginn herunter. Katy stört sie kaum; sie ist nun still, die explosionsartigen Ausbrüche sind Geschichte. Die meiste Zeit über fällt es Celia leicht, so zu tun, als wäre sie überhaupt nicht da.

Die Sommerferien stellen ein größeres Problem dar. Drei Monate sind einfach zu lang, um mit ihren

Eltern und ihrer Schwester zu Hause festzusitzen. Im ersten Jahr fährt sie mit Anne für zwei Wochen nach Cornwall und von dort direkt nach London, wo sie bis zum Ende der Ferien in einem Pub arbeitet. Ihren Eltern sagt sie, sie müsse in der Nähe der Bibliothek bleiben, und sie scheinen es ihr abzukaufen. Alles läuft gut, auch wenn die Stelle im Pub kein Riesenerfolg ist. »Kannst du nicht einfach mal lächeln?«, fragt ihr Chef. »Du siehst aus, als würdest du die Gäste lieber unter der Terrasse verscharren, als ihnen das Wechselgeld zu bringen.« Celia bedenkt ihn mit einem Blick, der ihm hoffentlich klarmacht, dass sie doch zumindest ihren Gesichtsausdruck frei wählen dürfen sollte, wenn sie sich schon mit unzivilisierten Idioten rumschlagen muss. Ihr Chef geht kopfschüttelnd davon.

Im zweiten Jahr heißt es, der Pub habe derzeit keine offene Stelle (zumindest nicht für sie). Celia versucht erfolglos, an eine Stelle als Kellnerin zu kommen, und muss am Ende doch nach Hause zurückkehren.

Der Sommer ist schwierig. Celia verfasst lange Briefe an Anne, die in einem Café in Cornwall arbeitet. Sie steckt ihr gesamtes Herzblut in diese Briefe, hält jeden noch so kleinen Gedanken fest.

Heute Morgen habe ich am Fenster gesessen und gelesen, schreibt sie, *da ist eine Elster draußen auf der Fensterbank gelandet. Sind Elstern nicht eigentlich immer paarweise unterwegs? Auf jeden Fall fand ich das ziemlich traurig. Die Elster wirkte auch recht schwermütig.*

Diese Stelle erscheint ihr beim Durchlesen besonders gelungen, richtig gefühlvoll. Aber wird Anne verstehen, dass die Elster eine Metapher ist? Sie denkt darüber nach und fügt schließlich noch einen Hinweis hinzu: *Die Elster kommt mir symbolisch vor, dir nicht auch?*

Dann liest sie sich den Absatz erneut durch. Sehr stimmig. Aber wird Anne begreifen, wofür die Elster steht? Sie ist manchmal recht sachlich in ihrem Denken. Celia überlegt, und am Ende fügt sie noch einen letzten Satz hinzu: *Erinnert die Elster dich an mich?*

Das muss reichen.

Anne beantwortet ihre Briefe, allerdings erst nach einer Woche oder noch später, und sie scheint es beim Schreiben eilig zu haben.

Paul war am Wochenende hier, schreibt sie. *Nur am Strand gewesen. Will mich dieses Jahr nicht so verbrennen. Gar nicht so einfach bei meiner hellen Haut. Mum und Dad sind ein bisschen anstrengend, aber zur Abwechslung mal bekocht werden ist schön. Wieso glaubst du, du siehst aus wie eine Elster? Finde ich überhaupt nicht! Kuss, A.*

Annes Briefe sind deutlich knapper als Celias, daher will auch Celia sich kürzer fassen, damit die Korrespondenz nicht zu einseitig wird. Allerdings hat sie so viel zu erzählen und niemanden, dem sie es sonst erzählen könnte. Sobald sie einen Brief von Anne erhält, verfasst sie eine Antwort und wartet dann unruhig auf den nächsten, wobei sie sich davon abhalten muss, in der Zwischenzeit einen neuen Brief zu schicken, obwohl die Wörter regelrecht aus ihr heraussprudeln wollen; es gibt so viel, das sie mit Anne teilen möchte. Annes Briefe versetzen ihr jedoch jedes Mal einen Stich der Enttäuschung. Ihr frisch-fröhlicher Ton hat etwas

Ernüchterndes. Oh, welche Qual, mehr zu lieben, als geliebt zu werden!

Unglücklicherweise wandelt sich etwas in Katy, während Celia in diesem Sommer zu Hause ist. Die ersten Wochen verlaufen noch ruhig, doch im Juli verändert sich das. Die IRA jagt eine Bombe am Londoner Tower hoch, wobei eine Frau ums Leben kommt und zahlreiche weitere Menschen verletzt werden, und das scheint etwas in Katy auszulösen. Einen ähnlichen Vorfall im Monat zuvor an den Houses of Parliament hatte sie noch kommentarlos zur Kenntnis genommen. Vielleicht ist es auch nur Zufall, vielleicht hat Katy ihr Medikament abgesetzt, oder es wirkt nicht mehr. Stundenlang durchforstet sie die Zeitungsartikel über den Anschlag oder presst das Ohr ans Radio. Sie behauptet, das Todesopfer sei ein Lockvogel gewesen, aber niemand versteht, was sie damit meint.

Zum Monatsende wimmelt es überall vor Katys Feinden – sie belauschen sie durch die Wände und verfolgen sie auf ihren täglichen Spaziergängen mit ihrer Mutter.

»Die Frau war meine Doppelgängerin«, erklärt sie. »Ich bin das eigentliche Ziel.«

Celia sieht, wie verängstigt ihre Schwester ist, doch gutes Zureden ist zwecklos.

Celia befürchtet, ihre Eltern könnten Bedenken haben, wenn sie im September nach London zurückkehren möchte, daher sagt sie eines Nachmittags zu ihrer Mutter: »Mir wird schon nichts passieren.«

»Wie meinst du das?« Ihre Mutter hält den Blick auf ihre Narzissenstickerei gerichtet.

»In London. Mir passiert bestimmt nichts.«

Gereizt hält ihre Mutter inne. »Was sollte dir passieren?«

Die Antwort bringt Celia aus dem Konzept, doch sie nimmt ihre Würde zusammen. »Ich wollte damit bloß sagen, dass ich keine Angst habe.«

»Wovor solltest du Angst haben?«

»Vor der IRA.«

»Um Gottes willen«, sagt ihre Mutter. »Jetzt fang nicht auch noch damit an, Celia. Dein theatralisches Getue hat mir gerade noch gefehlt.« Kopfschüttelnd nimmt sie ihre Stickerei wieder auf.

Auch im August verbessert sich Katys Zustand nicht. Eines Abends am Tisch verkündet sie unheilvoll: »Vor langer, langer Zeit war die Welt noch eins. Dann geschah ein Zeichen, und das Land zerbrach, und die Kontinente entstanden. Das Meer drängte sich zwischen sie. Die alten Götter waren am Werk.«

Celia runzelt die Stirn. »Ich glaube, da war die Kontinentalverschiebung am Werk.«

Ihre Mutter sagt: »Jetzt gib doch nicht so an, Celia.«

Katy sagt: »Ich bin der Schlüssel. Mehr nicht. Umdrehen, abschließen.«

Sie erhebt sich, lässt ihren Teller unangetastet stehen, nimmt sich Celias und geht damit aus dem Zimmer.

Als sie verschwunden ist, schiebt Celias Mutter ihr Katys Teller hin, und Celia isst weiter.

»Katy war schon immer sehr kreativ«, sagt ihr Vater schließlich. »Schon als kleines Mädchen. Das hier ist bloß ein anderer Aspekt ihrer Kreativität.«

»Sie ist nicht kreativ«, erwidert Celia, den Mund voller Kartoffeln. »Sie ist plemplem.«

Rasch steht ihr Vater auf und versetzt ihr eine Ohrfeige.

Einen Augenblick lang herrscht entsetztes Schweigen. Celia legt sich vorsichtig die Hand an die Wange und spürt, wie heiß sie brennt. Tränen steigen in ihr auf, doch die Blöße wird sie sich nicht geben. Bedächtig schluckt sie ihre Kartoffeln herunter und schaut zu ihrer Mutter, doch ihre Mutter blickt schweigend auf ihren Teller. Celias Vater verlässt wortlos das Zimmer.

Katy erscheint im Türrahmen. »Nicht mehr lange«, prophezeit sie.

Innerhalb weniger Tage hat Katy auf der Suche nach Abhörwanzen alles im Haus zerlegt, was sich zerlegen lässt.

»Glaubt mir doch!«, schreit sie ihre Eltern an, wenn sie sie festhalten wollen. »Ich will euch bloß beschützen! Glaubt mir doch!«

Celia hat ihren Vater noch nie weinen sehen, doch jetzt heult er wie ein Schlosshund, und Celia schämt sich für ihn.

Nachdem Katy das Küchenfenster eingeschlagen und sich dabei den Arm aufgeschlitzt hat, wird sie wieder eingewiesen.

Celia versucht, die Ereignisse für Anne in einen Brief zu packen. Doch Annes neuester Brief, der vor ihr auf dem Schreibtisch liegt, wirkt lähmend auf sie. (*Lagerfeuer am Strand gestern! Viele von der Uni da. Echt toll!*)

Celia findet nicht die richtigen Worte und schreibt schließlich nur: *Mit Katy ist es wieder schwierig.*

Als Anne endlich antwortet, steht da: *Tut mir leid, das mit Katy. In ein paar Wochen bist du wieder in London. Halt die Ohren einfach steif. Ich fahr ein bisschen früher zurück, wahrscheinlich nächste Woche – Paul wird einsam. Männer sind so empfindlich, oder?*

Celia starrt auf das Papier. Von diesem Plan hört sie zum ersten Mal. Sie liest sich den Satz erneut durch, für den Fall, dass Anne sie ebenfalls dazu aufgefordert hat, früher zurückzukommen, um wieder mit ihr vereint zu sein, aber davon steht dort nichts.

Zu Semesterbeginn in London scheint Anne sich über ihr Wiedersehen zu freuen. Auf den ersten Blick ist alles beim Alten, doch Celia ist unruhig. Sie spürt eine ungewohnte Distanz zu Anne, die dadurch verschlimmert wird, dass Anne nichts davon mitbekommt oder es ihr einfach egal ist.

Anne spricht jetzt öfter über die Zeit nach der Uni. Sie würde gern in den öffentlichen Dienst gehen, sofern sie dort erwünscht ist. Die Vorstellung, einen Hosenanzug zu tragen, gefällt ihr, und sie muss in Pauls Nähe bleiben.

»Gibt es in Hounslow auch öffentliche Angestellte?«, fragt Celia.

Sie hat keine Ahnung, wo sie arbeiten soll. Eine Zeit lang hat sie insgeheim gehofft, Anne würde sich eine Wohnung mit ihr mieten wollen, doch jetzt wird ihr klar, wie abstrus diese Idee ist. Natürlich werden Anne und Paul heiraten und zusammenziehen. Außerdem spielt Celia in Annes Zukunftsplänen anscheinend keine Rolle. Celia spürt, wie allmählich Panik in ihr aufsteigt. Die Zukunft ist eine erschreckend leere Weite, und alle scheinen sich ohne sie dorthin zu begeben.

Im Oktober bittet Paul sie, ihn bei einem besonderen Einkaufsgang zu begleiten. Er ist jetzt seit sechs Jahren mit Anne zusammen und hat beschlossen, dass es Zeit für die Verlobung ist. Er werde Anne an ihrem einundzwanzigsten Geburtstag einen Antrag machen, sagt er, und der ist in fünf Wochen.

»Hilfst du mir, einen Ring auszusuchen?«, fragt er. »Ganz ehrlich, Cee, du bist die Einzige, die ich fragen kann.«

Celia fühlt sich geschmeichelt und ärgert sich darüber.

Am nächsten Tag schwänzt sie ihre Vorlesungen, und Paul nimmt sich ein paar Stunden frei, damit sie den gesamten Morgen zusammen verbringen können, ohne dass Anne Wind davon bekommt. Auf der Suche nach einem Ring, der gleichzeitig hübsch und bezahlbar ist, durchstreifen sie mehrere Gebrauchtschmuckhändler.

An diesem Tag werden sie nicht fündig, und im Anschluss gehen sie zur Besprechung in einen Pub. Paul erzählt Celia (erneut) von seinen Karriereplänen: Irgendwann will er es zum Chefspielzeugeinkäufer bei Argos oder Woolworth oder jemandem in der Größenordnung bringen. Dann lässt er sie an seinen Gedanken zu den bedeutendsten Trends in der Geschichte des Spielzeugeinkaufs teilhaben.

»Spannend«, sagt Celia.

»Weißt du, ich fände es super, wenn du Anne gegenüber mal erwähnen könntest, wie interessant du das findest. Manchmal kommt es mir vor …« Wehmütig starrt er ins Leere. »Ich glaube, Anne begreift die Nuancen des Spielzeugeinkaufs manchmal nicht so recht. Du weißt schon, die Feinheiten. Die Schattierungen.«

Am liebsten würde Celia erwidern, dass sie durchaus wisse, was Nuancen seien. Stattdessen sagt sie: »Vielleicht ist es für Außenstehende einfach schwierig, die … Nuancen in ihrer Gesamtheit zu begreifen. Und die damit verbundenen Herausforderungen.«

»Genau. Aber du verstehst das, oder?«

»Auf jeden Fall«, erwidert Celia.

In der darauffolgenden Woche gehen sie erneut einkaufen. Dieses Mal legen sie eine Pause im Café ein, trinken Tee und essen Kuchen. Paul vertraut ihr verschwörerisch raunend an, was seinem Gefühl nach »der nächste Renner« in der Spielzeugbranche wird, als würde er ihr ein Staatsgeheimnis verraten. Celia bemüht sich, entsprechend beeindruckt zu wirken.

Paul findet es aufregend, mitten am Tag, mitten in der Woche nicht zu arbeiten; befreiend nennt er es.

»Aber noch mehr kann ich mir wirklich nicht freinehmen«, fügt er hinzu. »Sonst sieht es aus, als hätte ich keinen Ehrgeiz. Das heißt, wir müssen heute unbedingt einen Ring finden.«

Und das tun sie auch.

»Der da.« Paul deutet auf einen Goldring mit einem zarten Rubin in der Mitte des Schaufensters.

Er hat recht: Der Ring ist perfekt.

Ohne aufzuschauen, sagt sie: »Du darfst Anne nicht heiraten.«

Sie spürt, wie er sie ansieht, und kühl erwidert sie seinen Blick. »Sie passt nicht zu dir. Heirate lieber mich.«

Erst lacht er entsetzt auf.

»Heirate lieber mich«, wiederholt Celia ungerührt.

Dann verstummt sein Lachen. »Dich?«

»Mich«, sagt Celia. »Ich bin mir sicher.«

Sie lenkt ihre ganze Intensität auf ihn, doch ihre Miene bleibt unbewegt. Das hier wird sie sich nicht nehmen lassen, und wenn es das Letzte ist, was sie tut.

»Du veräppelst mich doch.« Sein Tonfall klingt leicht fragend.

»Nein.« Inzwischen sollte er eigentlich wissen, dass sie nicht der humorvolle Typ ist. Ihr Herz rast, doch sie schaut ihn mit heftiger Gewissheit an.

»Wolltest du schon immer …?«, setzt er an.

»Ja.«

»Und was ist mit Anne?«

»Anne kommt schon zurecht.«

»Das … geht doch nicht.«

»Das wird kein Problem. Anne steckt das schon weg. Ich kenne sie.«

Schweigend starrt er sie an. Celia spürt eine Formbarkeit in ihm, die Anne völlig fehlt, so nett sie auch sein mag. Ihm kann sie ihren Stempel aufdrücken.

»Du gehörst zu mir«, sagt sie. »Ich kann dich besser in deiner Karriere unterstützen. Ich nehme dich ernst.«

»Wir sind aber schon so lange …«

»Ganz genau«, sagt Celia. »Du warst zu jung, als ihr euch kennengelernt habt, und dann saßt du fest. Ihr wart doch noch Kinder. Sie ist nicht für dich bestimmt. Sie versteht nicht, was du brauchst.«

»Und du schon.«

»Ja.«

»Aber das wäre ein Riesenskandal.«

»Nicht unbedingt«, sagt Celia. »So was passiert doch ständig.«

»Ihr seid miteinander befreundet.«

»Sie erholt sich bestimmt schnell davon, das liegt in ihrer Natur.«

»Sie findet bestimmt jemand anders«, sagt er, als würde er wiederholen, was sie ihm eingeflüstert hat.

»Natürlich. Jemanden, zu dem sie besser passt. Sie ist einfach nicht die Richtige für dich, und man darf sein Leben nicht mit der falschen Person verschwenden.«

Er sieht sie prüfend an. »Woher weißt du das?«, fragt er. »Wie kannst du dir da so sicher sein?«

»Ich weiß es einfach«, sagt Celia. »Vertrau mir.«

»Und du …« Er bricht ab. »Du bist dir sicher, oder? Du meinst das ernst.«

»Ich bin mir sicher«, erwidert Celia. »Ich meine es ernst.«

Danach geht es ganz schnell. Sie betreten den Laden, und Paul kauft Celia den Ring. Sobald sie wieder vor der Tür sind, steckt sie ihn an den Finger.

»Geht doch«, sagt sie.

Celia kann sich nicht vorstellen, wie das Gespräch mit Anne verlaufen wird. Sie versucht, sich geistig darauf einzustellen, doch ihr Gehirn verweigert stur die Zusammenarbeit.

Besser wäre es, wenn Paul ihr die Nachricht überbrächte, dann könnte das Gespräch mit Anne für immer eine Leerstelle bleiben. Aber sie weiß intuitiv, dass er es nicht schaffen wird. Ja, wenn sie es vorschlüge, würde er zustimmen; sie solle es von ihm erfahren, das sei ja nur recht und billig. Edelmütig würde er darauf beharren, sich heldenhaft einer schwierigen Situation zu stellen. Doch dann käme das Gespräch einfach nicht zustande. Der richtige Augenblick käme einfach nie, die Tage würden verstreichen und der Moment vor dem Juweliergeschäft allmählich verblassen, bis Celia sich nicht mehr sicher wäre, dass er überhaupt stattgefunden hat.

Also muss sie es übernehmen.

Anne bricht nicht sofort in Tränen aus, weil sie es nicht direkt glaubt.

»Was meinst du damit?«, fragt sie immer wieder. »Was soll das heißen?«

Celia sitzt auf dem Schreibtischstuhl, und Anne

kauert sich auf ihrem Bett zusammen, wobei Celia kurz von ihrer Begriffsstutzigkeit genervt ist.

»Paul und ich heiraten«, wiederholt sie. Und da Anne schweigt, fügt sie schließlich steif hinzu: »Tut mir leid. Uns beiden. Ist nun mal einfach so passiert.«

Anne ist ganz bleich geworden, wie Celia ungerührt feststellt.

»Wie lange schon?«, fragt Anne schließlich.

»Wie lange was?«

»Wie lange läuft das schon zwischen euch?«

»Schon eine ganze Weile.« Die Antwort scheint ihr so gut wie jede andere.

Schließlich weint Anne los. »Das tut weh. Gott, wie weh das tut.«

»Ja.«

Während Celia Anne betrachtet, kommt sie zu einer verwirrenden Erkenntnis. Anne ist gänzlich unbefangen. Sie weint nicht, um damit etwas zu erreichen, um sich einen tragischen Anstrich zu geben oder Celia ein schlechtes Gewissen zu machen, und sie ist auch nicht auf die Idee gekommen, das Gesicht zu wahren. Für Celia ist jede Bewegung eine angespannte Aufführung vor einem stummen, kritischen Publikum, Anne dagegen hat keine unsichtbaren Zuschauer.

Die Einsicht erscheint ihr wichtig, wird sich jedoch bald wieder in Wohlgefallen auflösen, so wie die erschreckend klaren Momente, die sie manchmal nach ein paar alkoholhaltigen Getränken erlebt und die am nächsten Morgen ihre Wirkung verloren haben, sofern sie sich überhaupt daran erinnert. Einsichten sind für

Celia etwas Ungewöhnliches. Ihre Befangenheit geht nur selten in Selbstkritik über, und in einem Jahr wird sie sich nur noch an den Umriss dieser Szene erinnern, nicht an die Nuancen (die Feinheiten, die Schattierungen). Sie wird sich daran erinnern, wie unwohl sie sich fühlte und dass Anne emotional, aber nicht hysterisch reagierte. Sie wird sich daran erinnern, dass Anne sie mit den leisen Worten »Du gehst jetzt wohl besser« beendete.

Danach trifft Celia sie nicht mehr, zumindest nicht richtig. Ab und zu sieht sie sie im Vorbeigehen, vor Hörsälen und einmal auf dem Tavistock Square, wo Anne mit einem ihr unbekannten Mädchen auf einer Bank sitzt.

In der Regel verbringt Celia ihre Abende nun allein, wobei sie manchmal mit Paul ausgeht. Sie hat stets angenommen, dass man sich mit einem Geliebten über wichtige Dinge unterhalten würde, doch sie reden nur über Banalitäten. Die Gespräche sind von Pausen und gegenseitigen Unterbrechungen durchsetzt, und oft kommt es ihr vor, als würden sie sich in den Randbereichen herumtreiben, statt sich der Mitte zu nähern. Aber Männer und Frauen sind nun mal sehr unterschiedlich, und außerdem darf Anne nicht erwähnt werden, was ihren Gesprächsstoff weiter begrenzt.

Zu Celias Überraschung näht ihre Mutter ihr das Hochzeitskleid, eine schlichte bodenlange Robe mit Lochstickerei, Puffärmeln und Empire-Taille. Celias Mutter hält sich an ein Muster, das Celia ausgesucht hat (sie hatte die Wahl zwischen zweien), und füttert die Nähte stirnrunzelnd und effizient durch die Nähmaschine.

»Ich wusste gar nicht, dass du schneidern kannst«, sagt Celia, als ihre Mutter vor ihr kniet und den Saum absteckt.

»Natürlich kann ich das.« Ihre Mutter klingt gereizt. Dann fügt sie hinzu: »Du kannst einen Blumenkranz zu deinem Schleier tragen. Am besten lässt du die Haare offen, wir können am Vorabend Lockenwickler eindrehen.« Sie umrundet Celia und steckt den Saum an der Rückseite ab. »Wahrscheinlich wirst du glücklich.«

An ihrem Ton kann Celia nicht erkennen, ob das eine Frage oder eine Aussage ist. Außerdem kann sie ihre Mutter nicht sehen. Sie sagt: »Ja.« Sie zögert, hat das Gefühl, sie sollte noch etwas anderes sagen, doch ihr fällt nichts ein.

Ihre Eltern haben Paul ein Mal gesehen, bei einem kurzen, steifen Abendessen während der Weihnachtsferien. Ihre Mutter macht Hähnchenauflauf, und ihr Vater erkundigt sich nach Pauls Arbeit. Katy sitzt nicht mit am Tisch; anscheinend haben Celias Eltern sich im Vorhinein darauf geeinigt, und es wird nicht mit Celia diskutiert. Dummerweise kommt Katy zum Ende der Mahlzeit nach unten und muss vorgestellt werden. Sie begrüßt Paul freundlich, und Celia wagt zu hoffen, die Begegnung würde ohne Zwischenfall verlaufen, doch dann wird klar, dass Katy davon überzeugt ist, Paul sei beim Militär. Als er verneint, scheint sie das nur noch zu bestärken, und sie stellt ihm eine Reihe technischer Fragen über Panzermanöver.

Schließlich sagt Celias Mutter zu ihr: »Schatz, magst du ein Eis essen? *Coronation Street* fängt gleich an«, und Katy wird nach nebenan geführt.

Kurz darauf entschuldigt sich Paul und sucht die Toilette auf, und Celia fragt ihren Vater: »Woher weiß sie so viel über Panzer?«

»Keine Ahnung«, erwidert er. »Ganz schön beeindruckend, oder?«

Celia kann es nicht bestreiten.

Paul verabschiedet sich direkt nach dem Abendessen. Celia begleitet ihn zum Auto und wappnet sich für die Fragen nach Katy, doch er sagt lediglich: »Lief doch ganz gut, oder?«

Zurück im Haus äußern sich ihre Eltern nicht weiter zu Paul. Ihr Vater meint bloß: »Netter junger Mann«, und ihre Mutter sagt: »Er findet seine Arbeit ganz schön aufregend, kann das sein?«

Die Hochzeit folgt im Juli, kurz nach Celias Abschlussprüfungen. Sie heiraten kirchlich im kleinen Kreis, danach gibt es ein Mittagsbüfett im Pub. Die Gästeliste ist überschaubar: Celias Eltern mit Katy, Mr und Mrs Clarke von nebenan, zwei Freundinnen ihrer Mutter namens Mrs Linden und Mrs Jackson samt Ehegatten, Pauls Eltern, sein Bruder (der auch als Trauzeuge fungiert) und dessen Freundin, zwei seiner Unifreunde, zwei Kollegen von der Spielzeugfirma, jeweils mit Frau im Schlepptau. Während ihr Vater sie zum Altar führt, geht Celia aus unerfindlichen Gründen ein altes Kinderlied durch den Kopf: *Die Tiere gingen zu zweit zum Schiff.*

Celia hat keine Freundinnen, die sie einladen könnte. Als Paul sie fragt, wer ihre Brautjungfern seien, sagt sie: »Katy. Nur Katy«, als wäre sie der wichtigste Mensch in ihrem Leben. Später kommt ihr in den Sinn, dass ihre Eltern ohnehin darauf bestanden hätten. Ihre Mutter näht Katy ein Kleid aus einem creme- und orangefarbenen Blumenstoff von Laura Ashley, doch es steht Katy nicht, da es ihre unförmige Figur und ihren ungesunden, blassen Teint betont. Celia schaut ihrer Schwester bei der Anprobe zu. Katy berührt den Stoff sanft und streicht ihn über dem Bauch glatt. Sie starrt ihr Spiegelbild an. Celia stellt beschämt fest, dass ihre Schwester Tränen in den Augen an.

»Du siehst wunderschön aus, mein Schatz«, sagt ihre Mutter.

Vor dem Hochzeitsbüfett, das aus Wurstplatten, Kartoffelsalat, Würstchen im Schlafrock und schlaffem Blattsalat besteht, hält Celias Vater eine kurze Rede, wobei er erst den Gästen für ihr Kommen dankt und dann Paul dafür, dass er ihnen ihre Tochter abgenommen hat (pflichtbewusstes Lachen), und dann hält Paul eine lange Rede, in der er betont, wie wichtig es sei, seinem Instinkt zu vertrauen, sich treu zu bleiben und den Tag zu nutzen.

Celias Mutter murmelt: »Er weiß schon, dass er der Bräutigam ist und kein Motivationsredner, oder?«

Schließlich hält Pauls Bruder eine Rede, die mit

leicht verfänglichen Anekdoten aus Pauls Jugend gespickt ist, und endet mit den Worten: »Und natürlich heißen wir Celia herzlich in unserer Familie willkommen. Wir kennen sie zwar noch nicht besonders gut, aber das wird sich bestimmt bald ändern.«

Celia sieht darin eine Anspielung auf Anne, die Leiche in ihrem Keller, die Pauls Familie durchaus gut kannte. Celia hat Pauls Familie erst am Vortag kennengelernt, nachdem sie für die Hochzeit in Peterborough eingetroffen waren und gemeinsam mit Celia und ihren Eltern zum Italiener gingen. Im Laufe der letzten Monate hatte Paul öfter vorgeschlagen, das Wochenende in Cornwall zu verbringen, doch sie hatte stets ausweichend reagiert. »Ich habe zu viel zu tun«, sagte sie und war froh, die nahenden Abschlussprüfungen vorschieben zu können. In Wirklichkeit weiß sie genau, dass sie niemals dorthin zurückkehren kann, wo Annes Familie lebt. Pauls Eltern waren höflich zu ihr, aber nicht warmherzig.

Katy benimmt sich während der Trauung und des Mittagessens tadellos, aber Celia wartet angespannt auf einen Ausbruch. Als sie und Paul sich am späten Nachmittag auf den Weg machen wollen – sie nehmen den Abendzug nach Great Yarmouth, um dort ihre einwöchigen Flitterwochen zu verbringen –, steht Katy ebenfalls auf, und Celia ist sich sicher, dass es nun jeden Moment so weit ist. Was wird Katy sagen? Vielleicht, dass Celia sie betrogen, ihr Leben gestohlen hat.

Doch Katy gibt ihr lediglich einen Kuss auf die Wange und sagt: »Hübsch siehst du aus, Cee.« Dann salutiert sie energisch vor Paul und geht wieder zu ihren Eltern.

Celia und Paul mieten ein paar Monate lang eine Wohnung und kaufen sich dann ein kleines Haus in Wimbledon.

Zu ihrem Missfallen stellt Celia fest, dass Paul von ihr erwartet, eine Stelle zu finden, obwohl sie jetzt verheiratet sind. Ehrgeiz sei eine wichtige Eigenschaft, sagt er, selbst in Frauen. Außerdem bräuchten sie das Geld. Also unterzieht sich Celia widerwillig der Lehrerausbildung und sieht nun doch die nette Mädchenschule auf sich zukommen. Vielleicht wäre es besser, so schnell wie möglich schwanger zu werden, aber der dazu nötige Vorgang bereitet ihr kein sonderliches Vergnügen. Außerdem meint Paul, sie seien noch sehr jung und müssten sich mit dem Nachwuchs nicht beeilen.

»Ich weiß ja, dass du dich nicht gegen deine natürlichen Instinkte wehren kannst«, sagt er. »Aber ein bisschen hältst du es doch noch aus, oder?«

Celia denkt darüber nach. Bislang spürt sie noch keine Instinkte, gegen die sie sich wehren müsste. Wenn sie in der Öffentlichkeit ein Baby sieht, findet sie es nicht besonders ansprechend. Sie stimmt Paul zu, sie kann es noch ein bisschen aushalten, und findet sich damit ab, ein oder zwei Jahre lang zu unterrichten.

Da sie kein Baby hat, mit dem sie sich beschäftigen könnte, konzentriert sie sich auf das Haus. Sie streicht das Wohnzimmer cremefarben, das Schlafzimmer in einem etwas gewagteren Fliederton. Sie versucht, sich für Vorhangstoffe und Kissenbezüge zu begeistern, und kann sich dabei nicht der Vorstellung erwehren, wie schön es wäre, jemanden nach seiner Meinung fragen zu können, eine Freundin, oder gar eine Schwester. Paul hegt kein großes Interesse an der Materie, merkt jedoch an, wie elegant das Haus aussehe.

Ein eigenes Zuhause und ein Ehemann. Celia weiß, dass ihr früheres Ich beeindruckt wäre, wie erfolgreich sie ihr Leben organisiert hat.

Abends, wenn Paul noch auf der Arbeit ist, wird sie allerdings manchmal unangenehm unruhig. Sie durchstreift die ordentlichen, sauberen Zimmer, die selbst nach Celias Einrichtungsexzessen noch unpersönlich wirken. Sie versucht, es sich auf dem Sofa im Wohnzimmer bequem zu machen, sich mit einer Zeitschrift am Küchentisch zu entspannen, wird jedoch das Gefühl nicht los, sie wäre zu Gast in einem fremden Haus. Nicht Pauls, der sich nach den ersten Ehemonaten kaum noch dort blicken lässt, sondern das einer unsichtbaren, strengen Präsenz. Nachts liegt Celia neben ihrem schlafenden Mann – der, wie sich herausstellt, schnarcht, keine besonders attraktive Eigenschaft – und denkt darüber nach, was sie alles erreicht hat. Dennoch spürt sie eine gewisse Losgelöstheit. Schließlich kommt ihr der Gedanke, darin läge der wahre Grund dafür, weshalb Leute Kinder bekämen: nicht wegen biologischer Triebe, sondern weil Kinder den notwendigen Ballast bilden, einen Anker, der einem die Frage abnimmt, was einem fehlt, und einem hilft, sich im eigenen Leben zu Hause zu fühlen.

3

Kinder merken, wenn sie auf der Rangliste ganz unten stehen. Schon in jungen Jahren ist Hanna mit der Reihenfolge vertraut, in der ihre Mutter Zuneigung verteilt. Ganz oben steht Michael, das Lieblingskind, der Heiland, dicht darunter die edelmütige Alice. Dann folgt ein angespanntes Zwischenspiel samt Steppenläufern und Vogelgezwitscher, und dann endlich trottet Hanna ins Blickfeld, wobei sie mit jedem Schritt Wolken der Ärgernis aufwirbelt.

Bereits im Kleinkindalter eilt ihr Ruf ihr voraus.

»Und hier kommt unser Wildfang«, verkündet ihre Mutter stets wie ein mittelalterlicher Herold, wenn sie ein Zimmer betritt. Hanna ist das Problemkind, Alice die Stille. Michael besitzt keinen gesonderten Titel, er ist ein Junge, was anscheinend schon eine Kategorie für sich ist.

»Sie hat Feuer im Hintern«, meint ihr Vater, als Hanna mal wieder einen Wutanfall hat. »Keine schlechte Eigenschaft.«

»Du hast sie ja nicht den ganzen Tag am Hals«, erwidert Hannas Mutter.

»Tobsucht! Tobsucht!«, skandiert Michael jedes Mal, sobald Hanna auch nur den Hauch einer

Reaktion zeigt, und es verlangt ihr viel ab, ruhig zu bleiben.

»Emotionen regulieren«, erklärt ihre Mutter, »ist das Wichtigste im Leben.«

Hannas Mutter hat so einiges zu diesem Thema zu sagen. Hannas emotionale Inkontinenz werde ihr eines Tages noch Ärger bereiten. Sie geht jedoch nicht näher darauf ein, welche Art von Ärger sie meint.

In ihrer Funktion als abenteuerlustige Unruhestifterin mit (im Flüsterton) starkem Geltungsdrang reißt Hanna im Laufe ihrer Kindheit regelmäßig von zu Hause aus. Jedes Mal ist es ihr ernst damit, doch jedes Mal landet sie früher oder später wieder bei ihren Eltern. Sie weiß nicht, dass dieses Verhalten als klischeehaft gilt. Als sie es schließlich erkennt, fühlt sie sich leicht gedemütigt. Einfallslosigkeit hält Hanna für die unverzeihlichste aller Schwächen.

Einer ihrer Fluchtversuche endet noch vor der ersten Kreuzung. Ihr Vater holt sie ein (als Informantin hat mit Sicherheit Alice fungiert, die einen Hang zum Verrat hat) und überredet sie zur Rückkehr, indem er ihr Pfannkuchen verspricht, die er eigenhändig zubereiten will. Hanna freut sich so sehr über seine Aufmerksamkeit, dass sie ihm bereitwillig folgt.

»Daddy, bist du mir böse?«, fragt sie, während sie Hand in Hand nach Hause gehen. Sie sieht ihm an, dass er nicht böse ist.

»Nein, mein Schatz.«

Hanna will die Gunst der Stunde nutzen. »Wenn du nächstes Mal wegmusst, darf ich dann mit?«

Er wirft ihr einen kurzen Blick zu. »Und was machst du dann den ganzen Tag? Mit mir in Konferenzen sitzen?«

»Ich kann dir helfen.«

Er lacht. »Okay. Von mir aus.«

Doch als sie am nächsten Montag zum Frühstück herunterkommt, stellt sie überrascht fest, dass er verschwunden ist. Er ist die ganze Woche über in Hongkong, erklärt ihre Mutter.

»Aber ich sollte doch auch mit«, klagt Hanna. »Das hat er mir versprochen.«

Ihre Mutter runzelt die Stirn. »Erzähl doch nicht so einen Quatsch. Er hat bestimmt nur rumgealbert.«

Michael, der gerade Müsli isst, lacht auf. Milch tropft ihm aus dem Mundwinkel, der Anblick ist unschön. »Wieso sollte er dich mitnehmen? Gott, bist du bescheuert.« Er ist zwölf und hat seit Kurzem Pickel.

»Halt die Fresse«, sagt Hanna.

»So was von bescheuert.«

»Halt die Fresse!«, brüllt sie.

»Na toll«, sagt ihre Mutter zu Michael. »Jetzt kriegt sie wieder einen Wutanfall.«

Hannas Vater arbeitet in der Einkaufsabteilung eines großen Spielzeugherstellers. Er ist verantwortlich für Mädchenspielzeug und Taschengeldkäufe, angeblich zwei der wichtigsten Sparten. Er bringt Hanna, Alice und Michael regelmäßig Muster zum Spielen mit, und in der Schule sind sie sehr beliebt, weil sie immer als Erste die neuesten Trends besitzen. Sie bringen die ersten Tamagotchis mit, die ersten Leucht-Jo-Jos, den ersten Game Boy Color in der Pokémon-Blue-Version und kommen außerdem an Sondereditionen, die sonst niemand in die Finger kriegt, den Regenbogenfurby zum Beispiel, der innerhalb weniger Tage überall ausverkauft ist. Das Beste sind die Prototypen, die es nie auf den Markt geschafft haben und dank derer sie ihren Klassenkameraden mitleidige Blicke zuwerfen können, wenn diese wissen wollen, wo sie auch so einen bekommen können.

Sie sehen ihren Vater nur selten, da er entweder bis spätabends arbeitet oder beruflich unterwegs ist, und wenn er am Wochenende zu Hause ist, schließt er sich stundenlang in seinem Arbeitszimmer ein, hat viel zu tun, wie ihre Mutter erklärt – aber als Alice und Hanna einmal durchs Schlüsselloch spähen, spielt er Solitär am Computer.

»Er ist ein aufsteigender Stern am Spielzeugeinkaufshimmel«, sagt Hannas Mutter, wobei in ihrer Stimme ein seltsamer Unterton mitschwingt, der immer nur dann auftaucht, wenn sie über Hannas Vater spricht.

Hanna will es auskosten, wenn ihr Vater zu Hause ist. Der Höhepunkt ihrer Kindheit sind Marktforschungssonntage. Manchmal – nicht jede Woche, aber doch so oft, dass es sich regelmäßig anfühlt – lädt ihr Vater die Kinder sonntagsnachmittags in sein Arbeitszimmer ein, wo sie sich feierlich in einen Halbkreis auf den Boden setzen und er sie zu den letzten Spielsachen befragt, die er mit nach Hause gebracht hat.

Alice und Michael geben lediglich fantasielose Antworten wie: »Mir hat das lustige Geräusch gefallen«, wobei Alice sich vor Schüchternheit windet und dümmlich lächelt und Michael das Gesicht verzieht, als könnte er sich keine dümmere Beschäftigung vorstellen. Manchmal fällt ihnen gar nichts ein, und ihr Vater muss ihnen die Antworten aus der Nase ziehen: »Gefallen euch die Lichter, oder sind die euch egal? Fändet ihr es besser, wenn es noch andere Farben gäbe?«

Hanna würde sich für die beiden schämen, doch das Versagen ihrer Geschwister bietet ihr die Gelegenheit, zu glänzen. Im Gegensatz zu Alice und Michael bereitet sie sich auf die Besprechungen vor, rauscht voller Ideen die Treppe hinauf. Die Woche über verbringt sie viel Zeit damit, genau zu analysieren, was ihr an einem Spielzeug gefällt oder sie stört, verfasst Listen in einem ihrer eigens dafür angelegten Notizbücher. Ihre einfallsreiche, erfinderische Art macht sie zu einer »befreiten Denkerin« (laut ihres Vaters), die stets »sämtliche Erwartungen übertrifft«. Sie nimmt ihre Notizbücher sogar mit in die Schule, befragt die Kinder aus ihrer Klasse und reagiert genervt, wenn sie zu unspezifisch antworten. »Ich helfe meinem Vater mit seiner Karriere«, erklärt sie. »Er ist ein aufsteigender Stern am Spielzeugeinkaufshimmel.«

Schließlich überreicht sie die Notizbücher ihrem Vater, der lachend erwidert, er wünschte, seine Mitarbeiter wären so eifrig bei der Sache wie sie.

»Nett von ihm«, sagt ihre Mutter eines Sonntags, nachdem Hanna ihrem Vater im Arbeitszimmer ihre

Forschungsergebnisse vorgetragen hat. »Dass er bei deinem kleinen Spiel mitmacht.«

Hanna betrachtet ihre Mutter aus zusammengekniffenen Augen und wünscht sich, wie schon so oft, ihr Vater wäre die ganze Zeit zu Hause und nicht sie. Er hat Hanna offenbar viel lieber als ihre Mutter. Wieso schickt niemand ihre Mutter für eine Woche nach Hongkong? Dann könnte sie den Hongkongern erklären, wie man seine Emotionen reguliert.

Die Emotionen ihrer Mutter sind, selbst im regulierten Zustand, Angst einflößend. Einmal zum Beispiel vergessen sie den Muttertag. Hanna und Alice sind sechs, Michael ist zehn. Normalerweise erinnert ihr Vater sie daran und geht mit ihnen eine Karte und ein Geschenk kaufen, aber dieses Jahr ist er unterwegs und hat anscheinend nicht daran gedacht. Die Geschwister verstehen erst nicht, weshalb ihre Mutter beim Frühstück nicht mit ihnen spricht, warum sie die Milchflasche auf den Tisch knallt und ihnen die Schüsseln zum Abspülen wegreißt, bevor sie aufgegessen haben. Selbst als sie sich kurz darauf mit Kopfschmerzen auf ihr Zimmer zurückzieht und die Kinder ihrem Schicksal überlässt, merken sie nicht, was sie verbrochen haben. Ihnen ist jedoch klar, dass etwas nicht stimmt. Nach einer Weile klopfen Hanna und Alice schüchtern an die Schlafzimmertür und fragen, ob sie etwas für ihre Mutter tun können. Sie blafft sie an, sie sollten verschwinden. »Kann ich nicht mal einen Moment lang meine Ruhe haben? Nicht mal das habe ich verdient?«

Zum Mittagessen sind sie sich einig, dass sie ihre

Mutter besser nicht stören, und Michael macht Marmeladenbrote für alle. Sie essen stehend in der Küche, was Hanna merkwürdig vorkommt, und räumen danach ordentlich auf. Dann gehen sie im Wohnzimmer fernsehen und streiten sich nicht einmal über den Sender. Normalerweise dürfen sie tagsüber nicht fernsehen; sie sollen schön draußen spazieren gehen, Fahrrad fahren, mit ihrer Mutter ein Brettspiel spielen oder lesen. Aber heute sind sie zu verstört, um sich daran zu erfreuen. Sie stellen den Fernseher leise und flüstern miteinander, als wäre jemand gestorben, schleichen auf Zehenspitzen durchs Haus und schließen die Türen sanft.

»Sie ist bloß krank«, sagt Michael. »Heute Abend geht es ihr bestimmt wieder besser.«

»Und wenn nicht?«, fragt Alice. »Was gibt es dann zu Abend?«

»Ich kümmer mich schon drum«, erwidert Michael, und beim Gedanken an ein weiteres Marmeladenbrot seufzt Hanna laut.

Ihre Mutter kommt jedoch am Abend wieder zum Vorschein, und obwohl sie sich größte Mühe geben, leise und hilfsbereit zu sein, lässt sich die Explosion nicht vermeiden.

»Bedeute ich euch wirklich so wenig?«, zischt sie, während die Geschwister betreten nebeneinander in der Küche stehen. »So geht ihr mit mir um, nach allem, was ich für euch getan habe? Ohne die geringste Achtung?«

Alice strömen sofort die Tränen über das Gesicht. »Mummy, es tut uns leid.«

Hanna ist zwar selbst verunsichert, stellt allerdings verächtlich fest, dass Alice keine Ahnung hat, wofür sie sich überhaupt entschuldigt.

Michael ist tapferer. »Was haben wir denn gemacht, Mum?«

Großer Fehler. Sie nimmt ihn ins Visier. »Das weißt du nicht? Bist du wirklich so ekelhaft egoistisch? Wie habe ich dich bloß so ohne Rücksicht auf deine Mitmenschen erzogen, so furchtbar selbstsüchtig und egozentrisch? Hast du wirklich keine Ahnung, was heute für ein Tag ist?«

»Dein Geburtstag«, platzt es panisch aus Alice hervor, doch Hanna weiß, dass das nicht stimmt; ihre Mutter hatte vor ein paar Monaten Geburtstag.

»Muttertag«, flüstert Michael, und Hanna durchfährt ein eiskalter Schreck. Natürlich.

Ihre Mutter lacht bitter auf. »Ganz genau. Muttertag. Was euch anscheinend nichts bedeutet. Wen kümmert es schon, dass ich euch tagein, tagaus hinterherlaufe? Ein Tässchen Tee im Bett, eine Karte vielleicht, das ist anscheinend zu viel verlangt. Nicht mal dafür bin ich wichtig genug. Sogar meinen eigenen Kindern bin ich egal.« Ihre Stimme zittert.

»Du bist uns doch überhaupt nicht egal.« Michael scheint ebenfalls den Tränen nahe, und Hanna wendet beschämt den Blick ab.

»Ich weiß wirklich nicht, wieso ich mir die Mühe mache.« Ihre Mutter stampft aus der Küche.

Den Abend über arbeiten sie an einem Tablett mit Abendbrot und einer selbst gebastelten Karte, wofür sie

Alices Bastelset benutzen. Es reicht lediglich für Bohnen auf Toast und eine Tasse Tee, dazu einen Marsriegel, den Michael in seinem Zimmer aufgehoben hat, aber Michael verfasst die Karte und schreibt, wie leid es ihnen tue und dass sie ihr so bald wie möglich ein Geschenk besorgen werden. Alle unterschreiben.

»Das hätten wir nicht vergessen dürfen«, sagt Michael.

»Aber der Tag ist jedes Jahr wann anders.« Hanna spürt, wie sich Entrüstung in ihr regt. »Das ist ein richtig fieser Trick!«

»Dad hätte uns dran erinnern sollen«, meint Michael. »Das ist alles seine Schuld.«

»Stimmt doch gar nicht«, entgegnet Hanna.

»Ich hasse ihn.«

»Halt die Fresse!«

Da steigen Alice, dem kleinen Baby, schon wieder Tränen in die Augen, und sie müssen sich vertragen.

Irgendwann klopfen sie an die Schlafzimmertür, und ihre Mutter sagt, sie sollen verschwinden. Ihre Stimme ist belegt und zittrig, und daran erkennen sie, dass sie geweint hat. Sie stellen das Tablett vorsichtig ab und schleichen wieder nach unten. Später ist das Tablett verschwunden. An diesem Abend bekommen sie ihre Mutter nicht mehr zu Gesicht, doch am nächsten Morgen zum Frühstück ist sie wieder da. Sie verhält sich zwar weiterhin kühl, packt ihnen jedoch ihre Pausenbrote ein, und die Geschwister sind froh, dass der Sturm vorübergezogen scheint. Nach der Schule legen sie ihr gesammeltes Erspartes von Weihnachten, Geburtstagen und Taschengeld zusammen, kommen insgesamt auf 23,73 Pfund und kaufen ihrer Mutter eine zarte Silberkette in einer Boutique in Wimbledon Village.

»Ach wie lieb«, sagt ihre Mutter, als sie ihr das Geschenk überreichen. »Die ist aber schön. Ich hoffe, ihr habt euch nicht in Unkosten gestürzt. Das wäre doch nicht nötig gewesen.«

Eine der größten Katastrophen ihrer Kindheit erlebt Hanna im Alter von zehn Jahren. Ihr Vater wird aufgrund seiner herausragenden Leistungen in die Kleinkindsparte befördert (sicherlich dank Hannas Hilfe, denkt sie, und erhält ihre erste Lektion darin, wie brutal Ironie sein kann). Er ist der einzige Einkäufer in der Sparte, erklärt er, nicht mehr Mitglied eines Teams.

»Toll, oder?«, sagt er. »Ich bin jetzt mein eigener Chef.«

»Euer Vater hat ein echtes Talent dafür, zu denken wie ein Kind«, sagt ihre Mutter.

Er ist immer noch genauso viel unterwegs, doch schnell stellt sich heraus, dass er bei der Marktforschung keine Hilfe mehr benötigt. Die Spielsachen, die er jetzt einkauft, sind für Babys. Als Hanna ihm ihre neuesten Ergebnisse vortragen will, sagt er: »Danke, mein Schatz, aber das gehört jetzt nicht mehr zu meiner Arbeit.«

Hanna hält das aufgeschlagene Notizbuch in der Hand, das ihre Listen mit farblich sortierten Kommentaren zu Zahnärztin Barbie enthält. Er macht keine Anstalten, es entgegenzunehmen.

»Soll ich mir dann mal die Babyspielsachen anschauen?«, fragt sie.

»Ach, Hanna«, erwidert er. »Du bist doch kein Baby mehr, oder? Du bist viel zu schlau und vernünftig, um mit Babyspielzeug zu spielen.«

»Aber ich weiß noch, wie es als Baby war«, erwidert Hanna. »Ich kann mich ganz genau daran erinnern. Als wäre es gestern gewesen. Ich kann mir einfach vorstellen, dass ich wieder ein Baby bin, und dann sage ich dir, was ich von den Sachen halte.«

»Nein, Liebes, so funktioniert das nicht. Außerdem ist es ziemlich umständlich für mich, Spielsachen mit nach Hause zu bringen.«

»Ich weiß noch ganz viel«, beharrt sie. »Tiny Tears und Timmy mochte ich zum Beispiel, die waren super, und den Kinderwagen dazu mochte ich auch, und ...«

»Hanna, ich habe Nein gesagt«, antwortet er schroff. »Und jetzt geh mit deiner Schwester spielen.«

Hanna wird ständig zu Alice abgeschoben, die nur auf der Welt ist, um Hannas Geduld auf die Probe zu stellen. Ständig heißt es, sie »stecken unter einer Decke«, nur weil sie Zwillinge sind (nicht mal eineiige). »Sei lieb zu Alice«, singt die Welt im Chor; Hanna hört es in der Schule und zu Hause. Aber warum? Hanna hat nie um Alice gebeten. Wenn sie könnte, würde sie sie zurückgeben. In der Schule lernen sie die Geschichte von Kain und Abel, und selbstverständlich identifiziert Hanna sich mit Kain. Abel hat es nicht besser verdient, wenn er so tranig durch die Gegend geschlurft ist wie Alice, wenn er die gleichen komischen Bastelprojekte und großen, feuchten Augen hatte. Der arme Kain. »Sei lieb zu Abel«, haben wahrscheinlich ständig alle zu ihm gesagt.

»Alice ist so ein nettes, gutmütiges Mädchen«, verkündet ihre Mutter stolz gegenüber Fremden. »So ausgeglichen und hilfsbereit.«

Eine von Alices hilfreichen Eigenschaften ist ihre Leidenschaft fürs Aufräumen. Ihre Mutter behauptet, sie sei schon als Kleinkind so gewesen, als wäre es ihr in die Wiege gelegt worden, ein einfacheres Kind zu sein als Hanna (wahrscheinlich war es sogar auf ihrer Seite der Gebärmutter ordentlicher).

»Alice hat einen ganz außergewöhnlichen Ordnungssinn«, erzählt Hannas Mutter allen. »Als die Mädchen noch klein waren, habe ich nie verstanden, was los war. Manchmal bin ich in ein Zimmer gekommen, das kurz zuvor noch aussah, als hätte eine Bombe eingeschlagen, und auf einmal war es blitzsauber. Als wären Wichtel vorbeigekommen. Irgendwann habe ich dann gemerkt, dass das die kleine Alice war, die da durch die Gegend gewackelt ist und aufgeräumt hat, wenn ich gerade nicht hingeschaut habe. Dummerweise hat sie die Sachen manchmal an ganz seltsamen Orten versteckt, und ich habe sie erst Monate später wiedergefunden.« Dann lacht sie auf eine Art, die so gar nicht nach ihr klingt. Wenn Hanna ständig die Sachen ihrer Eltern versteckt hätte, würde ihre Mutter bestimmt nicht allen erzählen, wie niedlich das doch gewesen sei.

Neben dem Aufräumen besteht Alices Lieblingsbeschäftigung darin, Schuhkartons mit Pappstücken in Zimmer zu unterteilen und eine kleine Klapptür in die Seite zu schneiden. Sie bastelt Möbel aus Pappe, Korken, Plastikspulen, Knöpfen, Streichholzschachteln und allem, was sie sonst noch auftreibt; Stoffreste nutzt sie als Teppiche und Vorhänge und altes Geschenkpapier als Tapete (sorgfältig aufbewahrt von Weihnachten und Geburtstagen, an denen Hanna sich jedes Mal eine Rüge einhandelt, wenn sie wagt, es zu verknittern). Sie malt sogar winzige Bilder, rahmt sie mit Tonkarton und hängt sie an die Wände.

Ihr Vater bringt Alice immer noch hin und wieder Puppenhausmöbel mit. Ihm ist nicht aufgefallen, dass sie sie nie benutzt, und sie bedankt sich jedes Mal höflich. Es macht Hanna rasend, dass Alice ihre dummen selbst gebastelten Möbel lieber mag als die tollen Sachen, die ihr Vater ihr besorgt. Die Häuser bleiben zudem menschenleer. Alice besitzt zwar kleine Holzpüppchen, doch denen bleibt der Zutritt verwehrt.

Manchmal (oft) stellt sich Hanna vor, die Papphäuser zu zertrampeln. Wie gut es sich anfühlen würde.

»Du bist meine beste Freundin«, sagt Alice manchmal zu ihr, woraufhin Hanna stets erwidert: »Du aber nicht meine.«

Ein paar Monate, nachdem ihr Vater seine neue Stelle als Einkäufer in der Kleinkindsparte antritt, reißt Hanna erneut von zu Hause aus. Sie plant die Flucht fürs Wochenende, damit er auch ja vor Ort ist, aber als es dann so weit ist, folgt ihr nur Alice die Ungewollte bis fast nach Wimbledon Common.

»Hat dich jemand geschickt?«, fragt Hanna und marschiert unbeirrt weiter.

»Nein!«, keucht Alice und versucht, mit Hanna Schritt zu halten. »Ich hab ihnen gesagt, dass du weg bist, und sie meinten, ich soll nicht hinterher. Mummy hat gesagt, du willst bloß wieder Aufmerksamkeit.«

»Und was hat Daddy gesagt?« Hanna bleibt abrupt stehen und schaut ihre Schwester an, die beinahe mit ihr zusammenstößt.

Alice verzieht angestrengt das Gesicht und überlegt. »Er hat gesagt, du kommst schon wieder zurück, wenn du Hunger kriegst. Hanna, du musst jetzt wirklich mit mir nach Hause kommen, sonst kriegen wir beide Ärger.«

Hanna sagt: »Hau ab. Ich will dich nicht hier haben.«

Sie geht weiter, und Alice folgt ihr erneut, da dreht Hanna sich um und versetzt ihr einen Stoß. »Geh nach Hause, Alice. Ich meins ernst!«

Und dieses Mal bleibt Alice stehen, als sie weitergeht. Hanna spürt den traurigen Blick ihrer Schwester im Rücken, bis sie um die Ecke biegt.

Dann hält Hanna an. Sie hat kein bestimmtes Ziel im Sinn, außer ihren Vater zu beunruhigen.

Am Ende weicht sie auf bekanntes Gebiet aus, betritt die unebene Grasfläche am Rand des Common und macht sich auf den Weg zum Wald, wo die Bäume künstliche Dunkelheit schaffen und den Verkehrslärm dämpfen. Normalerweise, wenn sie mit ihrer Mutter hierherkommen, sind zahlreiche andere Leute unterwegs, aber in letzter Zeit hat es viel geregnet und der Weg ist schlammig, deswegen sind anscheinend alle zu Hause geblieben. Sie begegnet lediglich einem kahlköpfigen Mann mit Hund; er nickt ihr im Vorbeigehen kurz zu, und Hanna nickt zurück, wobei sie sich an der erwachsenen Art des Austausches erfreut. Die Vorstellung, dass sie allein im Wald ist, versetzt ihr ein wohliges Schaudern.

Sie bahnt sich einen Weg durch das Dickicht zur Rechten. Schnell hat sie einen guten Baum gefunden und kraxelt hinauf, immer weiter, bis die Äste zu dürr werden. Sie ist eine Abenteurerin, eine Entdeckerin, eine waghalsige Banditin.

Gerade hat sie es sich auf einem dicken Ast bequem gemacht, da spürt sie erschrocken, dass jemand in der Nähe ist. Unten am Baum: der Glatzkopf von vorhin. Sein Hund, ein Labrador, tapst in einiger Entfernung durch den Wald. Der Mann schaut zu Hanna hinauf. Aus drei Metern Höhe mustert sie ihn, die wettergegerbte Haut, die massige Gestalt. Blauer Regenmantel. Sie ist sich sicher, dass er blasse Wimpern und Augenbrauen hat, blond oder weiß, doch hinterher bezweifelt sie, dass sie das von ihrer Position aus überhaupt hätte sehen können.

Der Mann sagt: »Und, wie ist die Luft da oben?« Seine Stimme klingt sanft und freundlich, ein bisschen wie die von Hannas Vater.

Hanna kommt sich dumm vor, nicht mehr wie eine Abenteurerin, sondern wie ein Kind, das bei einem albernen Spiel ertappt wurde. »Gut«, sagt sie.

»Ich bin früher auch gerne auf Bäume geklettert«, sagt der Mann. »Heute komme ich nicht mehr so oft dazu.«

Hanna überlegt kurz, ob sie ihn jetzt auf ihren Baum einladen soll. Sie schweigt, beobachtet, wie der Hund herüberkommt. Der Mann streichelt ihm liebevoll den Kopf.

»Das hier ist Branston«, sagt er. »Wie in Branston Pickle. Möchtest du ihm mal Hallo sagen?«

»Hallo, Branston«, sagt Hanna.

Der Glatzkopf lacht leise und weich. »Ich meinte, hier unten, damit du ihn streicheln kannst. Das würde ihm bestimmt gefallen.«

Der Ast ist feucht, und Hanna spürt, wie ihr die Kälte langsam durch die Jeans bis in die Unterhose kriecht. Dennoch zögert sie.

»Nein, danke«, erwidert sie betont höflich.

»Ist nicht bald Zeit fürs Abendbrot?«, fragt der Mann. »Deine Eltern machen sich bestimmt Sorgen.«

Hanna nickt stumm.

»Na los«, sagt der Mann. »Richtig bequem ist es da oben bestimmt nicht, und ganz ungefährlich ist es auch nicht. Komm runter.«

Hanna beginnt mechanisch mit dem Abstieg. Dann hält sie wieder inne. Unter ihrer Haut pocht es, und in der Luft spürt sie eine unbekannte Strömung. Der Mann starrt immer noch zu ihr herauf. Er sieht ganz normal aus, hat einen freundlichen Hund, und sie war schon hundert Mal in diesem Park, nicht weit weg von zu Hause – aber trotzdem hat sie das Gefühl, dass sich hier etwas Außergewöhnliches abspielt. Sie ist auf einen Baum geklettert und befindet sich plötzlich an einem völlig neuen Ort. Sie ist sich dieser Gedanken nur unterschwellig bewusst; sie kann sie nicht in Worte fassen. Doch ihr Schaudern verfestigt sich zu dem Entschluss, auf keinen Fall herunterzuklettern.

Sie bleibt schweigend, wo sie ist.

»Na los«, wiederholt der Mann.

Hanna meidet seinen Blick. Sie ist wie erstarrt, schaut nicht hinab, beachtet ihn nicht. Ein bisschen so, als würde sie sich totstellen.

»Sei doch nicht albern«, sagt der Mann.

Doch der Kommentar kommt nicht bei Hanna an, sie ist abwesend, hat ein Kraftfeld um sich herum aufgebaut. Sie sagt sich, dass er sie nicht einmal mehr sehen kann, nicht durch ihr Kraftfeld. Wenn sie nur still und reglos verharrt, wird er sie vergessen.

Der Mann bleibt noch ein paar Minuten stehen, dann dreht er sich wortlos um und geht davon. Der Hund tapst ihm hinterher.

Selbst nachdem er verschwunden ist, klettert Hanna nicht hinunter. Sie bleibt im Baum, und nach und nach setzt ringsum die Dämmerung ein. Ihre Gliedmaßen sind in der unbequemen Position versteift, und sie ist bis auf die Knochen durchgefroren. Irgendwann merkt sie, dass sie dringend auf die Toilette muss. Zeit vergeht, der Druck auf ihrer Blase wird unerträglich, und sie überlegt, ob sie einfach drauflospinkeln soll, genau hier, aber bei dem Gedanken, wie angeekelt ihre Mutter reagieren würde, wenn sie mit durchtränkter Hose nach Hause käme, spannt sie sämtliche Muskeln nur noch fester an, und kein Tropfen gelangt hinaus.

Es ist fast dunkel, als sie endlich aus dem Baum steigt. Sie klettert sehr langsam, legt lange Pausen ein, um nach Geräuschen zu horchen, nach raschelnden Blättern oder zerbrechenden Zweigen. Es herrscht Stille. Das Herz schlägt ihr bis zum Hals. Trotzdem zögert sie eine ganze Weile, bevor sie endlich auf den Boden springt. Sie fängt sich ungeschickt ab und richtet sich wieder auf. Dann rennt sie los.

Als sie sich atemlos und schmutzig über die Türschwelle schleppt, ist es halb sieben. Zuerst geht sie aufs Klo – was für eine Erleichterung – und dann ins Wohnzimmer, wo ihre Mutter mit einem Buch auf der Couch sitzt. Hanna rechnet mit einer Standpauke, weil sie so lange weggeblieben ist, aber ihre Mutter hebt lediglich die Augenbrauen. »Ich dachte mir schon, dass dir dein dummes Theater irgendwann langweilig wird. Ich wäre wirklich böse gewesen, wenn ich nach dir hätte suchen müssen.«

»Ich habe einen Mann mit einem Hund getroffen«, sagt Hanna.

Ihre Mutter schaut weiter in ihr Buch.

»Er wollte, dass ich aus dem Baum komme«, fährt Hanna fort. »Um seinen Hund zu streicheln.«

»Ich habe dir doch schon tausend Mal gesagt, du sollst nicht auf Bäume klettern.« Jetzt sieht sie Hanna wirklich an, mustert sie kritisch. »Wie schaust du denn aus?«

Hanna sucht nach einer Erklärung, fragt jedoch schließlich: »Wo ist Daddy?«

»Arbeiten. Stör ihn nicht.« Ihre Mutter betrachtet sie immer noch. »Hör mal, mein Schatz«, sagt sie sanfter. »Es wird langsam Zeit, dass du mit diesem Quatsch aufhörst. Die Wutanfälle, das Ausreißen. Wenn du das jetzt nicht in den Griff bekommst, wird sich das später rächen. Ich meine es bloß gut.«

Hanna nickt.

Sie wendet sich zum Gehen, da erklärt ihre Mutter mit frischem Eifer: »Abendbrot ist in zehn Minuten fertig. Ich habe Apple Crumble gemacht. Das wird bestimmt nett, oder?«

Hanna stimmt zu. Im Gehen schließt sie die Tür hinter sich.

Oben klopft sie leise ans Arbeitszimmer.

»Was ist?«, fragt er.

»Ich bins.« Er reagiert nicht, und sie schiebt die Tür auf und bleibt auf der Schwelle stehen. Ihr Vater tippt noch etwas in die Tastatur und dreht sich dann mit dem Stuhl zu ihr.

»Was gibts, mein Schatz?« Er klingt leicht ungeduldig.

»Ich bin wieder da«, sagt sie leise.

»Ja, das sehe ich.« Er mustert sie stirnrunzelnd. »Ist alles in Ordnung?«

»Ja.«

»Schön. Wolltest du sonst noch was?«

Sie schüttelt den Kopf.

»Gut, dann kannst du jetzt mit Alice spielen gehen.

Ich habe hier noch viel zu tun.« Mit diesen Worten dreht er sich wieder zum Computer und tippt weiter. Er sieht sich nicht um, als Hanna aus dem Zimmer geht.

Auf dem Treppenabsatz wartet Alice.

»Da bist du ja«, sagt sie. »Ich habe im Garten auf dich gewartet, aber dann wurde es dunkel, und Mummy hat gesagt, ich soll reinkommen.« Sie will Hanna um den Hals fallen, doch Hanna schüttelt sie wütend ab. »Sei doch nicht so bescheuert.« Alice steht einfach dumm in der Gegend rum, und Hanna fügt hinzu: »Du bist so ein blödes Baby.«

Sie erzählt nie wieder jemandem von der Begegnung mit dem Mann im Wald, aber ein paar Jahre später, sie ist inzwischen ein Teenager, glaubt sie, sein Gesicht auf einem Foto zu sehen. Neben ihr im Zug hat jemand den *Evening Standard* liegengelassen, und als Hanna das Bild sieht, durchzuckt sie ein verwirrender Schreck. Die blassen Wimpern, die sie unmöglich gesehen haben kann, die Form seiner Glatze. Neben dem Bild ist noch ein anderes, ein junges Mädchen in Schuluniform. Hanna liest den Artikel nicht. Sie weiß, dass es sich nicht um denselben Mann handelt.

Manchmal liegt Hanna nachts wach und grübelt darüber nach, ob sie bei der falschen Mutter gelandet ist. Die eigene Mutter sollte einen doch mögen, oder zumindest keine Abneigung gegen einen hegen. Hanna erkennt zwar, dass das Problem größtenteils bei ihr liegt, da sie einfach kein liebenswerter Mensch ist. Aber trotzdem, selbst wenn man nicht besonders liebenswert ist, sollte die eigene Mutter das doch nicht merken. Selbst die Mütter von Mördern haben ihre Kinder lieb und besuchen sie im Gefängnis (das hat Hanna in einer Reportage gesehen).

Gleichzeitig ist Hanna sich sicher – so gut wie sicher –, dass ihre Mutter sie irgendwann mal mehr gemocht hat. Sie erinnert sich noch daran, wie die Umarmung ihrer Mutter sich anfühlte, als sie noch ganz klein war, an ihren angenehm tröstlichen Geruch. Sie erinnert sich an ihre Lungeninfekte, wie anstrengend jeder keuchende Atemzug war und wie sehr sie sich davor fürchtete, jeder Atemzug könnte der letzte sein. Dann saß ihre Mutter die ganze Nacht auf ihrer Bettkante, sprach leise und beruhigend auf sie ein und brachte ihr heißes Wasser zum Inhalieren.

Das ging jedoch schnell vorbei, und Hanna weiß nicht, was schiefgelaufen ist.

»Es hat sich angefühlt, als hätte sie mich abgesetzt wie ein Medikament«, erzählt sie ihrer besten Freundin Kemi mit siebzehn im Gemeinschaftsraum ihres Colleges. »Ich hab keine Ahnung, warum.«

»Wahrscheinlich hat sich dein wahres Ich gezeigt«, erwidert Kemi, und Hanna schubst sie von der Armlehne.

Am Ende ist es Hannas Vater, der von zu Hause ausreißt und nicht mehr zurückkehrt. Zu diesem Zeitpunkt ist Hanna dreizehn Jahre alt. Da er unter der Woche oft unterwegs ist, bemerken die Geschwister erst nach einer ganzen Weile, dass er für immer verschwunden ist. Am ersten Wochenende, das er nicht zu Hause verbringt, sagt ihre Mutter, er sei bei einer Konferenz aufgehalten worden.

Am zweiten vaterlosen Wochenende erkundigt sich Hanna erneut nach ihm.

Ihre Mutter starrt sie mit der Miene an, die sie manchmal aufsetzt, wenn Hanna wieder besonders schwierig ist. Dann seufzt sie. »Geh mal bitte deine Geschwister holen.«

Hanna ruft nach Michael und Alice, und sie setzen sich zu dritt auf das Sofa im Wohnzimmer, ihre Mutter nimmt gegenüber Platz. Hanna fragt sich, ob etwas Schreckliches passiert ist. Ein Flugzeugabsturz vielleicht – aber das hätte sie in den Nachrichten gesehen. Ein Autounfall. Ihr wird schlecht. Es wäre typisch für ihre Mutter, ihnen den Tod ihres Vaters zwei Wochen lang zu verschweigen.

Allerdings stellt sich heraus, dass er sich bester Gesundheit erfreut und in New Malden wohnt.

»Euer Vater kommt nicht mehr nach Hause«, sagt ihre Mutter. »Er hat uns verlassen.«

Nach einer Schreckenspause fragt Michael: »Verlassen? Was soll das heißen?«

»Er hatte eine Affäre mit einer Kollegin«, erwidert ihre Mutter. »Und jetzt hat er sich davongemacht, um mit ihr zusammenzuwohnen. In New Malden. Das bedeutet natürlich, dass wir uns scheiden lassen.«

Alice schnappt entsetzt nach Luft, als wären sie bei der Auflösung eines Rätselkrimis.

»Sie heißt Susan«, fügt ihre Mutter grundlos hinzu.

Michael, der inzwischen siebzehn ist und womöglich schon die Last seiner neuen Rolle als Mann im Haus spürt, erklärt unsinnigerweise: »Nein. Das darf er nicht. Auf gar keinen Fall. Er hat hier Verpflichtungen.«

Ihre Mutter schweigt.

Alice hat feuchte Augen, Michael wirkt stinksauer. Nur Hanna kann es ihrem Vater nicht verdenken. Sie würde selbst verschwinden, wenn sie könnte.

»Und wo ist er jetzt?«, will Michael wissen. »Bei ihr?«

»Ja, mein Schatz. Aber ihr werdet ihn weiterhin sehen. Er kommt an den Wochenenden und … macht Ausflüge mit euch.« Ihre Mutter klingt, als hätte sie ihre Zweifel, als könnte sie es sich selbst nicht so recht vorstellen.

»Ich will ihn nicht mehr sehen«, sagt Michael.

»Ich werde dich nicht dazu zwingen«, erwidert ihre Mutter.

Hanna kommt der Gedanke, dass sie jetzt vielleicht zu ihrem Vater ziehen kann. Ihr Herz macht einen kleinen Satz.

»Du hast ja noch uns, für immer«, sagt Michael, und ihre Mutter lächelt traurig und ergreift seine Hand über den Couchtisch hinweg.

»Danke, mein Schatz«, sagt sie. »Ihr wisst, dass das nicht eure Schuld ist, oder?«

Natürlich nicht, denkt Hanna. Es ist deine.

Lange herrscht Stille, nur Alice schnieft hin und wieder.

»Geschieht mir wahrscheinlich recht«, sagt ihre Mutter schließlich. »Warum heirate ich auch einen Mann, der den ganzen Tag mit Spielsachen spielt?«

4

Vor der Scheidung waren sie reich, doch das erkennt Alice erst im Nachhinein.

Ein knappes Jahr nach der Trennung ziehen sie aus dem großen Haus in Wimbledon in ein kleines Reihenhaus in Morden (ihr Vater ist inzwischen mit Susan, seiner Gespielin, von New Malden nach Barnes gezogen). Das Haus in Morden ist weniger als halb so groß wie das in Wimbledon. Das Leben wird zu einem Blick ins Elend. Kellogg's-Cerealien sind gestrichen, es gibt jetzt nur noch die Eigenmarke des Supermarkts. Das Klopapier in ihrem neuen Leben ist rau und kratzig.

Bei einer Scheidung, lernt Alice, gibt es eine bestimmte Menge Geld, die zwischen zwei Haushalten aufgeteilt wird, wo sie früher nur für einen reichen musste. Die Logik dahinter ist unbestechlich.

Die schlimmste Veränderung besteht darin, dass sich Alice und Hanna von nun an ein Zimmer teilen müssen, und Hanna macht keinen Hehl aus ihrem Abscheu. Das Problem wird dadurch verschlimmert, dass Michael sein eigenes Zimmer bekommt, was noch dazu einen Hauch größer ist als das mit den zwei Betten von Hanna und Alice.

»Ein Doppelbett?«, fragt Hanna ungläubig. »Er kriegt das größte Zimmer mit Doppelbett, obwohl er an der Uni ist! Und wir stecken währenddessen in diesem komischen Schrankzimmer. Ich meine, wir sind vierzehn Jahre alt! Wir brauchen Raum für uns selbst. Wir wollen hier zu Frauen erblühen!«

Alice sieht sich erneut im Zimmer um. Mit dem abgetretenen roten Teppichboden und der stümperhaft angebrachten Tapete wirkt es wirklich deprimierend. Die Luft ist klamm, und obwohl die Betten an gegenüberliegenden Wänden stehen, müssten sie und Hanna bloß den Arm ausstrecken, wenn sie nachts Händchen halten wollten (Alice vermutet jedoch stark, dass Hanna daran kein Interesse hat).

»Das ist doch der reinste Hohn«, fährt Hanna fort. »Wir müssen in diesem Kabuff hausen, während Michael nebenan einen auf hochherrschaftlich macht … wenn er uns denn überhaupt mit seiner Anwesenheit beehrt.« Sie muss Luft holen. »Meinst du, Mum hängt ein Porträt von ihm übers Bett, so wie vom Großen Vorsitzenden?«

»Lieblingskind«, sagt Alice, und Hanna nickt.

»Keine Ahnung, warum«, erwidert sie. »Er ist der Schlimmste.«

Alice muss unwillkürlich lachen und genießt den Moment der Einigkeit. Insgeheim ist sie zudem erleichtert, dass sie nicht als Schlimmste gilt.

Dann sagt Hanna: »Tja, dann musst du jetzt mit ihr reden. Da beißt die Maus keinen Faden ab.«

»Wieso ich?« Alice ist noch nicht einmal auf den

Gedanken gekommen, dass sich an ihrer misslichen Lage etwas ändern ließe.

»Sie mag dich viel lieber«, erwidert Hanna, und Alice setzt mit schlechtem Gewissen zur Widerrede an, obwohl sie weiß, dass es stimmt.

»Zu mir sagt sie eh nur wieder, ich soll mich nicht so künstlich aufregen«, sagt Hanna. »Deine Chancen stehen besser.«

Wie erwartet, rückt ihre Mutter nicht von ihrer Entscheidung ab, obwohl Alice sich redlich Mühe gibt.

»Ich glaube einfach, wir hätten mehr davon«, erklärt sie. »Vor allem jetzt, wo wir mehr Hausaufgaben haben.«

»Ihr könnt unten am Küchentisch arbeiten«, sagt ihre Mutter. »Da kann ich euch im Auge behalten.«

»Können wir wenigstens in Michaels Zimmer lernen, wenn er nicht hier ist?«

»Auf gar keinen Fall«, gibt ihre Mutter zurück. »Das wäre ein Eingriff in seine Privatsphäre.«

Alice greift zum letzten Mittel und ruft Michael an. Sie haben noch nie zuvor miteinander telefoniert, und sie hört ihm an, wie nervös er ist. Wahrscheinlich denkt er, jemand sei gestorben.

»Wollte nur mal ein bisschen quatschen«, erklärt Alice rasch, doch das scheint ihn nicht zu beruhigen.

»Worüber?«, fragt er misstrauisch. »Ich sitze gerade an einem wichtigen Essay über Thatchers Wirtschaftsreformen.«

Nachdem Alice endlich den Mut aufgebracht hat,

ihn zu fragen, was er von einem Zimmertausch hielte, sagt er: »Mach dich mal nicht lächerlich.«

In solchen Augenblicken klingt er genau wie ihre Mutter, findet Alice.

»Aber wir brauchen es viel dringender«, sagt sie.

»Der Entschluss steht fest«, antwortet Michael. »Mir sind die Hände gebunden.«

Alice muss Hanna ihre Niederlage beichten. Damit endet der Waffenstillstand, den Hanna ins Leben gerufen hat. Sie geht Panzerband kaufen – das silberne, das Serienmörder so gern benutzen – und klebt eine Trennlinie mitten auf den Teppichboden zwischen ihren Betten. »Tritt bloß nicht über die Linie«, warnt sie Alice. »Ich merke das, auch wenn ich nicht hier bin.«

Alice fragt nicht, woran sie es merken will. Sie verspricht, die Linie nicht zu übertreten.

Ihr Vater ist nunmehr in den Hintergrund gerückt, aber Alice fehlt er nicht sonderlich. Er war immer schon im Hintergrund, substanzlos und fadenscheinig im Vergleich zur heftigen Unmittelbarkeit ihrer Mutter. Auf gewisse Weise nimmt er jetzt mehr Platz in ihrem Leben ein als zuvor. Zwei Wochenenden pro Monat müssen sie nun in Barnes verbringen. (Sein neues Haus ist größer als ihres, stellt Alice fest; das Toilettenpapier ist sehr weich.)

Sie und Hanna unterziehen sich diesen Besuchen widerstandslos, dabei wollten sie sich anfangs noch weigern. Alice war überrascht, dass Hanna ihrem

Boykottvorschlag zustimmte, doch Hanna war nur wütend auf ihren Vater, weil er sie nicht bei sich einziehen lassen wollte. Ihre Mutter bestand von Anfang an auf die Besuche, vielleicht aus dem merkwürdigen Ehrgefühl heraus, das sie manchmal zu überkommen scheint.

Susan, die andere, entpuppt sich als unerwartet matronenhaft. Im Grunde ist sie ziemlich nett, gestehen sich Alice und Hanna nach einer Weile ein. Sie beglückt die beiden, kocht ihre Lieblingsgerichte. Ihr Vater kommt kaum aus seinem Arbeitszimmer.

»Euer Vater ist ein echter Workaholic«, erklärt Susan entschuldigend und serviert dann Nachschlag vom Schokoladenpudding.

Wenn sie sonntagsnachmittags nach Hause zurückkehren, ist ihre Mutter ungewöhnlich still. Meistens spricht sie erst nach dem Abendessen wieder richtig mit ihnen. Am Anfang wollte sie noch wissen, wie es gewesen sei, und Alice fand schnell heraus, dass die richtige Antwort »Langweilig, Mum. Wir haben dich vermisst« lautete. Hanna antwortete jedoch stets: »Ganz hervorragend, danke der Nachfrage.« Und nach einer Weile fragte ihre Mutter dann nicht mehr.

Trotz der angespannten neuen Lebensverhältnisse sollen Alice und Hanna weiter ihre Privatschule besuchen, bis sie die GCSE-Prüfung abgelegt haben.

»Dann muss das Weib eben auf seinen verschwenderischen Lebensstil verzichten, bis ihr euren Abschluss habt«, erklärt ihre Mutter.

»Na toll«, sagt Hanna, aber nur zu Alice. »Noch

mal zwei Jahre in diesem Knast. Womit werden wir als Nächstes belohnt? Einer Tracht Prügel?«

Alice vermutet, dass es Hanna insgeheim an der Schule gefällt. Hanna, die aus Prinzip gegen alles rebelliert, hat mit der privaten Mädchenschule endlich etwas gefunden, woran sie sich reiben kann. Sie rollt den Bund ihres Rocks hoch, sodass er unanständig kurz ist, trägt Reifohrringe, obwohl nur Stecker zulässig sind, lackiert sich die Nägel mitternachtsblau, obwohl nicht einmal durchsichtiger Lack erlaubt ist, trägt bunte Gummiarmbänder mit obskurer Bedeutung, die jedes Mal klammheimlich wieder auftauchen, nachdem sie ihr verboten wurden. Sie strengt sich nicht an; Alice sieht, wie sie Hausaufgaben vor dem Fernseher macht, nachlässig und mit einem lila Stift (verboten), und kann es kaum ertragen.

»Wieso willst du denn unbedingt Ärger kriegen?«, fragt sie ihre Schwester. »Geht doch auch ohne.«

Sie will wirklich nur helfen, erkennt allerdings an Hannas Miene, dass sie sich die Frage besser verkniffen hätte.

»Kann ja nicht jeder so scheißperfekt sein wie du«, gibt Hanna zurück. (Hanna hat kürzlich entdeckt, wie gut sich Schimpfwörter zu Betonungszwecken eignen, und Alice muss sich große Mühe geben, sich davon nicht aus der Fassung bringen zu lassen.)

Hanna vergisst ihren Lacrosseschläger so oft, wenn sie Sportunterricht haben, dass Alice dahinter inzwischen Absicht vermutet. Während Alice und ihre Partnerin – für gewöhnlich ein stämmiges, schwerfälliges

Mädchen namens Jess Moore, das genauso hoffnungslos ungeschickt und unkoordiniert ist wie Alice – den Ball hin- und herzuschleudern versuchen, joggt Hanna langsam in Strafrunden ums Feld, bevor sie sich einen Schläger ausleihen darf.

»Nimm doch einfach meinen«, bietet Alice ihr mehrmals an. »Ich sag einfach, ich hab meinen vergessen, oder ich hab meine Tage.« Sie wissen beide, dass Alices Strafe weitaus milder ausfallen würde, und falls die Lehrerin Alice doch Strafrunden aufbrummt – was durchaus sein kann, um sich den Anschein der Fairness zu geben –, dann in einem entschuldigenden Tonfall und mit einem aufmunternden Lächeln, wenn sie an ihr vorbeijoggt.

Doch Hanna hat kein Interesse. »Ich komme allein zurecht«, sagt sie, was Alice unnötig pathetisch vorkommt, da es ja immer noch lediglich um einen Lacrosseschläger geht.

Obwohl Hanna ihre Lehrkräfte zur Verzweiflung bringt, wird sie von ihren Mitschülerinnen umschwärmt. In den Pausen und beim Mittagessen ist sie stets von einer Traube Bewunderinnen umringt. Alice wird nie eingeladen, und wenn sie sich doch einmal dazugesellt, um mit ihrer Schwester zu sprechen, runzelt Hanna abweisend die Stirn, sodass Alice am liebsten in Tränen ausbrechen würde, und sagt: »Können wir dir irgendwie helfen?«

An uniformfreien Tagen tragen Hanna und ihre Freundinnen schlabberige Skaterjeans mit Vans oder DCs und bauchfreie T-Shirts (was schamlos gegen die

Kleiderordnung verstößt und dazu führt, dass der ganze kichernde Haufen ins schuleigene Fundbüro geschickt wird, wo sie Schulpullis erhalten, die sie sich um die Hüfte binden müssen). Sie umrahmen ihre Augen mit Kajal, kämmen sich die Haare glatt und tragen lose Dutts im Nacken, wobei ihnen ein paar Strähnen ins Gesicht hängen. Alice, an der die Modetrends der Nullerjahre unbemerkt vorbeiziehen, trägt dunkelblaue Cordhosen von Gap mit bunt gestreiften Pullovern und ihre geliebten Glitzerspangenschuhe. Ihre Haare flicht sie zu einem ordentlichen Zopf. Ihr Anblick allein reicht schon, damit Hanna verzweifelt die Augen verdreht.

»Du ziehst dich an wie eine Moderatorin im Kinderfernsehen«, erklärt sie.

Alice versteht nicht, was daran schlimm sein soll.

Obwohl sie bis zur neunten Jahrgangsstufe dieselbe Klasse besuchen, folgt Alice bald Hannas Beispiel, einander aus dem Weg zu gehen. Sie nehmen jeden Morgen denselben Bus, doch Alice versucht gar nicht erst, neben Hanna zu sitzen, die sofort nach ihren Freundinnen sucht oder ihre Tasche neben sich auf den Sitz legt, damit Alice ja nicht auf dumme Gedanken kommt. Einmal, als der Bus gerade die Haltestelle ansteuert, fragt Alice: »Oder soll ich lieber auf den nächsten warten?« Das war sarkastisch gemeint, doch Hanna sieht sie ausdruckslos an und sagt: »Das wäre super.« Davon ist Alice derart verunsichert (machen sie beide einen Witz, oder keine von ihnen?), dass sie wie angewurzelt auf dem Gehweg stehen bleibt und den nächsten Bus sieben Minuten später nimmt.

»Wünschst du dir manchmal, du wärst kein Zwilling?«, fragt sie Hanna einmal in einem Anflug von Masochismus, wobei sie darauf hofft, ins Vertrauen gezogen zu werden, egal, wie sehr es wehtun würde.

Ohne zu zögern, erwidert Hanna: »Weißt du, ich habe mich eigentlich noch nie als Zwilling gefühlt.«

Für Alice hat der Schulbesuch Vor- und Nachteile. Vorteile sind etwa der schicke blaue Rock mit den akkuraten Falten, die alten aufklappbaren Holzschreibtische, die verschiedenfarbigen Arbeitshefte für verschiedene Fächer, die Alice mit ihrer ordentlichen, präzisen Handschrift füllt, sowie die Regeln, die ihr logisch und konsequent erscheinen (besonders im Vergleich zu den willkürlichen und unvorhersehbaren Regeln zu Hause).

Der Hauptnachteil ist die Freundschaftsfrage. Anders als Hanna ist Alice nicht beliebt. Sie ist schüchtern und verlegen, und ihre einzige Freundin ist Jess Moore, neben der sie in allen Fächern bis auf Mathe sitzt, da Jess besser in Mathe ist und eine andere Leistungsstufe besucht. In Mathe sitzt Alice allein.

Alice ist dankbar, dass sie Jess hat, aber manchmal fühlt es sich an, als verbänden sie eher praktische Gründe als wahre Geistesverwandtschaft. Und gelegentlich fällt ihr auf, dass Jess nicht besonders nett zu ihr ist. Sie scheint zu glauben, Alice müsse an die Kandare genommen werden.

»Jetzt mach schon, Alice«, sagt sie auf dem Weg zum Unterricht. »Warum trödelst du denn immer so? Wach auf!«

Oder sie sagt: »Wie peinlich, ich hab in Bio nur vierundachtzig Prozent bekommen«, wenn sie genau weiß, dass Alice nur zweiundsechzig Prozent bekommen hat (sie weiß das, weil sie den Hals gereckt hat, als die korrigierten Klausuren ausgeteilt wurden).

Oder: »Ich hab gehört, dass alle aus eurem Mathekurs bloß die Prüfung auf der mittleren Stufe machen. Ich wusste gar nicht, dass unsere Schule überhaupt was anderes als die höchste Stufe anbietet. Stört dich das? Mich würde das stören.«

Alice nimmt das geduldig hin; im Gegenzug muss sie im Unterricht und beim Mittagessen nicht allein sitzen. Außerdem fühlen sich viele Leute dazu berufen, Alice gute Ratschläge zu geben, daher liegt es vielleicht eher an ihr als an Jess.

»Lass dich doch von der nicht so rumkommandieren«, kommandiert Hanna.

Jess redet viel und unterhält Alice gerne mit ihren zahllosen Geschichten. Ihre Familie wird regelrecht vom Pech verfolgt. Wann immer nötig, zaubert sie einen neuen Schicksalsschlag hervor. Alice lauscht mitfühlend. Sie hat erfahren, wie zwei von Jess' Großeltern bei (separaten) Autounfällen ums Leben kamen, dass ihre Tante eins der Opfer des Lockerbie-Anschlags war, wie ihr Onkel mit der *Herald of Free Enterprise* kenterte und ihr kleiner Bruder an einer Krankheit starb, die so selten war, dass sie noch nicht mal einen Namen hatte.

Alice neigt dazu, alles zu glauben, was man ihr erzählt, doch ihre Mitschüler schalten etwas schneller. In einer Stunde über das klassische Altertum geht es um die Schlacht bei den Thermopylen, und Hanna ruft von hinten: »Sind in der Schlacht nicht auch ein oder zwei Onkel von Jess gefallen?«, und die Klasse kann sich nicht mehr halten. Alice spürt, wie ihr die Hitze ins Gesicht steigt, als hätte die Demütigung auch sie getroffen.

Kurz darauf beginnt das Drama mit den Drohschreiben. Auf einmal erhält Jess mehrmals am Tag anonyme Nachrichten, findet sie in ihrer Schultasche, auf ihrem Pult, in ihrem Schließfach und sogar zwischen den Seiten eines Arbeitshefts. DUMME SCHLAMPE, steht da in zackigen Großbuchstaben. BRING DICH EINFACH UM. Und: NIEMAND KANN DICH LEIDEN. Und: DU FETTE SAU.

Anfangs gerät die gesamte Jahrgangsstufe in Aufruhr. Jess ist zwar nicht sonderlich beliebt, doch alle sind sich einig, dass die Zettel zu weit gehen. Die Verfasserin ist ein gemeiner Feigling. Alice sorgt sich um ihre Freundin, sieht jedoch, wie sehr Jess die Unterstützung von allen Seiten genießt. Sogar Alice badet in ihrer Funktion als beste Freundin des Opfers im Glanz der Aufmerksamkeit, wird von Mitschülerinnen nach dem neuesten Stand gefragt.

Jess' Pult und Schließfach werden in Schichten bewacht, doch die Verfasserin ist zu gerissen und schlägt nur zu, wenn niemand in der Nähe ist, was so gut wie nie vorkommt. Sie erfahren immer erst dann von einem neuen Schreiben, wenn Jess es entdeckt.

Ihre Eltern drohen, die Polizei einzuschalten, sollte die Schule die Täterin nicht umgehend ausfindig machen und angemessen bestrafen. Angeblich soll die Polizei in die Schule kommen und alle befragen, sofern die Verfasserin nicht gefunden wird. Das verkündet Jess wichtigtuerisch vor ihren Klassenkameradinnen, die sich in der Pause um sie geschart haben, um dem Lagebericht zu lauschen. Doch alles in allem ist die Klasse davon nicht sonderlich beeindruckt. Man ist sich einig, dass die Polizei Besseres zu tun hat. (Die Polizei ist anscheinend ähnlicher Meinung, sie lässt sich nämlich nicht blicken.) Dennoch sind die Drohschreiben und die Täterinnensuche in diesem Halbjahr zwei Wochen lang das einzige Gesprächsthema der Jahrgangsstufe.

Irgendwann sagt Hanna zu Alice: »Findest du das nicht auch komisch, dass nie jemand sieht, wie die Zettel versteckt werden? Und trotzdem hat Jess ständig einen neuen, in jeder einzelnen Pause. Jeden Tag. Selbst wenn niemand an ihrem Pult war außer sie selbst.«

Alice schüttelt den Kopf. Sie sieht darin einen weiteren Beweis für den teuflischen Scharfsinn der Urheberin.

Hanna stößt einen halb amüsierten, halb entnervten Seufzer aus. »Vergiss es einfach.«

Die Übeltäterin wird nie gefasst. Im Laufe des Halbjahres treffen weitere Schreiben ein, aber selbst an einer Mädchenschule ist es unmöglich, das Niveau der Hysterie länger als drei Wochen aufrechtzuerhalten, und nach und nach schwindet das Interesse, nicht zuletzt dank des neuesten Gerüchts, dass Emma Parry ihren Freund nach Unterrichtsschluss in die Schule geschleust und ihm im Musikzimmer einen runtergeholt hat. Schließlich hören die Nachrichten von allein auf.

Neben Jess Moore ist Alices beste Freundin ihre Mutter. Das verkünden Hanna und ihre Mutter unabhängig voneinander.

»Das ist ziemlich schräg«, informiert Hanna sie, als wäre Alice nicht von selbst auf den Gedanken gekommen.

»Nicht jeder hat das Glück, seiner Mutter so nahezustehen«, meint ihre Mutter.

Alice ist sich nicht sicher, womit sie diese Nähe verdient hat und Hanna nicht. Es könnte höchstens daran liegen, dass Alice und ihre Mutter einander so ähnlich sind, äußerlich und vom Temperament her (laut ihrer Mutter), wohingegen Hanna schon immer so wild war.

»Meine Alice ist sehr zurückhaltend«, erklärt ihre Mutter ihren neuen Nachbarn in Morden (ohne dass sich diese nach ihren Töchtern erkundigt hätten). »Sie kommt mit Gleichaltrigen nicht gut zurecht. Hanna ist das genaue Gegenteil, eine richtige Rabaukin. Ständig tollt sie durch die Gegend und klettert auf Bäume.«

»Ich bin seit Jahren nicht mehr auf irgendwelche Bäume geklettert«, zischt Hanna. Sie sitzen am Treppenabsatz und lauschen.

Alice wehrt sich nicht einmal gegen die Anschuldigungen ihrer Mutter. Es stimmt, sie passt nicht so recht zu den anderen Mädchen in der Schule, ihr fehlt Hannas Instinkt, sich schnell anzupassen.

Alice will ihrer Mutter alles erzählen, da sich ihre

Mutter das wünscht, doch immer wieder enttäuscht sie sie ungewollt. Manche Sachen kann Alice nicht in Worte fassen, das Gefühl zum Beispiel, das sie hin und wieder abends im Bett überkommt, ein Anflug von Traurigkeit und Schrecken, den sie sich nicht erklären kann.

Sie sagt: »Jess hat heute früher zu Mittag gegessen, weil sie Flöte hatte, deswegen musste ich allein hin. Erst hatte ich Angst, aber dann war es gar nicht so schlimm.« Es war sehr wohl schlimm; sie schlang das Essen mit gesenktem Kopf herunter, während sie das Gefühl hatte, alle würden sie mitleidig anstarren (aber nicht mitleidig genug, um sich neben sie zu setzen).

»Du armer Schatz«, sagt ihre Mutter. »Hat Hanna sich nicht zu dir gesetzt?«

»Sie hat auch früher gegessen«, schwindelt Alice. »Wegen Netzball.«

Alices Mutter giert nach ihren Geheimnissen. »Was versteckst du vor mir?«, will sie manchmal wissen, und Alice versucht, ihr nichts zu verheimlichen, entleert sich vor ihrer Mutter, doch ein paar störrische Reste bleiben immer in ihr hängen und lassen sich nicht ans Licht bringen.

Dann sind da noch die Launen ihrer Mutter, die gehandhabt werden wollen. Wenn sie ihre Mutter enttäuscht, bringt das schwerwiegende Konsequenzen mit sich, daher hütet sie sich davor. Manchmal scheitert sie jedoch trotz bester Absichten. Das passiert immer öfter, seitdem Alice und Hanna im Teenageralter sind; plötzlich ist es viel schwieriger, es ihrer Mutter recht zu machen. Zum Beispiel erledigen sie den Abwasch nicht ordentlich, oder sie lassen einen Teller neben der Spüle stehen oder werfen ihre Schultaschen und Schuhe achtlos in den Flur, oder sie bedanken sich nicht angemessen fürs Abendessen, oder sie beachten sie stundenlang nicht (Alice bemerkt immer erst hinterher, dass sie sie nicht beachtet haben), oder sie zeigen nicht ausreichend Begeisterung, wenn ihre Mutter einen Familienausflug vorschlägt.

»Die hat sie doch nicht mehr alle«, meint Hanna.

»Stimmt doch gar nicht«, erwidert Alice. »Sie ist bloß empfindlich. Und außer uns hat sie niemanden.«

»Hm, woran das wohl liegt?«

In der zehnten Klasse laden zwei Klassenkameradinnen, Holly Pilkington und Margot Jin, sie am Wochenende ins Kino ein. Holly und Margot sind in Mathe in der gleichen Leistungsstufe wie Alice, reden aber sonst nicht viel mit ihr. Alice mag insbesondere Margot gern, sie ist jungenhaft und lustig und ein echter Geigenprofi, was laut Margot Pflicht ist für jeden mit chinesischen Wurzeln. Holly ist nicht ganz so nett wie Margot, lächelt jedoch manchmal breit und zeigt ihre schiefen Zähne. Die beiden scheinen oft über Insiderwitze zu lachen, wirken dabei aber nicht so einschüchternd wie die coolen Mädchen.

Alice wird erst Freitagmorgen in der Pause für die Vorstellung am Samstagnachmittag eingeladen, weshalb sie vermutet, dass jemand anderes kurzfristig abgesagt hat. Jess wird mit keinem Wort erwähnt, und obwohl Alice befürchtet, ihre Freundin damit zu hintergehen, unterdrückt sie ihre edelmütigen Instinkte und sagt zu. Es ist ungemein aufregend, eingeladen zu werden. Um 14:30 Uhr läuft *Cast Away – Verschollen*, und danach wollen sie Milchshakes trinken gehen.

Alice ist nicht ganz wohl dabei, ihre Mutter zu fragen, doch die zuckt lediglich mit den Schultern. »Wenn du meinst.«

»Aber ist das auch wirklich okay, Mum?«, beharrt Alice. Laut Hanna weiß sie nicht, wann man besser still ist. Ständig schaut sie dem geschenkten Gaul ins Maul.

»Muss es wohl«, erwidert ihre Mutter im selben entrückten Tonfall. »Wir wollten eigentlich spazieren gehen. Hast du das etwa vergessen?«

»Nein«, sagt Alice. »Aber ich dachte, wir können stattdessen am Sonntag gehen.«

»Am Sonntag habe ich vielleicht keine Lust.«

»Hm. Na gut«, sagt Alice. »Dann gucken wir eben, wie es am Sonntag aussieht.«

»Ich bin ein bisschen überrascht, dass du dir das Kino überhaupt leisten kannst«, meint ihre Mutter. »Oder erwartest du, dass ich dir etwas zustecke?«

»Ich habe noch was von meinem Geburtstagsgeld übrig«, erwidert Alice. »Von Grandma und Grandpa.«

Ihre Mutter schweigt.

»Sie benimmt sich ein bisschen komisch«, vertraut Alice Hanna am Abend an.

»Kein Wunder.« Hanna sitzt auf dem Bett, lackiert sich die Nägel und würdigt Alice keines Blickes.

»Vielleicht bleibe ich doch lieber zu Hause«, sagt Alice. »Immerhin hab ich Mum versprochen, dass ich mit ihr spazieren gehe.« Sie weiß nicht genau, ob sie möchte, dass Hanna ihr widerspricht. Sie ist nervös – was, wenn die anderen sie langweilig finden und wünschten, sie hätten sie nicht eingeladen? – und sucht nach einem Ausweg.

»Um Gottes willen«, sagt Hanna. »Natürlich gehst du ins Kino. Sei doch nicht so ein Affe.«

»Ich mache mir nur Sorgen, dass Mum dann ganz allein ist«, sagt Alice.

Hanna seufzt theatralisch. »Geh ins Kino, oder lass es bleiben. Mir ist das echt komplett egal.«

Alice geht ins Kino. Der Film ist toll, und sie unterhält sich ganz normal mit Holly und Margot. Einmal macht sie sogar einen Witz, über den die beiden lachen. Sie findet, sie benimmt sich ganz ausgezeichnet, und Margot und Holly bereuen die Einladung bestimmt nicht. Kurz nach sieben kehrt sie bester Laune nach Hause zurück.

Ihre Mutter ist im Wohnzimmer, was Alice nicht sofort merkt, da dort kein Licht brennt. Sie erschrickt gehörig, als sie die Lampe im Wohnzimmer einschaltet und ihre Mutter auf dem Sofa entdeckt.

»Mum«, sagt sie. »Ist alles in Ordnung? Stimmt was nicht?«

»Was soll denn nicht stimmen?«, blafft ihre Mutter sie an, und Alice würde am liebsten erwidern, dass die meisten Leute in der Regel nicht im Dunkeln herumsitzen, traut sich allerdings nicht.

Ihre Mutter äußert sich nicht weiter, und Alice setzt an: »Es war schön im Kino.«

Keine Antwort.

»Der Film war echt gut. Am Ende mussten wir alle weinen.«

Ihre Mutter erwidert weiterhin nichts, schaut nicht einmal zu ihr.

»Ich hatte einen Schokomilchshake«, fährt Alice verzweifelt fort. »Es war echt schön.« Ihre Mutter verweigert erneut jegliche Reaktion, und Alice versucht es mit einer direkten Frage. »Wo ist Hanna?«

»Nicht da«, sagt ihre Mutter. »Sie meinte, sie ist um halb acht zum Essen wieder da, aber ich mache mir keine allzu große Hoffnung.«

»Was gibt es zu Abend?«, fragt Alice. Ein dummer Fehler.

Ihre Mutter schnaubt verächtlich. Zu spät erkennt Alice, dass sie den Zorn ihrer Mutter auf sich gezogen hat.

Als sie endlich spricht, bebt ihre Stimme. »Erwartest du wirklich, dass ich den ganzen Tag allein zu Hause sitze und für dich koche, so undankbar und egoistisch, wie du bist?«

»Tut mir leid, Mum«, sagt Alice. »Ich kann selbst Abendessen machen. Ich wollte gar nicht –«

»Ich werde hier allein zurückgelassen, während du dich fröhlich amüsierst, und dann soll ich dir auch noch Abendessen servieren, wenn du nach Hause kommst, wie eine Sklavin?«

»Ich war doch nur ein paar Stunden weg.« Alice klingt weinerlich, Tränen steigen ihr in die Augen.

»Völlig egal, dass du schon andere Verpflichtungen

hattest«, fährt ihre Mutter fort. »Völlig egal, dass wir etwas zusammen vorhatten. Ich bin ja nur deine Mutter, deine langweilige, alte Mutter. Natürlich kannst du mir absagen. Ich bin völlig nebensächlich, nicht wahr?«

»Das stimmt doch gar nicht.« Verwundert registriert Alice, wie schnell diese Konfrontationen immer eskalieren. Selbst wenn sie im Anschluss alles noch einmal im Kopf durchspielt, findet sie nie den Punkt, an dem sie eine Entgleisung hätte verhindern können.

»Ich habe dich verloren«, sagt ihre Mutter. »Ich weiß es, ich habe dich verloren.«

»Nein, Mum, hast du gar nicht.«

»Du bist nicht die Tochter, für die ich dich gehalten habe. Ich erkenne dich überhaupt nicht mehr.«

Alice sucht nach den richtigen Worten, um ihre Mutter zu beruhigen, doch vor lauter Panik fällt ihr nichts ein. Immer, wenn sie im Nachhinein auf diese Auseinandersetzungen zurückblickt, nimmt sie sich vor, beim nächsten Mal Ruhe zu bewahren, sich vernünftig mit ihrer Mutter zu unterhalten. Doch die Diskussionen ziehen sich stets zu lange hin, und Alice kann einfach nicht darüberstehen.

»Ich habe dich nicht zur Egoistin erzogen«, erklärt ihre Mutter.

»Aber du hast es mir doch erlaubt.«

»Du bist ganz allein für deine Entscheidungen verantwortlich, ich habe damit nichts zu tun.«

»Ich war doch gar nicht lange weg.«

»Das war ja klar. Dir ist auch alles egal, oder? Dir

ist egal, was du mir versprichst. Sobald dir etwas besser gefällt, lässt du mich fallen wie eine heiße Kartoffel.«

»Tut mir leid«, sagt Alice, weil es ihr die einzig mögliche Antwort scheint.

»Du hast mich überhaupt nicht lieb.«

Alice bricht in Tränen aus. Da ist sie wieder, die alte Heulsuse. »Hab ich wohl!«

Als Hanna zwanzig Minuten später nach Hause kommt, liegt Alice schluchzend auf dem Bett. Unten fuhrwerkt ihre Mutter wild in der Küche, knallt Töpfe auf den Herd und schleudert Küchenschränke zu.

Hanna bleibt im Türrahmen stehen.

»Du warst also im Kino«, sagt sie.

Mit dem Umzug nach Morden entsorgt Alice ihre Kistenhäuser und spürt Hannas Blick im Nacken, während sie eine Kiste nach der anderen in eine schwarze Mülltüte packt.

»Was ist?«, fragt Alice.

»Du musst die doch nicht alle wegschmeißen«, sagt Hanna. »Kommt mir ein bisschen übertrieben vor.«

Alice zuckt die Schultern und fährt fort. Sie glaubt, Hannas Bedenken nachvollziehen zu können; irgendwie fühlt es sich an wie das Ende ihrer Kindheit.

Nachdem die Kisten verschwunden sind, denkt sie kaum noch an ihr altes Hobby, so viele Stunden sie auch damit verbracht haben mag. Viele Jahre später jedoch, nachdem für Hanna alles schiefgelaufen ist, wird Alice sich nach ihrer tröstlichen Vertrautheit sehnen. Sie wird sich wünschen, sie beide könnten schrumpfen und die kleinen, ordentlichen, stillen Zimmer beziehen.

In Morden versucht sie sich am Scrapbooking, aber da sie nur selten das Haus verlässt oder spannende Sachen unternimmt, hat sie nicht viel zum Einkleben, und außerdem erklärt Hanna es für langweilig.

»Was soll ich denn deiner Meinung nach stattdessen tun?«, fragt Alice aufrichtig interessiert.

Hanna wirft die Hände in die Luft. »Weiß ich doch nicht. Was Normales.«

»Und was wäre ein normales Hobby?«

»Alice«, sagt Hanna. »Zum letzten Mal: Teenager sollen sich zum Trinken verabreden, keine Hobbys haben.«

Sie folgt Hannas Rat und konzentriert sich auf ihren Freundeskreis anstatt auf ihre Bastelarbeit. Infolge des Kinobesuchs scheint sie mit Holly und Margot echte Fortschritte zu machen. In Mathe sitzt Alice jetzt mit ihnen in einer Reihe mit drei Pulten in der Mitte des Klassenzimmers, nicht mehr allein an einem Zweiertisch. Es gilt als erhebliches Statussymbol, an einem Dreiertisch zu sitzen, und Alice ist entzückt, dass sich das Blatt zu ihren Gunsten gewendet hat.

Auch in der Mittagspause sitzt sie mit Holly und Margot am Tisch, wenn Jess Flötenunterricht hat, und manchmal sogar mit Jess zusammen, obwohl sie Holly und Margot auf die Nerven geht (das haben sie Alice anvertraut). Alice kann das nachvollziehen, bringt es jedoch nicht über sich, Jess vollends im Stich zu lassen.

Im Februar kommt eine neue Mitschülerin in ihre Klasse, was für Aufregung sorgt, da es sehr ungewöhnlich ist, mitten im Schuljahr die Schule zu wechseln (insbesondere in der zehnten Klasse, wenn sich alle auf die GCSE-Prüfungen vorbereiten), und da seit Jess' Drohbriefen im vergangenen Jahr nichts Dramatisches mehr passiert ist.

Niemand weiß genau, warum Milli Stephenson ihre alte Schule verlassen hat, eine staatliche im Norden Londons, wie sie stolz erklärt: hartes Pflaster, haufenweise Drogen und Messerstechereien, da dürfe man nicht aus Zucker sein. Sie scheint die behütete Existenz ihrer neuen Klassenkameradinnen in einer Privatschule im Südwesten der Stadt zu bedauern. Ihre Geschichten hören sich an, als wäre sie in einem Kriegsgebiet zur Schule gegangen, aber ein Mädchen aus Margots Theatertruppe geht auf dieselbe Schule, die in Wirklichkeit in einer besonders grünen Ecke von Hampstead liegt. Margot teilt diese Information mit Holly, Alice und Jess, die daraufhin die Augen verdrehen.

»Sophie hat mir erzählt, dass sie gar keine Metalldetektoren am Eingang haben«, fügt Margot hinzu. »Und dass alle total versnobt sind. Noch versnobter als hier.«

Der Gedanke, mitten im Schuljahr die Schule zu wechseln, erfüllt Alice mit Grauen; die Cliquen sind schon dann abgeschottet und unnahbar, wenn man seit der siebten Klasse dabei ist. Daher sieht sie über Millis Prahlerei hinweg und ist besonders nett zu ihr, erkundigt sich, ob sie sich gut zurechtfindet und bei irgendetwas Hilfe braucht.

Nicht, dass Milli einen hilflosen Anschein erwecken würde. Sie quittiert Alices Angebot mit einem leeren Blick und hat kein Problem damit, sich in der Pause der engstgestrickten Clique von allen zu nähern, sich auf einen Tisch am Rand der Traube zu setzen und zu fragen: »Und, was gibts Neues?«

Alice wappnet sich innerlich für die unvermeidbare Abfertigung, doch Milli scheint die kühle Reserviertheit und das betonte Zögern der anderen nicht zu bemerken, wodurch diese Taktiken wirkungslos werden; die Mädchen würden nie jemandem ins Gesicht sagen, er solle verschwinden. Und schon bald ist Milli Teil der Truppe, ist oft der Mittelpunkt von Gelächter und Geplapper. Eine geborene Anführerin, denkt Alice beeindruckt. Genau wie Hanna.

Rückblickend kann Alice den Moment genau benennen, ab dem sie es sich mit Milli verdorben hat. Nicht, dass es einen Unterschied machen würde. Eines Morgens vor der Anwesenheitskontrolle geht Milli den Gang zwischen den Pulten im Klassenzimmer entlang und stolpert dabei über Alices Rucksack, den Alice nicht in seiner Gänze unter dem Tisch verstaut hat. Millis Fuß bleibt in einem Träger hängen, sie wankt, und dann – Alice schaut entsetzt zu – geht sie der Länge nach zu Boden.

Rasch steht Alice auf, um ihr zu helfen, doch zu spät: Die anderen Mädchen lachen schallend. Nicht aus Schadenfreude; sie können sich einfach nicht gegen die Situationskomik wehren, und Millis Sturz war tatsächlich filmreif.

»Das tut mir so leid!« Alice will Milli aufhelfen, aber Milli schüttelt sie ab und faucht: »Pass doch auf, wo du deinen Scheiß hinstellst, du dumme Kuh.«

»Tut mir leid«, wiederholt Alice. Sie ist von Millis Tonfall genauso schockiert wie von ihrer Wortwahl.

»Jetzt fang nicht auch noch an zu heulen.« Milli geht zu ihren Freundinnen, deren Gelächter verstummt ist.

Alice, die überhaupt nicht geheult hat, jetzt aber kurz davorsteht, starrt ihr entgeistert hinterher.

Margot wirft ihr einen Blick zu, der zu sagen scheint: *Ich glaube, du hast dir gerade eine mächtige Feindin gemacht.*

Der Rucksackvorfall bringt das Fass lediglich zum Überlaufen. Millis wahres Problem mit Alice ist deren Persönlichkeit: ihre Schüchternheit, ihr vorauseilender Gehorsam, ihre leidige, nichtssagende Nettigkeit. Anfangs hat Milli all das noch geduldig über sich ergehen lassen, aber schließlich wird Alice ihr unerträglich.

Eines ihrer Hauptargumente lautet, Alice sei schwächlich, erbärmlich, eine Heulsuse. Letzteres scheint Alice besonders unfair, da sie früher zwar oft geweint, jedoch hart daran gearbeitet und mehrere Strategien entwickelt hat, um die sie aufstrebende Führungskräfte beneiden würden. Tatsächlich hat sie seit der achten Klasse nur selten in der Schule Tränen vergossen.

Oft bleibt Milli an Alices Platz stehen, wo diese sich gerade mit Margot oder Holly unterhält, und fragt: »Was ist jetzt wieder los?«

»Nichts«, erwidert Alice dann.

»Ich geh besser schon mal die Taschentücher holen«, sagt Milli. »Mann, o Mann.«

Sie gibt Alice den Spitznamen »Maulende Myrte«, und nach und nach wird er von allen übernommen.

Alice fragt sich, ob ihre Gesichtszüge einfach immer traurig wirken, denn sie wird auch dann Maulende Myrte genannt, wenn sie gute Laune hat. Das Problem besteht darin, gut gelaunt zu bleiben, wenn einen alle Maulende Myrte nennen, und der Name wird zur selbst erfüllenden Prophezeiung.

»Manche Leute sind einfach geborene Opfer«, erklärt Jess ihr von einem geborenen Opfer zum anderen.

»Zückt schon mal die Taschentücher«, raunt Milli, wenn Alice sich im Unterricht meldet. Oder: »Die wandelnde Tränendrüse hat was zu sagen.«

Alice hört auf, sich zu melden.

Margot und Holly beteiligen sich dankenswerterweise nicht am Myrtewitz, nehmen Alice allerdings auch nicht in Schutz. Alice kann es ihnen nicht verdenken. Schon bald macht auch Jess munter mit, was Alice besonders wehtut. Sie weiß zwar nicht, ob sie den Mut besäße, Jess in ihrer Situation zu verteidigen (wahrscheinlich nicht), ist sich aber sicher, dass sie ihr das Leben nicht noch schwerer machen würde.

Wenn Alice mit Holly und Margot zu Mittag essen will, ist von ihnen mittlerweile keine Spur mehr, und sie vermutet, dass die beiden sie bewusst schneiden. Eines Tages betritt sie den Mathesaal, und Holly und Margot sitzen so wie früher an einem Zweiertisch an der Wand. Holly meidet Alices Blick, nur Margot schaut kurz zu ihr und deutet eine mikroskopische Bewegung an, die als entschuldigendes Schulterzucken gedeutet werden könnte.

Überraschenderweise leistet Jess ihr weiterhin Gesellschaft, obwohl sie sich an den Neckereien beteiligt. Alice mutmaßt, dass es weniger an ihrer treuen Ergebenheit als an einem Mangel an Alternativen liegt, ist ihr aber dennoch dankbar.

Dummerweise führt das zur nächsten Stufe in Millis Hetzkampagne. Alice und Jess, verkündet sie, seien Lesben und schlichen immer zusammen auf die Toiletten, um sich dort gegenseitig zu lecken. Im Jahr 2001 ist das eine ungeheuerliche Beleidigung. Milli zeigt gern auf Sachen, die eine von ihnen angefasst hat, und warnt: »Fasst das bloß nicht an, da hängt der Lesbenschleim von der Maulenden Myrte und Frau Hängetitten dran.«

Entsprechend dauert es nicht lange, bevor auch Jess nicht mehr neben Alice sitzen will; sie sucht sich einen Platz allein, so weit weg von Alice wie nur möglich, und ignoriert sie, wenn Alice mit ihr sprechen möchte. Alice hat Mitleid mit ihr, genau wie mit sich selbst; Jess ist nun sehr bleich und hat oft gerötete Augen.

Aus zahlreichen Büchern und Filmen weiß Alice, dass Leute dann gemein zu anderen sind, wenn sie insgeheim leiden. Vielleicht musste Milli die Schule wechseln, weil sie dort gemobbt wurde (auf den Gedanken, dass Milli andere gemobbt haben könnte, kommt sie nicht). Oder vielleicht lassen sich ihre Eltern scheiden. Alice glaubt, dass sie Millis raue Schale durchbrechen und zu dem darunter verborgenen Leid vordringen kann, falls sie sich nur irgendwie zusammenraufen könnten, und dann hätte das ganze Elend ein Ende. Vielleicht würden sie sich sogar miteinander anfreunden.

Eines Morgens, als Milli an ihrem Tisch stehen bleibt, um ihr die erste Beleidigung des Tages entgegenzuschleudern, schaut Alice daher auf und fragt schlicht: »Wie war dein Wochenende?«

Milli ist davon so überrumpelt, dass ihr keine Antwort einfällt.

Alice fühlt sich davon bestärkt und fährt fort: »Ich war meinen Vater besuchen. Meine Eltern sind geschieden. Am Anfang war es ziemlich schwierig, aber so langsam habe ich mich daran gewöhnt.«

Milli mustert sie mehrere Sekunden lang.

Es funktioniert, denkt Alice.

Dann holt Milli tief Luft und brüllt: »Myrte hat versucht, mich anzugrapschen! Ist denn niemand vor ihr sicher?«

Das Mobbing beschränkt sich hauptsächlich auf Alices Klasse, aber irgendwann bekommt natürlich auch Hanna etwas davon mit.

Alice geht gerade die Treppe zu den Schließfächern hinunter, als Milli sie von unten erblickt.

»Passt auf«, warnt sie ein paar Mädchen, die zufällig vorbeigehen. »Finger weg vom Geländer. Myrte hat es eben angefasst, ihr steckt euch noch mit Lesbenkeimen an.«

Hanna befindet sich in der Gruppe, was für Alice der Gipfel der Demütigung ist.

Hanna sagt: »Hast du es auch angefasst, Milli? Nicht, dass sich jemand mit Arschlochsein ansteckt.«

Damit verschwindet sie durch die Doppeltür zu ihrer nächsten Stunde.

Alice ist zu verängstigt, um sich darüber zu freuen, und macht sich aus dem Staub, bevor Milli es ihr heimzahlen kann.

Abends, als Hanna und Alice nach dem Abendessen auf ihrem Zimmer sind, fragt Hanna: »Wieso nennt sie dich Myrte?«

Alice sitzt mit dem Rücken zur Wand auf ihrem Bett und liest zum hundertsten Mal die *Cazalet-Chroniken*, Hanna liegt auf dem Bauch und blättert in einer *Cosmo*.

Alice schaut auf, Hanna hält den Blick auf ihre Zeitschrift gerichtet. Bloß nicht losheulen, ermahnt sich Alice. Sie greift auf ihre erprobten Strategien zurück: Stell dir einen majestätischen Berg vor, du bist ganz allein auf dem Berg, du kannst meilenweit in die Ferne sehen. So beiläufig wie möglich erwidert sie: »Ach, das ist nur ein blöder Witz. Aus *Harry Potter*, weißt du noch?«

Hanna runzelt die Stirn. Sie blättert um. »Und du … kannst da mitlachen?«

»Ich …« Alice bemüht sich verzweifelt – der Berg, der Himmel, sieh nur, ein Steinadler! –, doch die Tränen bahnen sich ihren Weg. Sie schüttelt stumm den Kopf, dann bringt sie hervor: »Nicht wirklich.«

Hanna schaut sie an. »Lesbisch sein ist völlig in Ordnung.«

Ich bin doch gar nicht lesbisch, will Alice sagen, doch darum geht es gar nicht. »Mir macht es nichts aus.«

»Mir schon. Niemand sollte gemein zu dir sein.«

»Du bist gemein zu mir.«

»Das ist was anderes.« Hanna klingt belustigt. Nach einer kurzen Pause fährt sie fort: »Milli Stephenson hat sie nicht mehr alle. Sie ist bei mir in Mathe. Tut so, als käme sie aus dem Ghetto.«

»Ja, aus dem Ghetto von Hampstead«, erwidert Alice mit zittriger Stimme, und als Hanna lacht, geht es ihr gleich besser.

Dann wendet Hanna sich wieder ihrer Zeitschrift zu und verliert kein weiteres Wort darüber.

Am folgenden Tag in der Mittagspause hat der Spuk ein Ende. Alice betritt die Toiletten und steht zu ihrem Entsetzen Milli und ein paar ihrer Freundinnen gegenüber. Sie wappnet sich für das vertraute Geschrei: »Achtung! Lauft schnell weg, wenn ihr nicht begrapscht werden wollt!« Doch nichts geschieht. Milli schweigt. Sie scheint Alice nicht einmal zu bemerken, ihr Blick gleitet über sie hinweg.

So geht es den ganzen Tag über weiter, die ganze Woche. Milli scheint Alice sogar aus dem Weg zu gehen. Erst nach zwei Wochen wagt Alice zu glauben, dass es wirklich vorbei ist. Das Ende erscheint ihr zu wenig spektakulär, geradezu suspekt. Doch allmählich gesellt sich Jess wieder zu ihr, setzt sich im Unterricht und beim Mittagessen neben sie. Auch Margot und

Holly kehren kleinlaut zurück. Alice wäre vor Erleichterung beinahe in Tränen ausgebrochen, als sie den Mathesaal betrat und die beiden an einem Dreiertisch in der Mitte entdeckte, wo sie ihr einen Platz freihielten (sie reißt sich zusammen: Der Berg! Der Himmel! Die Adler!).

»Tut mir leid«, murmelt Margot, als sich Alice auf den Stuhl sinken lässt, und Alice ist so froh und erleichtert, dass sie ihr sofort verzeiht, genau wie Holly, obwohl sie nicht darum gebeten hat.

Der Spitzname Myrte verschwindet. Alice heißt wieder Alice. Zögerlich hebt sie in Geografie die Hand, um eine Frage zur Überbevölkerung zu beantworten. Niemand tuschelt.

Alice ist wiederauferstanden, wie Lazarus.

»Wie hast du das gemacht?«, fragt sie ihre Schwester schließlich. Sie sitzen gemeinsam am Frühstückstisch.

»Was meinst du?« Hanna arbeitet sich methodisch durch eine Schüssel Puffreis der supermarkteigenen Hausmarke.

Alice zögert kurz. »Das mit Milli Stephenson.«

Hannas Löffel bleibt auf halbem Weg in der Luft stehen. Sie lächelt kurz bei sich.

»Was ist so lustig?«, fragt Alice.

»Ich habe es geregelt«, erwidert Hanna, als wäre sie bei der Mafia. Sie wendet sich wieder ihrem Müsli zu und weigert sich, näher auf die Sache einzugehen, und bis Alice endlich erfährt, was vorgefallen ist, vergehen mehrere Jahre.

Eines Nachmittags während der Osterferien ist Alice allein zu Hause und lernt für ihre Probeprüfungen. Ihre Mutter erledigt den Wocheneinkauf, und Hanna ist mit irgendwem unterwegs, obwohl sie eigentlich auch lernen sollte. Als es an der Tür klingelt, geht Alice davon aus, dass Hanna mal wieder ihren Schlüssel vergessen hat.

Sie späht durch das Guckloch und stellt verdutzt fest, dass dort Tante Katy steht. Sie trägt eine ausgebeulte dunkelblaue Strickjacke, eine weiße Bluse, einen langen schwarzen Rock und hat die Arme fest um sich gelegt. Etwas stimmt mit dem Outfit nicht, aber abgesehen davon, dass die Klamotten zu groß sind und jemand anderem zu gehören scheinen, kann Alice nicht genau sagen, woran es liegt. Tante Katy trägt ihr Haar zu einem unordentlichen Dutt gebunden, Strähnen haben sich daraus befreit und hängen ihr ins Gesicht. Früher war sie blond, inzwischen ist sie jedoch fast vollständig ergraut. Immer wieder wirft Tante Katy Blicke über die Schulter, als würde sie noch jemanden erwarten.

Alice weiß nicht weiter. Sie steht ihrer Tante nicht besonders nahe und hat sich schon immer etwas vor ihr gefürchtet. Sie besuchen nur selten ihre Großeltern in Peterborough, bei denen Tante Katy immer noch wohnt, und wenn doch, bleibt ihre Tante die meiste Zeit auf ihrem Zimmer. Alice kann sich an einen Besuch erinnern, bei dem sie und ihre Geschwister noch ziemlich klein waren: Tante Katy kam schlecht gelaunt zum Mittagessen nach unten, beschwerte sich mehrfach darüber, wie zäh das Lamm heute sei und dass der Metzger sie wohl über den Tisch ziehen wolle. Als Alices Großmutter zum Nachtisch Apple Crumble servierte, bestand Tante Katy darauf, dass niemand ihn anrührte. Das kam Alice damals ungemein unhöflich vor. Nachdem Tante Katy niemanden davon überzeugen konnte, dass mit dem Crumble etwas nicht stimmte, stürmte sie davon. Anschließend aßen alle weiter, als wäre nichts passiert.

Auf der Fahrt nach Hause bemerkte Hanna weltläufig, Tante Katy sei wohl betrunken gewesen, da blaffte ihre Mutter sie an: »Sie war nicht betrunken. Sie ist einfach schwierig. War sie schon immer.« Dann fügte sie wie zu sich selbst hinzu: »Sie hat mir die Kindheit zerstört.«

»Ach ja?«, fragte Hanna interessiert. (Sie ging offensichtlich davon aus, ihre Kindheit sei ebenfalls zerstört worden.)

»Ihr seht doch, wie sie ist«, erwiderte ihre Mutter, ließ sich jedoch nicht weiter darüber aus.

Die Unhöflichkeit ihrer Tante ist eindeutig eins der vielen Themen in der Erwachsenenwelt, die nicht angesprochen werden dürfen. Hanna und Alice versuchten einmal, ihren Vater auszuquetschen, doch er sagte nur: »Ach, sie war schon immer so. Eure Mutter spricht nicht gerne darüber.« Außerdem fuhr er ohnehin nie mit nach Peterborough.

Die Aussicht, mit ihrer Tante allein zu sein, findet Alice nun äußerst beunruhigend. Tante Katy klingelt erneut. Dieses Mal hält sie die Klingel gedrückt, das schrille Summen hält an.

Rasch öffnet Alice die Tür.

»Hallo, Tante Katy«, sagt sie so fröhlich wie möglich.

Hat ihre Mutter womöglich vergessen, ihnen von dem anstehenden Besuch zu erzählen? In diesem Fall müsste Alice diese Peinlichkeit tunlichst vertuschen. Doch ihre Tante starrt sie lediglich schweigend an, was sie verunsichert. Die Ringe unter Tante Katys Augen sind so dunkel, dass ihre Augen eingefallen wirken.

Alice nimmt in ihren Manieren Zuflucht und tritt beiseite: »Komm doch rein.«

Da schiebt sich ihre Tante auch schon an ihr vorbei in den Flur.

»Ist sie hier?«, will Tante Katy wissen.

»Wer?« Die unvermittelte Frage bringt Alice aus dem Konzept. »Meine Mutter?«

»Ja. Ist sie hier?«

»Sie ist gerade einkaufen«, erwidert Alice. »Müsste aber bald wieder da sein.«

Tante Katy bleibt abrupt stehen und schaut sich um. Ihre Hände bewegen sich unablässig, wirbeln und zucken, als würde sie ein unsichtbares Orchester dirigieren. Sie holt bebend Luft. »Ist sonst noch jemand hier?«

»Nein«, antwortet Alice.

Ihre Tante atmet langsam wieder aus.

»Noch nicht.« Tante Katy schüttelt hektisch den Kopf, als hätte sie Wasser in den Ohren. »Wo sind sie?«

Alice blinzelt. »Wo ist wer?«

»Was, nicht wer. Die Aufnahmen. Wo hat sie sie versteckt?«

»Tut mir leid«, erwidert Alice hilflos. »Ich weiß nicht, was du meinst.«

Ihre Tante mustert sie prüfend. »An dich sind sie also auch rangekommen. Dachtest du, ich merke das nicht? Was bist du jetzt? Rot, tot oder Idiot?«

Endlich dämmert Alice, was sie hier vor sich hat: Tante Katy ist nicht nur exzentrisch, nicht nur schwierig oder unhöflich oder betrunken. Sie ist verrückt.

Alice hatte noch nie mit Verrückten zu tun. Einmal hat sie einen alten Mann auf der Straße gesehen, als sie mit ihrer Mutter und Hanna einkaufen war; er war ungepflegt und redete wirres Zeug. Ihre Mutter hatte sie weitergedrängt. Alice stand den Rest des Tages neben sich, ohne den Grund dafür genau zu verstehen.

Sie hatte nicht damit gerechnet, in ihrem eigenen Hausflur einer verrückten Person zu begegnen.

»Mir machst du nichts vor.« Tante Katy mustert Alice erneut prüfend, dann stakst sie ins Esszimmer.

Alice folgt ihr mit etwas Abstand.

Das Esszimmer ist sehr klein, außer Tisch und Stühlen findet hier kein Mobiliar Platz. Wenn die Stühle besetzt sind, schaben die Lehnen an der Wand. Tante Katy umrundet rasch den Tisch, befühlt die Sitzflächen.

»Ja«, sagt sie. »Da ist was. Natürlich.«

Sie geht wieder in den Flur, doch Alice bleibt in der Esszimmerecke stehen und überlegt, ob sie ihre Mutter anrufen soll, wobei das ihre Tante womöglich nur noch weiter anstacheln würde. Sie hört, wie Tante Katy in der Küche in der Besteckschublade hantiert.

Als Tante Katy wieder auftaucht, hält sie ein großes Messer in der Hand.

Alices Knie werden weich, und ihr Magen sackt ab, doch sie bleibt stehen. Nach einer Starresekunde kann sie sich wieder bewegen und zieht sich tiefer ins Zimmer zurück, sodass der Esstisch sie von ihrer Tante trennt. Sie lässt den Blick nicht von dem Messer.

Tante Katy hat allerdings kein Interesse an Alice. Stattdessen sticht sie heftig auf die Stuhlpolster ein, schlitzt sie auf und zerrt die Füllung heraus. Alice zuckt bei jedem Stich zusammen, jede Bewegung ihrer Tante jagt ihr einen Angstschauer über den Rücken. Ein Stuhl nach dem anderen wird ausgenommen, und schon bald ist der Boden mit Polsterung übersät.

Während Tante Katy von einem Stuhl zum nächsten fortschreitet, bewegt Alice sich ebenfalls langsam um den Tisch, um so weit wie möglich von ihrer Tante entfernt zu sein, und wendet dabei den Blick nicht vom Messer ab.

»Wonach suchst du?«, fragt sie schließlich, ihre Stimme kaum mehr als ein Flüstern.

»Das weißt du doch ganz genau«, zischt ihre Tante wütend. »Glaubst du etwa, ich wüsste nicht, für wen du arbeitest?« Alice schweigt, da hebt ihre Tante die Stimme zu einem Schreien. Alice zuckt zusammen. »Sie glauben, ich wüsste von nichts. Und das war auch meine Absicht. Sie ist eine bösartige Schlampe! Eine bösartige Schlampe!« Ihre Stimme ist zornverzerrt.

Alice ist zu verängstigt, um darauf zu antworten. Inzwischen hat sie den Tisch fast komplett umrundet und ist an der Tür angelangt. Sie würde am liebsten Reißaus nehmen, will jedoch keine abrupten Bewegungen machen.

Sie quält sich noch mit der Entscheidung, da legt Tante Katy das Messer auf den Tisch. »Sie haben sie woanders versteckt. Wie konnte ich nur so dumm sein?« Sie schlägt sich mit der Hand an die Stirn. »Das hätte ich merken müssen.«

Schweigen.

»Tut mir leid«, sagt Alice, weil ihr sonst nichts einfällt.

Tante Katy scheint sie nicht zu hören. Ihre Hände flackern und tanzen vor ihr her. »Was mache ich jetzt bloß?«, fragt sie. Und dann: »Die Sache ist ausweglos.«

Ihre Tante bricht in Tränen aus.

Tante Katy lehnt eine Tasse Tee mit der Begründung ab, das sei zu riskant, nimmt jedoch einen verpackten Penguin-Riegel entgegen. Sie sitzen einander gegenüber am Esstisch, ringsum ein Meer aus weißem Schaumstoff. Tante Katy schnieft und wischt sich ungelenk mit dem Handrücken über das Gesicht, wie ein Kind.

»Ich wusste, dass Celia schon immer mit ihnen zusammengearbeitet hat, wegen dem roten Kleid«, erklärt sie. »So hat sie ihnen Nachrichten zukommen lassen. Ich weiß alles. Ich bin dahintergestiegen. Wenn man erst einmal darüber nachdenkt, ist es so offensichtlich. Die Rote Angst.«

Alice hat keine Ahnung, wovon ihre Tante redet, ist

allerdings ungemein froh, dass sie heute Blau trägt. Sie sagt: »Ihr seid Schwestern.«

Der Blick ihrer Tante sagt *Ja, und?*

»Du bedeutest ihr sehr viel«, sagt Alice, obwohl sie selbst nicht so recht davon überzeugt ist.

Tante Katy schüttelt den Kopf. »Celia hat noch nie jemand etwas bedeutet«, sagt sie. »Ihr Lebtag nicht, das kannst du mir glauben.«

Der Kommentar erstaunt Alice. »Wissen Grandma und Grandpa, dass du hier bist? Sollen wir sie mal anrufen?«

Tante Katy sieht sie ungläubig an. »Die sind doch tot.«

Alice wird eiskalt, dann dämmert es ihr. »Ich meinte deine Eltern.«

»Denen kann ich nicht vertrauen.«

Alice schweigt eine Weile. Ihre Tante wirkt restlos erschöpft; das Weinen hat sie anscheinend gänzlich ausgelaugt. »Möchtest du dich ein bisschen hinlegen? Ich kann auch Wache stehen.«

Tante Katy schüttelt den Kopf. »Dafür haben wir keine Zeit. Das ist zu gefährlich. Bald ist Celia mit ihren kommunistischen Freunden hier.«

Alice spürt die Einsamkeit ihrer Tante, als gehörte sie ihr selbst.

»Wie kann ich dir helfen?«, fragt sie.

»Ich vertraue dir nicht«, erwidert ihre Tante, doch ihre Stimme ist sanft.

Als Alices Mutter nach Hause kommt, hat Tante Katy aufgegessen und sich, anscheinend frisch gestärkt, auf den Weg gemacht, die Nachbarn zu warnen.

»Tante Katy ist hier«, platzt es aus Alice. »Wir haben ein paar Penguin-Riegel gegessen. Ich hatte einen, sie drei. Ich dachte, das macht dir bestimmt nichts. Sie hatte ein Messer in der Hand, aber das hat sie liegen lassen.«

Ihre Mutter starrt sie an. »Wo ist sie jetzt?«

»Sie unterhält sich mit Mrs Langford nebenan«, sagt Alice und fügt gedanklich hinzu: über deine kommunistischen Umtriebe.

»Und sie hat ein Messer?«

»Ja, aber sie hat es im Esszimmer gelassen. Sie wollte nur die Polster aufschlitzen.«

Zu ihrem Missfallen ruft ihre Mutter die Polizei.

»Sie ist nicht gefährlich«, protestiert Alice. »Sie wirkt total verängstigt.«

Ihre Mutter erwidert: »Du hast keine Ahnung, wovon du sprichst.«

»Bitte, Mum. Ich glaube, das jagt ihr einen Riesenschreck ein, wenn die Polizei kommt. Können wir sie nicht einfach nach Hause bringen?«

»Willst du sie etwa nach Peterborough fahren?«, schnauzt ihre Mutter sie an. »Zwei Stunden, in denen sie irgendwas vor sich hin faselt, aus dem fahrenden Auto springen will oder dir ins Lenkrad greift und euch beide umbringt? Sei doch nicht so naiv, Alice. Ich bin dem schon mein ganzes Leben ausgesetzt, und du erst seit fünf Minuten.«

Alice behält recht: Tante Katy ist entsetzt, als die Polizei eintrifft. Wild mit den Armen rudernd wird sie aus Mrs Langfords Haus auf die Rückbank des Streifenwagens geschleift.

Alices Mutter wird für eine Aussage auf die Wache gebeten, und wieder ist Alice allein.

Als Hanna nach Hause kommt, erzählt Alice ihr die Geschichte in allen Einzelheiten, und ausnahmsweise hört Hanna ihr sogar richtig zu. Dann beklagt sie sich bitterlich, dass sie den ganzen Spaß verpasst hat.

»Das war kein Spaß.« Zum ersten Mal in ihrem Leben betrachtet Alice ihre Schwester mit Missfallen. »Es war furchtbar.«

Alices Mutter will sich nicht über den Vorfall unterhalten und informiert sie nur, dass Tante Katy ins Krankenhaus eingewiesen wurde. Alice ist erleichtert, dass sie nicht im Gefängnis sitzt.

Am Abend hört sie, wie ihre Mutter mit ihren Eltern telefoniert. Alice sitzt auf dem Treppenabsatz, Hanna an ihrer Seite.

»Wir sollten sie nicht belauschen«, flüstert Alice.

»Das sagst du jedes Mal«, erwidert Hanna. »Sei still, ich kann nichts verstehen.«

»Ich hatte doch keine Wahl«, sagt ihre Mutter. »Um Gottes willen, was hätte ich denn machen sollen? Warten, bis ihr kommt? Sie ist schizophren, man kann nicht ›mit ihr reden‹. Sie hat mein Haus zerstört und meine Tochter mit einem Messer bedroht. Ich habe euch doch gesagt, wie gefährlich sie ist, aber ihr wolltet ja nicht auf mich hören.«

Eine lange Stille entsteht, dann blafft ihre Mutter: »Woher hatte sie überhaupt meine Adresse?«

Danach fahren sie mehrere Jahre lang nicht mehr nach Peterborough.

Nach den GCSE-Prüfungen müssen Alice und Hanna ihre Privatschule verlassen, da das Schulgeld ihre Eltern finanziell zu sehr belastet, und besuchen fortan eine öffentliche Oberstufe. (»Aber auch nur, weil er seine Geliebte mit Diamanten behängt«, meint Alices Mutter, dabei hat Alice noch nie Schmuck an Susan gesehen, geschweige denn Diamanten.) Der Fortschritt, den Alice mit Holly und Margot gemacht hat, ist dahin.

Das College ist weitläufig und verwirrend, ein Labyrinth aus langen Korridoren und modernen grauen Seminarräumen, offenen Computerbereichen namens »Zentren«, einem Café und einer großen Kantine. Die Schülerinnen und Schüler, zahlreich und allgegenwärtig, wirken um Jahre älter als Alice. Genauso hat sie sich die Universität vorgestellt (beängstigend).

Gemeinsam mit Hanna steigt sie am Einführungsmorgen in den Bus. Vor dem Tor jedoch bleibt Hanna stehen und wendet sich an Alice: »Hör zu, wenn dich jemand ärgert, sag Bescheid. Ansonsten sprich mich nicht an.«

»Okay.« Vor lauter Übelkeit hört Alice nicht recht hin.

»Und sag bloß niemandem, dass wir Zwillinge sind.«

»Ich soll so tun, als wären wir keine Schwestern?«

»Ganz genau.«

»Kann ich wenigstens behaupten, wir wären Cousinen?«

»Nein«, sagt Hanna.

Sie gehen durch das Tor. Hanna zieht den Rucksack ein Stück höher und gibt eine letzte spitze Bemerkung ab. »Das hier könnte eine echt gute Gelegenheit für dich sein, um dich neu zu erfinden.«

»Danke«, sagt Alice zum kleiner werdenden Rücken ihrer Schwester.

Die Neuerfindung gestaltet sich schwieriger als erwartet. Sie ist zwar erst seit sechzehn Jahren auf der Erde, doch ihre Persönlichkeit scheint sich in der Zeit richtiggehend festgefahren zu haben. Sie bemüht sich, selbstbewusst und unbekümmert zu wirken, doch es fällt ihr nicht leicht. Es hilft allerdings, dass sich an der Oberstufe anscheinend niemand näher kennt, was sich auch im Laufe des Schuljahres nicht ändert. Alice ist von den beklemmenden Zwängen ihrer Privatschule befreit. Hier weiß niemand, dass sie einmal die Maulende Myrte war, und sie ist Milli Stephenson für immer los. Niemand beachtet sie oder gibt dumme Bemerkungen ab. In der Oberstufe lässt ihre massive Verlegenheit etwas nach.

Schließlich freundet sie sich mit zwei Mädchen namens Salma und Tahira an, die bei ihr im Geschichtskurs sind. Sie sind freundlich und lustig, besonders Tahira, die oft tief und kehlig lacht, was Salma jedes Mal ansteckt. Salma und Tahira sind seit dem ersten Tag beste Freundinnen, nehmen Alice aber in ihren Kreis mit auf. Meistens essen sie zu dritt zu Mittag; außerhalb der Schule trifft Alice sich nicht mit ihnen. Ihr fällt auf, dass sie anscheinend zum dritten Rad in Zwei-Personen-Freundschaften verdammt ist. Hoffentlich würde sich das nicht in ihrem Liebesleben fortsetzen – sofern sie je eines entwickeln sollte.

An den Wochenenden ist Hanna nie zu Hause, und Alice bemüht sich, keinen Leerlauf entstehen zu lassen. Stundenlang lernt sie gewissenhaft für ihre A-Level-Prüfungen, was manchmal kontraproduktiv ist, da es ihr immer wichtiger erscheint, sämtliche Aufgaben perfekt zu lösen, bis sie alles hinschmeißen und noch mal von vorne anfangen will. Dann greift ihre Mutter meistens ein und lockt sie auf einen Spaziergang oder eine Runde Fernsehen aus dem Zimmer. Trotz Hannas vernichtender Kommentare sucht Alice nach einem neuen Bastelhobby, in dem sie sich so sehr verlieren kann wie früher in ihren Kistenhäusern. Sie findet keinen befriedigenden Ersatz, bringt sich jedoch mithilfe eines Büchereibuchs das Stricken bei und strickt ihrer Mutter und Hanna je einen leicht unregelmäßigen Schal (bislang kann sie nur rechte Maschen stricken). Außerdem lernt sie Origami, ihre Mutter besorgt ihr ein Quilling-Set für Anfänger, und sie fädelt Perlen auf Draht oder zarte Gummibänder, um sie zu Schmuck zu verarbeiten. Sie schenkt Tahira und Salma jeweils ein buntes Perlenarmband – Meerestöne und Lila für Tahira, feuriges Orange, Rot und Gelb für Salma. Sie scheinen sich aufrichtig darüber zu freuen und tragen sie täglich. »Mach dir doch auch eins«, sagt Salma.

»Dann sind das unsere Freundschaftsbändchen.« Alice setzt ihr Armband aus kühlen Türkis- und Grüntönen zusammen.

Trotzdem verspürt sie eine Einsamkeit, die sich nicht abschütteln lässt. Sie hat das Gefühl, mit ihrem Leben stimme etwas nicht, aber sie weiß auch nicht, was genau sich falsch anfühlt. Manchmal fürchtet sie, sie könnte enden wie ihre Tante, könnte dieselbe Krankheit in den Genen tragen. Liegt so was nicht in der Familie? Und Alice war schon immer das schwarze Schaf, diejenige, deren beste Freundin die eigene Mutter ist.

Sie versucht, nicht zu viel darüber nachzudenken. Oft schläft sie nachts schlecht. Viele Nächte lang liegt sie wach und lauscht Hannas Atemzügen jenseits der Klebebandgrenze, starrt die Schatten an der Decke oder das Mondlicht an, das durch die Jalousie in Streifen auf ihre Bettdecke fällt. Wieso wirkt Mondlicht immer so kühl? Manchmal tröstet sie sich mit der Vorstellung, eine heimliche Freundin würde durchs Fenster klettern und sich schweigend zu ihr ins Bett legen. Diese Freundin ist namenlos. Alice sieht ihr Gesicht nur dann kurz aufflackern, wenn sie gerade an etwas anderes denkt; es ist, als könnte sie ihre Freundin nur indirekt sehen, als existierte sie nur an den Außenbereichen ihres Blickfelds. Aber sie kennen sich schon ewig. Wenn Alice schläfrig wird, stellt sie sich vor, wie sie im Dunkeln mit ihrer Freundin tuschelt, sie einander Geheimnisse zuflüstern und schließlich friedlich schweigend nebeneinanderliegen, keine Worte mehr benötigen, da sie sich intuitiv verstehen.

5

Mit vierzehn joggt Michael im Geländelauftraining neben einem Mitschüler her, da bricht dieser tot zusammen. Niemand ist in Sichtweite. Michael und der andere Junge – er heißt Christopher – sind die zwei Langsamsten und liegen weit zurück. Michael ist zwar nicht mit Christopher befreundet, aber sie kommen gut miteinander aus – er ist ein schüchterner Junge, der jedoch nicht dafür gemobbt wird. Im Geländelauftraining joggen sie oft nebeneinanderher, da keiner von beiden das Bedürfnis verspürt, den anderen zu übertreffen. Sie überqueren gerade die Wiese in Wimbledon Common, als Christopher plötzlich zu Boden sackt. Michael denkt erst, es wäre ein Scherz. Es dauert eine Weile, bis er merkt, dass Christopher nicht mehr atmet. Kalt vor Panik ruft Michael sich sein Erste-Hilfe-Training ins Gedächtnis und fühlt nach einem Pulsschlag, findet jedoch keinen. Er ruft um Hilfe, doch niemand ist in Hörweite, er startet einen Wiederbelebungsversuch. Christophers Lippen fühlen sich kalt an, als er seinen Mund darauf presst, aber es ist ja auch November. Michael weiß nicht, was er machen soll: Hilfe holen oder bei Christopher bleiben? Der Gedanke, Christopher allein hier liegen zu lassen, ist zu grauenhaft, also bleibt er bei ihm und presst wirkungslos auf seinem Brustkorb herum.

Irgendwann kommt ein Mann mit einem Hund vorbei; er hat allerdings kein Handy dabei und rennt zum Windmill Café, um Hilfe zu holen. Danach verschwimmt Michaels Erinnerung. Eine ganze Weile scheint zu vergehen, bevor die Sanitäter eintreffen, und unterdessen setzt Michael die Herzdruckmassage fort (zwischen dem Notruf und dem Eintreffen des Rettungsdienstes vergehen elf Minuten, wird es später in der gerichtlichen Untersuchung heißen, der Michael nicht beiwohnt). Inzwischen ist seine Sportlehrerin dazugestoßen und fährt mit Christopher im Krankenwagen davon. Michaels Klassenlehrer ist ebenfalls wie aus dem Nichts aufgetaucht und lenkt Michael zurück in Richtung Schule.

Michael darf während der Mittagspause im Krankenzimmer sitzen; jemand hat ihm eine Decke um die Schultern gelegt. Sein Klassenlehrer sitzt neben ihm, und Michael versucht, das Schinkensandwich aus der Kantine zu essen, aber das Brot klebt ihm am Gaumen und verstopft ihm die Kehle, die sich ohnehin schon geschwollen anfühlt. Am Nachmittag soll Michael wie gewohnt am Unterricht teilnehmen, doch gegen Ende der Mittagspause kommt der Anruf, dass Christopher verstorben sei. Später erfährt Michael, Christopher habe schon immer einen Herzfehler gehabt. Er hätte schon als Kleinkind sterben oder bis ins hohe Alter leben können. Seine Eltern wussten davon. Sie geben niemandem die Schuld an Christophers Tod.

Michaels Klassenlehrer überbringt ihm die Nachricht und nimmt ihn in den Arm, was sehr untypisch ist. Michael lässt es stocksteif über sich ergehen. Bald darauf trifft seine Mutter ein und unterhält sich lange mit dem Klassenlehrer, während Michael stumm danebensitzt. Später kann er sich nicht daran erinnern, worüber sie gesprochen haben, da nun endlich die Tränen fließen. Sein Inneres scheint sich verflüssigt zu haben und nach außen zu dringen. Er hat jegliche Kontrolle verloren.

Schließlich legt seine Mutter ihm den Arm um die Schultern und führt ihn zum Auto. Zu Hause steckt sie ihn mit einer Wärmflasche ins Bett und bringt ihm das Abendessen auf einem Tablett (Pommes, Ei und Bohnen: ein Zauberteller).

»Mein armer Junge«, sagt sie. »Mein armer Schatz.«

Sie bleibt bei ihm, bis er eingeschlafen ist.

Am Morgen liegt seine Schuluniform wie gewöhnlich auf dem Bett. Seine Mutter ist in der Küche. Sie fragt: »Gehts dir besser, mein Schatz?«, und er bejaht. Christopher wird nicht erwähnt.

Seine Mitschüler sprechen auch nicht über den Vorfall (bis auf Michaels Freund Tom, der ihm erzählt, man hätte ihnen verboten, ihn darauf anzusprechen), doch Michael spürt sämtliche Blicke auf sich. Sein Klassenlehrer nimmt ihn erneut beiseite und erklärt ihm, was mit Christophers Herz nicht gestimmt hat, dass niemand es hätte verhindern können, wie solche Sachen eben manchmal passieren. Michael nickt und nickt und sagt kein Wort.

In der folgenden Woche hält die Schule eine Gedenkfeier ab, Christophers Eltern sind auch dabei. Michael wird Christophers Mutter vorgestellt, und sie nimmt ihn fest in den Arm und bedankt sich dafür, dass er versucht hat, ihrem Sohn das Leben zu retten. Danach verschwindet Michael auf der Toilette und verbringt den Rest der Gedenkfeier dort.

In den nächsten Jahren denkt er kaum noch an Christopher. Irgendwann denkt er überhaupt nicht mehr an ihn. Es ist, als wäre die ganze Sache – wie Christopher plötzlich zu Boden sackte, die blaue Farbe seiner Lippen, der Widerstand seines Brustkorbs unter Michaels Händen – jemand anderem passiert.

Mit siebenunddreißig geht Michael aufgrund einer Einschränkung seines Sichtfelds zum Arzt; hin und wieder nimmt er eine Art Schatten an den Rändern wahr. Er wird an eine Spezialistin überwiesen, die jedoch nichts feststellen kann – kein Hirntumor, keine einsetzende Erblindung. Michael hat lange nicht mehr an Christopher gedacht, doch in dieser Phase fällt ihm aus irgendeinem Grund alles wieder ein. Kurz stellt er sich vor, was für ein Leben Christopher wohl geführt hätte, wenn er überlebt hätte, wenn es ihm vergönnt gewesen wäre, erwachsen zu werden. Solche Spekulationen sind allerdings untypisch für Michael, und bald darauf denkt er nicht weiter darüber nach.

Als Erwachsener würde Michael zu einem aufrechten Mitglied der Gesellschaft werden, doch als Kind ist er ein Lügner und ein Dieb.

Er kann nur schwer erklären, weshalb er stiehlt und lügt; weder als Kind noch als Erwachsener erlebt er je einschneidende Momente der Selbsterkenntnis. Er will die Sachen, die er klaut, gar nicht, und er glaubt auch nicht an die Lügen, die er erzählt. Die Handlungen dienen keinem bestimmten Zweck.

Da wäre zum Beispiel der Zaubertroll. Michael ist sieben, als er ihn aus dem Rucksack einer Klassenkameradin entwendet, der mit offenem Reißverschluss in der Garderobe hängt. Hierbei ist interessant, dass Michael Zaubertrolle überhaupt nicht leiden kann, und wenn er sie leiden könnte, müsste er einfach nur seinen Vater fragen, der ihm selbst seltene Exemplare besorgen kann. Er ist einfach nur eines Nachmittags allein im Vorraum, da er auf dem Klo war (*auf der Toilette*, wie seine Mutter ihn korrigieren würde), sieht den offenen Rucksack, aus dem das verlockend leuchtend blaue Trollhaar ragt, und spürt ein merkwürdiges Gefühl im Bauch, fast so, als müsste er noch mal aufs Klo (nicht zum Pinkeln, sondern *aus dem anderen Grund*, wie seine Mutter sagen würde).

Also steckt er sich den Troll in die Hosentasche. Weil er sich dort zu deutlich abzeichnet, holt er ihn wieder hervor und versteckt ihn stattdessen in seinem Rucksack. Er wird ihn sich zu Hause in seinem Zimmer näher ansehen. Danach wird er ihn in einem speziellen Schuhkarton (ähnlich einer serienmörderartigen Trophäensammlung) in seinem Schrank verstauen und nie wieder in die Hand nehmen.

Leider schafft der Troll es nicht sicher bis nach

Hause. Anscheinend ist er Lucy Myerson ungemein wichtig, da sie ihn von einem Onkel geschenkt bekommen hat, der mittlerweile im Himmel ist. Als sie nach der letzten Stunde entdeckt, dass er verschwunden ist, zettelt sie einen Riesenaufstand an, und da es nicht das erste Mal ist, dass etwas aus einem Rucksack verschwunden ist (es war nicht Michaels erster Streich), ordnet Miss Ferguson eine Durchsuchungsaktion an. Der Troll wird in Michaels Rucksack gefunden.

Seine Mutter wird zu einem Treffen am folgenden Tag vor Unterrichtsbeginn geladen. Michael wartet schwermütig auf einem Stuhl vor der Tür, betrachtet seine blassen Knubbelknie unter dem Hosensaum. Schon gestern hat er sich auf den Zorn seiner Mutter gefasst gemacht, doch sie hat kaum ein Wort von sich gegeben, weder beim Abendessen noch auf dem Weg zur Schule. Als sie schließlich aus dem Klassenzimmer kommt, sagt sie immer noch nichts, sondern marschiert einfach an Michael vorbei den Flur hinab. Er zögert, da er nicht genau weiß, ob er sitzen bleiben – laut seiner Casio-Uhr ist es fast acht, und in zwanzig Minuten treffen die Schüler zur Anwesenheitskontrolle ein – oder ihr folgen soll. Schließlich überwiegt die Angst vor seiner Mutter, und er rennt ihr hinterher. Atemlos hält er mit ihr Schritt, schaut immer wieder ängstlich zu ihr auf, doch erst auf dem Parkplatz bricht sie ihr Schweigen.

»Ich habe ihr unmissverständlich klargemacht, dass mein Sohn kein Dieb ist«, verkündet sie, den Blick starr geradeaus gerichtet. »Das habe ich ihr unmissverständlich klargemacht.«

Michael hält es für das Schlaueste, sich nicht dazu zu äußern.

»Mein Sohn«, wiederholt seine Mutter, »ist kein Dieb.« Sie bleibt stehen und blitzt ihn an. »Niemand in unserer Familie würde sich derart schäbig verhalten. Habe ich recht?«

Michael hält ihrem Blick nur mit Mühe stand. Er ringt sich ein kaum wahrnehmbares Nicken ab.

»Na also.« Die Anspannung scheint aus ihren Schultern zu weichen. »Das dachte ich mir. Komm, wir gehen zu Sainsbury's und besorgen dir noch schnell einen Erdbeermilchshake, bevor die Schule losgeht.«

Pünktlich zur Anwesenheitskontrolle stolziert Michael mit einer Mischung aus Selbstgerechtigkeit und Zuckerschock im Blut wieder in das Schulgebäude. Fast schon schämt er sich für Miss Ferguson und ihre fälschliche Anschuldigung und hat beschlossen, sich großzügig zu geben. Als er seinen Namen hört, erwidert er betont höflich: »Hier, Miss Ferguson.«

Die anderen Kinder lassen ihn allerdings nicht so leicht vom Haken. Während der ersten Stunde zischt Matty Jones: »Du fandst den Troll wohl richtig toll«, was die anderen zum Schreien finden (Michael dagegen hielt Reime noch nie für besonders komisch) und einander zuraunen, bis Miss Ferguson sie zur Ruhe mahnt. Der Ruf verfolgt Michael den ganzen Tag und darüber hinaus, und mehrere Monate vergehen, bis seine Mitschüler das Interesse verlieren. Die Ungerechtigkeit frappiert Michael.

»Ich war das nicht«, behauptet er immer wieder.

Seine Proteste stacheln die anderen nur an, und sie finden es besonders amüsant, wenn er die Fassung verliert, nach ihnen schlägt oder sogar in Tränen ausbricht.

»Einfach nicht beachten«, sagt seine Mutter, als er sich bei ihr beklagt. »Dummes Pack. Kinder können sehr grausam sein, besonders, wenn sie merken, dass man ihnen überlegen ist.«

Michael hüllt sich in seine Überlegenheit wie in einen Schutzmantel. Wenigstens seine Mutter ist auf seiner Seite.

Michael begegnet seiner Mutter mit Ehrfurcht, doch mit seinem Vater kann er nicht viel anfangen. Schon als Kleinkind ist Michael sehr ernsthaft, und trotzdem beharrt sein Vater – der sich immer einen Sohn gewünscht hat – darauf, mit ihm zu spielen, spricht mit Babystimme und wedelt brandneues Spielzeug beängstigend nah vor Michaels Gesicht herum. »Guck mal, wie hoch das Flugzeug fliegt! Wusch, wusch, wuuusch! Da fliegt es!« Michael findet das ziemlich anstrengend und versteht nicht, wieso das Plastikflugzeug ein lächelndes Gesicht hat, wo doch jeder weiß, dass Flugzeuge nicht leben. Die albernen Aufführungen seines Vaters sind ihm peinlich, und er ist ungemein erleichtert, als sie endlich verebben. Trotzdem wird er später zu dämlichen Besprechungen mit seinen Schwestern gezwungen, in denen sie ihre Meinungen zu den Spielsachen ihres Vaters abgeben sollen, als hätte er (mit elf!) nichts Besseres zu tun, als Interesse an Furbys zu heucheln.

Einmal, er ist noch recht jung, wünscht er sich zu

Weihnachten ein Buch über Astronomie, doch statt eines üppigen Dorling-Kindersley-Bandes mit Hochglanzfotografien und dichtem, informativem Text erhält er ein blaues Plastikteleskop, das mit Cartoonsternen und -planeten verziert ist (die natürlich auch lächelnde Gesichter tragen). Michael hält es sich in der wahnhaften Hoffnung ans Auge, er könne dadurch wenigstens die Sternbilder betrachten, doch es handelt sich lediglich um ein Kaleidoskop, das mit jeder Drehung ein neues buntes Muster zeigt.

»Toll, oder?«, sagt sein Vater. »Da kann man stundenlang durchschauen und sieht kein Muster zwei Mal.«

Niedergeschlagen hält Michael das Kaleidoskop in der Hand. Es ist sehr unwahrscheinlich, dass er stundenlang hindurchschauen wird. Sein Vater hält einen Vortrag über die Breitenwirkung ihrer neuen Reihe »Erstes Lernen«, und Michael spürt, wie seine Verachtung anwächst, bis er das dumme Spielzeug am liebsten an die Wand pfeffern würde.

Als Michael zwölf ist, muss seine Mutter unerwartet nach Peterborough reisen, da Tante Katy im Krankenhaus liegt. Über den Grund dafür schweigt sie sich aus. Zufällig sind gerade Herbstferien, und irgendwie einigt man sich darauf, dass Michael und seine Schwestern den ersten Tag bei ihrer Nachbarin Mrs Sheldon verbringen und am zweiten mit ihrem Vater ins Büro gehen. Gegen Mrs Sheldon hat er nichts, da sie bei ihr ungestört fernsehen dürfen, doch es graut ihm davor, seinen Vater auf die Arbeit zu begleiten. Die Vorfreude seiner kleinen Schwestern verstimmt ihn umso mehr.

Und natürlich ist es genauso schrecklich, wie er es sich vorgestellt hat. Im Laufe seines kurzen Lebens wurde Michael bislang noch nie angenehm überrascht. Sein Vater stellt sie seinen Kollegen mit der angestrengten Fröhlichkeit eines Kinderunterhalters vor, die Michael von Geburtstagsfeiern kennt und hasst, nennt die Zwillinge seine »Prinzessinnen« und ihn »den Ritter«, wobei er ihm spielerisch die Haare verstrubbelt. Andere Leute verstrubbeln ihm ebenfalls die Haare, so sehr er sich auch wegzuducken versucht (er sieht den Strubbelangriff jedes Mal kommen). Irgendwann werden die Mädchen von einer runden, mütterlichen Dame davongeführt, damit sie sich je ein Plüschtier aussuchen, und Michaels Vater führt ihn die Treppe hoch in einen großen Raum, wo er auf einer Ehrenrunde eine Hand nach der anderen schütteln und alberne Kommentare über sich ergehen lassen muss. »Du willst uns also zeigen, wie es läuft, hm?« Oder: »Vielleicht kannst du ja eben die Abrechnung hier für mich durchgehen? Haha!« Michael findet es unerträglich, dass alle so tun, als wäre er erwachsen, obwohl das offensichtlich nicht stimmt. Dann besorgt sein Vater ihm einen Stuhl, räumt eine Ecke seines Schreibtischs frei und gibt ihm Karopapier und einen alten Kugelschreiber. »Du kannst ja eine Runde malen.«

Michael sieht seinen Vater mit steinerner Miene an. Anscheinend hat er vergessen, dass Michael zwölf ist und nicht fünf.

»Oder eine Geschichte schreiben«, fügt er angesichts des finsteren Blicks hinzu.

Hätte er doch nur ein Buch von zu Hause mitgebracht; er besitzt ein gutes über Vulkane, das er gerne liest. Stattdessen vertreibt er sich die Zeit, indem er alles über Vulkane aufschreibt, was ihm einfällt, dann über Erdbeben, dann über Tsunamis, und dann ist es später Vormittag und sein Vater fragt: »Kurze Kaffeepause, wo wir schon so hart arbeiten?«

»Ich trinke keinen Kaffee«, erwidert Michael.

»Ich weiß. Du kannst ja einen Milchshake trinken. Oder worauf du sonst Lust hast.«

Draußen auf der Straße fragt Michael: »Und was ist mit den Mädchen?«

»Carla kümmert sich heute um die beiden. Wir machen einen Vater-und-Sohn-Tag.«

Michael ist nicht gerade der Ansicht, dass es als Vater-und-Sohn-Tag zählt, wenn er Fakten über Vulkane notiert, während sein Vater danebensitzt und ihn nicht beachtet, doch er fürchtet, die Alternative könnte weitaus schlimmer sein, und behält die Einschätzung für sich. Sein Vater führt ihn zu einem Café um die Ecke, wo es überhaupt keine Milchshakes gibt, daher bestellt sein Vater ihm einen Orangensaft und sich selbst einen Cappuccino. »Ist doch in Ordnung, oder?«, fragt er, und Michael muss zustimmen.

Während sie an ihren Getränken nippen, macht sein Vater Bemerkungen à la: »Wie läufts in der Schule?« und: »Was hältst du von der Zaubertafel, die ich dir vorhin gezeigt hab? Das wird ein Riesenhit zu Weihnachten.«

Michael antwortet, so gut er kann, bis er bemerkt,

dass sein Vater ihm überhaupt nicht zuhört. Stattdessen starrt er eine Frau an, die gerade zur Tür hereingekommen ist. Sie hat rote Haare und trägt einen grünen Mantel. An der Kasse bezahlt sie eine Flasche Wasser, und als sie sich wieder umdreht, steht Michaels Vater auf.

»Anne!«, sagt er. »Anne. Ich fass es nicht.«

Michael beobachtet, wie die Frau seinen Vater ausdruckslos ansieht, und ist peinlich berührt, dass sein Vater sie mit jemandem verwechselt hat.

»Wie geht es dir?« Sein Vater deutet Richtung Michael. »Ich bin mit meinem Sohn hier. Ich arbeite ganz in der Nähe.«

Die Frau schaut von Michael zu seinem Vater. »Hallo«, sagt sie schließlich.

»Arbeitest du auch hier in der Ecke?«, fragt Michaels Vater.

Sie schüttelt den Kopf. »Nein. Bin heute nur zufällig hier.«

»Ich freue mich so, dich zu sehen«, sagt Michaels Vater. »Das letzte Mal ist schon so lange her.«

Die Frau lächelt schweigend.

»Setz dich doch zu uns«, fügt Michaels Vater hinzu, obwohl sie gerade gehen wollten.

Doch die Frau erwidert: »Nein, danke. Ich muss weiter.« Sie nimmt ihre Wasserflasche und verabschiedet sich mit einem höflichen »Auf Wiedersehen«, das Michael und seinem Vater gleichermaßen gilt.

Michael ahnt intuitiv, wie sehr die Frau seinen Vater verachtet, ohne es in Worte fassen zu können. Er erkennt sich in ihr wieder. Schon immer ist er über tausend unsichtbare Fäden mit seiner Mutter verbunden gewesen und spürt seit Langem unbewusst die Geringschätzung, die sie seinem Vater entgegenbringt. Dazu gesellt sich nun in einem hinteren Winkel seines Bewusstseins der Hohn der Unbekannten, und damit verfestigt sich Michaels Verachtung ein für alle Mal.

Im ersten Jahr seines Studiums der Politikwissenschaften freundet Michael sich mit zwei Mitstudierenden im Wohnheim an. Der erste heißt Jed und wohnt im Zimmer nebenan, ist klein, lacht laut, verhält sich dreist und nennt Michael »Kumpel«, was Michael insgeheim toll findet, als würde er damit in eine Bruderschaft aufgenommen, von der er bisher ausgeschlossen war.

Die zweite heißt Olivia.

Olivia wohnt gegenüber. Sie hat dunkles, fast schwarzes Haar, das mit ihrer blassen Haut und den roten Lippen kontrastiert. Sie erinnert Michael an Schneewittchen, und er malt sich aus, wie er ihr das irgendwann mitteilt, sich zu ihr beugt und die Haare hinter das Ohr streicht (Olivias Ohren stehen ab, und meistens versteckt sie sie unter ihren Haaren; Michael findet sie jedoch zum Niederknien und verspürt an den seltenen Gelegenheiten, bei denen er einen Blick auf sie erhascht, ein angenehmes Kribbeln).

Olivia scheint Michael als Seelenverwandten zu betrachten und schüttet ihm oft ihr Herz aus, wenn sie bis spät in die Nacht Whisky trinken (Olivias Lieblingsdrink; Michael tut so, als würde er ihm schmecken).

Anders als Michaels Eltern sind Olivias noch verheiratet und Hals über Kopf ineinander verliebt.

»Sie können die Blicke nicht voneinander lassen«, erzählt sie. »Manchmal kommt man sich da richtig unsichtbar vor.«

»Klingt komisch«, sagt Michael.

»Ist es aber nicht. Sie sind total verliebt. Mir haben sie keinen Haustürschlüssel gegeben, weil ihnen ihre Privatsphäre so wichtig ist.«

»Ihre Privatsphäre? Du meinst …«

»Ganz genau«, erwidert Olivia. »Sie wollen miteinander schlafen, ohne dabei gestört zu werden.«

»Bäh.« Michael hält sich an die geläufige Meinung zu diesem Thema. »Ganz schön ekelhaft.«

Olivia betrachtet ihn streng. »Nur, wenn man prüde ist. Sex ist ein Ausdruck der Liebe. Sie zeigen sich bloß, wie sehr sie sich lieben.«

Michael errötet; zum einen ist ihm ihre Missbilligung unangenehm, zum anderen malt er sich lebhaft aus, wie es wohl wäre, seine Liebe zu Olivia mit ihr zum Ausdruck zu bringen.

»Das heißt, du musst immer klingeln, wenn du in dein Haus willst?«, fragt er, um auf andere Gedanken zu kommen.

»Na ja, es ist ja nicht mein Haus. Da soll eben alles auf eine bestimmte Art und Weise laufen. Außerdem kann es sein, dass sie ihr Zeug rumliegen lassen. Sie wollen nicht, dass das zufällig jemand findet.«

Was für Zeug?, fragt sich Michael, beschließt dann jedoch, dass er es lieber nicht wissen möchte.

»Hm, das ist ja schön, dass sie noch so aufeinander stehen«, sagt er.

»Wunderschön.« Olivia lächelt ihn an. »Irgendwann finde ich auch meine große Liebe, die über Zeit und Raum hinausschreitet.«

Das mit der »Zeit« kann Michael ja noch nachvollziehen, da Olivias Eltern schon seit einer ganzen Weile zusammen sind, aber das mit dem »Raum« – wohnen sie nicht in Basingstoke? Er geht nicht weiter darauf ein, um nicht den Eindruck zu erwecken, er habe keine Ahnung von den unergründlichen Wegen der Liebe.

Jed ist Olivia nicht so sehr verfallen wie Michael. »Viel zu verrückt«, sagt er. »Das riecht man meilenweit gegen den Wind. Klar, sie ist heiß, aber dafür umso verrückter. Hast du noch nie von der Heiß/Irre-Skala gehört?«

Hat er nicht, doch auch Jeds Erklärung rüttelt nicht an seiner Meinung. »Im Grunde«, schließt Jed, »sind die meisten Frauen verrückt. Du musst bloß entscheiden, mit welchem Maß an Verrücktheit du leben kannst. Oder wie heiß sie sein müssen, um es wieder wettzumachen.« Er lacht zu Michaels Verärgerung schallend, doch dann ruft sich Michael ins Bewusstsein, dass Jed seine – nicht sonderlich attraktive – Freundin mit vierzehn kennengelernt hat, und es eher unwahrscheinlich ist, dass er noch mal etwas Besseres findet, da er untersetzt ist und bleich und von Akne geplagt.

Michael leidet still darunter, dass Olivia ihn als Freund so sehr schätzt, jedoch nicht mehr von ihm will. Das weiß Michael, da sie öfter Kommentare abgibt wie:

»Ich hatte noch nie so einen guten Freund wie dich. Die meisten Männer wollen nur mit mir ins Bett. Ich bin so froh, dass du mich wirklich kennenlernen willst und ich dir komplett vertrauen kann. Dass du keine Hintergedanken hast.«

Michael speichert diese Bemerkungen ab und untersucht sie genauer, wenn er allein ist. Natürlich fühlt er sich davon geschmeichelt, aber gleichzeitig ist er verwirrt, da er manchmal glaubt, durchaus Hintergedanken zu haben. Dennoch beschließt er, seine Gefühle ehrenhaft unter Verschluss zu halten, damit er der Freund bleiben kann, den sie so dringend braucht.

Eines Abends erklärt sie ihm Platons Theorie der Seelenverwandtschaft: Ursprünglich seien wir Menschen ein Wesen mit vier Beinen, vier Armen und einem Kopf mit zwei Gesichtern gewesen. Dann seien wir von Zeus entzweit und dazu verdammt worden, schwermütig auf der Suche nach unserer anderen Hälfte auf Erden zu wandeln, wobei die meisten von uns nie mit ihrem Seelenverwandten wiedervereint würden. Michael findet es erstaunlich, dass ein erwachsener Mann sich einen solchen Unsinn ausdenken kann.

»Ich liebe diese Vorstellung«, schwärmt Olivia. »So muss es doch gewesen sein, oder?«

Michael stimmt zu.

Olivia erfreut sich bei der Männerwelt großer Beliebtheit und hat im ersten Semester mehrere feste Freunde, wobei diese ihr nichts bedeuten, da keine tiefere Verbindung besteht, keine Seelenverwandtschaft. An schlechten Tagen sucht sie Halt bei Michael, und davon gibt es einige.

Eines Tages macht Michael sich gerade für ein Date mit einer Studentin namens Maya fertig, die er in einem Seminar zum Utilitarismus im 19. Jahrhundert kennengelernt hat. Er geht nur selten auf Dates, und Jed neckt ihn schon den ganzen Tag (Michael gibt sich genervt, freut sich aber insgeheim darüber). Sie wollen zusammen etwas trinken gehen und anschließend vielleicht einen Film auf ihrem Zimmer schauen. (Oh, wie viel Hoffnung Michael in dieses »Vielleicht« steckt!)

Gerade als Jed Michael ein paar Kondome in die Jackentasche stopfen und Michael ihn abschütteln will, taucht Olivia auf. »Du hast ein Date? Mit wem?«

Michael antwortet, und sie runzelt die Stirn. »Ach ja, ich glaube, die kenn ich. Ziemlich groß, kann das sein? Schlaksig?«

Michael zuckt die Schultern. »Ja, kann sein, sie ist recht groß.«

»Ich wäre ja gerne so groß«, meint Olivia. »Damit hätte man es in einer Menschenmenge viel leichter. Aber Klamotten findet man bestimmt nur schwer. Die Arme.«

Als Michael gerade aufbrechen will, klopft Olivia tränenüberströmt bei ihm an.

»Was ist denn?« Michael nimmt sie in den Arm und hält sie fest, während sie ihren Tränen freien Lauf lässt. Er kommt sich dabei angenehm männlich vor.

»Ich bin so abgrundtief verzweifelt«, schluchzt Olivia

an seiner Brust. »Ich weiß nicht, wieso ich noch weiterleben soll.«

Erschrocken versucht er sie zu trösten, doch sie will, dass er in ihr Zimmer kommt und ihr sämtliche Paracetamoltabletten und Messer wegnimmt. Sonst wisse sie nicht, wozu sie in der Lage sei.

Auf dem Weg in ihr Zimmer fragt sich Michael, ob er ihre Eltern informieren soll; der Ernst der Lage scheint eine mögliche Unterbrechung ihrer Sexgelage zu rechtfertigen. Wie sich herausstellt, muss er lediglich ein stumpfes Taschenmesser und eine Packung Paracetamol konfiszieren, in der sich nur noch vier Tabletten befinden. Michael bezweifelt, dass sie sich damit etwas antun kann, doch Olivia erklärt, sie reagiere sehr empfindlich auf Paracetamol.

»Schmeiß alles weg«, sagt sie. »Wenn ich heute Abend alleine bin, mache ich garantiert etwas Dummes.«

Natürlich verspricht Michael ihr, dass sie nicht allein sein wird. Er werde bei ihr bleiben.

»Du bist so ein guter Freund.« Erneut bricht sie in Tränen aus. »Danke. Ich kann heute einfach nicht allein bleiben.«

In der Nachricht an Maya schreibt er, ein Notfall mit einer Freundin sei ihm dazwischengekommen. Maya reagiert verständnisvoll.

Von diesen gelegentlichen Dramen abgesehen, gefällt es Michael in seinem ersten Jahr an der Uni sehr gut. Er mag seinen Studiengang, und ganz besonders mag er es, wenn seine Mitstudierenden aufmerksam seinen (nicht seltenen) Ausführungen zu Politik lauschen. Zum Ende des zweiten Semesters hin geht er schließlich regelmäßig mit Maya aus, nachdem sie ihrer Bekanntschaft nach einer Vorlesung über William Gladstone frischen Wind eingehaucht hatten. Er verliert seine Jungfräulichkeit an sie, elegant ist es nicht, aber durchaus befriedigend. Olivia kann Maya allerdings nicht viel abgewinnen und macht hinter ihrem Rücken abfällige Bemerkungen über Giraffen. Michael geht nicht darauf ein, da er weiß, dass Olivia anderen Frauen aufgrund schlechter Erfahrungen in der Vergangenheit nicht vertraut. Es stimmt ja auch, dass Frauen richtig fies sein können, wie Olivia gern sagt; deswegen fühlt sie sich bei Männern wohler. Michael ist davon überzeugt, dass Olivia sich noch an Maya gewöhnen wird.

Doch eines Tages im Sommersemester kommt Olivia mit einem entschlossenen Gesichtsausdruck auf ihn zu, der ihn sofort nervös macht. »Ich muss dir etwas sagen.« Sie setzt sich auf sein Bett. »Ich bin schwanger.«

»Ach du Scheiße«, sagt Michael. »Scheiße. Wow. *Wow.*« Er merkt, dass er nicht sonderlich feinfühlig reagiert. »Von wem?«

Sofort wird ihm klar, dass das die falsche Antwort war, aber da ist es schon zu spät.

Olivia blitzt ihn wütend an. »Macht das irgendeinen Unterschied?« Nach einer kurzen Pause fügt sie hinzu: »Von dir, wenn du es unbedingt wissen willst.«

Michael ist schockiert, immerhin haben sie noch nie miteinander geschlafen.

»Jetzt nicht im buchstäblichen Sinn«, fährt Olivia fort. »Im emotionalen. Du stehst mir näher als irgendein Mann je zuvor. Mein Körper ist von dir durchdrungen, und dieses Baby gehört dir. Seine Seele besteht aus uns beiden.«

Michael ist gleichzeitig gerührt und verwirrt. Doch Olivia schluchzt inzwischen laut, und bevor er weiß, wie ihm geschieht, hält er sie im Arm und verspricht ihr, immer für sie da zu sein, egal, was passiert.

»Du meinst, du willst mir helfen?« Olivias tränennasses Gesicht liegt an seiner Brust. »Oh, Michael, tausend Dank. Ich weiß nicht, was ich machen würde, wenn du mich im Stich lassen würdest, so wie alle anderen.«

»Ich lasse dich doch nie im Stich«, erwidert Michael.

»Danke«, sagt Olivia. »Vielen, vielen Dank. Jetzt, wo ich weiß, dass wir das Baby zusammen großziehen, jagt mir das keine Angst mehr ein.«

Michael weiß zwar nicht, wann er sich dazu verpflichtet hat, aber offensichtlich ist das der Fall. Darüber kann er jedoch nicht weiter nachdenken, da Olivia ihm im nächsten Augenblick ihr hübsches, tränenüberströmtes Gesicht zuwendet und erklärt: »Ich liebe dich.«

»Ich dich auch.« Sein Herz pocht so heftig, als würde es jeden Moment aus seiner Brust springen.

»Du bist mein Seelenverwandter«, sagt sie.

Und endlich darf er sie küssen.

Sie schmieden gemeinsam Pläne und sind sich einig, dass Olivia ihr Studium auf Eis legen sollte, doch Olivia hat noch nicht entschieden, ob Michael ebenfalls abbrechen oder einfach in ein Studentenhaus ziehen soll, in dem sie mit dem Baby wohnen können. Die Idee, er könne abbrechen, versetzt Michael in Schrecken, und er erklärt, es sei doch viel sinnvoller für ihn, sein Studium zu beenden, um in ein paar Jahren einen besseren Job zu bekommen, mit dem er die Familie finanzieren kann.

»Und woher soll das Geld bis dahin kommen?«, fragt Olivia.

»Ich suche mir einen Nebenjob«, sagt Michael. »Abends und am Wochenende.«

»Ich habe Angst.«

»Brauchst du nicht. Ich kümmere mich um dich.«

Selbstverständlich muss er mit Maya Schluss machen, wenngleich die Beziehung zu Olivia bisher noch nicht über Umarmungen und gelegentliche Küsse hinausgeht.

(»Ich bin noch nicht so weit«, sagt Olivia, wenn Michael ihr Avancen macht. »Mir wurde schon so oft wehgetan. Mit dir soll es anders sein.«

Er nickt. Er hat Verständnis.)

Als Olivia erfährt, dass Michael nach einer gemeinsamen Vorlesung mit Maya Kaffee trinken war – sie sind zwar nicht mehr zusammen, aber immer noch befreundet –, steht sie völlig neben sich.

»Wie soll ich das alleine machen?«, schluchzt sie. »Am besten, ich gebe direkt auf und lasse abtreiben. Oder ich bringe mich um. Uns beide.«

»Du bist doch nicht allein.« Michael will sie in den Arm nehmen, doch sie tritt einen Schritt zurück.

»Am besten bringe ich mich einfach um«, wiederholt sie.

»Sag so was nicht!«

»Wieso nicht? Ich habe Todesangst, und du willst dich nicht an mich binden.«

Schließlich erlaubt sie ihm, die Arme um sie zu legen, und während sie bitterliche Tränen an seiner Brust vergießt, verspricht er ihr, er werde sich ändern, ihr zeigen, dass sie nicht allein sei, natürlich wolle er sich an sie binden.

Sie mustert ihn in der darauffolgenden Stille. »Ich glaube, ich bin bald so weit.«

»Was meinst du?«, fragt er.

»Mit dir zu schlafen. In unserer Beziehung einen Schritt weiterzugehen.«

Michael beugt sich zu ihr und gibt ihr einen Kuss, aber als er ihre Brust berühren will, entzieht sie sich ihm sacht.

Etwa eine Woche später kommt Michael gerade aus der Dusche zurück, da tritt ein Mann aus Olivias Zimmer.

Michael fummelt mit seinem Schlüssel herum, während der andere sich die Schuhe anzieht.

»Hallo«, sagt Michael schließlich.

»Hi.« Der andere sieht gut aus (natürlich) und spielt wahrscheinlich in der ersten Fußballmannschaft.

Michael bleibt hartnäckig. »Ich bin Michael.«

»Jack.« (Michael verkneift sich in letzter Sekunde einen Handschlag.) Mehr gibt Jack nicht von sich preis und geht davon. Doch danach sieht Michael ihn immer öfter auf dem Flur. Olivia öffnet häufig nicht, wenn Michael bei ihr anklopft, und wenn er ihr auf dem Flur begegnet, hat sie es zu eilig, um sich mit ihm zu unterhalten. Die Antworten auf seine Nachrichten lassen immer länger auf sich warten. Michael hat niemanden, mit dem er darüber sprechen könnte. Jed würde es nicht verstehen, und er will Olivia vor seinem harschen Urteil schützen.

Als er ein paar Wochen später endlich unter vier Augen mit ihr reden kann, eröffnet sie ihm, sie habe das Baby verloren.

»Es sollte eben nicht sein.« Sie sitzt im Schneidersitz auf ihrem Bett. »Da musst du doch jetzt wirklich nicht heulen, Michael. Um Gottes willen.«

Von da an geht er ihr aus dem Weg, was sie wahrscheinlich überhaupt nicht bemerkt, da sie ständig mit Jack zusammen ist.

»Der arme Kerl«, meint Jed, als Michael ihm von Olivias Neuem erzählt (in bemüht beiläufigem Ton). »Der hat offensichtlich noch nicht gemerkt, wie bekloppt sie ist.«

»Ist sie doch gar nicht.« Michael kann Jeds mitleidigen Blick nicht ertragen.

In seinem zweiten Jahr bezieht Michael mit Jed und zwei anderen Studenten ein Haus. Er verliert Olivia aus den Augen und geht mit einer Chemiestudentin namens Sophie aus, still, stabil und äußerst aktiv in der Studierendenvertretung, was Michael sehr beeindruckt.

Er stellt sie sogar seiner Mutter vor, die sie als »in Ordnung« bezeichnet (eine wahre Lobeshymne, weiß Michael. Für Sophie übersetzt er es als »Sie fand dich richtig nett«).

Eines Tages kommt er mit Jed nach Hause, und ihre Straße ist abgesperrt; Polizei und Krankenwagen stehen fast direkt vor ihrem Haus. Das Gebäude vier Häuser weiter ist eingestürzt, eine Wand steht noch, der Rest liegt in Trümmern. Gasexplosion. Eine Bewohnerin ist ums Leben gekommen, ihr Mann war auf der Arbeit, das Kleinkind in der Betreuung.

Die ersten Reporter sind bereits vor Ort, und Michael und Jed werden vor dem Absperrband interviewt. Abends sind sie in den landesweiten Nachrichten, und den ganzen nächsten Tag über im Lokalfernsehen. Michael betrachtet sich, wie er in die Kamera blinzelt und salbungsvoll erklärt: »Was für ein Schock. Ich denke ständig, wenn wir zu Hause gewesen wären und die Explosion noch schlimmer, hätte es mich treffen können.«

Das Interview resultiert in drei Dingen.

Zunächst ist da das Entsetzen seiner Mutter ob seiner Nahtoderfahrung. Michael erzählt ihr am Telefon von der Explosion (und sagt, sie solle am Abend unbedingt die Nachrichten einschalten). Sie will, dass Michael sofort nach Hause kommt, da es an der Universität offensichtlich lebensgefährlich sei. Es dauert eine Weile, bis Michael sie beruhigt hat.

Dann erfreuen seine Schwestern sich ein bisschen zu sehr an dem Interview und beißen sich an der

Aussage »Es hätte mich treffen können« fest, die ihnen angesichts des Todes der Mutter ziemlich egozentrisch vorkommt. Bei jedem Heimatbesuch finden sie fortan einen Grund, den Satz wieder aus der Mottenkiste zu ziehen. Hanna ist natürlich die Anstifterin, aber sogar Alice mischt manchmal mit, obwohl Michael mehr von ihr erwartet hätte. »Um Gottes willen«, verkündet Hanna pathetisch, als sie von der Ermordung des serbischen Premierministers in Belgrad erfahren. »Wie schrecklich. Aber stell dir nur mal vor, Michael, es hätte auch dich treffen können.«

Und schließlich taucht Olivia aus der Versenkung auf. Ein paar Tage nach der Tragödie erhält Michael eine Nachricht von einer unbekannten Nummer. *Du Armer, ich habe gehört, was passiert ist. Echt beängstigend. Gehts dir gut? xxx.* Sie unterschreibt nicht mit Namen, obwohl sie offenbar eine neue Nummer hat, doch trotzdem weiß er sofort, wer die Absenderin ist.

Michael quält sich lange mit der Antwort, tippt und löscht und tippt. Irgendwann beschließt er erschöpft, einfach gar nicht zu antworten.

»Wer ist die überhaupt?«, fragt sein Mitbewohner Ryan, während Michael stirnrunzelnd auf sein Display starrt.

Michael seufzt. »Kennst du die Heiß/Irre-Skala?« Und dann, weil Sophie ihm erklärt hat, dass es sich dabei um ein ausgelutschtes, frauenfeindliches Klischee handele, fügt er noch hinzu: »Ich war mal in sie verliebt.«

»Verliebt? Ich glaube ja nicht an Liebe«, erwidert

Ryan unvermittelt. Von weiteren Ausführungen sieht er ab.

Eine Woche später begegnet Michael in einem der Uniclubs Olivia. Sophie ist zu Hause geblieben, und Michael hat lediglich Jed und Ryan an seiner Seite, die allerdings zu betrunken sind, um ihn angemessen zu unterstützen. Michael tut so, als hätte er Olivia nicht gesehen, doch sie kommt auf ihn zu und wirft ihm die Arme um den Hals. Sie brüllt ihm über die Musik hinweg ins Ohr: »Wie schön, dich mal wieder zu sehen.«

Michael will sich aus der Umarmung lösen, aber sie nimmt ihn an der Hand. »Komm mit raus.«

Michael schüttelt den Kopf, und sie glaubt, er habe sie nicht verstanden. Erneut zerrt sie ihn an sich und hält den Mund so nah an sein Ohr, dass sie ihn mit den Lippen streift. »Komm mit raus!«

Sie führt ihn zur Tür, und Michael schafft es einfach nicht, die Hand wegzuziehen.

Draußen lehnt Olivia sich zwischen den Rauchergrüppchen an die Wand und erklärt heiser: »Ich muss dir was gestehen.«

Michael hofft, dass sie nicht schon wieder von ihm schwanger ist.

Olivia sagt: »Du warst schon immer der Richtige für mich. Schon immer.«

Michael zögert. Dann erwidert er mutig: »Danach sah es aber nicht aus, als du mit Jack zusammen warst.«

»Das war doch nur wegen dir«, sagt Olivia. »Verstehst du das denn nicht?«

Michael versteht es nicht.

Olivia sagt langsam: »Ich habe mit ihm geschlafen, weil ich in dich verliebt war.«

»Das kann ich immer noch nicht richtig nachvollziehen.«

»Oh, Michael.« Sie legt ihm die Hand auf den Arm. »Das ist ganz einfach. Ich hatte Angst vor meinen Gefühlen für dich, und ich wusste nicht, wie ich damit umgehen soll. Ich war jung und verängstigt, und … da bin ich in Panik geraten.« Sie schaut ihm in die Augen. »Das war der größte Fehler meines Lebens. Ich war zu feige, dir meine Gefühle zu gestehen.«

Michael schweigt. Ihre warme Hand auf seinem Oberarm nimmt sein gesamtes Bewusstsein ein.

Olivia sagt: »Irgendwie wusste ich, dass wir einander wiederfinden. Ich wusste es einfach.«

Vielleicht besteht darin die Natur der Liebe, denkt Michael, als sie sich auf die Zehenspitzen stellt, um seine Lippen zu erreichen: in der Unausweichlichkeit.

6

2018

Wer spricht schon vier Jahre lang nicht mit seiner Zwillingsschwester? Oder andersrum, denkt Alice, wird von seiner Zwillingsschwester ignoriert? Sie fragt sich häufig, wie es dazu kommen konnte, besonders, wenn sie nachts wach liegt. Dabei weiß sie eigentlich genau, wie es dazu gekommen ist. Das Schlimmste an ihrem fehlenden Kontakt ist das Wissen, dass sie allein daran schuld ist. Sehr oft geht sie im Geiste die Vorfälle durch; mehrfach hätte sie etwas anders machen und die Katastrophe verhindern können. Natürlich ist man hinterher immer schlauer, aber Alice kann noch nicht fassen, dass sie es damals nicht war. Wie viel Leid auf der Welt hat wohl seinen Ursprung in Dummheit und nicht in Böswilligkeit?

Eine Woche nach der Trauerfeier, es ist ein Samstagmorgen, sitzt Alice nervös in einem für ihre Verhältnisse ungewöhnlich hippen Café in der Nähe von Waterloo. Die Wände sind mit uralten, vergilbten Zeitungsseiten tapeziert, und die Tischplatten bestehen aus bunten, verglasten Legomosaiken. Ursprünglich dachte sie, die Atmosphäre würde Hanna gefallen, aber jetzt ist sie sich nicht mehr so sicher. Auf einem Regal über der Theke reihen sich mehrere düster und bedrohlich wirkende Puppen aneinander, und Alice befürchtet, das Café könne einen übereifrigen Eindruck machen (genau wie sie). Sie wünschte, sie hätte ihrem ersten Instinkt vertraut und einen sicheren, neutralen Ort gewählt, Costa zum Beispiel, aber jetzt ist es zu spät. Dann hätten eventuelle Mängel der Lokalität sie wenigstens nicht in einem schlechten Licht dastehen lassen. Sie wollte bloß nicht, dass Hanna sie für langweilig hielt.

Die Kellnerin tritt an den Tisch, und Alice bestellt einen Cappuccino und ein Schokoladencroissant. Dank der Bedienung am Platz kommt sie sich vor wie im Frankreichurlaub. Die Haare der Kellnerin sind pink gefärbt, und sie trägt ein Nasenpiercing. Wie spießig Alice mit ihrem Cordrock und festem Schuhwerk auf sie wirken muss. Sie lächelt die Kellnerin extra breit an, um sich bei ihr einzuschmeicheln. Ihr ist es wichtig, vom Servicepersonal gemocht zu werden, was womöglich eine Charakterschwäche ihrerseits darstellt. Die Kellnerin erwidert ihr Lächeln jedenfalls nicht.

Alice versucht, sich nicht auf ihre Nervosität, sondern auf den Kaffee und das Gebäckstück zu konzentrieren. Der Kaffee schmeckt gut, aber das Schokoladencroissant ist schon älter. Alice verspeist es trotzdem und überlegt, wie sie Hanna am besten vor den Backwaren warnen soll. Lachhaft, wie nervös sie ist.

Sie hat Michael vor allem als Puffer eingeladen, aber jetzt, da er in der Tür steht und das Interieur mit einer

Mischung aus Verwirrung und Entsetzen betrachtet, fragt sie sich, ob das eine gute Idee war. Er hat sich in der Vergangenheit nicht unbedingt durch seine Puffereigenschaften hervorgetan. Außerdem misstraut Alice ihren Beweggründen. Vielleicht hoffte sie insgeheim, Michaels Missbilligung könnte sie und Hanna vereinen, so wie früher. Nicht sehr nett, ihn dafür zu benutzen.

Michael hat den Tisch erreicht. »Alice«, sagt er zur Begrüßung. »Was hat dich denn hierbei geritten?«

»Sah ganz lustig aus«, erwidert Alice wenig überzeugend.

»Lustig?« Er deutet zu den Puppen über der Theke, von denen manchen die Augen fehlen. Die meisten tragen alte Baumwollkleider, ein paar von den Augenlosen sind nackt. »So ähnlich stelle ich mir die Hölle vor«, meint Michael. »Warum hängt da ein Sarg an der Wand?«

Der war Alice noch gar nicht aufgefallen. »Ist eben mal was anderes.«

»Unglaublich albern.« Er setzt sich neben sie und sieht sich um. »Nächstes Mal entscheide ich, wo wir uns treffen. Ich mag es lieber etwas erwachsener. Bestellen wir hier oder an der Theke?«

»Hier.« Alice wollte ihn eigentlich vor dem trockenen Gebäck warnen, doch jetzt ist er auf sich allein gestellt.

Die Kellnerin mit den pinkfarbenen Haaren kommt zu ihnen, Michael bestellt einen Espresso macchiato und eine Rosinenschnecke. Zu Alices Erleichterung ist die Kellnerin zu Michael auch nicht freundlicher, also liegt es vermutlich nicht an ihr.

»Du hättest Mum einladen sollen«, sagt Michael, nachdem die Kellnerin wieder verschwunden ist. »Jetzt fühlt sie sich bestimmt ausgeschlossen.«

»Das war doch gar nicht meine Absicht.« Alice wird immer unruhiger. »Ich dachte bloß, es wäre nett, wenn wir uns mal wieder zu dritt treffen. So wie früher.« Sie kann sich allerdings nicht daran erinnern, dass sie sich jemals zu dritt getroffen hätten. Bei der Beerdigung ihres Vaters vielleicht?

Michael wirkt ebenfalls skeptisch. »Und du bist dir sicher, dass Hanna kommt?«

»Ja.«

»Sie hat dir definitiv zugesagt?«

»Ja.« Mit jeder Sekunde ist Alice weniger überzeugt.

»Hm«, macht Michael. »Ich glaube es ja erst, wenn ich sie sehe.«

»Sie kommt garantiert.«

»Ich warte noch eine Viertelstunde«, erklärt Michael. »Wenn sie dann nicht hier ist, muss ich mich leider verabschieden. Ich habe heute viel zu tun.«

Alice fragt sich, was er am Wochenende so viel zu tun hat, spricht es aber nicht aus. Michael ist dafür bekannt, wie viel er ständig zu tun hat. Ständig hört Alice von ihrer Mutter, wie hart Michael arbeitet, wie viel Verantwortung er trägt, wie unglaublich viel er zu tun hat. Oft weist ihre Mutter sie an, ihn nicht mit Nachrichten zu behelligen, da er zu viel zu tun habe und nicht abgelenkt werden dürfe (als wäre Alice stets kurz davor, Michael eine Nachricht zu schicken). Manchmal würde sie ihre Mutter gerne daran erinnern, dass Michael ein einfacher Steuerrechtler ist und nicht der Premierminister, aber das würde sicher nicht gut ankommen. Außerdem arbeitet er ja wirklich hart.

»Okay«, sagt sie. »Eine Viertelstunde dann. Schön, dass du hier bist.«

Das scheint ihn zu besänftigen. »Ich freue mich auch, dass wir uns mal wieder sehen.«

Alice lächelt, und plötzlich fallen ihr sämtliche seiner hilfsbereiten Momente ein: als sie und ihre Mitbewohnerinnen Probleme mit der Vermieterin hatten und er ihnen eine vernichtend wirkungsvolle E-Mail formulierte; als Alice mit zwölf oder dreizehn wegen eines Kommentars ihrer Mutter bitterlich weinte und Michael ihr einen Wispa-Riegel und eine Dose Pepsi kaufte; oder als sie in der Grundschule war und er ihr mit Engelsgeduld beibrachte, wie man schriftlich dividiert.

Die Kellnerin stellt eine Tasse und ein Croissant vor Michael ab. »Guten Appetit.« Sie sagt es so tonlos, dass es schon fast sarkastisch klingt.

»Tut mir leid«, sagt Michael. »Aber das habe ich nicht bestellt.«

»Das ist ein Espresso macchiato«, erwidert die Kellnerin. »So sieht der eben aus. Vielleicht dachten Sie an einen Americano. Kommt öfter vor.«

»Nein, ich meinte das Croissant. Ich hatte eine Rosinenschnecke bestellt.«

»Aha«, erwidert die Kellnerin argwöhnisch. »Okay. Tut mir leid.« Sie nimmt den Teller und geht davon.

Michael trinkt einen Schluck. »Der Kaffee ist in Ordnung«, sagt er. »Immerhin.«

Eine Pause entsteht. Alice nippt an ihrem Cappuccino, der mittlerweile fast leer ist. Sie hätte nicht so schnell trinken dürfen, jetzt ist sie nur noch fahriger.

Michael fragt: »Und, hast du im Moment einen Partner?«

Alice schüttelt peinlich berührt den Kopf. Gleichzeitig findet sie es seltsam rührend, dass er sich überhaupt danach erkundigt. Immerhin war ihr Liebesleben noch nie besonders aktiv. Wenn sie ganz ehrlich ist, hatte sie bislang erst zwei ernsthafte Beziehungen, was mit zweiunddreißig doch ziemlich traurig ist. Die erste war ihr Studienfreund Max von der Uni. Kurz nach dem Abschluss wurden sie ein Paar, eher aus Zufall als aus überbordendem Begehren. Die Beziehung entpuppte sich als unbefriedigend, und nach einem Jahr machte Max mit ihr Schluss, sehr zu ihrer Erleichterung. Inzwischen wohnt er in Kensal Green, und manchmal gehen sie gemeinsam in einem der Londoner Parks spazieren. Die andere Beziehung führte sie mit einem Arbeitskollegen aus der IT. Die meiste Zeit war er ein netter Kerl, aber wenn Alice ihre Tage hatte, deckte er seine Möbel mit Bettlaken ab, als würde sie jeden Moment lecken, und verfrachtete sie ins Gästezimmer, wo sie auf einer Plastikunterlage schlafen musste. Als Alice sich endlich Hanna anvertraute, rief Hanna entsetzt: »Ach du Scheiße! Mensch, Alice, natürlich ist das nicht normal.« Das ermutigte Alice zur Trennung. Kurz darauf suchte er sich einen neuen Arbeitsplatz. Mit ihm hat sie keinen Kontakt mehr.

Michael runzelt die Stirn. »Hast du es schon mal mit Onlinedating versucht?«

»Schon länger nicht mehr.«

»Wenn du dir keine Mühe gibst, wirst du auch niemanden kennenlernen.«

Alice empfindet die Rüge als gerecht; sie ist nun mal die lästige alte Jungfer, die einfach nicht unter die Haube zu kriegen ist. Aber ob Michael da nicht vielleicht doch ein bisschen scheinheilig tut? Seine Beziehung ist vermutlich nicht so komplikationslos, wie er gern tut, wobei sich das von außen immer nur schwer beurteilen lässt.

»Wie geht es Olivia?«, erkundigt sie sich anlässlich dieses Gedankens.

»Gut«, antwortet Michael. »Sie hat im Moment eine Menge Stress auf der Arbeit.«

»Das tut mir leid.«

»Halb so wild«, sagt Michael. »Ist bestimmt bald wieder vorbei.«

»Irgendwas Bestimmtes?«

»Nein.« Michael zögert. »Sie ist eben ein ungewöhnlich komplexer Mensch.«

»Das stimmt«, sagt Alice.

»Ich kann mich wirklich glücklich schätzen.«

Sein Tonfall klingt leicht erschöpft, was Alice traurig stimmt. Sie kann ihn unmöglich fragen, ob er glücklich ist; sie sieht genau vor sich, wie stutzig ihn das machen würde. Bis zu diesem Moment war sie noch nie auf die Idee gekommen, er könnte einsam sein.

Michael macht ihr Mitgefühl jedoch schnell zunichte. »Alice, du musst wirklich langsam in die Puschen kommen und jemanden kennenlernen, du wirst schließlich nicht jünger. Besonders, wenn du noch Kinder haben willst.«

»Das weiß ich doch noch gar nicht«, sagt Alice. »Keine Ahnung, ob ich eine gute Mutter wäre, und bei so was täuscht man sich ja nur ungern.«

»Ach, du würdest das schon hinkriegen«, erwidert Michael. »Hast du ein Profil bei OkCupid?«

Eine andere Kellnerin, diesmal mit schwarzen Haaren und reichlich Goldschmuck, taucht am Tisch auf. Wortlos stellt sie ein Rosinenbrötchen vor Michael ab. Alice betrachtet Michael, dem die Verzweiflung ins Gesicht geschrieben steht.

»Tut mir leid«, sagt er. »Aber ich hatte etwas anderes bestellt, die Rosinenschnecke.«

»Das hier ist eine Rosinenschnecke«, gibt die Kellnerin zurück.

»Nein, ich glaube, das ist ein Rosinenbrötchen«, sagt Michael. »Das habe ich auf der Karte gesehen, aber ich habe kein Brötchen mit Rosinen bestellt, sondern eine Schnecke.« Die Kellnerin sieht Michael noch einen Augenblick länger an, als erwarte sie, er würde sich mit dem Rosinenbrötchen zufriedengeben. Schließlich sagt sie: »Tut mir leid«, nimmt den Teller und geht davon, wobei sie den unbestimmten Eindruck hinterlässt, Michael wäre ein schwieriger Gast.

»Um Gottes willen«, murmelt Michael. Er würde jedoch nie unhöflich mit der Bedienung umgehen, wofür Alice ihm dankbar ist. Mittlerweile hat sie das Gefühl, das gesamte Café habe sich gegen sie verschworen. Hinter Michael sieht sie, wie die Kellnerin mit den pinkfarbenen Haaren eine andere Bestellung aufnimmt. Diesen Gast lächelt sie warmherzig an und nickt bei seinen Worten.

Und dann kommt Hanna auf sie zu. Sie trägt schwarze Jeans und Stiefel, dazu eine überdimensionierte grüne Strickjacke. Sie passt viel besser hierher als Alice und Michael. Vielleicht wird Hanna ja eine Art Schutzschild bilden, überlegt Alice.

»Hallo«, sagt Hanna. »Komischer Laden.«

»Hallo!« Alice erhebt sich ein Stück und weiß nicht, ob sie Hanna umarmen soll oder nicht. Am Ende traut sie sich nicht und vollführt eine peinliche Willkommensgeste mit offenen Armen, bevor sie sich wieder setzt. »Ja, du hast recht. Sorry.«

»Nein, mir gefällts. Bisschen absurd.« Hanna lässt ihren Rucksack auf den Boden gleiten und setzt sich auf den freien Platz. »Habt ihr lange auf mich gewartet?«

»Nein«, sagt Alice im selben Moment, in dem Michael »Ja« sagt.

»Hat mit der U-Bahn länger gedauert, als ich es in Erinnerung hatte.«

»Mit Ausfällen muss man immer rechnen«, erwidert Michael.

»Danke dir. Vielleicht kannst du mir nachher noch

erklären, wie die Drehkreuze funktionieren. Taugt der Kaffee hier was? Wirkt so, als würden die hier großen Wert auf anständigen Kaffee legen.«

Unfassbar, denkt Alice, dass sie hier mit Hanna bei einer so normalen, freundschaftlichen Sache wie einem gemeinsamen Kaffee sitzt. Hanna scheint die Situation nicht unangenehm zu sein, wobei sie sich allerdings schon immer leicht einen unbekümmerten Anstrich geben konnte. Sie verhält sich, als wäre sie nie weg gewesen, als wäre es nie zu dem schrecklichen, schmerzhaften Bruch gekommen. Womöglich ist es also wirklich vorbei, und sie hat Alice verziehen.

»Alice«, sagt Hanna. »Warum starrst du mich so komisch an?«

Alice schaut schnell weg. »Mach ich doch gar nicht.«

Da erscheint eine neue Kellnerin, mit der sie bislang noch nicht das Vergnügen hatten. Sie hält einen Teller mit einer Rosinenschnecke in der Hand. Lautstark wendet sie sich an Michael: »Sind Sie der Mann mit der Rosinenschnecke?«

»Ja!« Erleichtert dreht er sich zu ihr. »Ja, danke, das bin ich.«

»Ich hoffe, es schmeckt«, sagt die Kellnerin. »Das Schokoladencroissant kommt auch gleich.«

»Ich habe aber gar kein Schokoladencroissant bestellt«, sagt Michael.

»Nur die Rosinenschnecke?«

»Ja.«

»Und wer hat dann das Schokoladencroissant bestellt?«

»Niemand«, sagt Michael.

»Ich hatte vorhin eins bestellt.« Alice glaubt, die Verwirrung rühre daher.

»Ach so, okay«, sagt die Kellnerin. »Ich gehe es sofort holen.«

»Nein, tut mir leid, ich habe es schon bekommen«, sagt Alice.

Verwirrt lässt die Kellnerin den Blick über den Tisch schweifen.

»Ich habe es gegessen«, erklärt Alice.

Die Kellnerin runzelt immer noch fragend die Stirn.

»Wir haben jetzt alles, was wir bestellt haben«, sagt Michael.

Hanna, die aussieht, als würde sie sich nur mit Mühe zusammenreißen, bestellt einen Flat White.

»Habt ihr zwei etwa für Aufruhr gesorgt?«, fragt sie, als die Kellnerin außer Hörweite ist.

»Gänzlich unverschuldet«, erwidert Michael.

»Hast du dich wieder eingelebt?«, fragt Alice, um von ihren Fehltritten abzulenken. »Ist es merkwürdig, wieder in London zu sein?«

»Ein bisschen«, sagt Hanna. »Aber auch schön.«

»Immerhin bist du der schlimmen Luftverschmutzung entkommen.« Michael beißt herzhaft in seine Rosinenschnecke. Er hat sich anscheinend vorgenommen, sie schnellstmöglich zu verspeisen, damit nicht am Ende noch eine vierte Kellnerin auftaucht und sie ihm wieder wegnimmt.

»Die Luft in London ist schlechter als in Kuala Lumpur«, erwidert Hanna.

»Das halte ich für unwahrscheinlich«, sagt Michael.

»Ist aber so.«

»Der Verkehr ist natürlich auch richtig schlimm«, ergänzt Michael.

»Auch nicht schlimmer als hier.«

»Doch, ich glaube schon.«

»Nur, damit wir uns richtig verstehen«, sagt Hanna höflich. »Warst du schon mal in Kuala Lumpur?«

»Das weiß man doch, dass der Verkehr da drüben problematisch ist«, blafft Michael. »Kann man überall nachlesen.«

Schnell schaltet sich Alice ein. »So schön, dass du wieder zu Hause bist.« Sie befürchtet, Michael könne gleich sein Smartphone zücken und Verkehrsstatistiken zitieren. Ihr Blick begegnet Hannas. Hanna verdreht die Augen, und der verschwörerische Austausch versetzt Alice in freudige Erregung. Dann tut Michael ihr leid.

»Wie schmeckt die Rosinenschnecke?«, fragt sie besorgt.

»Alt«, antwortet er. »Wobei sie möglicherweise frisch war, als ich sie bestellt habe.«

Hanna bekommt ihren Flat White serviert. »Prost.« Sie hebt die Tasse. »Auf unsere Wiedervereinigung.«

Alice freut sich über Hannas Wortwahl (in der nur ein Hauch Ironie mitschwingt); es klingt so feierlich. Sie sollten den Anlass wirklich gebührend feiern, überlegt sie. Sie könnte Hanna eine Willkommensparty schmeißen. Einen Augenblick lang ist sie ganz begeistert von der Idee; Hanna würde sich lächelnd für die tolle Party bedanken, ganz so, als wären sie gute Freundinnen. Doch sofort kommen ihr Zweifel. Sie weiß überhaupt nicht, wie man eine Party schmeißt, und außerdem will sie nicht aufdringlich wirken.

»Dir kommt es hier jetzt bestimmt ganz schön kühl vor.« Michael klingt nun etwa versöhnlicher.

»Ich werde mich schon wieder daran gewöhnen.« Hanna scheint zu überlegen, was sie noch hinzufügen könnte. »Die Luftfeuchtigkeit fehlt mir jedenfalls nicht.«

»Wobei es hier natürlich auch oft regnet«, sagt Michael.

»Ja«, sagt Hanna. »Ist aber was anderes.«

Schweigen breitet sich aus. Alice erscheint es unangenehm lang, und sie sucht angestrengt nach einem anderen Gesprächsthema. Haben sie einander etwa nach allem, was vorgefallen ist, nicht genug zu sagen? Sie hat Angst, das Treffen könnte zum Desaster werden, und dann hätte Hanna keine Lust auf eine Wiederholung.

»Geschneit hat es in Malaysia wahrscheinlich nicht, hm?«, sagt Michael.

»Nein.«

»Wird vermutlich nicht kalt genug.«

»Nein, nicht wirklich.«

Erneute Stille. Panisch überlegt Alice, ob sie ihre Partyidee doch zur Sprache bringen soll, einfach nur, um das Gespräch in Gang zu halten. Dann ermahnt sie sich jedoch, das sei keine Lösung und werde alles nur noch verkrampfter machen. Je mehr sie darüber nachdenkt, desto deutlicher erkennt sie, dass es wirklich zu viel wäre, auf einer Willkommensparty zu bestehen.

»Weißt du, was in etwa die durchschnittliche Tiefsttemperatur in Kuala Lumpur ist?«, will Michael wissen.

»Unter fünfundzwanzig Grad wird es nur selten«, erwidert Hanna pflichtschuldig. »Ich würde sagen, einundzwanzig oder zweiundzwanzig Grad.«

»Das heißt, eine Jacke braucht man gar nicht.«

»Nein.«

Wieder Stille.

»Und Schneeregen?« Michael klingt jetzt etwas angestrengt. »Kam da mal was runter?«

»Eigentlich nicht.«

Pause. »Hagel?«

»Leute, wir schmeißen eine Party!«, platzt es aus Alice hervor, bevor sie weiß, wie ihr geschieht. Hanna und Michael schauen sie überrascht an. »Eine Willkommensparty für dich«, fügt Alice an Hanna gerichtet hinzu.

Hanna wirkt unentschlossen. »Hm, vielleicht.«

»Kommt mir jetzt ein bisschen übertrieben vor«, sagt Michael. »Ist ja nicht so, als wäre sie an der Front gewesen.«

Hanna reckt trotzig das Kinn. »Weißt du, jetzt, wo ich genauer darüber nachdenke, ist das echt eine tolle Idee. Kemi hat auch schon etwas in der Richtung erwähnt. Dann könnte ich endlich mal meine Unifreundinnen wiedersehen. Vielleicht ein paar ehemalige Kollegen.«

»Wir können bei mir feiern«, erklärt Alice zu ihrer

eigenen Überraschung. »Ich organisiere das gerne zusammen mit Kemi.«

»Super«, sagt Hanna. »Eine Party, zu der ich nichts beitragen muss. Perfekt.« Sie hält kurz inne. »Nur Leute in unserem Alter, oder?«

»Ja.« Alice weiß, wer damit gemeint ist.

»Ich bin dabei.«

Alice strahlt sie an. Was für eine Kehrtwende. Vor wenigen Wochen noch redete Hanna überhaupt nicht mit ihr; sie erfuhren durch Kemi, dass sie bei der Beisetzung dabei sein würde. Und jetzt das! Nun darf sie bloß nicht wieder alles kaputtmachen. Der Gedanke an ihre Mutter, der offensichtlich noch nicht verziehen wurde, versetzt Alice einen Stich.

»Aber was noch viel wichtiger ist«, sagt Michael zu Hanna, »jetzt kannst du ernsthaft darüber nachdenken, wie du dich hier etablieren willst.«

»Inwiefern?«, fragt Hanna.

»Mit einem anständigen Job, Immobilieneigentum und einem Plan für die Zukunft.«

»Michael, du machst mich fertig«, sagt Hanna.

»Ich meine ja nur, dass du mit Vernunft an die Sache herangehen solltest. Ich kann dir gerne dabei helfen.«

»Finanziell?«

»Mit Rat und Tat.«

»Ach so.« Hanna klingt wenig enthusiastisch. »Danke.«

»Mit Mitte dreißig wird es langsam Zeit, Verantwortung zu übernehmen.«

»Ich bin gerade mal Anfang dreißig und außerdem sehr verantwortungsbewusst«, erwidert Hanna.

Michael scheint nicht überzeugt. »Wie dem auch sei«, sagt er. »Du hast ja noch Zeit.« Und dann: »Und, hast du im Moment einen Partner?«

Die Frage sollte er sich wirklich besser sparen, denkt Alice.

Hanna wirkt leicht belustigt. »Ja.«

»Ist es ernst?«

»Nein.«

»Was macht er denn beruflich?«

»Er ist Fotograf und hat sich auf Hundeporträts spezialisiert, aber manchmal fotografiert er auch Menschen. Wir haben uns letzten Sonntag vor den Toiletten im Regent's Park kennengelernt. Kemi und ich kamen gerade aus den Damentoiletten, und er stand da einfach so rum.«

Michael reißt entsetzt die Augen auf, verkneift sich jedoch einen Kommentar. »Ich würde ihn gern mal kennenlernen«, erklärt er förmlich.

»Dafür ist es noch ein bisschen zu früh.«

»Du könntest ihn doch wenigstens Alice vorstellen.«

»Und wieso?«

»Zur genaueren Prüfung.«

»Nicht nötig.«

»Manchmal können Außenstehende so was besser beurteilen.«

»Um Gottes willen, Michael.« Hanna scheint der Geduldsfaden zu reißen. »Ausgerechnet du willst anderer Leute Beziehungen beurteilen?«

»Was soll das bitte heißen?«

»Ich glaube, ich bestelle mir noch ein Schokocroissant«, sagt Alice verzweifelt.

»Bloß nicht!«, ruft Michael. Dann senkt er die Stimme. »Das überlebe ich nicht noch mal.«

»Na los, bestell noch eins«, ermuntert Hanna sie. »Du traust dich ja doch nicht.«

»Hm, eigentlich habe ich keinen Hunger mehr, und außerdem war es ziemlich trocken …«

»Hanna, hast du Mum eigentlich schon angerufen?« Michael ist immer noch sichtlich verstimmt.

Alice sieht, wie Hanna sich versteift. »Wieso sollte ich?«

»Vielleicht probiere ich einfach eine von den berühmten Rosinenschnecken«, sagt Alice.

»Weil du vier Jahre lang weg warst, kaum Kontakt gehalten hast und jetzt wieder im Land bist, wo Mum gerade ihre Schwester verloren hat.«

»Und wenn ich am Ende aus Versehen ein Rosinenbrötchen bekomme, hätte ich auch nichts dagegen«, fügt Alice hinzu. »Ich mag beides gerne.«

»Dann ruf du sie doch an, wenn du so viel Wert darauf legst«, schießt Hanna zurück.

»Ich telefoniere jeden Sonntag mit ihr«, entgegnet Michael. »Abends um sechs.«

»Wie schön für sie.«

Alice beschließt, direkt einzugreifen. »Hanna ist doch gerade erst wieder nach Hause gekommen«, sagt sie. »Sie muss sich erst mal eingewöhnen.«

»Muss ich gar nicht«, widerspricht Hanna. »Ich will

bloß nicht mit Mum reden. Mensch, ist das wirklich so schwer zu verstehen?«

Der Rüffel sitzt. »Nein«, sagt Alice.

»Ich weiß ja, dass sie manchmal nicht ganz einfach ist«, sagt Michael. »Aber sie ist immer noch deine Mutter.«

»Halt dich einfach raus.«

»So kannst du doch nicht ewig weitermachen.«

»Das geht dich nichts an.«

»Sie hat recht«, wirft Alice ein, um sich wieder bei Hanna einzuschmeicheln. »Das ist ihre Entscheidung.« Hanna belohnt sie mit einem Lächeln, und sofort kommt Alice sich feige vor.

»Meine Meinung kennt ihr jetzt.« Michael schaut auf die Uhr (wahrscheinlich ist er einer der letzten Menschen in ihrem Alter, der noch eine Armbanduhr trägt, denkt Alice). »Ich mach mich dann besser mal auf den Weg. Ich habe Olivia gesagt, dass ich um elf wieder zu Hause bin.«

»Grüß sie schön von mir«, sagt Hanna wenig überzeugend. »Ich muss auch los. Ich bin mit Kemi in South Bank verabredet.«

»Da ist samstags die Hölle los«, sagt Michael.

»Wir werdens überleben. Du weißt schon, dass ich früher selbst hier gewohnt habe, oder?«

»Ich habe mich bloß gewundert, dass ihr als Londoner euch ausgerechnet dort treffen wollt.«

»Immerhin ist der Fluss in der Nähe«, erwidert Hanna. »Falls mir die Erinnerung an dieses Gespräch zu viel wird.«

»Schön wars mit euch!«, erklärt Alice womöglich übertrieben fröhlich. »Endlich sind wir drei wiedervereint.«

Ihre Geschwister sehen sie perplex an.

7

Da ist Celia im Alter von neunundvierzig Jahren, geschieden, an einen Job gebunden, den sie nicht leiden kann, Mutter dreier fast erwachsener Kinder, die ihr mit jedem Tag weniger bekannt vorkommen. So hatte sie sich ihr Leben nicht vorgestellt.

Als sie noch jünger war, hatte sie zum Beispiel angenommen, ihre Kinder würden ihre unerträglichen Schmerzen lindern. Aber niemand warnt einen, dass selbst die eigenen Kinder schließlich das Interesse an einem verlieren, dass sie ins Erwachsenenleben drängen, ohne sich noch einmal umzudrehen. Einstweilen wohnen ihre Töchter noch zu Hause, doch sie werden ihr zunehmend fremder. Zugegeben, Hanna ist ihr schon seit Jahren ein Rätsel, aber sie erträgt es nicht, jetzt auch noch Alice zu verlieren. Die Mädchen sind im letzten Schuljahr, setzen sich bald an die Universitätsbewerbungen; nicht mehr lange, und sie sind beide verschwunden, und dann ist sie wahrhaftig allein.

»Du kannst dir ja ein paar nette neue Freunde suchen«, ermuntert Alice sie, nachdem Celia zum Ausdruck gebracht hat, wie sehr sie unter der Aussicht leidet, im Stich gelassen zu werden. »Immerhin hast du dann mehr Zeit für dich und kannst neue Hobbys finden.«

»Hör auf, mich zu bevormunden«, sagt Celia.

Insgeheim wünscht sie, Alice würde ihr versprechen, in der Nähe zu studieren und sie jedes Wochenende zu besuchen, doch Alice muss von selbst auf die Idee kommen, damit Celia auch weiß, dass es aufrichtig gemeint ist. Bislang konnte sie ihr das Versprechen noch nicht entlocken, doch sie winkt mit dem Zaunpfahl, wo sie nur kann.

»Am besten suche ich mir nächstes Jahr einen Untermieter«, erklärt sie eines Abends am Esstisch. »Damit ich nicht so allein bin.«

»Ach, Mum, ich hoffe, du kommst zurecht«, sagt Alice. »In den Ferien sind wir ja zu Hause, und die sind ziemlich lang.«

»Die Vorlesungszeit muss ich auch irgendwie rumkriegen«, erwidert Celia. »Ein Untermieter ist da wahrscheinlich die beste Lösung. Hoffentlich gerate ich nicht an einen Mörder.« Sie lacht freudlos.

»Du kannst dir ja auch eine Untermieterin suchen«, meint Hanna. »Frauen sind statistisch gesehen weniger mordlustig.«

»Bitte such dir keinen Untermieter, nur damit du dich nicht einsam fühlst«, sagt Alice. »Nicht, wenn dir dabei unwohl ist.«

»Ich glaube, das wäre am besten«, wiederholt Celia stoisch. »Sonst geistere ich nur allein durchs Haus.«

»So viel Platz zum Herumgeistern ist hier ja zum Glück nicht«, sagt Hanna.

Ein paar Tage später präsentiert Alice Celia eine Liste mit Aktivitäten, die sie aus dem Schwarzen Brett der Bücherei sowie verschiedenen örtlichen Webseiten zusammengestellt hat.

»Davon könnten dir bestimmt einige gefallen«, sagt sie. »Da könntest du Leute in deinem Alter kennenlernen.«

Wie schaffen die jungen Leute es, derart bevormundend zu sein, ohne es zu bemerken? Celia nimmt die Liste in Augenschein. Eine Walking-Gruppe, eine Lesegruppe, ein Strickkreis, Freiwilligendienst im Seniorenheim und – Gott behüte – ein Tanzkurs für Damen.

»Das ist alles nicht mein Fall«, erklärt sie.

»Kann sein, aber vielleicht lernst du dort jemanden kennen, mit dem du dich gut verstehst«, sagt Alice.

Es macht sie rasend, dass Alice davon ausgeht, es würde ihr leichtfallen. Celia hat in der Vergangenheit durchaus versucht, Freundschaften zu schließen, aber Freundschaften sind ihr anscheinend nicht vergönnt. Andere Leute kommen gut miteinander zurecht, hat sie bemerkt, gehen zwanglos miteinander um. Früher hoffte Celia noch, sie würde mit fortschreitendem Alter den Dreh herausbekommen, doch das geschah nie. Zwangloser Umgang gestaltet sich schwierig, wenn man so viel mehr empfindet als andere.

Sie malt sich aus, wie sie hoffungsvoll in der Lesegruppe oder bei einem Kaffeetreffen auftaucht, doch sofort sieht sie vor ihrem inneren Auge, wie sich sämtliche Gesichter ausdruckslos und abweisend zu ihr und wieder weg drehen.

»Ich merke doch, was du da machst«, sagt sie zu Alice. »Du willst mich anderen aufs Auge drücken, damit du kein schlechtes Gewissen haben musst, weil du mich im Stich lässt.« Sie ignoriert Alices bestürzte Miene, knüllt die Liste zusammen und lässt sie auf den Esstisch fallen, dann geht sie aus dem Zimmer. Als sie später zurückkehrt, ist der zerknitterte Zettel verschwunden.

Celia hat schon immer so viel von anderen erwartet, doch nur wenig bekommen. Die permanente Enttäuschung ist ermüdend. Eine Art lebenslängliche Trauer. Selbst als ihr Mann sie betrog, war das kein richtiger Schock. Nachdem er sie verlassen hatte, erkannte sie, dass sie nie wirklich davon ausgegangen war, er würde bei ihr bleiben. Womöglich hatte sie nie damit gerechnet, dass er sie überhaupt heiraten würde. Manchmal sieht sie vor sich, wie sie mit zwanzig neben Paul vor dem Juwelierschaufenster steht. Sie kann sich nicht mehr entsinnen, wie das Gespräch verlief, wie es überhaupt je dazu kommen konnte. Die ganze Zeit über hat sie ihr Glück auf die Probe gestellt, so getan, als wäre sie jemand, der auserwählt, der gewollt wurde. Fast schon ist es eine Erleichterung, dass sie den Atem nicht mehr anhalten muss. Sie ist lediglich davon überrascht, dass Paul in seinem angeblich vollen Terminkalender Zeit für eine Affäre gefunden hat.

Trotzdem ist es erniedrigend, auf diese Art von ihm verlassen zu werden, scheint es doch aller Welt ihre geheime Schande zu offenbaren, einen inneren, hässlichen Makel, den sie bis dahin nur mühevoll unter Verschluss gehalten hat. Sie hat versucht, mit etwas davonzukommen – womit eigentlich genau? –, und wurde dabei erwischt. Manchmal spürt sie die Blicke ihrer Töchter, malt sich Hannas Wut und Alices Mitleid aus und fühlt sich schmerzhaft erniedrigt.

»Ich hab euch doch gesagt, ihr sollt den Tisch decken«, zischt sie bösartig. »Muss ich denn alles selbst machen? Warum seid ihr beide so ekelhaft egoistisch?«

Obwohl es nur schwer erträglich ist, sitzen gelassen zu werden, vermisst sie ihren Mann nicht. Der ideale Begleiter wäre er für niemanden, egal, wie gering die Ansprüche auch sein mochten. Außerdem war er ohnehin kaum zu Hause. Im Laufe der Jahre hat Celia sich daran gewöhnt, woanders nach der Kameradschaft zu suchen, nach der sie sich sehnt. Hier und da keimte Hoffnung auf. Die Frau im Kleinkindtreff, den sie mit Michael besucht hat, die anfangs noch enthusiastisch auf Celias Avancen reagierte. Gemma. Ihre Haare waren unnatürlich blond gefärbt, und sie trug mehrere Silberohrreifen. Über zwei glückselige Monate hinweg saßen sie nebeneinander im Kreis und gingen anschließend Kaffee trinken oder spazieren, nur sie beide mit ihren Kindern, und beklagten sich über ihre Männer und trauerten ihrem ungebundenen Leben nach. Manchmal trafen sie sich auch außerhalb der Kleinkindgruppe, wenn Gemma Zeit hatte (nicht ganz so oft wie Celia, aber Gemma hatte noch ein älteres Schulkind und eine kranke Mutter, daher ließ Celia

Nachsicht walten). Sie konnten sich stundenlang unterhalten. Endlich hatte sie jemanden, der ihrem hochfliegenden Freundschaftsideal gerecht wurde. »Du kannst mit mir über alles reden«, sagte sie zu Gemma, wenn diese ihr Eheprobleme anvertraute (ihr Mann war faul geworden, gab sich keine Mühe mehr, so mit ihr zu sprechen wie früher, geschweige denn, im Haushalt zu helfen). Manchmal rief Celia abends bei Gemma an, wenn Paul mal wieder länger arbeitete. Sie hatte ihrer Freundin stets noch mehr zu berichten, kleinere Gedanken, die sie den Tag über aufgehoben hatte.

Sie wollte Gemma sogar von Katy erzählen, so sehr vertraute sie ihr. Doch dann, kurz bevor sie diesen kritischen Punkt erreichten, kam es zur Katastrophe. Aus dem Nichts zog sich Gemma zurück. In der Kleinkindgruppe distanzierte sie sich, setzte sich an einen anderen Platz als gewöhnlich und hatte plötzlich auch sonst so viel zu tun, dass sie keine Zeit mehr zum Kaffeetrinken hatte (Celia wusste, dass das gelogen war, da sie – Schmerz, lass nach! – Gemma einmal mit einer anderen Mutter aus der Gruppe in einem Café um die Ecke gesehen hatte.)

Wenn Celia nun abends bei Gemma anrief, ging ihr Mann ans Telefon und erklärte, Gemma sei »unterwegs« (aber wo genau?). Bis heute kann Celia sich nicht erklären, was passiert ist, aber vermutlich hatte Gemmas Mann sich eingemischt. Noch lange grübelte Celia darüber nach. Gemma war ihr eine Erklärung schuldig, doch weder sprach sie mit Celia noch bedankte sie sich für die Karten, die Celia ihr schickte. *Wir haben uns schon ewig nicht mehr gesehen*, schrieb sie. *Wann hast du Zeit für ein Treffen?* Sie erhielt keine Antwort.

Kurz darauf begann sie, Gemma zu hassen. Sie beobachtete, wie sie mit anderen Müttern in der Gruppe redete, so herzlich zu allen war, während sie Celia die kalte Schulter zeigte. Die billige Frisur und der billige Schmuck. Außerdem war Gemmas Tochter hässlich; ihr Gesicht war teigig und die Augen zu klein. Michael war von Anfang an ein hübsches Kerlchen, aber damals war er außerdem schmächtig und weinerlich, und manchmal fragte sich Celia, ob Gemma deswegen nichts mehr mit ihr zu tun haben wollte.

»Jetzt halt endlich die Klappe«, zischte sie Michael an, der an der Tür quengelte. Immer stimmte irgendetwas nicht. »Sei still. Du blamierst mich.«

Seitdem ist Celia nur noch ein einziges Mal von der Hoffnung durchflutet worden, endlich verstanden zu werden, und es war umso überraschender, da sie die Suche schon vor langer Zeit aufgegeben hatte. Ihre Kinder ahnen davon natürlich nichts; außerdem würde es sie ohnehin nicht interessieren.

Sie waren Kollegen an der fortbildenden Hochschule, und Celia hat ihn seit zwei Jahren nicht mehr gesehen. Sie ist sich nicht einmal sicher, ob er noch in London lebt; womöglich hat er inzwischen dem Drängen seiner Frau nachgegeben und ist in die Home Countys gezogen – kein wirkliches Landleben, hat er immer gesagt, keine wirkliche Wildnis, sondern ein manierliches, ordentliches, einfallsloses Leben. Wie eng es sein musste, wie gewöhnlich. Bestimmt ist es ihm unerträglich.

Celia hat ihre Stelle an der Hochschule, an der sie Sechzehn- bis Neunzehnjährige in Reisen und Tourismus unterrichtet, noch nie richtig Spaß gemacht. Aber irgendwie ist sie dort hängengeblieben und lehrt nun im fünften Jahr. Immerhin findet sie so eine gewisse Verwendung für ihren Geografieabschluss, doch zahlreiche Aspekte der Arbeit sind ihr mühselig. Zum einen kann Celia junge Leute nicht sonderlich gut leiden. Der größte Stachel im Fleisch allerdings ist ihr der Direktor. Er ist durchsetzungsschwach und unprofessionell vertraulich, und man kann ihm nur schwer entkommen. Er hat sich auf die Fahnen geschrieben, »Präsenz« an der Hochschule zu zeigen, und anscheinend glaubt er, er besäße ein Talent fürs Zwischenmenschliche.

»Na, Celia, fleißig bei der Arbeit?«, fragt er etwa, wenn er den Kopf zur Tür hereinsteckt und sie bei der Benotung unterbricht.

»Ja«, erwidert Celia dann. Ungestört wäre sie fleißiger.

»Bloß keine Müdigkeit vorschützen, hm?«

Celia sieht ihn mit versteinerter Miene an.

Gern gibt er anschließend noch einen Kommentar ab, zum Beispiel: »Du hast ja schon einen ordentlichen Haufen abgearbeitet«, als wäre die Erfüllung ihrer vertraglich vereinbarten Pflichten eine überraschende Angewohnheit.

»Ja.«

»Dann will ich dich mal nicht weiter von der Arbeit abhalten«, verkündet er schließlich, wenn ihm angesichts Celias stoischer Gesprächsverweigerung die Plauderluft ausgeht (leider hält es nie lange an). Oft muss Celia mit der aktuellen Korrektur von vorne beginnen, so sehr hat er sie aus dem Konzept gebracht.

Zudem ist der Direktor aus unerfindlichen Gründen auf die Idee gekommen, Celia sei intensiv an deutscher Sprache und Kultur interessiert, weshalb er bei jeder Begegnung darauf zu sprechen kommt. Celia vermutet, er habe irgendwann ein Buch über erfolgreiches Management gelesen, in dem Vorgesetzte dazu ermuntert werden, die Interessen ihrer Angestellten in Erfahrung zu bringen, um so eine persönliche Verbindung herzustellen. Celia kann sich nicht erklären, weshalb er denkt, sie sei von Deutschland fasziniert. Wahrscheinlich hat er sie irgendwann mit jemandem verwechselt, und jetzt ist es zu spät, das klarzustellen. Celia war noch nie in Deutschland und spricht kein einziges Wort Deutsch. Genauso wie der Direktor, der sich allerdings um ihretwillen ein paar Ausdrücke angeeignet hat.

»Guten Morgen!«, trällert er auf Deutsch, wenn sie sich auf dem Flur begegnen. *»Wie gehts?«* Mitunter überrumpelt er sie derart, dass Celia sich gezwungen sieht, mit einem halbherzigen *»Guten Morgen«* zu antworten, nur um seinen Klauen zu entkommen, und deshalb verbinden sämtliche Kollegen sie inzwischen mit einer Leidenschaft für Deutschland. Ein Kollege setzt ihr gern in sämtlichen Details seine alljährlichen Ausflüge zum Münchner Oktoberfest auseinander, ein

anderer empfiehlt ihr ständig, sich doch mal *Das Boot* anzuschauen. Celia findet das alles sehr anstrengend.

Ganz grundsätzlich erscheint Celia die Qualität des Kollegiums mangelhaft. Die Fluktuation ist zudem groß – anscheinend sitzen nur Celia und der Direktor lebenslänglich –, die Atmosphäre unpersönlich, den besten Bemühungen des Direktors zum Trotz. Daher ist es nur verständlich, dass Celia einen neuen Kollegen übersehen würde. Als Mark zu Beginn ihres zweiten Jahres an der Hochschule seine Stelle antritt, vergeht ein Monat, bevor sie ihn richtig wahrnimmt.

Ihre erste Begegnung verläuft weitgehend ereignislos. Eines Morgens genießt Celia die Einsamkeit und Ruhe im Pausenraum bei einer Tasse Kaffee und stellt sich vor, sie wäre woanders. Das Zimmer ist klein und deprimierend, der Teppichboden grau und fleckig, und in einer Ecke befinden sich eine Spüle, ein Wasserkocher und eine altersschwache Mikrowelle, in der Celias Kollegen ihre abstoßenden Mahlzeiten aufwärmen – Curryreste, Thunfischnudeln, Brokkolisuppe mit Stilton –, als gälte es, eine Trophäe für das übelstriechende Mittagessen zu gewinnen. Durch ein schmales, hochliegendes Fenster sieht man den Parkplatz. Vor langer Zeit hat jemand einen bunten, abstrakten Kunstdruck an die Wand gehängt, vermutlich, um den Raum etwas freundlicher zu gestalten, aber die grellen Rosa- und Rottöne wirken im Zusammenspiel mit dem tristen Interieur äußerst verstörend, wie ein Schrei, der die Stille durchdringt.

Zwei recht unbequeme Sofas stehen einander gegenüber, dazwischen zwei runde Tische. Celia sitzt an einem und blättert ziellos in einer Ausgabe des *National Geographic*, während sie ihren Kaffee trinkt. Wenn sie sich an einem anderen Ort vor ihren Studierenden verstecken könnte, würde sie sich nicht in diesem elenden Zimmerchen aufhalten, nur leider hat ihr Seminarraum eine Glasscheibe in der Tür, und die Studierenden schauen gern unangemeldet vorbei (meistens mit einer wenig überzeugenden Ausrede für verspätete Hausaufgaben, aber manchmal, sehr zu Celias Entsetzen, auch »einfach so«). Immerhin bietet ihr dieser bunkerartige Raum ausreichend Schutz.

Da betritt Mark das Zimmer, und sie reagiert gereizt auf die Störung. Sie verbringt ihre Freistunde immer hier, da die meisten Kolleginnen und Kollegen um diese Zeit unterrichten und sie endlich etwas Ruhe hat. Trotzdem begrüßt sie ihn knapp, aber höflich, in der Annahme, sie würden einander fortan ignorieren, so wie es in der Regel läuft.

Aber Mark fragt: »Kleine Kaffeepause? Bestimmt dringend nötig.«

Überrascht stellt Celia fest, dass er Ire ist (Nordire, von seinem Akzent zu schließen, aber sie ist keine Expertin). Rasch registriert sie sein Erscheinungsbild. Rein objektiv betrachtet geht er nicht als attraktiv durch. Er ist nicht besonders groß, dafür aber auch nicht dick, obwohl das Hemd über seinem rundlichen Bauch spannt. Sein Haar hat er noch, nur obenauf wird es langsam schütter, und die einsetzende Halbglatze betont seine Stirn, die ohnehin schon zu hoch und leicht gewölbt ist.

Nach dieser Bestandsaufnahme schwindet Celias Interesse. Sie lächelt schmallippig und wendet sich wieder ihrer Zeitschrift zu.

Doch Mark lässt sich davon nicht beirren. »Schön, dass ich Sie mal allein erwische. Wir hatten noch gar keine Gelegenheit, uns zu unterhalten. Sie sind anscheinend immer auf dem Sprung.«

Celia legt keinen Wert auf eine Analyse dieses leicht verwahrlosten Manns. »Ich habe eben viel zu tun«, erwidert sie.

»Das glaube ich«, sagt er. »Wer danach sucht, findet immer etwas zu tun.«

Celia weiß nicht, was sie mit dieser Bemerkung anfangen soll. Nach kurzem Überlegen beschließt sie, davon genervt zu sein. Ganz eindeutig handelt es sich bei Mark um einen dieser Gockel, die sämtliche unerlaubte Abkürzungen nehmen, da sie sich für harte Arbeit zu schade sind, sodass die weiblichen Kolleginnen es ausbaden müssen.

Sei mustert ihn aus zusammengekniffenen Augen. »Noten wollen vergeben werden«, sagt sie. »Stunden geplant. Diese jungen Leute sind auf uns angewiesen.« Sie versteht nicht ganz, weshalb sie plötzlich derart auf den Rechten ihrer Studierenden pocht. Oft kommt sie sich vor wie eine erschöpfte römische Generalin, die einer anrückenden Keltenhorde gegenübersteht.

»Absolut«, erwidert er. »Das will ich gar nicht bestreiten.« Und dann kommt er tatsächlich auf sie zu und setzt sich ihr gegenüber an den Tisch.

Celia beschließt, ihn nicht zu beachten.

»Aber Celia, eins müssen Sie doch zugeben« – also weiß er, wie sie heißt, wobei sie ihm nicht erlaubt hat, ihren Namen in den Mund zu nehmen – »manchmal kommt es einem ein bisschen undankbar vor, oder?«

Sie schaut kurz zu ihm auf. Ja, »undankbar« war durchaus eine treffende Bezeichnung. Hiervon hat sie in jungen Jahren sicher nicht geträumt. Und wofür die Schufterei? Ihr Ruhestand wird nicht besonders aufregend: kleine Rente, zu viel Freizeit allein in einem engen Reihenhäuschen, das sie nicht ausstehen kann, und nur selten Besuch von den Kindern. Jetzt ist sie deprimiert. Dieser Kerl hat tatsächlich ihre Pause unterbrochen und sie auch noch deprimiert. Sie sagt: »Wir machen es ja nicht um des Dankes willen.«

Mark zuckt die Schultern. »Kann schon sein.« Er schweigt kurz, dann fügt er hinzu: »Manchmal frage ich mich, wie ich hier gelandet bin. Ich vermute, Ihnen geht es da ähnlich.«

Geht es nicht. Celia weiß ganz genau, wie sie hier gelandet ist. Doch sie hat nichts gegen die Implikation, sie sei zu schade für diese Anstalt, denn das findet sie eigentlich auch.

»Sie lesen den *National Geographic*«, stellt Mark fest. »Bisschen anspruchsvoller als die anderen Zeitschriften, die hier so rumliegen.«

»Eine intellektuelle Herausforderung ist es nicht gerade«, erwidert Celia. Und dann, um der Wahrheit die Ehre zu geben, fügt sie hinzu: »Am liebsten schaue ich mir die Fotos an.«

Er betrachtet sie. »Manche davon sind wahre Kunstwerke.«

»Und manchmal ist es nett, sich an einen anderen Ort zu träumen«, sagt Celia.

»Ja, das kommt noch dazu. Wenn Sie die freie Wahl hätten, wohin würden Sie reisen?«

Die Frage ist schwierig, zum einen, weil sie noch nie zuvor so etwas gefragt wurde, und zum anderen, weil sie keine nennenswerte Reiseerfahrung besitzt. »Nach Uganda«, antwortet sie schließlich. »Ich würde mir gerne die Berggorillas anschauen.«

»Und warum machen Sie das nicht?«

Was für eine abstruse Frage. »Viel zu teuer.« Und es würde sich anfühlen, als führe sie ein fremdes Leben.

Er sieht sie nachdenklich an. »Ich wollte schon immer mal die Orang-Utans auf Borneo beobachten. Dazu bin ich auch nie gekommen. So ist das im Leben, oder? Reden kann man viel, wenn der Tag lang ist.« Er hält inne. »Wissen Sie, meine Frau verreist nicht so gerne.«

»Sie kann ja zu Hause bleiben«, erwidert Celia.

Dann schaut sie auf die Uhr: nur noch sieben Minuten, bis die Pause vorbei ist und ihre nächste Stunde beginnt. Sie ist gern als Erste im Seminarraum, um alles vorzubereiten. Wenn sie zeitgleich mit den Studierenden eintrifft, macht sie das nervös, als hätte sie bereits die Kontrolle verloren. Sie trinkt den letzten Schluck Kaffee. »Ich muss dann mal. Heute geht es um die Kreuzfahrtindustrie, und ich wollte noch ein paar Materialien auslegen.«

»Sehr gewissenhaft«, sagt er, und es fühlt sich an wie eine Beleidigung.

Celia nimmt ihre Zeitschrift und geht.

Sie nimmt an, es werde bei diesem einen Gespräch bleiben, aber Mark scheint ihre Gesellschaft zu suchen, sowohl in der Mittagspause als auch während mancher Freistunden. Nicht immer – manchmal sieht sie ihn im Pausenraum, und er nimmt sie kaum wahr. An solchen Tagen spricht er mit niemandem, sondern setzt sich allein auf eines der unbequemen Sofas und liest Zeitung. Aber wenn er in geselliger Laune ist, ist Celia seine Auserwählte. Es gefällt ihr, die Einzige zu sein, mit der es ihm zu reden wert scheint.

Sein Zynismus gefällt ihr ebenfalls. Er raunt ihr trockene Bemerkungen über das Kollegium oder gemeinsame Studierende zu, als würde niemand außer ihr den ganzen Quatsch durchschauen. Er erkundigt sich nach ihrer Meinung zu Politik und aktuellem Zeitgeschehen. Sich selbst bezeichnet er als Marxisten, und Celia findet seine Ansichten durchaus interessant. Paul wirkt im Vergleich ungemein engstirnig – aber ist ihr das nicht eigentlich schon immer klar gewesen? In wenigen Worten skizziert sie ihre Scheidung, und Mark erwidert, es klinge, als hätte sie unnötigen Ballast abgeworfen. Celia gefällt diese Perspektive (als wäre nicht sie der Ballast gewesen).

»Spielzeugeinkäufer, hm?«, sagt Mark. »Was macht man da so?«

»Man verbringt den Großteil seiner Karriere damit,

die Vor- und Nachteile unterschiedlicher Jo-Jos gegeneinander abzuwägen.«

Mark lacht. »Weißt du, was ich an dir mag, Celia? Wie bissig du bist.«

Celia starrt ihn an. Sie kann sich nicht entsinnen, dass irgendwer diese Charaktereigenschaft je positiv bewertet hätte.

»Du umgibst dich nicht gern mit Dummköpfen, kann das sein?«

Celia denkt an den Direktor, der am Morgen den Kopf zur Tür hereinsteckte, als gerade ihre Studierenden eintrafen, und sie mit einem außergewöhnlich überschwänglichen, kehligen *»Guten Tag, Fräulein!«* begrüßte, was den ganzen Raum zum Kichern brachte. Ihr ganzes Leben lang wurde sie schon von Dummköpfen geplagt.

»Nicht, wenn es sich vermeiden lässt«, antwortet sie.

Mark lächelt. »Sehr erfrischend.«

Seine Wut bemerkt sie erst später, doch sie lässt sich davon nicht beirren. Sie ist ja selbst wütend.

Er ist wütend, weil er Universitätsdozent für Wirtschaftswissenschaften hätte werden sollen, und stattdessen sitzt er jetzt an dieser zweitklassigen Fortbildungshochschule fest. Er ist wütend, weil er sich nicht ausreichend gewürdigt fühlt, weil sein halbwüchsiger Sohn ihn ständig untergräbt und seine Frau nicht auf seiner Seite ist. Er ist wütend, weil er ein Idealist in einer unvollkommenen Welt ist, weil soziale Ungerechtigkeit herrscht und seine Frau immer noch die Tories wählt. Aber am wütendsten ist er, weil er nicht bekommen hat, was ihm gebührt; ihm wurden Versprechen gemacht, die nicht gehalten wurden.

Celia ergänzt die fehlenden Elemente der Erzählung intuitiv. Sie versteht ihn; sie weiß selbst am besten, was für eine enttäuschende Veranstaltung das Leben sein kann.

Die Wochen vergehen, und inzwischen freut sich Celia jeden Morgen auf die Arbeit. Fast täglich führen sie verschwörerische Gespräche, und wenn sie einmal nicht dazu kommen, weil Celia zu viel zu tun hat oder Mark in Stillschweigen verfallen ist, treffen sich ihre Blicke auf dem Flur oder im Pausenraum, und er sieht sie auf eine bestimmte Art und Weise an.

»Mensch, deprimierender als hier geht es doch wirklich nicht«, sagt er eines Morgens, als sie gemeinsam Kaffee trinken. Sie sind nicht allein im Pausenraum, doch anscheinend hält er es nicht für nötig, die Stimme zu senken.

»Ein bisschen Luft nach unten ist bestimmt noch.« Celia weiß, dass er zu Übertreibungen neigt. Außerdem kommt sie aus Peterborough.

»Ganz ehrlich, ich habe keine Ahnung, wie ich es hier so lange ausgehalten habe.« Nach einem kurzen Blick in ihre Richtung fügt er hinzu: »Wenn du nicht wärst, hätte ich schon längst das Handtuch geworfen. Ich bin nicht gerade für mein Durchhaltevermögen bekannt.«

Celia wird von einem warmen Gefühl durchflutet

und wagt es nicht, etwas darauf zu erwidern, um ihr Innerstes nicht preiszugeben.

Als sie abends nach Hause kommt, mustert sie als Erstes ihr Gesicht im Badezimmerspiegel. Kann es sein, dass Mark ihr Äußeres egal ist? Sie trägt das Wissen um ihre Unattraktivität schon lange mit sich herum, schon seit Katy sie zum ersten Mal darauf aufmerksam gemacht hat. Nur selten ist sie auf die Idee gekommen, daran zu zweifeln. Sie will sich im Spiegel betrachten; womöglich ist es ja gar nicht so schlimm, wie sie denkt. Aber doch, alles ist noch da und mit der Zeit nicht weniger abstoßend geworden: der fahle Teint, die zu tief liegenden Augen, die schmalen Lippen. Celia hat im Laufe der Jahre ihr Bestes gegeben. Sie wählt ihre Kleidung sorgfältig aus und achtet darauf, dass alles sauber und faltenfrei ist. Sie geht regelmäßig zum Friseur und trägt stets einen Kamm bei sich. Aber sie weiß, dass sich noch nie jemand an ihrem Anblick erfreut hat.

Kann Mark etwa darüber hinwegsehen? Besteht am Ende doch noch Hoffnung? Sie hat noch nie viel Make-up getragen (und wenn sie es doch mal versucht hat, kam es ihr vor, als würde sie ihre Unscheinbarkeit lediglich betonen, statt sie zu verschleiern), aber nun geht sie in Hannas und Alices Zimmer und kramt in Hannas Schminktasche, wo sie ein paar Lippenstifte findet. Einer erinnert sie an eine überreife Beere, der andere ist leuchtend korallenrot. Celia nimmt beide mit ins Bad und trägt zunächst vorsichtig den Beerenton auf. Aber natürlich sieht sie damit lächerlich aus; ihr clownartiges Gesicht läuft im Spiegel rot an. Rasch wischt sie ihn wieder ab. Wahrscheinlich lohnt es sich nicht, den Korallenton auch noch auszuprobieren, doch in einem Anflug von Masochismus trägt sie ihn trotzdem auf. Und da – ein Wunder. Im Gegensatz zu dem absurden Beerenton wirkt das Korallenrot an ihr subtil elegant und verleiht ihrem Gesicht ein warmes Leuchten.

Sie merkt sich Hersteller und Farbton des Korallenlippenstifts und steckt beide wieder in Hannas Tasche. Am darauffolgenden Tag geht sie zu Boots und kauft sich selbst einen.

»Du siehst irgendwie anders aus«, bemerkt Mark, als sie ihn zum ersten Mal trägt. »Hast du was mit deinen Haaren gemacht?«

Zutiefst befriedigt schüttelt Celia den Kopf. Sie überlegt, ob sie tatsächlich etwas mit ihren Haaren machen sollte, vielleicht eine Tönung? Doch die Vorstellung, welche Kommentare ihre Töchter abgeben würden, ist ihr zu viel.

Obwohl ihre Freundschaft sich weiter vertieft, treffen sie sich nicht außerhalb der Arbeit. Für manche Leute würde ein Treffen in der Außenwelt die Beziehung verfestigen, verwirklichen, aber Celia glaubt, dass bei Mark und ihr das Gegenteil der Fall ist. Ihre Freundschaft wird durch die Einschränkungen geheiligt, und sie der Banalität des Alltäglichen preiszugeben käme einem Sakrileg gleich. Außerdem schlägt Mark es nicht vor.

Gegen Jahresende kommt Mark eines Tages nach Unterrichtsschluss in Celias Seminarraum, um ihr von einem besonders frustrierenden Austausch mit einem Studenten zu erzählen.

Mark lehnt am Türrahmen. »Er hat meinen Kurs nur belegt, um sich bei dieser Realityshow zu bewerben, *The Apprentice*. Hat er mir ins Gesicht gesagt, ohne mit der Wimper zu zucken. Gott steh mir bei.«

»Wenn er wenigstens den Anstand hätte, es bei *Dragon's Den* zu versuchen«, gibt Celia zurück.

Mark lacht auf, es erinnert sie an das Bellen eines Seehunds. »Als ich unserem glorreichen Anführer davon erzählt habe, war er ganz begeistert, dass ich die Studenten in ihren Aspirationen unterstütze. Dann hat er mich wieder über die Segregation befragt. Mensch, ich weiß ja, dass ich Ire bin, aber wir könnten uns durchaus mal über etwas anderes unterhalten.«

»Unmöglich«, sagt Celia. »Ein Thema pro Person, und er legt es fest. So sind die Regeln.«

»Wusstest du, dass er bei meinem Vorstellungsgespräch wissen wollte, ob ich katholisch oder evangelisch bin?«, sagt Mark. »Toller erster Zug.«

»Letzte Woche hat er mich gefragt, ob ich dieses Jahr wieder auf den Nürnberger Weihnachtsmarkt fahre.«

Diesmal lachen sie beide. Celias Gespräche mit Mark unterscheiden sich von den Gesprächen mit allen anderen. Sie verlaufen natürlich und mühelos, fast schon amüsant. Postkarten aus einem anderen Leben. Eine Erinnerung flackert in ihr auf: ein Mädchen mit hellroten Haaren. Entschlossen schiebt Celia den Gedanken beiseite.

»Ich glaube, wir zwei sind die Einzigen hier, die

noch alle Tassen im Schrank haben«, sagt Mark. »Was meinst du?«

»Stimmt.«

Und dann: der erstaunlichste, glückseligste Moment ihres Lebens. Er tritt auf sie zu, neigt den Kopf und küsst sie.

Der Kuss ist flüchtig, seine Lippen streifen ihre leicht, und dann ist er vorbei, bevor Celia weiß, wie ihr geschieht.

Lächelnd steht er da.

Celias gesamter Leib steht in Flammen. Sie kann sein Lächeln nicht erwidern. Stattdessen starrt sie ihn an. Vom Korridor aus waren sie für alle sichtbar, doch es ist ihr völlig egal.

»Wir sind echte Kampfgenossen«, erklärt Mark. Dann dreht er sich um und ist verschwunden.

Noch mehrere Tage später spürt Celia die Berührung auf ihren Lippen. Unwillkürlich lächelt sie zu den seltsamsten Gelegenheiten, aalt sich in ihrem Geheimnis, bis Alice eines Morgens beim Frühstück fragt: »Mum, ist alles in Ordnung mit dir?«

»Bestens.« Sie malt sich die Reaktionen ihrer Töchter aus – mit Sicherheit würden sie ihr kaum glauben. Würden es nicht verstehen.

Oft ist sie danach mit Mark allein, doch der Kuss wird nicht erwähnt, geschweige denn wiederholt. Mark verhält sich so wie immer, nur dass er vielleicht eine Weile etwas lebhafter ist. Celia steht vor einem Rätsel. Ein paar Wochen lang wartet sie bei jeder Begegnung angespannt darauf, was er wohl tun wird. Aber natürlich ist er nach wie vor verheiratet und besitzt ein gewisses Ehrgefühl. Außerdem, findet Celia, hat er deutlich zum Ausdruck gebracht, was er für sie empfindet. Mehr braucht sie vielleicht gar nicht von ihm.

Im Frühlingstrimester kommt es zu einem Vorfall. Celia trifft früher als gewöhnlich im Pausenraum ein. Es passt so gar nicht zu ihr, ihre Studierenden vorzeitig zu entlassen, aber sie ist auch nur ein Mensch, und heute war sie eben mit ihrer Geduld am Ende.

Zu ihrer Überraschung ist Mark bereits da. Ein behaglicher Schauer läuft ihr über den Rücken, bevor sie registriert, dass er nicht allein ist. Sehr nah neben ihm steht Holly, die Friseurhandwerk unterrichtet und mindestens zehn Jahre jünger ist als Celia und Mark.

Mark und Holly bemerken sie nicht sofort, daher kann Celia sie in Ruhe studieren. Sie scheinen sehr vertraut miteinander. Holly kichert und lehnt sich dabei näher zu Mark.

Celia räuspert sich, und die beiden zucken zusammen. Mark lässt den Arm sinken – offenbar hatte er ihn um Holly gelegt.

»Celia.« Mark scheint sich wieder zu fangen. »Holst du dir deine Koffeinladung ab?«

»Hatte ich vor«, erwidert Celia kühl. »Aber jetzt habe ich es mir anders überlegt.«

Zumindest darauf kann sie später erleichtert zurückblicken – wie würdevoll sie mit dieser Antwort und ihrem wortlosen Rückzug reagiert. Allein in der

Sicherheit ihres Seminarraums bemerkt sie allerdings, dass sie zittert. Ihr pocht es in den Ohren. Sie könnte eine Tasse süßen Tee vertragen, um den Schreck zu verarbeiten, aber das kommt natürlich nicht infrage, da die beiden noch im Pausenraum sind. Die Demütigung ist unerträglich. Wie konnte sie nur auf die Idee kommen, er würde sie anderen vorziehen, wo sie doch nie jemand vorzieht? Wild entschlossen reibt sie sich den Lippenstift ab, wobei eine korallenrote Spur auf ihrem Handrücken zurückbleibt, die sie mit einem Taschentuch bearbeiten muss. Wie erbärmlich alles ist, und wie geschmacklos.

Die Mittagspause verbringt sie fortan in ihrem Seminarraum, verspeist ihre Brote an ihrem Pult und befürchtet die ganze Zeit, von vorbeigehenden Studierenden ertappt zu werden.

Sie fragt sich, ob Mark sie aufsuchen wird, doch nichts geschieht.

In den nächsten Tagen meidet sie den Pausenraum und bringt sich ihren Kaffee in einer Thermoskanne von zu Hause mit. Ohne die Gespräche mit Mark, auf die sie sich freuen kann, sind die Tage noch trostloser, doch Celia hat Angst, sie könnte bei seinem Anblick in Tränen ausbrechen, und von dieser Schande würde sie sich nie wieder erholen. Abstand scheint ihr die sicherste Lösung.

Am vierten Tag jedoch durchkreuzt er ihre Pläne, indem er während einer Pause plötzlich in ihrer Tür steht.

»Ah, Celia«, sagt er, als wäre er ihr zufällig über den Weg gelaufen. »Hier versteckst du dich also. Du hast dich in letzter Zeit so rar gemacht.«

»Ich habe viel zu tun«, erwidert Celia. Sie konzentriert sich darauf, Kaffee aus der Kanne in den Deckel zu gießen, und meidet seinen Blick.

»Ach ja?«

»Ja.«

Eine Stille entsteht, und Celia hält es nicht für ihre Aufgabe, sie zu durchbrechen.

»Womit hattest du denn so viel zu tun?«, fragt Mark.

Celia sucht fieberhaft nach einer Antwort. Er soll ihr bloß nicht anmerken, wie sehr sein Verhalten ihr zugesetzt hat. »Die Lektion über die Kundenperspektive war sehr fordernd.« Er wirkt nicht ganz überzeugt, also fügt sie hinzu: »Meine Studierenden haben Rollenspiele im örtlichen Tourismusverband konzipiert.«

»Klingt sehr anschaulich.«

»Und dabei haben sie viel Unterstützung gebraucht. Manchen ist es nicht leichtgefallen.«

»Zu nahe an der Wirklichkeit?«, fragt Mark.

»Sie hatten es nicht so mit den Feinheiten des Kundendienstes. Grundsätzlich ist es nicht ratsam, sich über den Urlaubsort der Kundschaft lustig zu machen.«

»Klingt nach einer Menge Arbeit«, meint Mark. »Weißt du, mir fehlen unsere Gespräche.« Beinahe gibt Celia nach. Doch so sehr kann sie ihm angesichts der Vorfälle ja nicht gefehlt haben.

»Ich hätte nicht gedacht, dass du meine Abwesenheit überhaupt bemerkst.«

»Was meinst du damit?«

Diese Wendung des Gesprächs hat sie nicht eingeplant, aber jetzt steht sie unter Zugzwang. »Du schienst von anderen Dingen in Anspruch genommen.«

»Wovon?«

»Das weißt du ganz genau.«

»Nein, wirklich nicht.«

»Na, ist auch egal. Egal.«

»Du meinst doch nicht etwa«, sagt er langsam, »weil ich mit Holly geredet habe?« Celia schweigt, und er fährt fort: »Wegen Holly! Natürlich unterhalten wir uns ab und zu, wir verstehen uns gut.«

»Verstehen?«, sagt Celia. »Verstehen.« Wieso muss sie alles zwei Mal sagen?

»Und was ist daran so schlimm?«

»Überhaupt nichts.« Am liebsten würde sie aus dem Zimmer gehen, aber er steht immer noch in der Tür.

Sanft sagt er: »Man kann mit mehreren Leuten befreundet sein, meinst du nicht auch? Man braucht unterschiedliche Freundschaften. Das geht dir sicher genauso.«

»Nein«, erwidert Celia aufgewühlt. »Mir bedeutet wahre Freundschaft noch etwas.« Heilige Freundschaft, hätte sie beinahe gesagt. »Ich verschwende meine Zeit nur ungern mit anderen.«

Er sieht sie an. »Celia«, sagt er. »Meinst du nicht, du nimmst das hier alles ein bisschen zu ernst?«

Nach allem, was sie gemeinsam durchlebt haben, hat er es immer noch nicht verstanden.

An diesem Abend schreibt sie ihm einen Brief. Darin setzt sie ihm sehr deutlich auseinander, wie sie ihre Freundschaft sieht, was sie ihr bedeutet, weshalb sie anderen Freundschaften überlegen ist (damit meint sie seine anderen Freundschaften; sie führt keine anderen). Wenn er es nur verstünde, würde er womöglich erkennen, wie viel auf dem Spiel steht.

Am nächsten Morgen legt sie den Brief in sein Fach. Immer wieder schaut sie im Pausenraum vorbei, ob er noch da ist, aber Mark nimmt es mit seiner Post nicht so genau, und Celia befürchtet, er könnte den Brief erst in ein paar Wochen finden. Als der Brief zu Unterrichtsschluss immer noch in seinem Fach liegt, nimmt sie ihn wieder heraus und schleicht sich nach Feierabend in seinen Seminarraum. Dort legt sie den Brief auf den Schreibtisch, wobei sie sich leicht albern vorkommt.

Geduldig wartet sie den nächsten Morgen über, bis Mark zur Mittagspause schließlich in ihr Zimmer kommt und sie ganz normal begrüßt.

»Wie läuft es mit deinen Rollenspielen?«, erkundigt er sich fröhlich. »Ist es schon zu Handgreiflichkeiten gekommen?«

»Nein«, sagt Celia.

»Kommst du mit, Kaffee trinken?«

»Ich habe zu viel zu tun.«

Er hat ihren Brief offenbar nicht gefunden. Aber wie kann das sein? Er war unmöglich zu übersehen.

»Celia, komm doch einfach mit. Ich bin so einsam ohne dich.« Er sagt es so leichthin und neckend, dass sie nicht weiß, ob er es ernst meint.

»Dann rede doch mit Holly.«

»Ich will aber nicht mit Holly reden«, entgegnet er. »Sondern mit dir.«

Celia steht kurz davor, ihn zu fragen, ob er ihren Brief gelesen hat, aber sie bringt es nicht über sich. Sie sucht in seinem Gesicht nach Anhaltspunkten, entdeckt aber keine.

»Jetzt sag schon«, meint er. »Kommst du mit oder nicht? Ich habe ein Problem mit einer Studentin, zu dem ich gern deine Meinung hören würde.«

Und schließlich, als sie erkennt, wie sehr er sie braucht, gibt sie nach. Sie sind allein im Pausenraum und trinken am gleichen Tisch wie immer zusammen Kaffee. Als Holly mit einem anderen Dozenten hereinkommt, scheint Mark sie nicht zu bemerken. Celia beschließt, dass die Ordnung wiederhergestellt ist.

Im Sommersemester kommt es zu Reibungen zwischen Mark und dem Direktor. Anscheinend haben sich mehrere Studierende darüber beschwert, nie eine Rückmeldung zu ihren eingereichten Arbeiten zu bekommen. Es klingt, als wäre der Direktor in seinen Gesprächen mit Mark sehr nachsichtig gewesen, aber Mark ist dennoch außer sich vor Wut, und Celia ist um seinetwillen ebenfalls empört. Sie genießt es enorm, Schulter an Schulter mit Mark seine ungerechte Behandlung zu diskutieren. Er verbringt kaum noch Zeit mit Holly.

Celia erklärt, wenn er hinschmeiße, würde sie aus Protest ebenfalls hinschmeißen; sie ist fest davon überzeugt, auch andere aus dem Kollegium würden es ihr gleichtun, und der Direktor würde sein Verhalten bereuen. Doch nach nicht allzu langer Zeit verläuft die Sache im Sand, und niemand muss irgendetwas hinschmeißen.

Während der Sommermonate essen Mark und Celia manchmal miteinander auf der Bank am Haupteingang zu Mittag und lassen sich von der Sonne wärmen, dem Verkehrslärm zum Trotz.

»So lässt es sich aushalten«, sagt Mark.

Celia ist ganz seiner Meinung. Tatsächlich kommt ihr während einer dieser sonnigen Mittagspausen ein unerwarteter Gedanke: Sie ist noch nie so sorglos gewesen, ihr ganzes Leben lang nicht. Sie kann sogar ihre Arbeitsstelle ganz gut leiden. Wie toll es ist, einen Freund zu haben, auf den man sich jeden Tag freuen kann, der einen versteht und auf der gleichen Seite ist.

Wie aus dem Nichts sagt Mark: »Du bist mir eine wahre Verbündete, Celia. Und das habe ich hier wirklich gebraucht.«

»Ja«, erwidert Celia. »Ich auch.«

So fühlt es sich also an, endlich glücklich zu sein.

Die Sommerferien beginnen. Celia ist froh, vorübergehend nichts planen oder benoten zu müssen, doch der Gedanke, Mark acht Wochen lang nicht zu sehen, verstört sie zutiefst. Nur gelegentliche Textnachrichten würden sie über Wasser halten – doch selbst darauf ist anscheinend kein Verlass. Die ersten zwei Wochen vergehen, ohne dass sie von ihm hört. Als Celia ihm schließlich eine Nachricht schickt, antwortet er nicht darauf. Nach weiteren zwei Wochen kommt sie auf den Gedanken, sicher stimme etwas mit seinem Handy nicht, und schickt eine E-Mail an seinen Hochschulaccount, von dem sie weiß, dass er ihn während der Ferien gelegentlich kontrolliert. Darin gibt sie sich betont beiläufig, erkundigt sich nach seinem Wohlergehen, erwähnt, was sie in letzter Zeit so gelesen hat, und fügt zu guter Letzt – wie nachträglich – hinzu, dass sie ihn auf dem Handy anscheinend nicht erreichen kann.

Eine Woche lang wartet sie vergeblich auf Antwort. Seine Frau, denkt sie schließlich. Seine Frau ist schuld. Sie hat Wind von ihrer Freundschaft bekommen und ist eifersüchtig. Celia beruhigt sich mit dem Gedanken, dass sie Mark bald wieder sehen und alles in gewohnten Bahnen verlaufen wird.

Zu Semesterbeginn gibt es jedoch immer noch keine Spur von Mark, und Celia erfährt, dass ein neuer Kollege Marks Kurse unterrichtet. Er stellt sich ihr im Pausenraum vor: ein kleiner, blasser Mann mit feuchtem Handschlag und hektisch gemusterter Krawatte.

»Wirtschaft?«, fragt Celia verwirrt. »Unterrichten Sie dann zusammen mit Mark?«

»Ist das mein Vorgänger?«, fragt der Mann. »Der arbeitet doch jetzt in Nordlondon, oder?«

Der Schock sitzt tief. Mark hat nicht einfach nur den Job gewechselt, denkt Celia; es muss mehr dahinterstecken. Er würde nicht einfach kündigen, ohne ihr davon zu erzählen. Sie kann es sich nicht erklären.

Am nächsten Morgen, nach einer ruhelosen, elenden Nacht, wird sie vom Direktor bedrängt (*»Guten Morgen, Celia!«*), als sie sich gerade einen Kaffee holt. Normalerweise würde Celia ihn mit einer knappen Ausrede abspeisen und verschwinden, doch diesmal beschließt sie, die Gelegenheit beim Schopfe zu packen.

Wie nebenbei bemerkt sie: »Der neue Wirtschaftsdozent wirkt nett.«

»Ach, Colin?«, erwidert der Direktor. »Ja, ein hochqualifizierter Kollege.«

Vorsichtig knüpft Celia ihr Netz. »Mark wird uns allerdings fehlen.«

»Und wie.« Weiter geht der Direktor nicht darauf ein.

»Ohne ihn ist es nicht mehr dasselbe«, beharrt Celia.

»Bestimmt nicht«, sagt der Direktor.

»Wie schade, dass er uns verlassen hat.« Sind ihm denn wirklich keine hilfreichen Informationen zu entlocken?

»In der Tat«, sagt der Direktor. »Aber manchmal braucht es eben einen Tapetenwechsel. Ich bin mir sicher, ihm wird es am Finchley gefallen. Ist ein recht ordentliches College.«

Es stimmt also. Finchley! Celia ist entsetzt. Nichts davon ergibt Sinn.

Zum Glück kocht in diesem Moment das Wasser, sodass sie sich abwenden kann, um den Kaffee aufzugießen, Milch zu holen und alles umzurühren.

»Dann mal wieder an die Arbeit.« Sie nimmt ihre Tasse, und ihre Stimme klingt fast normal.

»Nur zu«, erwidert der Direktor heiter. »Wie heißt es so schön? Müßiggang ist aller Laster Anfang. *Auf Wiedersehen*, Celia.«

Irgendetwas muss passiert sein, denkt Celia. Irgendetwas Schreckliches, denn sonst hätte er sie nicht so verlassen, ohne ein Wort des Abschieds.

An diesem Abend, nachdem ihre Töchter im Bett sind, versucht sie es noch einmal auf seinem Handy. Sie wird direkt an die Mailbox weitergeleitet. Sie versucht es erneut von ihrem Festnetztelefon aus, und diesmal erklingt das Freizeichen. Atemlos lauscht sie dem Geräusch.

Und dann hebt er ab! Wie wunderbar es ist, seine Stimme zu hören, das vertraute, barsche »Jep, hallo?«.

Celia sagt: »Ich bins, Celia.«

Kurz herrscht Stille, dann klingt seine Stimme wärmer. »Ach, Celia, grüß dich! So schön, mal wieder von dir zu hören.«

»Du hast mir gar nicht erzählst, dass du kündigst!«, platzt es aus Celia hervor.

»Das hat sich alles recht kurzfristig ergeben«, erwidert er.

»So kurzfristig kann es doch gar nicht gewesen sein. Ich habe mir solche Sorgen gemacht. Wir sind doch Freunde!«, jammert sie fast.

Er scheint zu zögern, bevor er erschöpft antwortet: »Ganz ehrlich, Celia, ich war mir nicht sicher, wie du es aufnehmen würdest.«

»Wie ich es aufnehmen würde?«

»Und manchmal ist ein sauberer Bruch die beste Lösung für alle Beteiligten.«

Nichts an dieser Situation erscheint Celia sauber, und das teilt sie ihm mit.

»Hör zu«, sagt Mark. »Ich würde mich freuen, wenn wir uns bald mal wieder treffen. Wir können ja einen Kaffee trinken gehen oder eine Kleinigkeit essen, in Ordnung? Aber gerade ist es leider schlecht. Kann ich dich in ein paar Tagen zurückrufen?«

Sie wartet geduldig, doch er ruft nie zurück.

Im Laufe der folgenden Wochen behält sie ihre Trauer für sich. Natürlich bemerkt niemand, dass etwas nicht stimmt. Wer sollte es auch bemerken? Ihre Töchter sind zu sehr mit ihrem eigenen Leben beschäftigt, und Michael kommt nur selten zu Besuch. Außerdem erhofft sich Celia keinen Trost von ihren Kindern. Sie fühlt sich selbst wie ein Kind, und sie sehnt sich nach ihrer Mutter. Oder vielleicht nicht direkt nach ihrer eigenen Mutter, die nie sonderlich begabt im Trösten war, sondern nach *einer* Mutter: einer liebenden, beruhigenden Figur, die Celia in die Arme schließt und ihr verspricht, dass alles gut und das Gefühl der Verlassenheit vorüberziehen werde. Doch so jemanden gibt es nicht, hat es noch nie gegeben, und sie weiß nicht, wie sie sich selbst trösten soll.

Sie versucht, sich zu beschäftigen, verliert sich in den kleinen, stetigen Wochenritualen. Montags, mittwochs und freitags unterrichtet sie an der Hochschule. Mittwoch- und donnerstagabends gibt sie private

Nachhilfestunden. Samstags und sonntags geht sie für gewöhnlich mit Alice spazieren, und manchmal fahren sie in die Stadt, um ein Museum oder eine Galerie zu besuchen. Sie liest gern und spielt Bridge auf dem Computer; diese beiden Aktivitäten helfen ihr, die Zeit herumzukriegen. Dienstags geht sie für ihre Nachbarin Edith Langford einkaufen, die nach einem Sturz mit einundneunzig zu gebrechlich ist und anscheinend nie von ihren Söhnen besucht wird. Nachdem Celia einmal sah, wie Edith sich auf dem Heimweg vom Eckladen mit einer vollen Einkaufstüte abrackerte, übernahm sie deren Wocheneinkauf. Sie stört sich nie an der Aufgabe, denkt im Grunde überhaupt nicht groß darüber nach; ihre guten Taten erfolgen ebenso unreflektiert wie ihre weniger edelmütigen.

Doch bei diesem kleinen Ritual gerät Celia schließlich ins Wanken. Es ist Dienstagnachmittag, und sie legt gerade die Einkäufe auf Ediths Küchentisch – zwei Tüten Milch, ein Brot, Butter, zwei Tiefkühl-Fischpies, Eier, Bananen –, während Edith ihr Kleingeld auszählt, da spürt sie Tränen in den Augen. Sie hofft, sie würden ungesehen versiegen, aber stattdessen vermehren sie sich, und im nächsten Moment laufen sie ihr über das Gesicht und tropfen auf die Tischplatte. Edith Langford wäre die Letzte, die Celia als Publikum für ihre Tränen wählen würde. Obwohl sie so klein und zerbrechlich wirkt, besitzt Edith eine schroffe Art, die Celia an die Rektorin ihres alten Mädchengymnasiums erinnert.

»Celia«, sagt Edith. »Was ist denn los?«

Celia ringt nach Fassung, doch jetzt, da der Damm

gebrochen ist, kann sie den Tränen keinen Einhalt mehr gebieten. Blind kramt sie in ihrem Mantel nach einem Taschentuch.

»Ist was passiert?«, fragt Edith. »Ist was mit den Mädchen?«

Celia schüttelt den Kopf. »Alles ist so ungerecht«, sagt sie. »Schon immer ist alles so ungerecht.« Und sie steht heulend in Ediths Küche.

Edith gießt ihr einen Tee auf, was recht lange dauert – entweder, weil Ediths Hände so zittrig sind, oder weil sie Celia Zeit geben möchte, sich wieder zu fassen. Aber Celia kann sich nicht fassen und weint hilflos weiter, selbst als sie die Tasse schließlich ungelenk an die Lippen hebt.

Edith setzt sich zu ihr an den Tisch. »Warum bleiben Sie nicht, und wir essen eine Kleinigkeit? Ich wollte mir zwar nur ein Ei kochen, aber ich hätte nichts gegen ein bisschen Gesellschaft.«

Celia möchte ablehnen – sie will dieser peinlichen Situation ein Ende setzen, und außerdem ist es noch zu früh zum Essen; Alice und Hanna kommen bald nach Hause –, aber da fügt Edith hinzu: »Sie würden mir damit einen Gefallen tun. Ich habe nur selten Gesellschaft beim Abendessen.« Daher fühlt Celia sich gezwungen, die Einladung anzunehmen.

Edith kocht ihnen jeweils zwei Eier, dazu gibt es Toastdreiecke, und während sie das Essen zubereitet, plaudert sie belanglos vor sich hin, erzählt Celia, wie sorgfältig ihr Vater stets Eier gekocht habe, wie wichtig es ihm gewesen sei, dass das Eigelb genau die richtige

Konsistenz hatte. Als das Essen auf dem Tisch steht, hat Celia sich schließlich wieder im Griff.

»Sie haben es in letzter Zeit wohl gar nicht leicht gehabt«, bemerkt Edith in ihrer barschen Art, während sie ihr zweites Ei köpft.

Celia schluckt, spürt erneut Tränen aufsteigen. »Ja«, sagt sie. »Das stimmt.«

»Eine Wärmflasche und eine Tasse Tee im Bett hilft meiner Erfahrung nach bei vielen Leiden«, sagt Edith.

Celia nickt. »Vielleicht versuche ich es mal damit.«

»Irgendwas muss man ja versuchen«, sagt Edith, und Celia kommt sich leicht getadelt vor.

Zu Hause ist Hanna schon wieder verschwunden, und Alice ist in ihre Hausaufgaben vertieft. Celia geht in die Küche und starrt auf den Wasserkocher. Nach einer kurzen Pause macht sie sich einen Tee und eine Wärmflasche und nimmt beides mit nach oben. Der Abend ist unbestimmt tröstlich verlaufen, selbst für jemanden wie Celia, die eigentlich nicht an Trost glaubt.

Die Geschichte mit Mark war die schmerzhafteste Lektion ihres bisherigen Lebens, wobei Celia inzwischen versucht, nicht mehr oft daran zu denken. Immerhin wurde sie seitdem noch mehrfach daran erinnert, dass man sich nicht auf andere verlassen kann, nicht einmal auf die eigene Familie. Anscheinend muss Celia die Idee aufgeben, bei ihren Kindern Zuspruch zu finden. Der jüngste Hieb war Alices Ankündigung, sie würde versuchen, sich an der University of Edinburgh einzuschreiben. Das hat Celia das Herz zerrissen. Zumal es unbegreiflich ist, wo die Londoner Universitäten doch zu den besten der Welt gehören. »Vielleicht gehe ich ja gar nicht nach Edinburgh«, meint Alice. »Vielleicht bieten sie mir keinen Platz an, und falls doch, müssen ja noch meine Noten gut genug sein.« Als könnte Celia sich darauf verlassen!

Womöglich sollte sie sich tatsächlich einen Untermieter suchen. Michael übernachtet nicht mehr in seinem Zimmer; nach dem Abschluss ist er zwar zurück nach London gezogen, hat sich aber eine Wohnung mit seiner Freundin gesucht, was finanziell überhaupt keinen Sinn ergibt, während er noch seine Zusatzausbildung in Jura abschließt. Leider ist Celia mit ihren Ratschlägen auf taube Ohren gestoßen, doch sie hat die Hoffnung nicht aufgegeben, dass es mit seiner Freundin, die ihr schon immer eher schwierig vorkam, nicht klappt. Sie will die Möglichkeit, dass Michael wieder bei ihr einziehen könnte, nicht durch einen Untermieter zerstören. Am Ende könnte ein Fremder im Haus noch alle drei Kinder davon abhalten, nach Hause zurückzukehren.

Celia denkt oft daran zurück, wie ihre Kinder noch klein waren, sich an sie klammerten und sie der Mittelpunkt ihrer Welt war. Sie blendet die Erschöpfung und Einsamkeit aus, die Frustration und Feindseligkeit, die sie damals oft ihren Kindern und Paul gegenüber verspürte, der vollkommen nutzlos war, wenn er sich mal zu Hause aufhielt. (»Gib sie her«, schnauzt Celia ihn einmal an, als er versucht, Alice zu trösten. »Du machst es nur noch schlimmer.«) Nein. Celia erinnert sich lieber daran, dass ihre Kinder sie brauchten, sie anhimmelten. Damals waren sie ein Teil von ihr, sie kannte die Kinder in- und auswendig, und die Kinder kannten sie in- und auswendig. (»Sie kann das nicht leiden«, sagt sie zu Paul, als er Hanna auf dem Schoß auf und ab wippt. »Davon wird ihr schlecht.«)

Dieser Tage stimmt der Anblick von Schwangeren und Frauen mit kleinen Kindern sie gereizt. Sie sind so selbstgefällig, diese werdenden und jungen Mütter. Sie haben keine Ahnung, was auf sie zukommt. Sie glauben, ihre Kinder würden auf ewig ihnen gehören.

8

Da ist Hanna im Alter von achtzehn Jahren, Studentin an der University of Cambridge. Sie ist selbst davon überrascht.

Zum einen sind da ihre GCSE-Ergebnisse, die zwar in Ordnung sind, aber nicht gerade herausragend. Für Cambridge dürfte es damit jedenfalls nicht reichen. Erst in der Oberstufe bessern sich Hannas Noten – die Lehrkräfte behandeln sie nicht mehr wie eine Schülerin, sondern eher wie eine entfernte Bekannte (freundlich, aber unverbindlich, wie etwa eine Cousine aus Kanada), und ihre Mitschülerinnen und Mitschüler geraten nicht mehr aus jedem noch so nichtigen Anlass aus dem Häuschen, sodass Hannas rebellischer Phase die Luft ausgeht. Mit einiger Verspätung stellt sie fest, dass sie gern lernt und außerdem gut darin ist. Dazu trägt ihre neue Freundin Kemi bei, die eines Tages eigenmächtig beschließt, dass sie in Englisch von nun an Sitznachbarinnen sind. Und danach wird Hanna sie einfach nicht mehr los. Kemi ist mit Begeisterung bei der Sache, und ihre Begeisterung färbt auf Hanna ab. Kemi trägt das Haar zu kurzen Braids geflochten, hat eine charmante Lücke zwischen den Schneidezähnen, und mit ihrem scharfen Sinn für

Humor zerlegt sie Hannas bescheidene Ansprüche in ihre Einzelteile.

Hannas Englischlehrerin heißt Ms Howard, und sie erklärt Hanna, sie sei begabt (wusste Hanna noch nicht).

»Bewirb dich doch in Oxbridge«, rät Ms Howard.

Hanna starrt Ms Howard an, als hätte sie vorgeschlagen, sich bei den Navy Seals zu bewerben. Doch die Idee schlägt Wurzeln. Hanna gefallen das Tutoriensystem mit den Kleinstgruppen, die unterschiedlichen Colleges und ihre Geschichtsträchtigkeit. Und natürlich das Prestige. Ihr Vater wäre sicher beeindruckt (aus der Ferne seines Arbeitszimmers in Barnes).

Erst als sie endgültig entscheidet, dass sie sich in Cambridge und Oxford bewerben will, stößt sie auf das Problem mit ihren GCSE-Noten.

»Die meisten, die nach Oxbridge wollen, haben glatte Einserabschlüsse«, erklärt die Studienberaterin. »Besonders, wenn sie den Vorteil einer Privatschule genossen haben.« Ein scharfer Unterton schwingt in ihrer Stimme mit.

»Das war mir nicht klar«, antwortet Hanna, doch es wäre ihr klar gewesen, wenn sie aufgepasst hätte. Sie hatte nicht gemerkt, dass sie mit ihren Sperenzchen an der Mädchenschule einen Vorteil verspielte, in dessen Genuss die meisten Leuten nie kamen.

Ms Howard ist da optimistischer. »Jetzt hol dir erst mal Bestnoten bei deinen A-Levels, dann sehen wir weiter.«

Und Hanna holt sie sich. Sie setzt sich auf den

Hosenboden und lernt wild entschlossen mit Kemi, wobei sie in sämtlichen Fächern Einser einfährt.

»Manche Leute sind eben Spätzünder«, meint Ms Howard. »An deiner Stelle würde ich es mit Oxbridge versuchen.«

»Die klassische Außenseitergeschichte«, sagt Kemi. »Weiße Schülerin mit Privatschulbildung bewirbt sich schließlich doch in Cambridge.«

»Ja«, sagt Hanna. »Da ist für jeden was dabei.«

Sie lachen – damals lachen sie ständig und gehen damit allen auf den Geist.

Hanna ist der Meinung, dass Kemi sich auch in Cambridge bewerben sollte, da Kemi schlauer ist als sie und keinen peinlichen Privatschulvorteil genossen hat, aber Kemi meint: »Nein, das ist nichts für mich.« Sie will unbedingt nach Bristol.

»Vielleicht gebe ich dann auch lieber Bristol als Erstwahl an, dann können wir zusammenbleiben«, sagt Hanna.

»Das sagst du doch nur, weil du Schiss hast«, entgegnet Kemi.

Das stimmt. Hanna gefällt der Gedanke nicht, abgelehnt zu werden. (Aber wem gefällt der schon?)

»Mir«, sagt Kemi. »Ich finde das richtig schön belebend. Ich bewerbe mich jedenfalls in Bristol, und wenn ich abgelehnt werde, gehe ich trotzdem hin.«

Hanna bewirbt sich für Anglistik an einem der ältesten Colleges im Herzen von Cambridge. Sie hat das College ausgewählt, da die Gebäude wunderschön sind und die Anglistik-Fellows auf den Fotos sehr nett wirken.

Sie geht davon aus, dass ihre Bewerbung im Papierkorb landet, sobald die Verantwortlichen ihre beschämend mittelprächtigen GCSE-Ergebnisse zu Gesicht bekommen, doch zu ihrer Überraschung wird sie zu Vorstellungsgesprächen eingeladen.

»Du rockst das«, sagt Kemi. »Ich wette, du kommst da richtig gut an.« Mit Blick auf Hannas Miene fügt sie hinzu: »Denk nicht zu viel drüber nach. Da geht es nicht um Leben und Tod, das sind nur ein paar Fragen über Bücher.«

Hanna fragt ihren Vater, ob er sie hinbringen kann, doch er erwidert: »Tut mir leid, mein Schatz. Ich würde wirklich gern, aber dafür bekomme ich nicht frei. Vielleicht hat Susan Zeit.«

Keine schlechte Idee, findet Hanna, Susan hat eine beruhigende, unaufdringliche Art, aber als sie mit Alice allein ist, sagt diese: »Stell dir mal vor, wie Mum reagiert, wenn sie das rausfindet. Ist es das wert?«

»Mum unterrichtet doch eh«, sagt Hanna. »Ist ja nicht so, als könnte sie mich fahren. Oder als hätte sie es angeboten. Oder als würde ich das wollen.«

»Das verkraftet sie nie, wenn du dich von Susan fahren lässt.«

»Um Gottes willen«, meint Hanna. »Dann fahre ich eben mit dem Zug.«

Als Hanna ihre Mutter am nächsten Tag zaghaft auf das Zugticket anspricht, erwidert diese: »Ich bringe dich hin. Ich habe mir schon eine Vertretung gesucht.«

Hanna sieht, wie Alice strahlt, da Alice Momente des Familienzusammenhalts liebt, egal, ob sie daran teilhat oder nicht.

»Okay. Danke.«

Am Morgen der Vorstellungsgespräche ist Hanna recht zuversichtlich. Immerhin ist sie gut vorbereitet. Im Laufe der letzten zwei Wochen hat Kemi sie in den unmöglichsten Situationen mit Fragen zu ihrem Motivationsschreiben bombardiert. In der Schlange zum Mittagessen: »Nimmst du Pommes zu deinem Wrap? Und wieso ist Satan bei Milton so sexy?« Manchmal feuert sie die Fragen unerwartet heftig ab und erschreckt Hanna damit zu Tode. »Scheiße, jetzt haben wie den 59 verpasst. WÜRDEST DU SAGEN, DASS DONNES VERSPIELTER TON SEINE RELIGIÖSEN AUSSAGEN UNTERGRÄBT?« Bei Boots in der Make-up-Abteilung: »Meinst du, oranger Lippenstift steht mir? Steht der überhaupt irgendwem? WAR SHAKESPEARE EIN KETZER?« (Eine vorbeigehende Frau zuckt erschrocken zusammen.)

Hanna antwortet: »Nun, es ließe sich argumentieren …«

»MANCHE SEINER FIGUREN SCHEINEN EINE RECHT ZWIEGESPALTENE HALTUNG ZUM JENSEITS ZU HABEN.«

»Hör mal, Kemi, ich glaube nicht, dass die mich in Cambridge anbrüllen.«

»Woher willst du das wissen?« Endlich senkt Kemi die Stimme. »Besser, wir sind auf alles vorbereitet.«

Dank Kemis Training macht Hanna sich keine Sorgen, dass ihre Gesprächspartner sie auf dem falschen Fuß erwischen werden. Der Gedanke an die Fahrt mit ihrer Mutter macht sie da schon nervöser. Der Zug wäre besser gewesen oder ihr Vater oder Susan. Vor dem Gespräch braucht sie Ruhe, keine Sticheleien ihrer Mutter. Die Fahrt dauert zwei Stunden, und Hanna traut ihrer Mutter durchaus zu, sich zu diesem Anlass eine Art Demotivationsrede zurechtgelegt zu haben.

Vor der Abfahrt kommt es zu einem heiklen Moment (»Das willst du wirklich anziehen?« »Jep.« »Du kannst dir gerne meinen braunen Rock leihen. Alices braune Strickjacke würde gut dazu passen.« »Danke, Mum, ich bin mit Jeans zufrieden.« »Mit dem Rock würdest du eleganter wirken. Und außerdem ist Braun deine Farbe.« »*Braun* ist meine Farbe?«), doch die Fahrt selbst geht reibungslos vonstatten. Die meiste Zeit läuft Radio 4, und Hannas Mutter schweigt gnädig, lässt nur hin und wieder eine Bemerkung über die angenehme Verkehrslage und den bewölkten Himmel fallen. Gehorsam verspeist Hanna die Banane, auf deren Mitführung ihre Mutter bestanden hat.

Erst als sie am Rand von Cambridge geparkt haben, mit dem Bus in die Stadt gefahren und fast bis zum College gelaufen sind, versetzt ihre Mutter ihr den Schlag, den sie womöglich schon die ganze Zeit über geplant hat. Ohne stehen zu bleiben, sagt sie: »Denk bloß daran, wie du immer wirkst.«

»Was meinst du damit?«, fragt Hanna.

»Du darfst keinen aggressiven oder schwierigen Eindruck erwecken.«

»Ich bin doch nicht schwierig!«, wehrt sich Hanna. »Das ist doch lächerlich.« Lächerlich: eins der Lieblingswörter ihrer Mutter.

»Siehst du? Du bist jetzt schon schwierig, wo ich dir doch bloß einen guten Rat geben möchte.« Ihre Mutter seufzt. »Ich will dir nur helfen. Denk dran, diese Leute suchen jemanden, den sie die nächsten drei Jahre unterrichten wollen.«

Sie sind am College angekommen und bleiben vor dem steinernen Eingangsbogen stehen. Von links und rechts treffen nervöse Bewerberinnen und Bewerber ein, gehen durch die Holztür und verschwinden im schattigen Hof.

»Hauptsache, du wirkst sympathisch«, sagt Hannas Mutter.

Hanna rückt ihre Tasche zurecht und mustert die strenge Miene ihrer Mutter. Ich *bin* sympathisch, denkt sie. Doch dann, in einem Moment eisiger Klarheit, fällt es ihr wieder ein: Meine Mutter kann mich nicht leiden. Meinem Vater bin ich egal. Und wenn die eigenen Eltern einen nicht mögen, ist damit nicht alles gesagt?

Aber Kemi mag sie. Ms Howard mag sie. In der Vergangenheit wurde sie von anderen gemocht. Von ihren Klassenkameradinnen. Von Alice. Stück für Stück, Mensch um Mensch, bringt Hanna vor dem siebenhundert Jahre alten College dem Universum und sich selbst den Beweis dar, dass es durchaus möglich ist, sie zu mögen.

Ihre Mutter sagt: »Ich habe nur dein Bestes im Sinn.«

»Stimmt doch gar nicht«, entgegnet Hanna zu ihrer eigenen Überraschung.

»Glaub doch, was du willst«, erwidert ihre Mutter kühl. »Geh lieber rein.« Und dann, leicht verspätet: »Viel Glück, Hanna.«

Die Vorstellungsgespräche sind nicht schwieriger als Kemis Übungsprogramm, und bei Weitem nicht so angsteinflößend. Trotzdem bemerkt Hanna, dass sie kurz vor dem Ziel zu scheitern droht. Sie hört die Stimme ihrer Mutter im Ohr: *Hauptsache, du wirkst sympathisch.* Dadurch wird Hanna unsicher, hinterfragt alles, was sie sagt und tut, selbst die Worte, mit denen sie sich vorstellt, ihren Handschlag, wie sie auf den verschiedenen Sitzgelegenheiten Platz nimmt, die ihr angeboten werden. Sie hat Angst, dass ihre Jeans zu leger sind, obwohl viele ihrer Mitbewerber ebenfalls Jeans tragen. Sie spielt mit ihrem Armband, unterbricht sich, spielt weiter. Ihr wird eine Textstelle vorgelegt, deren Entstehungsdatum sie um mehrere Hundert Jahre verfehlt, und anschließend gibt sie freimütig zu, sie habe die Walfangstellen in *Moby Dick* übersprungen, *Söhne und Liebhaber* nicht zu Ende gelesen und fände Dickens nicht lustig. Sie kann nichts dagegen tun; ihr Gehirn scheint das Büro des Fellows mit einem Beichtstuhl zu verwechseln und entledigt sich fieberhaft eines Geständnisses nach dem anderen.

Das zweite Gespräch läuft besser, und sie führt eine angeregte Unterhaltung über Milton, doch das dritte ist erneut ein Reinfall. Das Sofa ist derart alt und durchgesessen, dass Hanna den Halt unter den Füßen verliert und regelrecht darin versinkt, als wollte das Sofa sie verschlingen. Die ersten Minuten des Gesprächs versucht sie, sich aus dem Griff der Couch zu befreien und gleichzeitig zusammenhängende Antworten zu geben.

»Alles in Ordnung?«, fragt ihr Gegenüber mit einiger Verspätung, als Hanna sich endlich aus den Polstern gestemmt und auf die einigermaßen sichere Sofakante gerettet hat.

»Ja, danke«, keucht Hanna. Sie fragt sich, ob das Sofa ein Test war. Falls ja, sind die anderen Bewerber sicher würdevoller daraus hervorgegangen.

Die Sprache kommt auf *Othello*, das Werk ihrer A-Levels, und sie wird nach der Bedeutung des Brauttuchs im vierten Akt gefragt. Hanna ist von der Schlacht mit dem Sofa völlig erschöpft und erwidert stupide, dass sie die Stelle im Unterricht noch nicht durchgenommen hätten.

»Aber bestimmt ist das astreine Symbolik«, fügt sie hinzu, um die entstandene Stille zu füllen. »Macht sicher Spaß zu lesen, wenn ich erst mal so weit bin.«

Dann fragt ihr Gesprächspartner, weshalb Jago es auf Othello abgesehen habe, und Hanna zitiert Coleridges berühmten Ausspruch von der *»motiveless malignity«*, woraufhin der Mann erwidert: »Mag sein, aber die Ansicht ist mittlerweile recht überholt«, und Hanna ist am Boden zerstört. Zum Schluss will er noch wissen, ob es überhaupt überraschend sei, dass Desdemona sich ihrem Vater widersetzt und Othello heiratet, woraufhin

Hanna, die mittlerweile mehr oder weniger aufgegeben hat, erwidert, Kinder würden einige Anstrengung auf sich nehmen, um ihren Eltern auf die Nerven zu gehen. Der Mann wirft ihr einen düsteren Blick zu und sagt, es habe ihn gefreut, sie kennenzulernen.

»Wie liefs?«, fragt ihre Mutter, als Hanna am späten Nachmittag kreidebleich aus dem College kommt. Hanna schüttelt lediglich den Kopf, und ihre Mutter sagt munter: »Bestimmt war es viel besser, als du denkst.« Sie kauft Hanna einen Schokomuffin für die Heimfahrt. Sie muss übel aussehen, wenn schon ihre Mutter nett zu ihr ist.

Ein paar Wochen später trifft der Ablehnungsbescheid ein.

»Selbst dran schuld«, meint Alice, aber Hanna ist zu sehr damit beschäftigt, ungerührt zu wirken, als dass sie sich trösten lassen würde.

Zu ihrer Überraschung steht im Brief, dass sie in den Nachrückpool aufgenommen wurde, doch sie macht sich nicht allzu viel Hoffnung. Es hört sich an wie eine Tombola. Zwei Tage später jedoch klingelt abends das Telefon. Hanna, die sonst nur von Kemi angerufen wird, nimmt ihrer Mutter zögerlich den Hörer aus der Hand. Die Frau am anderen Ende stellt sich vor – ein eleganter, spanisch klingender Name, der zur eleganten, spanisch klingenden Stimme passt – und bietet Hanna einen Platz an einem völlig anderen College an, von dem sie noch nie gehört hat. Ein Vorstellungsgespräch sei nicht nötig, sie werde ungesehen zugelassen. (Kein

Wunder, denkt Hanna, dass niemand mit den Füßen scharrt, um mit ihr *Othello* zu diskutieren.)

Im Anschluss recherchiert sie das College online und stellt fest, dass es sich um eines der letzten drei Frauencolleges handelt. Sie hat das merkwürdige Gefühl, ein Kreis würde sich schließen.

Kemi lacht schallend. »Klingt, als würde es perfekt zu dir passen.«

»So schlimm ist es bestimmt nicht«, sagt Hanna. »Ist ja jetzt auch kein Nonnenkloster.«

»Gut. Du bist nämlich auch nicht gerade eine Nonne.«

Hanna nimmt den Platz an. Sie mochte die Spanierin am Telefon, und Cambridge ist immer noch Cambridge. Ihre Eltern wirken beeindruckt. Ihr Vater schickt sogar eine Glückwunschkarte (die Handschrift stammt allerdings von Susan). Alice verschlägt es indes nach Edinburgh, und Kemi hat einen Platz in Bristol bekommen. Jetzt müssen sie nur noch die A-Levels hinter sich bringen.

»Ein Hoch auf die Zukunft«, sagt Kemi.

Hanna geht davon aus, dass sie an der Uni glänzen wird, da sie bislang überall geglänzt hat. Aber Cambridge entpuppt sich als Schock.

Sie hat sich vor der Orientierungswoche nicht am College umgesehen und ist verwirrt. Natürlich kennt sie Fotos aus dem Internet, aber in echt wirken die Gebäude viel brutalistischer und wurden anscheinend von einem Betonfetischisten entworfen. Das Dach thront auf quadratischen Säulen und gipfelt in einer gigantischen, deplatzierten Kuppel, die dem Ganzen womöglich ursprünglich einen exotischen Hauch verleihen sollte, dem Gebäude aber eher das Aussehen eines massiven Betonraumschiffs verleiht.

Ihr Wohnheim amüsiert und entsetzt sie: Manche Gänge haben tatsächlich gepolsterte Wände wie in einem Irrenhaus. Der Boden in ihrem Zimmer besteht aus braunem Linoleum, das sich an den Rändern aufrollt, und zwei der Wände sind seltsamerweise gefliest. Es erinnert sie an ein altes Pensionsbadezimmer.

Ihre Kommilitoninnen wirken ebenfalls bedenklich. Nebenan wohnt eine Studentin mit dem aufsehenerregenden Namen Lavinia de Lacy. Sie ist groß und schlank, trägt einen außergewöhnlich strengen Bob und hat einen merkwürdigen Akzent, der manchmal gestochen britisch ist und manchmal einen amerikanischen Einschlag hat. Bis sie sieben war, erklärt sie Hanna, habe sie in den USA gewohnt, dann eine Weile eine internationale Schule in Genf besucht, bevor sie mit dreizehn nach London gezogen sei. Ihre Eltern erwähnt sie mit keinem Wort, sodass es klingt, als wäre sie die gesamte Zeit über allein unterwegs gewesen, ein außergewöhnlich eigenständiges Kind, dem Amerika nicht zusagte, weshalb es über den Atlantik kam und sich schließlich in London niederließ. »Ich habe eine Wohnung am The Regent's Park«, sagt sie. (Niemand nennt den Park noch *The* Regent's Park, denkt Hanna. Oder doch? Lavinia bringt sie immer wieder dazu, sich selbst zu hinterfragen.)

Lavinia trägt ausschließlich Schwarz, dazu eine lange Kette aus winzigen Perlen und einen leuchtenden Mandarinenton auf den Lippen (Chanel, erklärt sie Hanna mit perfekt französischer Aussprache, im Farbton »Excentrique«; die unaufgeforderte Information bringt Hanna zu der Schlussfolgerung, sie müsse Lavinia auf den Mund gestarrt haben). Der grelle Lippenstift in Kombination mit dem Mangel an sonstigem Make-up lässt Lavinia noch blasser wirken, als sie ohnehin schon ist. Aus der Nähe sieht man die zarten blauen Adern um ihre Augen und Schläfen, und wenn sie gestikuliert, was sie oft und heftig tut, auch an den Innenseiten ihrer Handgelenke. Sie studiert Moderne und Mittelalterliche Sprachen, wobei das in ihrem Leben keine große Rolle zu spielen scheint. Hanna findet es unmöglich, Lavinia in eine Schublade zu stecken.

Ihre Nachbarin auf der anderen Seite heißt Santiago, doch sie ist Engländerin. Sie wurde während eines Chile-Urlaubs ihrer Eltern gezeugt, erklärt sie Hanna (die sich nicht danach erkundigt hat). Santiago hat braune Locken und ein breites Gesicht, und sie trägt ein überwältigend süßliches Parfüm, das ihr Vater ihr zum achtzehnten Geburtstag geschenkt hat. Hanna ist sich nicht sicher, ob der Duft selbst so heftig ist oder ob Santiago vielmehr darin badet; auf jeden Fall kündigt er sie immer schon aus weiter Ferne an. Santiago hat kürzlich eine Sendung auf ITV gesehen, in der es darum ging, wie man einen eigenen, unverwechselbaren Stil entwickelt, und besitzt daher eine große Auswahl an gestreiften Matrosenshirts und schwarzen

Baskenmützen; Hanna findet, sie sieht ein bisschen aus wie eine Pantomimin.

»Schau dir das am besten auch mal an.« Santiago notiert ihr den Namen der Sendung auf einem Post-it. »Dein Stil ist im Moment noch sehr undefiniert. Meine Mutter und ich haben es geschaut, und meine Tante auch.«

(Da rauscht Lavinia in einem flatternden schwarzen Kleid und ihrer Perlenkette vorbei, und Hanna fragt sich, ob sie die Sendung wohl auch gesehen hat.)

Außerdem führt Santiago die komplizierteste Gesichtspflegeroutine durch, die Hanna je untergekommen ist; sie nutzt zahllose Produkte, wovon die meisten Hanna völlig unbekannt sind, darunter einen »Glykolsäuretoner« und einen »Double Cleanser«.

»Du musst dir das Gesicht täglich mit Lichtschutzfaktor fünfzig eincremen«, erklärt Santiago. »Wirklich jeden Tag, auch im Winter. Mit vierzig kannst du dich bei mir bedanken.«

Mit vierzig haben wir nichts mehr miteinander zu tun, denkt Hanna.

Weiter unten den Flur hinab wohnen Yasmin, eine Mathematikstudentin ohne einen Funken Humor, Jia, deren Bruder mit Alex Kapranos von Franz Ferdinand befreundet ist (was sie ständig zu Ohren kriegen), und Lola, die Hanna gern unaufgefordert Sextipps gibt. »Männer haben eine Schwäche für Jungfrauen«, erzählt sie Hanna in der Collegebar am Ende ihrer ersten Woche. »Wenn die Sache an Fahrt aufnimmt und du dich vorbeugst und ihm ins Ohr flüsterst: ›Ich bin noch nie von einem Mann berührt worden‹, das kommt richtig gut.«

Hanna, die durchaus schon von Männern berührt wurde (dem scharfen Tom Li im ersten Jahr der Oberstufe und Joe Phillips im zweiten), hat keine Ahnung, wie sie darauf reagieren soll. Sie wechselt das Thema.

Dann ist da noch Lucy, die ein Stockwerk weiter oben wohnt, aber sehr häufig in ihrer Küche zu finden ist. Einmal erkundigt sich Hanna nach der Gemeinschaftsküche auf Lucys Etage – vor ihrem inneren Auge sieht sie eine postapokalyptische Höllenlandschaft –, und Lucy erwidert flüsternd: »Die räumen da oben nicht hinter sich auf.« Sie wirkt ständig derart nervös, dass es auf ihre jeweilige Gesprächspartnerin abfärbt. Hanna verhaspelt sich, wenn sie mit ihr spricht, als wäre ihre Schüchternheit ansteckend. Lucy besitzt jedoch eine unerwartete Fähigkeit: Sie kann Feuer spucken. Das erzählt sie freimütig eines Abends, während sie am Herd steht und Hanna und Lavinia am Küchentisch Gin trinken. Sie wurde in München von einer waschechten Zirkustruppe ausgebildet. Hanna und Lavinia sind derart überrascht, dass ihnen die Worte fehlen. Breit lächelnd wendet Lucy sich wieder ihrem Kochtopf zu.

Die ersten Semesterwochen verbringt Hanna damit, die unzähligen Eigenheiten ihrer Kommilitoninnen zu katalogisieren.

»Ich bin bei den ganzen Spinnern gelandet«, erzählt sie Kemi am Telefon. »Und manche davon sind gar nicht über den Nachrückpool reingekommen, sondern haben sich das ausgesucht. Manche können religiöse Gründe vorschieben, aber längst nicht alle. Keine Ahnung, wie die ihre Schulzeit überlebt haben. Ich glaube nicht, dass die je irgendwo dazugehört haben.«

»Na ja, du hast den Platz ja auch angenommen«, erwidert Kemi sanft.

»Schon, aber ich wusste ja nicht, was hier für Zustände herrschen.«

»Komm mich doch am Wochenende in Bristol besuchen«, schlägt Kemi vor. »Das wird bestimmt lustig.«

»Geht nicht. Hab zu viel zu tun.«

Nach dem Telefonat will sich Hanna in der Küche ein Toastbrot machen. Als sie an Lavinias Zimmer vorbeigeht, sitzen dort Lavinia, Santiago und Lola im Schneidersitz auf dem Boden und studieren eine kreisförmig angeordnete Steinsammlung, in deren Mitte eine Tasse mit irgendeiner Flüssigkeit steht.

»Komm, setz dich dazu.« Santiago hat sie an der Tür entdeckt. »Wir machen gerade ein Wicca-Ritual.«

»Lola ist Wicca«, fügt Lavinia in ihrer bedeutungsschweren Art hinzu. »Sie macht uns mit der Kraft der Kristalle vertraut.«

»Heißt das, du bist eine Hexe?«, will Hanna von Lola wissen.

»Nicht so, wie wir uns das heutzutage vorstellen.« Santiago wirft Lola einen raschen Blick zu, an dem Hanna abliest, dass sich diesen Fauxpas heute schon mal jemand geleistet hat. »Den Fehler machen viele.«

»Früher waren meine Kräfte ausgeprägter«, sagt Lola. »Bevor ich meine Jungfräulichkeit verloren habe.«

»Ich geh mir ein Toastbrot machen«, sagt Hanna.

»Ich hätte da einen Spruch, mit dem ich dir die Negativität austreiben könnte«, bietet Lola an.

»Ich bin doch nicht negativ!«, entfährt es Hanna.

Lola lächelt nachsichtig.

Auf ihrem Weg den Flur hinab dämmert es Hanna endlich, dass sie die Einzige ist, die nicht dazugehört.

Bei Kemi beklagt sich Hanna zwar über ihr College, doch sie bringt es nicht über sich, ihr die ganze Wahrheit zu gestehen: Sie ist nicht bei den falschen Kommilitoninnen gelandet, sondern an der falschen Universität. Der Arbeitsaufwand übersteigt ihre wildesten Vorstellungen. Die Arbeit nimmt kein Ende. In der Oberstufe hat sie in aller Seelenruhe über zwei Wochen hinweg einen Essay verfasst, aber jetzt muss sie wöchentlich zwei Essays einreichen, zusätzlich zur aufgegebenen Lektüre. Bisher war ihr noch nie aufgefallen, wie langsam sie liest, wie träge sich ihre Gedankengänge voranschleppen.

Mit jedem Tag scheint sie langsamer zu werden: Manchmal fühlt es sich an, als wäre ihr Gehirn zu Matsch geworden.

In der zweiten Semesterwoche müht sie sich mit einem Essay über Thomas Hardy ab, ackert sich durch *Tess* und *Jude Fawley, der Unbekannte*, bevor sie merkt, dass ihr kaum noch Zeit für die Sekundärliteratur bleibt, und in blinder Panik *Die Woodlanders* und *Der Bürgermeister von Casterbridge* überfliegt. Sie schließt den Essay angetrieben von Kaffee und Angstzuständen in den frühen Morgenstunden ab und schickt ihn schließlich durchaus zufrieden mit sich an ihren Betreuer. Ms Howard hat ihre Essays stets in den höchsten Tönen gelobt, und dieser hier ist besonders lang und detailliert; detaillierter als alles, was sie bisher verfasst hat.

»Ihr Aufsatz ist recht geistlos und unfokussiert«, erklärt ihr Betreuer zwei Tage später, als er Hanna den Essay mit gerümpfter Nase zurückgibt – zumindest kommt es Hanna so vor. »Wo ist die These? An manchen Stellen haben Sie einfach die Handlung zusammengefasst.«

Hanna schämt sich in Grund und Boden. Sie nickt bescheiden, nimmt den Essay entgegen und sieht es als erneute Bestätigung ihrer Dummheit. Das andere College hatte recht, sie abzulehnen. Hier wollten sie nicht mal ein Vorstellungsgespräch, was ihr nun besonders fahrlässig vorkommt. Womöglich haben sie sie mit jemand anderem verwechselt; am Ende ist sie nur aufgrund eines verwaltungstechnischen Fehlers hier gelandet. Sie fragt sich, wann sie auffliegen wird.

Woche für Woche quält sie sich durch die Lektüreliste, wobei ihr nicht klar ist (weil niemand es ihr gesteckt hat), dass die meisten Leute nicht alles lesen, sondern nur ein paar Bücher auswählen und beim Rest improvisieren. Die alte Hanna wäre nie auf die Idee gekommen, alles zu lesen, aber die neue Hanna hat so viel aufzuholen, dass sie glaubt, sämtliche Aufgaben und noch mehr bewältigen zu müssen. Sie gibt sich große Mühe und sitzt bis spät in die Nacht an ihren Essays, die nach wie vor als »unpräzise« und »zu deskriptiv« bewertet werden. Was für eine Demütigung. Hanna glaubt, selbst gegenüber der schärfsten Kritik ihrer Mutter immun zu sein, doch schon die zartesten Andeutungen ihres Betreuers stürzen sie in Selbstzweifel. Sie versteht nicht, was mit ihr los ist. Sie scheint auf einmal die Nerven verloren zu haben.

Der Beginn der Weihnachtsferien ist eine Erleichterung; Hanna glaubt, dass sie nun endlich zu ihrem normalen Leben, ihrem normalen Ich zurückkehren kann. Aber selbst zu Hause ist das Gleichgewicht gestört. Alice amüsiert sich bestens in Edinburgh und schwärmt von ihrem tollen Studiengang (sie studiert Archäologie und hat eine Leidenschaft für die Grabstätten der Neandertaler entwickelt). Immerhin besitzt Alice genug Taktgefühl, ihre Mutter damit zu verschonen, da diese die Wahl ihres Studienorts immer noch nicht verkraftet hat und zu Gefühlsausbrüchen neigt, wenn sie daran erinnert wird, doch Hanna bekommt die volle Ladung ab. Und wieso sollte Alice mit ihrer Begeisterung auch hinter dem Berg halten? Sie geht davon aus, dass Hanna sich ebenfalls prächtig amüsiert. Zum ersten Mal in ihrem Leben glaubt sie, sich mit ihr auf Augenhöhe zu befinden.

»Bei den Leuten in meinem Wohnheim war ich mir erst nicht so sicher«, erzählt sie Hanna. »Die wirken alle so cool und selbstbewusst, aber wenn man sie erst mal kennenlernt, sind sie echt nett.«

»Wie schön«, meint Hanna.

»Wie sind die Leute bei dir im Wohnheim?«

Hanna denkt an den letzten Abend in der Küche

zurück, an dem Lavinia Mundharmonika spielte, während Lola einen Zauberspruch für sexuelle Standhaftigkeit demonstrierte (»Für einen selbst?«, fragte Hanna. »Für den Sexualpartner«, erwiderte Lola vernichtend).

»Ganz in Ordnung«, antwortet Hanna.

Nun kann sie sich nicht einmal damit trösten, dass sie besser zurechtkommt als Alice. Kemi lebt in Bristol glücklich ihren Traum, und Hanna schämt sich zu sehr, um irgendwem zu gestehen, wie schrecklich ihr erstes Semester bislang war. Außerdem hat sie über die Ferien haufenweise Arbeit und keine Zeit, sich mit Kemi zu treffen.

Nach Weihnachten fragt Alice: »Alles okay bei dir?«

»Ja. Wieso fragst du?«

»Du wirkst so … anders.«

»Bin ich aber nicht«, erwidert Hanna. »Ich bin immer noch dieselbe.«

Sie hofft, dass sich die Dinge nach den Ferien zum Besseren wenden, doch vergeblich. Alles wird noch schlimmer, da Hanna auf einmal vergisst, wie man schläft.

Sie hat noch nie Probleme mit dem Einschlafen gehabt, nie auch nur darüber nachgedacht. Sie legt sich einfach ins Bett und ist dann auch schon eingeschlafen. Alice ist diejenige, die nicht einschlafen kann, die baden, eine warme Milch trinken und ein schonendes Buch lesen muss und sich in der letzten Stunde vor dem Zubettgehen auf gar keinen Fall zu aufregende Fernsehsendungen anschauen darf. Hanna hat darin stets einen Beweis für Alices allgemeine Inkompetenz gesehen. Schlafen ist die einfachste Sache der Welt.

Gewesen. Nacht für Nacht liegt Hanna panisch wach, wälzt sich von einer Seite auf die andere, dreht sich auf den Rücken, betrachtet die Schatten an der Decke, die Wände, den Schein der Straßenlaterne, der durch den Vorhang dringt. Sie macht sich Gedanken über ihre Aufgaben, die ihr am nächsten Tag noch schwerer fallen werden, da sie jetzt zusätzlich übermüdet sein wird. Schließlich macht sie sich Gedanken über das Schlafen an sich: Wieso kann sie es nicht mehr? Kann man Schlafen verlernen? Genau das scheint Hanna passiert zu sein. Ihr Körper fährt abends nicht herunter, sondern kribbelt vor nervöser Energie. Sie probiert es mit den Ritualen von Alice: Sie trinkt eine warme Milch vor dem Zubettgehen, erstellt eine Liste mit Sorgen, um sie aus dem Kopf zu bekommen, liest etwas Beruhigendes. Manchmal geht sie zuversichtlich ins Bett; sie ist tatsächlich entspannt und müde. Aber sobald sie das Licht ausschaltet, kommt ihr wieder der Gedanke, was, wenn sie nicht schlafen kann? Sofort spürt sie die Panik in sich aufsteigen, und eine weitere qualvolle, verzweifelte Nacht beginnt. Wenn sie Glück hat, fällt sie vor Morgengrauen für ein paar Stunden in einen angespannten Halbschlaf. Wenn sie Pech hat, begegnet sie dem Morgengrauen wach, ausgelaugt und mit brennenden Augen.

Tagsüber kann sie sich unmöglich konzentrieren. Beim Lesen halten die Wörter nicht still, und beim Schreiben fühlt es sich an, als hätte jemand ihr Gehirn besetzt und würde durch sie in einer fremden Sprache chaotische Texte verfassen. Wenn sie den Blick kurz vom Bildschirm abwendet und sich anschließend den letzten Absatz noch einmal durchliest, ergibt er plötzlich überhaupt keinen Sinn mehr. Sie ist eine Totalversagerin. Sie malt sich die Demütigung aus, wenn Cambridge sie rausschmeißt. Ihre Mutter, die mit so was schon gerechnet hat.

»Du siehst gar nicht gut aus«, stellt Lavinia nüchtern fest.

»Ich kann nicht schlafen.« Der Schlafmangel hat Hannas Schutzmechanismen ausgeschaltet.

Lavinia schüttelt mitfühlend den Kopf. »Schlafentzug ist eine Foltermethode.«

Das hilft mir jetzt auch nicht, denkt Hanna.

Wie lange man wohl ohne Schlaf auskommen kann, bevor man verrückt wird oder stirbt? Sie schläft vielleicht zwei oder drei Stunden pro Nacht. Vier, wenn es gut läuft (unruhig und stückweise). Wenn man nicht schlafen kann, ist es schwierig, an etwas anderes zu denken als an Schlaf. Tagsüber wirft Hanna Santiago, Lavinia und den anderen neidwilde Blicke zu: Sie schlafen nachts tief und fest acht oder neun Stunden lang, halten es für selbstverständlich, fühlen sich großartig und merken es nicht einmal. Santiago geht normalerweise um halb elf ins Bett und kommt erst am nächsten Morgen um acht wieder zum Vorschein. Das ist doch viel zu viel für einen Menschen. Das ist einfach nur gierig. Hanna wird von Mordlust gepackt, wenn Santiago morgens gähnend in die Küche taumelt und verkündet:

»Ich habe meinen Wecker überhaupt nicht gehört. Da muss ich ja richtig müde gewesen sein.«

Irgendwann sucht sie den Collegearzt auf, einen Mann namens Dr. Bryan, der erschöpft wirkt und anscheinend am liebsten schon längst im Ruhestand wäre. Während Hanna ihm ihre Schlaflosigkeit schildert, setzt er eine distanzierte Miene auf, als wäre er zwar körperlich anwesend, im Geiste jedoch auf dem Golfplatz unterwegs.

Als Hanna ihren Bericht abgeschlossen hat, erklärt er, sie müsse sich mehr Zeit für Entspannung nehmen und eine feste Routine vor dem Zubettgehen haben. »Das ist besonders wichtig, wenn man schon von Natur aus überempfindlich ist.«

»Ich bin nicht überempfindlich«, erwidert Hanna.

Er wirft ihr einen skeptischen Blick zu.

»Mit mir ist alles in Ordnung«, fährt Hanna fort. »Ich bin ganz normal. Ich habe bloß vergessen, wie man schläft.«

Er bietet ihr ein Antihistamin mit leicht einschläfernder Wirkung an.

»Ich glaube, ich brauche etwas Stärkeres.« Ob es wohl bedenklich ist, mit seinem Arzt um Medikamente zu feilschen?

»Schlafmittel wären der letzte Ausweg«, sagt Dr. Bryan. »Auf lange Sicht sind sie eher schädlich.«

»Aber ich kann nicht schlafen«, erwidert Hanna stupide. »Ich kann überhaupt nicht mehr schlafen. Ich kann nicht klar denken, ich funktioniere nicht …« Sehr zu ihrer Scham bricht sie dabei in Tränen aus, was tatsächlich zu einer überempfindlichen Person passen würde.

Ein Geniestreich. Hanna verlässt die Praxis mit einem Rezept für Temazepam. Allerdings bekommt sie nur sechs Stück, da das Medikament angeblich abhängig macht. Drei glückselige Nächte lang schläft sie acht Stunden am Stück.

Doch in der vierten Nacht funktionieren die Tabletten nicht mehr, und Hanna liegt bis zwei Uhr morgens zittrig wach, bevor sie schließlich in einen unruhigen Schlaf sinkt und um sechs ruckartig aufwacht, benommen von ihrem Schlafmittel, aber definitiv wach. In der darauffolgenden Nacht liegt sie bis um drei wach. In der letzten Nacht schläft sie überhaupt nicht.

Sie sieht keinen Grund, Dr. Bryan erneut aufzusuchen. Sie weiß, dass bei ihr alle Hoffnung verloren ist. Im Spiegel blickt ihr ein ausgemergeltes Gesicht entgegen; sie erkennt sich kaum wieder. Schlaf ist es also, was uns zu Menschen macht.

Die meiste Zeit über ist sie von einem merkwürdigen Schaudern erfüllt, einer blubbernden Unruhe in der Brust, derentwegen sie kaum stillhalten kann. Einmal ist es so schlimm, dass sie Angst hat, den Verstand zu verlieren, wenn sie sich nicht irgendwie davon ablenkt. Sie beschließt, in der Stadt nach einem Geburtstagsgeschenk für Kemi zu suchen.

In der Grand Arcade jedoch weiß sie plötzlich nicht mehr, weshalb sie hier ist. Sie wird vom Grauen gepackt. Sie versucht, sich mithilfe von Koffein wieder zu sammeln, verhaspelt sich aber bei der Bestellung und hat am Ende einen doppelten Espresso mit weißer Schokolade in der Hand statt eines Caffè Latte. Das Getränk ist derart süß, dass es tatsächlich hilft. Sie plant, zu John Lewis zu gehen und ein Sofakissen für Kemi zu besorgen. Was Schönes, Buntes für Kemis Zimmer. Sie kann es sich leisten, beim Geschenkerwerb auf den Putz zu hauen; dadurch, dass sie so wenig Spaß hat, sind ihre Ersparnisse beachtlich.

Sie schafft es durch das enge Labyrinth der Parfüm- und Make-up-Abteilungen im Erdgeschoss, schlängelt sich durch Menschentrauben bis zur Rolltreppe und landet schließlich auf der richtigen Etage. Doch als sie vor dem Kissenregal steht, zerfällt sie wieder. Irgendwer scheint eine Bremse an ihrem Gehirn angebracht zu haben. Die Auswahl ist überwältigend, und sie kann sich nicht entscheiden. Panik pocht in ihrer Brust und ihrem Gesicht. Außerdem stimmt etwas mit diesen Sofakissen nicht. Hanna kann es nicht genau erklären, aber sie weiß, dass man hier schnell die falsche Wahl treffen und ein Kissen kaufen kann, das – irgendwie – verkehrt ist. Das Schaden anrichten würde.

Auf einmal spürt sie das Bedürfnis, jemanden anzurufen, und unerklärlicherweise fällt ihre Wahl auf Alice.

Die nach dem dritten Freizeichen rangeht.

»Hallo, Hanna«, sagt sie. »Alles in Ordnung?«

Ah, denkt Hanna. Weil ich sie sonst nie anrufe. »Alles ist gut«, erwidert sie. Und tatsächlich klingt ihre Stimme normal, jetzt, wo sie mit ihrer Schwester telefoniert. Sie ist ungemein erleichtert. »Ich brauche kurz deine Hilfe.«

»Klar, gerne.« Alice klingt begeistert.

»Ich will gerade ein Kissen besorgen.« Es kommt ihr wichtig vor, das Problem in seine Bestandteile zu zerlegen. »Als Geburtstagsgeschenk für Kemi. Und ich weiß einfach nicht, welches ich nehmen soll. Ich bin bei John Lewis, und ich … kann mich einfach nicht entscheiden.« Wie simpel das Problem klingt. Simpel und leicht lösbar.

Nach einer kurzen Pause sagt Alice: »Verstehe. Was steht denn zur Auswahl?«

Hanna setzt Alice die verschiedenen Optionen auseinander: gemustert, geblümt, einfarbig; die unterschiedlichen Farben und Stoffe.

»Für Kemi würde ich was nehmen, das ins Auge springt«, meint Alice. »Was war dieses Grüne mit den Spiralen? Beschreib mir das noch mal.«

Hanna beschreibt es, und Alice erklärt es für perfekt.

Geschafft. Hanna verabschiedet sich von Alice und geht mit ihrem Kissen an die Kasse. Sie ist stolz auf sich und einigermaßen beruhigt, dass sie diese einfache, doch bedeutsame Aufgabe erfüllt hat. Außerdem ist sie Alice dankbar – womöglich dankbarer als je zuvor.

Die Befriedigung hält allerdings nicht lange vor, und schon bald schleicht sich das Grauen wieder ein. Als sie das Einkaufszentrum verlassen will, bemerkt sie, dass ein Mann an der Tür sie beobachtet. Er hat eine Glatze und unsichtbare Augenbrauen und Wimpern, wie jemand, der früher einmal rote oder hellblonde Haare hatte. Die Angst, die Hanna spürt, ist alt, kommt ihr aber nicht bekannt vor. Sie muss direkt an ihm vorbeigehen, und er lässt sie die ganze Zeit über nicht aus den Augen. Sie kennt ihn nicht, aber er kennt sie. Er weiß, wozu sie in der Lage ist, was sie getan hat. (Was hat sie getan? Sie ist sich nicht sicher, weiß nur, dass es schrecklich gewesen sein muss.)

Zurück im College geht sie zu Lola in die Küche, da sie ein dringendes Bedürfnis nach Gesellschaft verspürt.

»Was hast du da?«, fragt Lola mit Blick auf Hannas Einkaufstüte.

»Ein Sofakissen«, sagt Hanna. »Geburtstagsgeschenk für meine beste Freundin.« Der Satz hat eine tröstliche Wirkung. Sie holt das Kissen hervor.

»Wie schön«, sagt Lola. »So ein ähnliches hatte ich auch mal, mit verschiedenen Grüntönen.«

»Meine Schwester meinte, ich soll es nehmen, weil es bestimmt fröhlich wirkt.«

»Meins musste ich irgendwann wegschmeißen«, sagt Lola. »Da war ein Spermafleck drauf.«

Kurz herrscht Stille.

»Wessen Sperma war es denn?«, fragt Hanna schließlich.

»Das weiß ich bis heute nicht.« Ein abwesender Ausdruck liegt in Lolas Gesicht, die Resignation einer Kriminalbeamtin angesichts eines ungeklärten Verbrechens. »Das kam nie ans Licht.«

Hanna geht auf ihr Zimmer, um Kemi eine Karte zu schreiben. Das Gespräch mit Lola hat sie beruhigt.

Ich hoffe, das Kissen gefällt dir, schreibt sie. *Lola meinte, sie hatte früher mal so ein ähnliches, das sie wegen*

Spermaverunreinigung entsorgen musste. Kann sein, dass ich dir aus Versehen ein aphrodisierendes Sexkissen besorgt habe. Sag Bescheid, falls es einen wirklich in Stimmung bringt. Zu deiner Beruhigung: Ich habe es neu gekauft, es ist also mit Sicherheit nicht das alte von Lola.

Beim Schreiben fühlt sie sich ihrem alten Ich wieder etwas näher. Die schreckliche Episode, worin auch immer sie bestanden haben mochte, ist vorbei. Eine Panikattacke? Sie hatte noch nie eine und weiß daher nicht, wie sie sich anfühlen. Sie steckt die Karte in den Umschlag und schlägt das Geschenk ein, dann packt sie beides in braunes Papier und umwickelt es mit mehreren Lagen Paketklebeband (es bereitet ihr und Kemi großes Vergnügen, das Auspacken einander möglichst schwer zu machen). Hinten auf das Paket schreibt sie ein Zitat von Juliana von Norwich: *Alles wird gut werden, und alles wird gut werden, und alle Dinge jeglicher Art werden gut werden.*

Am nächsten Morgen bringt Hanna das Paket zur Post. Erneut hat sie so gut wie nicht geschlafen. Sie fühlt sich schwammig, Kopfschmerzen setzen ein. Die Panik vom Vortag hat einem merkwürdigen Gefühl der Entortung Platz gemacht. Auf dem Weg zur Post spürt sie eine Entfernung zwischen sich und den anderen Fußgängern, als würde die Menge sich für sie teilen. Aber das ist immer noch besser als der vorwurfsvolle Blick des Mannes von gestern.

Auf der Post stellt sie sich in die Schlange. Wie gut sie doch zurechtkommt, denkt sie. Ja, sie ist erschöpft, aber sie ist auf der Post, um ein Paket aufzugeben. Alles ist beruhigend normal.

Während sie sich zum Schalter voranschiebt, wandert ihr Blick zu den Geschenkpapieren. Einzelne Bogen hängen dort auf Stangen, und besonders ein roter weiter unten mit einem metallisch glänzenden Muster hat es ihr angetan. Irgendwoher kommt ein Luftzug – draußen geht kein Wind, vielleicht hat jemand einen Ventilator eingeschaltet – und hebt den unteren Teil des roten Bogens leicht an. Hanna sieht zu, wie er sich sanft nach oben hebt und wieder nach unten sinkt. Im metallischen Muster des roten Papiers spiegelt sich das Licht auf hypnotisierende Art und Weise, und Hanna kann den Blick nicht abwenden. Wie seltsam, dass sich die anderen Bogen nicht bewegen. Wenn doch ein Luftzug herrscht, wieso rühren sie sich nicht?

Schlagartig wird ihr klar, dass außer ihr niemand in der Schlange sehen kann, wie sich das rote Papier bewegt. Das rote Papier richtet sich nur an sie. Das taube Gefühl ist wieder da, aber diesmal liegt es daran, dass sich ihr ganzes Wesen auf das rote Papier konzentriert, auf das Licht, dessen Spiegelung im metallischen Muster ausschließlich für sie gedacht ist.

Die Person hinter ihr in der Schlange berührt sie leicht am Arm, und sie zuckt erschrocken zusammen. Ihr wird klar, dass sie an der Reihe ist. Außerdem wird ihr klar, dass Absicht dahintersteckt, dass die Nachricht des roten Papiers abgefangen werden soll. Hanna hält ihr Paket fest umklammert, sie darf sich nichts anmerken lassen. Sie kramt nach dem passenden Kleingeld, wobei sie vom Glanz auf dem roten Papier abgelenkt ist. Sie kann es zwar nicht mehr sehen, aber immer noch fühlen. Es ist sehr wichtig, dass sie so tut, als wäre nichts passiert.

Und dann steht sie vor der Post, ihre Arme sind leer und leicht. Sie ist noch einmal damit davongekommen, denkt sie.

Doch erneut wird sie vom Schrecken gepackt, als ihr klar wird, dass alle im Postgebäude wissen, was sie verbrochen hat. Nicht mehr lange, dann weiß es auch der Rest der Welt. Die genaue Natur ihres Verbrechens bleibt unklar. Aber sie weiß, dass das rote Papier eine Warnung war.

Mit gesenktem Kopf eilt sie zurück zum College, will niemandem in die Augen schauen, und dort angekommen schließt sie sich sofort auf ihrem Zimmer ein.

Es ist von großer Bedeutung, dass sie sich normalen Aufgaben widmet, um den Schrecken in Schranken zu halten, also setzt sie sich im Schneidersitz auf den Boden und klappt ihren Laptop auf. Morgen muss sie einen Essay über James Joyce einreichen, und der Gang zur Post hat wertvolle Zeit gekostet. Dafür muss sie jetzt besonders effizient sein und bis spät in die Nacht arbeiten. Doch sie kann sich nur schwer daran erinnern, wie weit sie gekommen war. Immer wieder liest sie sich ihre Notizen durch, aber nichts ergibt irgendeinen Sinn. Ob sie ihrem Betreuer das als joycesche Eigenart unterjubeln kann? Wahrscheinlich eher nicht. Dann wird ihr klar, dass er an ihrem Essay ihre Boshaftigkeit ablesen können wird, wenn er sie ihr nicht ohnehin schon angemerkt hat. Sie denkt an Satan bei Milton, wie ansprechend sie ihn immer fand, und endlich sieht sie den Sinn dahinter: Ein weiterer Test, natürlich, und sie hat ihn nicht bestanden.

Sie klappt den Laptop zu und legt sich aufs Bett. Dann schließt sie die Augen, schläft aber nicht ein.

Bis sie es irgendwann anscheinend doch tut, denn auf einmal schießt sie nach oben, und es ist dunkel im Zimmer. Ist es etwa schon Nacht? Nein, sie hat bloß die Vorhänge geschlossen, woran sie sich jedoch nicht erinnern kann. Sie zieht sie wieder auf, und das Tageslicht schmerzt ihr in den Augen. Sie hat keine Ahnung, wie viel Uhr es ist oder welcher Tag – immer noch der gleiche, der nächste oder der vorherige? Sie schließt die Vorhänge wieder.

Sie hat entsetzliche Schuldgefühle und brennt vor Scham; bald wird die ganze Welt erfahren, was sie getan hat. Hin und wieder spürt sie jemanden hinter sich, der sie beobachtet, eine schwarze Gestalt in den Außenbereichen ihres Sichtfelds. Erschrocken weicht sie zurück, aber jedes Mal, wenn sie sich danach umdreht, ist die schwarze Gestalt verschwunden. Womöglich steht es schon in allen Zeitungen, und es ist nur eine Frage der Zeit, bis sie sie holen kommen. Soll sie sich verstecken oder sich stellen? Sie ist feige, natürlich wird sie sich verstecken.

Sie ist inzwischen praktisch ausgehungert, aber in der Küche ist es zu gefährlich. Sie hat noch ein paar Haferkekse und Orangen auf dem Zimmer, die sie sich nun gut einteilen muss. Immerhin ist sie eine der wenigen Glücklichen mit einer eigenen Toilette, sodass sie ihr sicher abgeschlossenes Zimmer nicht für einen Gang zum Gemeinschaftsbad verlassen muss. Sie muss dieses Zimmer überhaupt nicht verlassen. Einstweilen ist sie in Sicherheit, so sicher, wie es in ihrer Situation eben möglich ist.

Die dunkle Gestalt ist allerdings bei ihr. Immer wieder erhascht sie kurze Blicke darauf. Sie versucht, die Augen geschlossen zu halten, um von ihrem Anblick verschont zu bleiben.

Kurz darauf trifft die Stimme ein. Zunächst gibt sie nichts außergewöhnlich Beunruhigendes von sich, aber trotzdem stört sich Hanna daran. Die Stimme erzählt gern, was Hanna gerade tut. Sie gehört zu einem Mann, und sie teilt ihre Beobachtungen tonlos mit. *Hanna sitzt auf dem Bett. Hanna weint.*

Irgendwann klopft es an der Tür, und sie zuckt zusammen.

Es klopft am Tor, bemerkt die Stimme.

Lavinias Stimme erklingt von der anderen Seite: »Hanna, bist du da drin? Ist alles in Ordnung? Wir haben dich schon ewig nicht mehr gesehen.«

Hanna bekommt ein paar Worte hervor. »Ja, alles gut. Ich bin bloß …« Bloß was? Sie überlegt, was sie sagen soll. Zeig ihnen nicht, dass du Bescheid weißt. »Bloß ein bisschen verkatert.«

»Ach so.« Lavinia hört sich erleichtert an. Vielleicht wollte Lavinia überhaupt nichts mit ihrer Festnahme zu tun haben. »Soll ich dir irgendwas bringen?«

»Nein, danke.«

Hanna deckt sich zu.

Kemi ruft mehrfach bei ihr an, aber Hanna kann nicht rangehen, da ihr Handy verwanzt ist.

Es dauert eine Weile, bis ihr klar wird, dass Alice ebenfalls in Gefahr ist. Wenn sie nicht an Hanna herankommen, werden sie es bei ihrer Zwillingsschwester versuchen. Hanna weiß, dass sie Alice warnen muss. Sie darf nicht allzu viele Worte verlieren, immerhin werden sie alles lesen, was sie Alice schreibt. Sie tippt eine Nachricht, löscht sie, tippt sie erneut, überarbeitet sie sorgfältig und schickt sie dann ab. *Alice, sag ihnen die Wahrheit. Versuch nicht, mich zu beschützen.*

Irgendwann, nachdem sie die Nachricht gesendet hat, ruft Alice an. Hanna geht nicht ran. Es ist zu spät. Schon immer zu spät gewesen.

Und in ihrem Zimmer ist sie nicht mehr sicher. Sie weiß, dass sie unterwegs sind. Sie schleicht zur Tür und lauscht angestrengt daran. Sie hört niemanden auf dem Flur, wartet aber noch eine Weile, nur um sicherzugehen. Sie hält den Atem an, um mögliche Atemgeräusche auf der anderen Seite zu hören. Stille. Vorsichtig schließt sie die Tür auf und wartet mit pochendem Herzen. Nachdem ein paar Minuten verstrichen sind, ohne dass jemand hereingeplatzt wäre, öffnet sie die Tür sehr langsam. Wartet erneut. Schließlich traut sie sich, den Kopf durch den Spalt zu stecken und auf den Flur zu spähen. Er ist menschenleer.

Hanna rennt, sagt die Stimme.

Erst nach einer knappen Meile bleibt sie stehen, und dann auch nur, weil sie vor Seitenstechen kaum noch Luft bekommt. Doch wenn sie jetzt stehen bleibt, verliert sie ihren Vorsprung, also humpelt sie langsamer weiter. Es ist helllichter Tag, und Autos brausen an ihr vorbei. Da wird ihr bewusst, wie gefährlich es auf dem Gehweg ist: Sie werden sich Hanna schnappen, indem sie mit einem Auto oder einem Transporter neben ihr halten, sie ins Innere zerren und mit quietschenden Reifen davonrasen. Es ist sicherer, sich ihnen direkt zu stellen. Sie geht auf die Straße.

Tot wärst du besser dran, sagt die Stimme. Sie hat nun einen Unterton, klingt genüsslich. Außerdem wechselt sie zwischen der zweiten und dritten Person, was recht verwirrend ist.

Hanna greift in den Straßenverkehr ein.

»Sei still!«, ruft Hanna. Sie muss wieder weinen, legt sich die Hände ans Gesicht.

Gleich wirst du überfahren. Besser so.

»Hör auf!«

Sie will nicht sterben. Aber wie soll sie am Leben bleiben?

Sie weint so heftig, dass sie die Polizei zunächst nicht bemerkt. Ein Mann und eine Frau in Uniform. Die Frau kommt auf Hanna zu, mit erhobener Hand bringt sie den Verkehr zum Stillstand. Sie hat Falten im Gesicht und das Haar unter der Mütze zu einem praktischen Knoten gebunden. Der Mann steht auf dem anderen Fahrstreifen und hält den Gegenverkehr auf.

Erst bemerkt Hanna nicht, dass die Beamtin mit ihr spricht.

Die Polizistin wiederholt: »Kommen Sie, wir gehen mal von der Straße runter.«

Hanna kann nicht vor ihr zurückweichen, da sie dann nur dem Mann in die Arme laufen würde.

»Na los, kommen Sie schon«, sagt die Polizistin sanft. »Das ist ein bisschen gefährlich mit dem ganzen Verkehr hier.«

Sie hat die Arme ausgebreitet, als wollte sie Hanna in die richtige Richtung lenken.

Die schmeißen dich in den Knast, sagt die Stimme.

»Mir doch egal«, erwidert Hanna. Und vielleicht stimmt das auch. Im Gefängnis könnte sie sich wenigstens ausruhen.

»Wir wollen nicht, dass Ihnen etwas passiert«, sagt die Beamtin.

Nach einer kurzen Pause lässt sich Hanna an den Straßenrand dirigieren.

Sie wollen wissen, wie sie heißt, wo sie wohnt und ob sie etwas genommen hat. Es fällt ihr schwer, sich an alles zu erinnern. Ein paar Bruchstücke bekommt sie zusammengeschustert.

Dann steigt sie hinten in einen Streifenwagen, weil ihr nichts anderes übrig bleibt, sie vom vielen Weinen erschöpft ist und beschlossen hat, einfach sämtlichen Anweisungen zu folgen. Sie sprechen sehr freundlich mit ihr, was eine angenehme Abwechslung zu der bösartigen Stimme darstellt. Komischerweise fährt der Streifenwagen aber nicht los, was Hanna für einen weiteren Trick hält, aber jetzt kann sie auch nichts mehr daran ändern. Sie hat große Angst, ist allerdings gleichzeitig von einem Gefühl des Friedens erfüllt; eine riesige Last ist von ihr abgefallen, jetzt, da sie aufgegeben hat.

Nach einer Weile fährt ein Krankenwagen vor, anscheinend soll Hanna umsteigen. Die Polizistin begleitet sie. Hanna fragt sich, wie viele Fahrzeuge sie heute wohl noch gemeinsam ausprobieren werden. Ein Sanitäter bleibt mit Hanna und der Polizistin hinten im Wagen, während eine Sanitäterin auf den Fahrersitz steigt. Sie fahren davon, ohne sich von dem Polizisten zu verabschieden, oder vielleicht hat Hanna es auch bloß nicht mitbekommen.

Irgendwann hat sie wohl ihre Schuhe und Socken verloren, und sie erhält ein Paar warme rote Strümpfe und eine farblich passende rote Decke um die Schultern.

Der Sanitäter stellt ihr weitere Fragen, doch sie kann sich nicht konzentrieren.

»Muss ich jetzt ins Gefängnis?«, will sie wissen.

»Nein«, erwidert die Polizistin. »Wie gesagt, wir bringen Sie zu Ihrem Schutz an einen sicheren Ort.« Es klingt, als würde sie ihren Text ablesen, doch sie lässt Hanna nicht aus den Augen. »Alles wird gut. Machen Sie sich keine Sorgen.«

Hanna zieht die Decke fester um sich, erschöpft bis auf die Knochen. »Okay.«

Schon bald erreichen sie ihr Ziel: ein niedriges, lang gezogenes Gebäude, das in seinem deprimierenden Äußeren an ein Konferenzzentrum erinnert. Auf dem Parkplatz werden sie von einer jungen Frau mit blonden Haaren empfangen. Sie ist ganz in Blau gekleidet: blaue Jeans, blaues Oberteil, passendes blaues Schlüsselband um den Hals. Lächelnd stellt sie sich vor, doch ihr Name und ihre Position hinterlassen keine Spuren in Hannas Gehirn. Die Frau trägt keine Polizeiuniform und sieht auch nicht aus wie eine Ärztin oder eine Krankenschwester, dabei ist Hanna sich sicher, dass irgendjemand eine Klinik erwähnt hat, und sie ist ja auch in einem Krankenwagen eingetroffen. Sie folgen der Blondine durch eine Seitentür und einen langen Flur hinab – ein kleines Grüppchen aus Polizistin, Sanitäterin, Sanitäter und Hanna.

Dann wird Hanna in ein Zimmer mit lila Wänden, zwei Stühlen und einem Bett geführt, auf dem lediglich eine unbezogene, dünne Plastikmatratze liegt.

»Nehmen Sie doch Platz, Hanna«, sagt die Blondine mit dem Schlüsselband, und die Stimme sagt: *Woher weiß sie, wie du heißt?* Aber natürlich hat Hanna der Polizei bereits ihren Namen mitgeteilt, die Frage stellt sie also vor kein größeres Rätsel.

»Wie bitte?«, sagt die Frau. Anscheinend hat Hanna den letzten Teil laut ausgesprochen.

Hanna schüttelt den Kopf.

»Wir durchsuchen Sie jetzt einmal kurz, dann messen wir Ihren Blutdruck und so weiter, in Ordnung?« Ihr Akzent stammt aus dem Norden, womöglich aus

Lancashire, und Hanna fragt sich, ob sie während der Fahrt wohl eingenickt ist und sie weiter gefahren sind, als sie gedacht hatte.

»Wir verschwinden dann mal wieder«, sagt die Polizistin, und an Hanna gewandt, fügt sie hinzu: »Passen Sie gut auf sich auf.«

Hanna streckt dem Sanitäter ihre rote Decke entgegen. Insgeheim hofft sie, sie dürfe sie behalten, doch sie nehmen sie ihr ab. Der Sanitäter rollt die Decke auf dem Arm zusammen, und kurz glaubt sie, darin ein Signal zu erkennen, das Schwenken einer roten Flagge, doch sie versteht nicht, was es bedeuten soll und ob sie das Signal gibt oder erhält.

Dann wird sie wieder von der schwarzen Gestalt in ihrem Augenwinkel abgelenkt. Reflexartig dreht sie sich nach ihr um.

»Schon gut«, sagt die Blondine aus dem Norden.

Ein junger Mann, der ebenfalls ein blaues Schlüsselband um den Hals trägt, hat sich zu ihnen gesellt. Hanna muss aufstehen und hält still, während die Blondine langsam ein Gerät über ihre Arme und Beine schwenkt. Der Mann sagt etwas zu ihr. Hanna nickt, da das anscheinend von ihr erwartet wird.

Dann lassen die beiden sie allein im Zimmer zurück.

Sie weiß nicht, wie viel Zeit vergeht, da Zeit nicht mehr existiert. Die Tür ist nicht abgeschlossen – sie ist dankbar, dass sie nicht eingesperrt ist –, und gegenüber auf dem Flur befindet sich eine Toilette, die sie benutzen darf. Einmal sieht die Blondine nach ihr und bringt ihr einen Tee mit sehr viel Milch und ein paar Kekse. Doch die Türen am Ende des Flurs sind abgeschlossen. Das hat Hanna schnell begriffen – mehrere Leute haben ihre Schlüsselbänder davorgehalten, woraufhin es klickte und piepste und die Tür sich aufdrücken ließ. Sie hat keine Fluchtmöglichkeit. Aber sie wüsste auch nicht, wohin sie sollte. Es ist schön, nicht mehr für sich selbst verantwortlich zu sein, keine Entscheidungen treffen zu müssen. Die Schlüsselbandleute haben sie unter ihre Fittiche genommen. Viel Glück damit.

Nach gefühlten Stunden erinnern sie sich wieder an sie, und sie wird durch eine der versperrten Türen – klick, piep – in ein größeres Zimmer geführt, in dem vier weiche Sessel um einen niedrigen Tisch herumstehen. Es erinnert Hanna ein bisschen an den Kaffeeraum in der Oberstufe. Wie ein Verhörzimmer sieht es nicht aus.

Die Blondine aus dem Norden stellt ihr eine andere Frau vor, die gerade durch die Türen gegenüber gekommen ist. Sie heißt Dr. Walsh, und sie ist ähnlich jung wie die Blondine, hat sich im Gegensatz zu ihr jedoch die Haare zu einem Pferdeschwanz gebunden. Hanna weiß nicht, wie sie das deuten soll: Soll das heißen, dass Hanna bereits für schuldig befunden wurde? Hanna beschließt, sich den Namen der Ärztin zu merken, falls es ein Test für später ist.

»Bitte, nehmen Sie doch Platz«, sagt Dr. Walsh, und Hanna setzt sich. Die Blondine ist verschwunden, dafür ist jetzt eine weitere, nicht ganz so junge Frau hereingekommen. Sie ist nachlässig gekleidet, trägt ein zerknittertes Leinenkleid und offenes Haar, aber ihre Haare sind ohnehin zu kurz für einen Zopf, daher ist diese Information nicht sachdienlich. Die Frau sagt, sie sei Sozialarbeiterin, was Hanna gefällt, da sie aussieht wie eine Sozialarbeiterin und es beruhigend ist, wenn die Dinge so zusammenpassen.

Eine dritte Person kommt herein, und zu Hannas großer Überraschung handelt es sich dabei um ihren Collegearzt.

»Dr. Bryan!«, ruft Hanna.

Was für ein Wiedersehen.

Anschließend werden ihr zahlreiche Fragen gestellt. Sie erkundigen sich, wie es ihr in letzter Zeit so ergangen ist. Sie erkundigen sich, was sie auf der Straße gemacht hat. Sie erkundigen sich nach ihrem Studium. Sie erkundigen sich nach ihrem Schlaf. Das Ganze ist merkwürdig, da sie vieles anscheinend bereits wissen. Die dunkle Gestalt ist immer noch hinter Hanna, und obwohl sie sie ignorieren will, wird sie gefragt, wonach sie sich umdreht.

Dr. Walsh erklärt, dass sie sich Sorgen um Hannas Sicherheit machen und sie gern noch eine Weile in der Klinik behalten würden, um ihr besser zu helfen. Sie wollen wissen, was sie dazu meint. Dr. Walsh klingt nett und freundlich, aber sie könnte eine Betrügerin sein. Hanna ist ja selbst eine.

Hanna möchte nicht in der Klinik bleiben.

Ihr wird noch mehr erzählt, doch sie hört nicht zu.

Anschließend verlassen die drei anderen das Zimmer, während Hanna sitzen bleibt. Alles ist sehr langsam und still geworden, als wäre sie unter Wasser.

Als sie wiederkommen, redet Dr. Walsh eine Weile, aber Hanna nimmt die Informationen nicht auf. Sie schaut aus dem Fenster, wo sich Äste bedächtig im Wind wiegen. Möchten sie ihr etwas mitteilen?

»Hanna, haben Sie das verstanden?«, fragt Dr. Walsh.

»Ja«, erwidert Hanna, ohne den Blick von den Bäumen abzuwenden.

Die Sozialarbeiterin sagt: »Ihre Mutter ist hier. Ihr Bruder auch.«

Als sie das Wort »Mutter« hört, kommt Hanna wieder zu sich. Die Aussicht hinter dem Fenster verschwimmt, und sie wendet sich den anderen zu.

»Meine Mutter?«

»Ja, zusammen mit Ihrem Bruder.«

Jetzt hat sie ein Problem.

»Möchten Sie sie sehen?«, fragt die Sozialarbeiterin. »Wäre das in Ordnung?«

Ob sie das möchte? Hanna hat keine Ahnung, was sie möchte. Sie ist niemand mehr, der Vorlieben oder Abneigungen hätte.

Aber als die Sozialarbeiterin erneut fragt, nickt sie.

Sie gehen durch die zweite Tür (klick, piep) in ein Zimmer, das dem vorherigen sehr ähnlich sieht. Blauer Teppichboden, weiche Sessel.

Und dort sitzen Michael und ihre Mutter. Obwohl ihr gesagt wurde, dass sie hier sind, ist sie vom Anblick der beiden überrascht. Sie gehören nicht an diesen merkwürdigen Ort, in diese merkwürdige Realität.

Sie stehen auf, als sie Hanna erblicken. Anscheinend sind sie direkt von der Arbeit gekommen; Michael ist noch im Anzug, ihre Mutter trägt eine dunkelblaue Hose und eine cremefarbene Bluse. Ihre Gesichter wirken leer, aber Hanna glaubt, dass sie wütend sind.

»Hanna, was um Himmels willen …?«, setzt Michael an, aber ihre Mutter sagt lediglich: »Hanna.« Sie klingt überhaupt nicht wie sie selbst.

»Sollen wir uns setzen?«, fragt die Sozialarbeiterin. »Hanna ist sehr müde.«

»War viel los heute«, sagt Hanna.

Eine Zeit lang sitzen sie schweigend da. Hanna ist froh, dass die Sozialarbeiterin noch da ist. Michael hingegen wirft ihr immer wieder misstrauische Blicke zu, als befürchtete er, Hanna könnte auch ihm Ärger eingehandelt haben.

Hanna wartet darauf, dass ihre Mutter ihr Vorwürfe macht, doch ihre Mutter schweigt. Sie hat die Hände im Schoß ineinander verschränkt, und sie bewegen sich unablässig, winden und wälzen sich. Ihre Mutter sagt immer noch nichts und schaut nicht zu Hanna, sondern auf ihre Hände. Gemeinsam beobachten sie, wie sich die Hände ihrer Mutter drehen und wenden.

»Hanna, was ist hier los?«, fragt Michael.

Hanna löst den Blick von ihrer Mutter und versucht, sich auf Michael zu konzentrieren. »Bist du mir böse?«

»Natürlich nicht«, erwidert er böse. »Wir machen uns Sorgen um dich.«

Die schwarze Gestalt taucht wieder hinter Hanna auf. Ruckartig dreht sie den Kopf.

»Was ist?«, fragt Michael.

Er steckt mit ihnen unter einer Decke, sagt die Stimme.

»Ich glaube nicht«, erwidert Hanna.

»Hör auf damit«, sagt Michael.

Erneut schaut sie zu der dunklen Gestalt.

»Hör auf«, wiederholt Michael. »Bitte. Wir sind doch jetzt hier.« Er schaut ihre Mutter an, die weiterhin schweigt. Dann dreht er sich wieder zu Hanna. »Wie können wir dir helfen?«

Hanna schüttelt den Kopf. »Niemand kann mir helfen. Die Ereignisse sind schon in Gang.«

»Hanna hat es in letzter Zeit nicht leicht gehabt«, erklärt die Sozialarbeiterin entschuldigend.

Stille.

»Was?«, fragt Hanna.

Michael wirkt erschrocken. »Ich habe nichts gesagt.«

»Hanna wird hier ganz ausgezeichnet behandelt«, fährt die Sozialarbeiterin fort. »Damit sie wieder sie selbst wird.«

Hanna schaut zu ihrer Mutter, die den Kopf weiterhin gesenkt hält.

»Ihr wisst schon, dass hier überall Kameras sind«, meint Hanna, denn einer muss es ja aussprechen. »Und die Wände sind verwanzt. Passt auf, was ihr sagt.«

Sie sieht, wie sehr Michael die Neuigkeiten verstören. Zu Recht.

»Alice ist unterwegs«, sagt er. »Sie ist noch im Zug. Heute schafft sie es nicht mehr, aber morgen kommt sie dich besuchen.«

»Alice bleibt besser weg«, sagt Hanna. »Hier ist es zu gefährlich für sie.«

»Hier ist es nicht gefährlich.« Michael dreht sich wieder zu ihrer Mutter. »Mum, erklär du's ihr. Sag doch endlich was.«

Hannas Mutter schaut immer noch auf ihre Hände, die nun reglos auf ihrem Schoß liegen. Sie antwortet nicht. Hanna hat sie zu Stein erstarren lassen, als wäre sie eine Gorgonin.

Sie haben Angst vor mir, denkt Hanna. Alle haben Angst – ihre Mutter, ihr Bruder, die Sozialarbeiterin, sogar Dr. Walsh mit der sanften Stimme und dem rätselhaften Zopf. Hanna ist gefährlich, und sie gehört weggesperrt.

Irgendwie zerrt sie aus den Tiefen ihres Gedächtnisses die Tatsache hervor, dass ihre Mutter es schon immer wusste; sie hat es kommen sehen.

»Tut mir leid«, sagt sie.

Die Tür geht auf, und die Blondine ist wieder da. »Kommen Sie, Hanna, Ihr Zimmer ist fertig. Ich zeige Ihnen, wo alles ist. Ihre Mutter kann auch gerne mitkommen.«

Hannas Mutter steht auf. Sie greift nach einem Gepäckstück, das Hanna gar nicht aufgefallen war. Ihr alter Rucksack, den sie früher für die Schule benutzt hat.

»Ich habe dir ein paar Sachen mitgebracht«, sagt sie, als sie Hannas Blick bemerkt. Ihre ersten Worte seit der Begrüßung.

Was für Sachen?

»Ich verschwinde mal«, sagt die Sozialarbeiterin.

»Sie gehen mit Natalie und ihrer Mutter, okay?« Sie nickt allen zu, oder vielleicht auch nur der Blondine, und geht aus dem Zimmer.

Die Blondine nimmt ihrer Mutter den Rucksack ab. Hanna trägt ihre eigenen Sachen nicht mehr.

»Von Ihrem Bruder müssen wir uns jetzt erst mal verabschieden«, sagt die Blondine.

»Bis bald, Hanna.« Michael streckt die Arme aus, und plötzlich findet sich Hanna in einer Umarmung wieder. Sie kann sich nicht entsinnen, dass er sie jemals umarmt hätte; vielleicht als Kind. Jetzt wird ihr klar, weshalb er es sonst nicht macht: Er ist nicht besonders gut darin.

»Du kannst ihnen erzählen, was du willst.« Hanna schält sich aus der unbeholfenen Umarmung. »Ist egal. Die wissen sowieso schon alles.«

»Alles wird gut«, erwidert Michael. »Du musst dich nur ein bisschen ausruhen. Bald geht es dir wieder gut.«

Da sie nichts wahrnimmt außer ihrer Erschöpfung und ihrer Angst, merkt sie nicht, dass Michael weint.

Gemeinsam mit ihrer Mutter folgt sie der Blondine.

Erst mehrere Tage später, nachdem sie etwas geschlafen hat, die Wirkung des Olanzapin einsetzt, das Diazepam ihren Schrecken dämpft und die schwarze Gestalt verschwunden ist, wird ihr klar, dass sie zwangseingewiesen wurde. Das wurde ihr zum Zeitpunkt der Einweisung (mehrmals) erklärt, außerdem wurde ihr mitgeteilt, unter welchem Paragrafen des britischen Psychisch-Kranken-Gesetzes sie festgehalten wurde (dem glamourösen 136., recht harmlosen zweiten Absatz), aber einstweilen ist ihr nichts davon bewusst.

Deswegen trifft es sie unterwartet, dass sie die Klinik nicht verlassen darf. Hanna erinnert sich nicht daran, wie sie eingewiesen wurde oder was genau vorgefallen war, wobei sie durchaus einzuräumen bereit ist, dass sie sich seltsam verhalten hat. Als sie ihr Handy zurückerhält, findet sie die Nachrichten, die sie vor ihrer Flucht aus dem Wohnheim abgesetzt hat. Sie kann sich nur noch an die erste erinnern, die an Alice, die im Vergleich zu den darauffolgenden noch relativ kohärent wirkt. Sie kann kaum glauben, dass sie dieses gestörte Gefasel verfasst hat. Doch da sind ihre gesendeten Nachrichten an Kemi, an Tom Li (zu dem sie seit Schulzeiten keinen Kontakt mehr hat), an Susan, an ihre Mutter, an zahlreiche weitere Personen, mit denen sie nichts mehr zu tun hat, deren Nummern sie aber dummerweise noch gespeichert hat. In den meisten entschuldigt sie sich für ihre Verbrechen und verhängt düstere Warnungen darüber, was ihr bald zustoßen werde und wofür sich niemand verantwortlich fühlen solle. Anscheinend hat sie sich nach ihrer Nachricht an Alice auch mit der Interpunktion an sich zerworfen, und sie kann ihre eigenen Worte nur schwer entziffern. Sie brennt vor Scham.

Im Laufe der nächsten zwei Wochen bekommt sie Besuch, doch Hanna, die von den Medikamenten und ihrer Angst völlig benebelt ist, kann ihren Besucherinnen und Besuchern nicht viel bieten außer aufgebrachten Warnungen oder stillen Tränen. In ferner Zukunft wird sie ihr Leben als in zwei klare Hälften geteilt betrachten: bevor sie den Verstand verlor und danach. Das Davor ist vorbei, sie kann nie wieder dorthin zurückkehren.

Am Tag ihrer Einweisung ist sie jedoch immer noch psychotisch und kann ihren Zustand nur begrenzt begreifen (um es mit Dr. Walsh zu sagen). Sie weiß, dass sie in einer Klinik ist, glaubt aber immer noch, dass die Ärztinnen und Pflegekräfte ihr übelwollen. Sie wehrt sich bloß nicht mehr, da sie weiß, wie zwecklos es ist.

Sie und ihre Mutter folgen der Blondine durch die Bettenstation. Hanna schlurft den Gang entlang und kommt sich vor, als wäre sie tausend Jahre alt.

Die Blondine zeigt ihnen alles: Herrentoiletten, Damentoiletten, das Fernsehzimmer für Frauen, den Wäscheraum, Sprechzimmer, die kleine Küche, das Bastelzimmer. Hanna passt nicht auf. Sie betrachtet die anderen Patienten. Sie gehen an einer jungen Frau vorbei, die in etwa so alt ist wie Hanna. Sie ist schmerzhaft dünn und hat mehrere Wunden im Gesicht. Zerbrechliche Arme ragen steif aus den Ärmeln ihres übergroßen T-Shirts, die Haare sind zu einem strähnigen Pferdeschwanz zusammengebunden und geben den Blick auf mehrere kahle Stellen frei. Die Haut spannt über ihren Gesichtsknochen, ihre Augen sind tief in die Höhlen eingesunken; ihr Anblick erinnert an einen Totenschädel. Die junge Frau schaut Hanna nicht in die Augen, obwohl sie bestimmt merkt, dass sie angestarrt wird. Eine ältere Frau sitzt allein im Fernsehzimmer und weint leise vor sich hin. Das nimmt Hanna ohne größere Gefühlsregungen wahr.

Sie folgen der Blondine durch eine weitere Tür, einen weiteren Gang hinab, wo ihnen eine weitere Damentoilette sowie Hannas Zimmer gezeigt werden. Es ist klein und enthält ein Einzelbett mit einem weißen Kissen und weißem Laken, einem instabil wirkenden Sperrholzschrank und einem Waschbecken.

»Bin gleich wieder da«, sagt die Blondine und verschwindet, sodass Hanna mit ihrer Mutter allein auf dem Zimmer ist.

»Sieht ja ganz gemütlich aus«, meint Hannas Mutter nach einer Weile.

Hanna schaut aus dem Fenster. Dahinter liegt der Parkplatz. Das Fenster ist zwar nicht vergittert, aber sie spürt instinktiv, dass es verschlossen ist.

Ihre Mutter öffnet den Schrank. »Hier sind ja gar keine Bügel«, stellt sie fest. »Nur Regalbretter. Da zerknittert einem ja alles.«

Hanna probiert den Wasserhahn aus. Er hat einen Bewegungssensor, und die Temperatur ist voreingestellt: sehr kalt. Der Spiegel über dem Waschbecken ist nicht aus Glas, sondern einer Art Plastik; ihr Spiegelbild wirkt verzerrt.

»Ich wollte nie, dass du hier endest«, sagt ihre Mutter hinter ihr.

Für den Bruchteil einer Sekunde erkennt Hanna, was sie getan hat, wie sehr sie ihnen beiden zugesetzt hat, doch die Erkenntnis erlischt so schnell, wie sie gekommen ist.

Die Blondine kehrt zurück. Sie übergibt ihnen Hannas Rucksack und eine Broschüre. Dann erklärt sie Mahlzeiten, Stationsrundgänge und Medikamentenvergabe. Hanna kommt sich vor wie in einem sterilen Internat.

»Sind wir dann so weit?«, fragt die Blondine ihre Mutter.

»Ich komme morgen wieder«, sagt Hannas Mutter zu ihr.

Hanna erwidert ihren Blick ruhig. Sie weiß, dass sie ihre Mutter nie wieder sehen wird, doch es scheint ihr die Mühe nicht wert, es auszusprechen.

»Ruh dich aus«, fügt ihre Mutter hinzu. »Versuch, ein bisschen zu schlafen.«

Dann tritt ihre Mutter auf sie zu, und Hanna wappnet sich für die zweite unerwünschte Umarmung des Tages. Doch ihre Mutter hebt nur kurz die Arme und lässt sie dann wieder fallen, ohne Hanna zu berühren.

Jetzt scheint ihre Mutter sie tatsächlich zu verlassen, und Hanna verbleibt im siebten Kreis.

»Alice hinterlasse ich mein zweitbestes Bett«, sagt sie und muss lachen. Erst jetzt wird ihr bewusst, wie absurd die Situation eigentlich ist.

»Ruh dich aus«, wiederholt ihre Mutter. Dabei müsste sie sich eher selbst ausruhen: Sie ist aschfahl.

Und wenn es Hanna nicht so schlecht ginge, würde sie vielleicht darüber nachdenken, wie viel Zeit sie in jüngeren Jahren damit verschwendet hat, ihrer Mutter zuzusetzen, sie aus dem Gleichgewicht zu bringen, sie zu verletzen – so viel Energieverschwendung, wo doch die ganze Zeit über das hier auf sie gewartet hat.

9

2018

»Findest du es nicht übergriffig?«, will Alice von Kemi wissen. »Dass ich die Party gebe? Ist das nicht irgendwie anmaßend?« Die Party steht kurz bevor, und sie ist gelähmt vor Angst.

»Na ja, wir geben sie ja zusammen«, meint Kemi. »Deine Wohnung ist einfach größer.« Sie verteilen Schalen mit Chips auf dem großen Tisch in Alice' WG. »Außerdem gefiel ihr die Idee doch, oder?«

»Ich glaube schon.«

»Sie ist nicht mehr böse auf dich. Ehrlich. Die Sache ist abgehakt.«

Alice nickt und möchte es gern glauben.

Über dem Kamin hängt ein Schild mit der Aufschrift »Willkommen zu Hause«, damit es das Erste ist, was die Gäste sehen. Alice' brasilianische Mitbewohnerinnen Vitoria und Gabi haben ihr netterweise am Vortag beim Basteln geholfen, aber deshalb glitzert das Schild etwas mehr als in Alice' Vorstellung (Gabis Beitrag) und wird von wesentlich mehr Darstellungen der Jungfrau Maria geziert (Vitorias Beitrag).

Zur Feier des Tages hat Alice ihr Lieblingskleid

angezogen: ein Vintage-Blusenkleid aus blauer Baumwolle mit rosa Schiffchen. Sie hat gehofft, es würde sie selbstbewusster machen, aber in Anbetracht von Kemis Outfit aus Jeans und Turnschuhen wird ihr klar, dass sie völlig unpassend gekleidet ist. Beim Anziehen kam es ihr noch keck und fröhlich vor, aber nun erscheint es ihr kindisch, wenn nicht gar absurd.

»Schönes Kleid«, sagt Kemi, als würde sie ihre Gedanken lesen.

»Ich glaube, ich ziehe mich noch mal um«, erwidert Alice.

»Wieso? Lass es an. Damit siehst du aus wie … du.«

Alice kann darin kein eindeutiges Kompliment erkennen.

Kemi stapelt reihenweise Plastikbecher auf (die roten, wie bei einer Collegeparty; nicht so toll für die Umwelt, denkt Alice, behält es aber für sich). Kemi fragt beiläufig: »Und, hast du gerade jemanden?«

Alice schüttelt den Kopf.

»Schon mal Tinder ausprobiert?«

»Nein.«

»Mach mal! Ist echt toll.«

Alice will nicht zugeben, dass Tinder ihr eine Heidenangst einjagt, also wendet sie eine Befragungstaktik an, von der sie mal gelesen hat, und dreht den Spieß einfach um: »Hast du jemanden?«

»Ja«, antwortet Kemi gelassen, ohne auf Einzelheiten einzugehen.

Hinter ihnen kommt Gabi mit einem Teller glasierter Kekse aus der Küche.

»Oh, super«, sagt Kemi. »Party Rings!«

»Die hat Alice gekauft«, erklärt Gabi. »Ich habe ja noch nie verstanden, was diese komischen Knabbersachen sollen.«

Kemi hat sich bereits bedient und Gabis akkurate Anordnung zerstört. »Mmmh, lecker«, erklärt sie mit vollem Mund.

»Die sind für Kinder«, entgegnet Gabi. »Aber Erwachsene sind ganz wild darauf. Kapier ich nicht. Außerdem fehlt in der Mitte was.«

»Da fehlt nichts, das sind Ringe«, sagt Kemi. »Die müssen ein Loch haben.«

»Und das … macht dir Spaß?«, fragt Gabi.

»Ja.« Kemi nimmt sich noch einen.

»Jammie Dodgers haben doch auch ein Loch«, merkt Alice an.

»Typisch England«, meint Gabi mürrisch. »Überall sind Löcher drin. Eure Dächer sind undicht, und die Möbel sind von Würmern zerfressen. Jammie Dodgers habe ich übrigens auch schon probiert. Ekelhaft.«

»Das ist eher eine Frage der Nostalgie.« Alice ist Gabis Missbilligungsausbrüche gewohnt. »Es hat viel mehr damit zu tun, woran die Kekse einen erinnern. In Brasilien gibt es doch bestimmt auch nostalgische Süßigkeiten, oder?«

»Nein. In Brasilien schauen wir nach vorn.«

Die Wohnungstür fällt knallend ins Schloss, und Vitoria kommt herein. Samstagnachmittags geht sie immer in die Kirche, wobei sie oft versucht, Alice zum Mitkommen zu bewegen (anscheinend reden sie dort viel über Engel, der Gottesdienst findet im Keller des Kirchenoberhaupts statt, und die Gemeinde hat nur sieben Mitglieder, weswegen Alice fürchtet, es handele sich um eine Sekte).

Vitoria lässt ihr wunderschönes Haar herunter und schüttelt es. »Wir haben die Engel gebeten, deine Party zu einem Riesenhit zu machen.«

Alice ist gerührt. »Danke.«

»Sag mal, Alice«, meint Gabi. »Ist dir eigentlich klar, dass du noch nie eine Party geschmissen hast, seit du hier wohnst?«

Natürlich ist Alice das klar.

»Noch nie?«, fragt Kemi. »Obwohl ihr hier so viel Platz für Gäste habt? Das Wohnzimmer lädt einen doch zum Feiern ein.« Sie klingt wie eine Immobilienmaklerin.

Alice zuckt die Schultern und versucht, locker zu wirken – wie jemand, für den Partys oder deren Anzahl keiner Erwähnung wert sind.

»Nein, heute ist das erste Mal«, erklärt Gabi bestimmt.

»Ja, gut, kann schon sein«, sagt Alice.

»Keine einzige«, fährt Gabi fort. »Nicht mal an deinem dreißigsten Geburtstag.«

»Nicht mal zum Dreißigsten?«, fragt Kemi ungläubig.

»Na ja, ich …«

»Das hier ist Party Nummer eins«, sagt Gabi.

»Nicht ganz«, sagt Alice. »Vor ein paar Wochen habe ich schon mal eine veranstaltet.«

Gabi wirkt skeptisch. »Ach ja?«

»Ja, eine Familienfeier.« Alice erwähnt lieber nicht, dass es sich dabei um eine Beerdigung handelte. Außerdem sind drei Wochen vielleicht doch ein bisschen zu wenig, um schon wieder ins Partygeschäft einzusteigen, wenn man bedenkt, wie die letzte gelaufen ist.

»Das hier ist jedenfalls der perfekte Ort für eine Party«, meint Kemi.

Das Wohnzimmer ist wirklich ideal für Gäste. Es ist geräumig und hell, hat einen Holzboden und ein Erkerfenster zur Straße. Alice hat das Fenster geöffnet, um die Septemberluft hereinzulassen und ankommende Gäste zu bemerken. Allerdings handelt es sich bei dem Raum um das Glanzstück einer ansonsten eher schmucklosen Wohnung. Dahinter befindet sich die enge Küche, die man entweder durch eine Tür im Wohnzimmer, eine zweite Tür im Flur oder durch die Hintertür vom Garten aus betreten kann. Das Wohnzimmer hat außerdem eine zweite Tür zum Flur sowie das Fenster auf Straßenebene, wodurch jeder Raum mehrere Zugänge hat – bestens geeignet für eine Schmierenkomödie. Wie dem auch sei, am schlausten bleibt man im Wohnzimmer und überlässt die anderen Räume der Vorstellungskraft. Wenn man vom Wohnzimmer in die vollgestopfte Küche, von dort in den Flur und anschließend in die drei kleinen Zimmer ginge, um am Ende im winzigen, uralten Bad zu landen, hätte man innerhalb weniger Minuten sämtliche Stadien von Hoffnung hin zu Ernüchterung durchlaufen.

»Ich kann gut verstehen, warum du schon so lange

hier wohnst.« Kemi kennt bislang nur das Wohnzimmer.

Alice verrät ihr lieber nicht, dass der eigentliche Grund in Apathie besteht, dabei liegt die Wohnung zugegebenermaßen praktisch für die Arbeit. Sie wohnt jetzt seit sieben Jahren hier. Gabi ist genauso lange da, war sogar schon da, als Alice eingezogen ist; nur Vitoria ist ein Neuzugang – Ersatz für Gabis Freundin Federica, die davor Juliana ersetzt hatte, welche wiederum Alana abgelöst hatte (eine Drehtür für Brasilianerinnen mit sich überschneidenden Bekanntenkreisen; Alice liebt den Klang der portugiesischen Sprache, hat sich jedoch immer noch nicht völlig von der paranoiden Befürchtung befreien können, dass sie manchmal über sie reden).

Es klingelt, und Alice zuckt zusammen. Panisch schaut sie zu den anderen. Es ist zu früh für Gäste, sie sind noch nicht so weit.

»Das ist bestimmt Steve«, meint Gabi. »Er hilft uns beim Vorbereiten.«

Sie verschwindet im Flur, und Alice hört, wie die Wohnungstür geöffnet wird, die beiden miteinander tuscheln und dann auf Gabis Zimmer verschwinden.

»Von wegen Vorbereiten.« Vitoria zieht eine Augenbraue hoch. »Von Gabis Zimmer aus ist er ja eine Riesenhilfe.«

Alice konnte Gabis englischen Freund noch nie besonders gut leiden; wenn sie mit ihm allein ist, lässt er komische Kommentare fallen, manchmal sogar vor Gabi. Als sie einmal eine kaputte Schranktür mit einem

Spanngurt zu befestigen versuchte, wollte er wissen, ob sie auf Bondage stehe.

Deshalb wundert es sie auch nicht, als Vitoria jetzt raunt: »Den Typen kannst du echt vergessen.«

Alice nickt.

»Der gräbt mich seit Wochen an.«

»Gabis Freund?«, fragt Kemi. »Was für ein Dreckskerl.«

»Ja. Wenn wir allein sind, kommt er mir immer gruselig nah und will an meinen Haaren riechen.«

»Klingt ja widerlich«, sagt Kemi.

»Und letzte Woche hat er gefragt, was ich machen würde, wenn er mich küsst.«

»Und was hast du gesagt?«, fragt Alice.

»Die Wahrheit. Dass ich ihm die Augen aussteche.«

Kemi nickt anerkennend.

»Aber das hat ihn anscheinend nur angestachelt«, fährt Vitoria fort.

»Vielleicht glaubt er, so flirtet man in Brasilien«, meint Kemi.

»Willst du das Gabi erzählen?«, fragt Alice.

»Auf gar keinen Fall«, erwidert Vitoria. »Das würde ihr das Herz brechen. Und du weißt ja, wie es ist. Am Ende gibt sie mir die Schuld. Ich gehe ihm einfach weiter aus dem Weg und hoffe, dass er nicht zu viel trinkt.« Dann fügt sie hinzu: »Ich habe übrigens einen Milchpudding für die Party gemacht. Ich hol ihn mal eben.«

»Oh, wie schön«, antwortet Alice. »Vielen Dank!« Vitorias Milchpudding ist köstlich, allerdings – wie ihr plötzlich bewusst wird – kein richtiger Partysnack.

»Hey«, sagt Kemi erstaunt, als Vitoria mit dem Pudding zurückkehrt. »Der hat ja ein Loch in der Mitte.«

»Den lässt man in einer Ringform festwerden«, erklärt Vitoria.

»Na warte, wenn ich das Gabi erzähle.«

Eine halbe Stunde später tauchen langsam die ersten Gäste auf. Von Hanna ist noch nichts zu sehen, obwohl sie früh da sein wollte.

»Was für Hanna ›früh‹ ist, wäre für die meisten schon zu spät.« Kemi scheint völlig unbesorgt, also versucht Alice, sich ebenfalls nicht aus der Ruhe bringen zu lassen.

Sie heißt ein paar von Hannas Schulfreundinnen und -freunden willkommen (Alice erkennt sie nicht, aber Kemi begrüßt sie überschwänglich), dann eine Frau, mit der Hanna vor Beginn ihrer Laufbahn im öffentlichen Dienst zusammen gekellnert hat. Alice ist heilfroh, dass Kemi da ist. Sie meistert die etwas peinliche Anfangsphase mit links, führt die Gäste ins Wohnzimmer (das gähnend leer wirkt, wie eine riesige Kathedrale), sorgt dafür, dass alle etwas zu trinken haben und einander vorgestellt werden.

Zu Beginn der Party herrscht eine unangenehme Flaute; zu wenige Gäste stehen in dem großen, stillen Raum herum und mustern einander, aber dann treffen plötzlich alle auf einmal ein. Alice eilt zwischen Haustür und Wohnzimmer hin und her und kommt kaum dazu, die Leute einander vorzustellen und ihnen die Garderobe zu zeigen, bevor es schon wieder klingelt.

Hannas Freundinnen aus Cambridge treffen zusammen ein, und Alice ist erleichtert: die ersten Gäste, die sie kennt, wenn auch nur flüchtig. Schon seltsam, als Gastgeberin auf einer Party voller Fremder zu stehen. Alice ist von Partys eigentlich ziemlich eingeschüchtert, und es überrascht sie immer wieder aufs Neue, dass sie gerade selbst eine gibt. Aber sie tut es für Hanna, um ihr zu zeigen, dass sie sich über ihre Rückkehr freut und sich wünscht, von nun an möge zwischen ihnen alles anders laufen.

Zuerst kommt Lavinia herein, elegant in Schwarz, dahinter die gelockte Santiago und die schmale, blasse Lola im Paillettenkleid. So richtig scheinen sie nicht zu Hanna zu passen, aber Alice wird ihnen auf ewig dafür dankbar sein, wie warmherzig sie Hanna bei ihrer Rückkehr nach Cambridge aufgenommen haben.

Sie führt die drei ins Wohnzimmer, wo sich inzwischen zahlreiche Gäste tummeln (fast wie in einem Gehege), und weist auf Kemis unbekümmerte Art auf die Getränke hin, wobei sie feststellt, dass sie eher klingt wie eine angespannte Kellnerin als wie eine zuvorkommende Gastgeberin. Während sie die Getränkeauswahl abspult, muss sie daran denken, wie die Mädchen bei Hannas Rückkehr extra umgezogen sind, damit sie alle zusammenwohnen konnten und nicht jede in ihrem eigenen Zimmer; deshalb würde Alice ihnen gern mehr anbieten als Rum, Wodka oder Gin. Aber es gibt nichts, das auch nur annähernd genug wäre.

»Milchpudding gibt es auch. Bedient euch bitte.«

»Was ist das denn bitte?«, fragt Santiago.

»Brasilianischer Milchpudding. Hat meine Mitbewohnerin Vitoria gemacht.« Sie versucht sich an Vitorias Worte zu erinnern. *»Pudim de leite condensado.«*

»Sieht echt lecker aus«, meint Lavinia. »Und dein portugiesischer Akzent ist auch nicht schlecht.«

»Vitoria hat mit mir geübt.«

»Da ist sicher viel Kalzium drin«, bemerkt Lola.

Alice will gerade weitere Vorzüge des Puddings preisen, da klingelt es erneut. »Moment kurz.«

Vor der Tür stehen zwei junge Männer in sportlich-eleganter Standardkleidung – Jeans und blaues Hemd –, die sich als James Symonds und Ye Chen vorstellen, Freunde von Hanna aus dem Außenministerium. Beide nennen ihren Nachnamen, als wären sie bei einem Networking-Event.

»Ich bin Alice, Hannas Zwillingsschwester.« Das scheint ihr die relevanteste Information.

»Echt?«, fragt der Mann namens Ye. »Hanna hat nie erwähnt, dass sie eine Zwillingsschwester hat. Ihr seht euch auch gar nicht ähnlich.« Er klingt gleichermaßen fasziniert wie skeptisch, und Alice muss sich den Impuls verkneifen, ihm zum Beweis ein Kinderfoto unter die Nase zu halten.

Ye hat eine Flasche Wein dabei und James eine große Plastikbox mit einem Metallgitter an der Vorderseite. Alice sieht, dass sich darin etwas regt, Fell und Augen blitzen in der Dunkelheit auf.

»Hast du deine Katze mitgebracht?«, fragt sie beunruhigt.

»Nein, mein Frettchen«, antwortet James.

Alice wägt eine Reihe von Nachfragen ab, weiß aber nicht, wie sie sie am besten stellen soll.

Sie gehen durch den Flur, doch am Wohnzimmer zögert James. »Gibt es irgendwo ein ruhiges Plätzchen für ihn? Wen es leise ist, schläft er problemlos ein.«

»Ja, natürlich.« Alice gibt sich alle Mühe, eine gute Gastgeberin zu sein. »Stell ihn einfach in mein Zimmer.«

»Danke.« Er folgt ihr zurück durch den Flur.

»Ist er immer in der Box?«, will Alice wissen.

»Nein, er ist ein Hausfrettchen«, antwortet James. »Aber ich war gerade bei meinen Eltern und wollte ihn in der Tube nicht an die Leine nehmen. Außerdem soll niemand auf ihn drauftreten, wenn die Party richtig losgeht.«

Alice hofft inständig, dass die Party noch richtig losgeht. Sie öffnet James ihre Tür, und er stellt die Box behutsam ab. Für einen kurzen Moment sieht Alice ihr Zimmer mit James' Augen: abblätternde Farbe, ein kleines Doppelbett, das den Großteil des Raums einnimmt, eine IKEA-Kommode in der Ecke und ein schmaler Einbauschrank, dessen Tür sich wegen des Betts nicht komplett öffnen lässt. Sie ist zweiunddreißig und sollte eigentlich nicht mehr hausen wie eine Studentin. Das Zimmer war ursprünglich als Übergangslösung gedacht; sie hatte es eines Tages kurz entschlossen im Internet aufgetrieben, nachdem sie es keine Minute länger bei ihrer Mutter aushalten konnte. Eigentlich war es als Sprungbrett für eine eigene Wohnung gedacht. Das Zimmer angemessen einzurichten hieße, sich eine Niederlage einzugestehen, aber womit hatte sie es hier sonst zu tun? In zehn Jahren wohnt sie bestimmt immer noch hier, vielleicht zusammen mit anderen Brasilianerinnen, aber immer noch allein in diesem kleinen, trostlosen Zimmer.

»Nett hast du es hier.« Alice hofft, dass James normalerweise überzeugender lügt, immerhin ist er im diplomatischen Dienst.

»Ich lasse ihn nachher mal kurz raus, damit er keine Platzangst kriegt, aber nur hier drin, bei geschlossener Tür. Ist das okay?«

»Klar«, sagt Alice, obwohl sie sich darüber überhaupt nicht im Klaren ist.

»Er ist total gut erzogen. Außerdem gibt es hier ja nicht viel, was er anknabbern könnte.«

»Nein, eher nicht.«

»Ziemlich minimalistisch.«

Alice nickt.

»Du hast echt nicht viel hier drin.«

Widerwillig sieht sich Alice erneut in ihrem Zimmer um.

»Eigentlich nur das Bett und die Kommode«, sagt James.

Sie gehen zurück ins Wohnzimmer, wo sie tatsächlich Hanna begegnen, die während des Frettchenintermezzos eingetroffen ist.

»Hi, Alice.« Überraschenderweise nimmt Hanna sie in den Arm. Alice ist überwältigt vor Glück, als ihre Schwester sie an sich drückt. Läuft es womöglich einfach so ab? Machen sie einfach dort weiter, wo sie aufgehört haben? (Wobei das auch ohne dramatisches Zerwürfnis schon kompliziert genug war.)

»Danke für die Party«, sagt Hanna.

»Na ja, das meiste ist Kemi zu verdanken.«

»Das Gleiche hat sie über dich gesagt. Sehr bescheiden von euch.«

»Willkommen zu Hause.« Alice hat beschlossen, dass sie nicht mehr zu den Leuten gehören möchte, die sich nicht trauen, Sachen offen auszusprechen. Also fügt sie hinzu: »Ich bin so froh, dass du wieder da bist.«

»Ich auch, glaube ich«, erwidert Hanna. »Alles in allem.«

»Kemi hat gesagt, du hast schon eine Wohnung gefunden.«

»Jup. Ziehe nächste Woche ein. Eine WG in Kennington. Die anderen scheinen ganz nett zu sein. Kann ja nicht ewig bei Kemi auf der Matratze schlafen.«

»Wenn du Hilfe beim Umzug brauchst, ich hab Zeit.« Sie hat immer Zeit.

Hanna lächelt. »Danke, Alice.«

Kurz überkommt Alice eine außerkörperliche Erfahrung: Hier steht sie und plaudert einfach so mit ihrer Schwester.

Dann klingelt es wieder, und Hanna sagt: »Na, dann mische ich mich mal unters Volk.« Der Augenblick ist vorüber, aber Alice freut sich schon auf die Gespräche, die sie im Laufe des Abends vielleicht noch führen.

Vor der Tür stehen Michael und Olivia. Alice ist unerwartet froh, sie zu sehen, sogar Olivia. Noch zwei Leute, die sie kennt.

»Schön, dass ihr da seid.« Sie nimmt ihnen die Jacken ab und hängt sie an die volle Garderobe.

Wie immer scheint sich Michael ohne Anzug unwohl zu fühlen. Er trägt ein frisch gebügeltes blaues Hemd und Jeans, die möglicherweise ebenfalls gebügelt sind. Olivia sieht mit ihrem grünen Kleid und rotem Lippenstift umwerfend aus. Alice hat die beiden schon lange nicht mehr zusammen gesehen, doch der Gedanke beunruhigt sie und lässt sich nicht so einfach abschütteln. Sie ermahnt sich, dass man anderer Leute Beziehungen unmöglich von außen beurteilen kann, aber diese ist wirklich überraschend turbulent, vor allem für Michaels Verhältnisse. Ganz anders, als sie es von ihm erwartet hätten. Direkt nach der Uni haben sie sich zum ersten Mal verlobt, sich dann schnell wieder getrennt, woraufhin die erste Hochzeit in Italien vor neun Jahren folgen sollte, die jedoch in letzter Sekunde abgesagt wurde. Als drei Jahre später der zweite Versuch in der Islington Town Hall anstand, rechnete die gesamte Familie mit einer Absage in letzter Sekunde, und Hanna überlegte laut, wie viele Anläufe Michael und Olivia wohl brauchen würden, bis sie es endlich durchzögen. (Damals hatte Hanna noch keine gelöste Verlobung hinter sich; später hätte sie vielleicht mehr Mitgefühl gehabt.) Aber dann erschien Olivia in einem ausladenden, elfenbeinfarbenen Kleid, von dessen schmaler Taille sich die Falten des voluminösen Rocks ausbreiteten, in der Hand einen Strauß Pfingstrosen. In seiner Rede bezeichnete sich Michael als den größten Glückspilz der Welt. Alice fand, er sehe erschöpft aus.

»Wir können nicht lange bleiben«, sagt Michael zur Begrüßung. »Ich habe morgen viel zu tun.«

»An einem Sonntag?« Alice kann sich die Frage nicht verkneifen.

»Ich sitze gerade an einem sehr wichtigen Memo.«

»Michael kann zurzeit nicht viel mit Partys anfangen«, wirft Olivia ein. »Zu viel Spaß. Zu wenig Steuern.«

Alice sieht, wie Michael die Zähne aufeinanderpresst.

»Ich auch nicht«, sagt sie. »Ich war vorher so nervös, dass ich mich fast übergeben hätte.«

»Ist alles auch irgendwie unnötig«, sagt Michael. »Wieso gibst du dir so eine Mühe? Ich glaube nicht, dass sie das wirklich zu schätzen weiß.«

»Doch«, widerspricht Alice. »Tut sie.«

»Für mich schmeißt nie jemand Partys.« Olivia wirft Michael einen vorwurfsvollen Blick zu, während sie durch den Flur gehen.

»Letztes Jahr zu deinem Geburtstag hatten wir eine Dinnerparty.«

»Ach ja! Bei Cappuccino über Politik reden. Da ging es echt ab.«

»Ist Hanna schon da?«, fragt Michael, als sie ins Wohnzimmer kommen.

»Ja, da drüben in der Ecke bei Kemi.«

Michael nickt. »Ich muss mal mit ihr reden.«

»Worüber denn?«

»Vernünftige Entscheidungen. Sie sollte in Eigentum investieren, anstatt ihr ganzes Geld für Miete zu verschwenden. Hoffentlich hat sie diesmal ein offenes Ohr dafür.«

Damit lässt er Alice und Olivia stehen.

»Mit mir hat er früher auch immer über Immobilien geredet«, meint Alice. »Mittlerweile hat er die Hoffnung anscheinend aufgegeben.«

»Wohneigentum ist so was von langweilig«, meint Olivia. »Da bindet man sich doch nur einen Klotz ans Bein. Mir fehlt meine Freiheit total.«

Alice würde ihre Freiheit nicht allzu sehr fehlen, wenn sie eine Wohnung im Wert von einer halben Million Pfund in Kentish Town besäße. »Ja, als Mieter hat man wahrscheinlich mehr Flexibilität, aber Sicherheit ist doch auch was Schönes.«

»Die meisten Probleme der Gesellschaft lassen sich in irgendeiner Form auf Eigentum zurückführen«, fährt Olivia fort.

Wie so oft in Gegenwart ihrer Schwägerin muss sich Alice den Refrain aufsagen, sie sei tief im Inneren ein guter Mensch (und wenn Alice dafür keine Belege hat, liegt es bestimmt an ihr). Um Olivias einstudierten Vorträgen über die Lasten des Eigentums zuvorzukommen, fragt sie: »Möchtest du was trinken?«

»Ich kann momentan nichts trinken.« Olivia wirft Alice einen vielsagenden Blick zu.

»Oje. Geht es dir nicht gut?«

Olivia legt sich die Hand auf den Bauch und sieht Alice weiterhin bedeutungsvoll an.

»Hast du dir den Magen verdorben?«

»Nein.« Olivia klingt gereizt. »Ich bin schwanger.«

»Oh! Oh.« Jetzt wird er sie nie wieder los, denkt sie und ist entsetzt über den Gedanken.

»Wie schön«, sagt sie. »Toll! Wow!« Ich werde Tante, schießt ihr durch den Kopf, sie kann es kaum fassen.

»Sag Michael nicht, dass ich es dir erzählt habe«, fügt Olivia hinzu. »Er wollte es seiner Familie noch nicht verraten.«

Seiner Familie. Ob sie sich den distanzierenden Klang der Wortwahl nur einbildet? »Natürlich, klar. Tolle Neuigkeiten! Ich hole dir was Alkoholfreies. Cola vielleicht?«

Olivia reagiert, als hätte Alice ihr gerade eine Crackpfeife angeboten. »Hast du nicht was mit weniger Zucker? Ein Lime Soda vielleicht?«

»Wir haben leider keine Limetten. Sodawasser auch nicht.«

»Mineralwasser?«

»Nein, tut mir leid«, sagt Alice betreten.

»Dann eben Leitungswasser. Habt ihr ein paar Kanapees zum Knabbern? Das hilft meistens gegen die Übelkeit. Ich kann im Moment nicht viel essen, aber ein bisschen Blätterteig oder ein paar Oliven gehen normalerweise.«

»Ich glaube, in der Küche sind Würstchen im Schlafrock.« Als Erwachsene ist Alice kläglich gescheitert. Jede Menge Limo und Party Rings für alle, aber weder Mineralwasser noch Pastetchen.

»Ich bin Vegetarierin.« Olivia klingt vorwurfsvoll, obwohl sich Alice ziemlich sicher ist, noch nie davon gehört zu haben.

»Oh, tut mir leid. Hm, soll ich vielleicht das Innere für dich rauspulen, dann kannst du den Teig ohne das Würstchen essen?«

»Rauspulen?«

»Moment!« Alice ist froh, dass ihr noch etwas anderes einfällt. »Irgendwo haben wir noch Grissini.«

»Meinetwegen«, sagt Olivia großmütig.

Alice geht in die Küche, um Wasser und Knabbereien für Olivia zu holen. Sie durchsucht gerade die Schränke nach Grissini, als Vitoria neben ihr auftaucht. Sie wirkt, als wäre sie vor irgendetwas auf der Flucht. »Steve ist jetzt schon besoffen. Ich bin ihm gerade im Flur begegnet.«

»O Gott. Hoffentlich streiten Gabi und er nicht.« Die Auseinandersetzungen der beiden sind stets äußerst heftig; sie brüllen und weinen, hin und wieder knallen Gegenstände scheppernd an die Wand (wofür Gabi verantwortlich ist). Damit wäre die Party gelaufen, wobei es Hanna sicher gefallen würde.

»Er wollte schon wieder an meinen Haaren riechen«, sagt Vitoria. »So wie jedes Mal, wenn er besoffen ist.«

»Wahrscheinlich gehst du ihm besser aus dem Weg.« Natürlich ist Steve das eigentliche Problem, aber merkwürdigerweise gibt ihm niemand gute Ratschläge.

Als sie triumphierend mit einem Glas Wasser und einer Packung Grissini zu Olivia zurückkehrt, unterhält die sich gerade mit Hannas Freundin Santiago. Olivia nimmt Wasser und Grissini huldvoll entgegen und ist im nächsten Augenblick verschwunden. Alice und

Santiago starren einander angesichts ihrer plötzlichen Zweisamkeit mit einem Anflug von Panik an.

»Wie geht es dir?«, fragt Alice.

»Gut, danke.«

»Hanna hat es mir bestimmt erzählt« – hat sie nicht – »aber ich kann mich nicht genau erinnern. Was machst du zurzeit?«

»Ich bin Lehrerin«, erwidert Santiago.

Wie praktisch, jetzt kann Alice fragen, welche Fächer sie unterrichtet, an welcher Schule, wo die Schule ist, ob es Santiago dort gefällt und wie die Schüler so sind. All das hält das Gespräch eine Weile am Laufen, aber irgendwann ist das Thema erschöpft.

»Und was machst du?«, will Santiago wissen.

»Ich arbeite in einer Personalabteilung.«

»Interessant. Bei einem großen Unternehmen?«

»Beim Gemeinderat«, erklärt Alice entschuldigend; sie weiß, wie sterbenslangweilig das klingt. Schon so manches Gespräch wurde dadurch im Keim erstickt.

Aber Santiago fragt interessiert nach: »Bei welchem denn?«

»In Lambeth.«

»Ah, schön.« Danach herrscht Schweigen, denn viel mehr kann man zu einem Job in der Personalabteilung eines Gemeinderats nicht fragen. Nach einer kurzen Pause hat Santiago doch noch eine Idee: »Und, arbeitest du gerne dort?«

»Schon.« Früher hat sich Alice mal mehr erträumt. Lehrerin vielleicht, wie Santiago, oder sogar Archäologin. Stattdessen ist sie irgendwie versackt, wofür ihr kein anderer Grund einfällt als persönliche Unzulänglichkeiten. Mangelndes Selbstvertrauen. Mangelnder Mut. Kurz stellt sie sich vor, sie wäre Hanna und könnte sagen: »Ich arbeite fürs Außenministerium«, woraufhin ihr Gegenüber interessiert aufhorchen würde.

Santiago zuliebe fügt sie hinzu: »Manchmal muss ich Entlassungen in die Wege leiten, das ist nicht so toll. Aber mit Neueinstellungen habe ich auch zu tun, das gleicht es ein bisschen aus.«

»Ein ewiges Auf und Ab«, meint Santiago.

Aus dem Augenwinkel sieht Alice, wie Steve durch die Küchentür kommt und den unsteten Blick durch den Raum wandern lässt. Im gleichen Moment erspäht sie Vitoria am Kamin, die rasch ihren Drink abstellt, sich hinter ein paar Gästen duckt und durch die Tür zum Flur verschwindet. O nein, denkt Alice. Sieht nicht so aus, als hätte die Situation sich in der Zwischenzeit entspannt.

»Toll, dass Hanna wieder da ist, oder?«, sagt Santiago. »Wir haben sie alle vermisst. Immerhin konnten wir sie einmal in Kuala Lumpur besuchen, das war echt ein cooler Trip. Warst du auch mal dort?«

»Nein. Ich hatte bei der Arbeit viel um die Ohren.«

»Der Gemeinderat von Lambeth konnte nicht auf dich verzichten.« Santiago nickt verständnisvoll. Dann muss sie auf die Toilette, also zeigt Alice ihr das Bad.

Wieder allein macht sich Alice auf den Weg in die Küche, um Nachschub für die geplünderten Chipsschalen zu holen. Dort trifft sie auf Gabi, die sich in schnellem, angeregtem Portugiesisch mit ihrer Freundin Maria unterhält, und Hanna, die mit einem Bier in der Hand am Kühlschrank lehnt.

»Hi«, sagt Hanna. »Sag Bescheid, falls du Michael kommen siehst. Ich hab gesagt, ich muss mal aufs Klo, damit ich kurz meine Ruhe habe.«

Alice hofft, dass Santiago gerade nicht die gleiche Taktik benutzt hat – anscheinend sind hier alle auf der Flucht vor jemandem. So eine Party wollte sie eigentlich nicht organisieren. Aus dem Küchenschrank nimmt sie drei große Tüten Chips.

»Dann hab ich mich kurz in deinem Zimmer versteckt«, fährt Hanna fort. »Zumindest glaube ich, dass es deins war. Die Klamotten waren ganz schön bunt, und die Anzahl an Strickjacken war auch bedenklich.«

»Was hast du in meinem …«, setzt Alice an, aber Hanna spricht unbeirrt weiter: »Ich weiß nicht, warum er so einen Stress macht. Ich bin gerade mal seit fünf Minuten wieder in England, wie soll ich da schon an Immobilien denken? Außerdem weiß ich noch gar nicht, wie lange ich überhaupt bleibe.«

Alice versetzt es einen Stich. »Aber dein Job …«

»Ein paar Jahre wahrscheinlich schon. Aber wer weiß, wie es danach aussieht? Außerdem könnte ich mir in London eh nichts leisten. Das kann man nur, wenn man auf einem Haufen Geld sitzt.«

»Stimmt. Das blendet Michael immer aus.«

»Wahrscheinlich denkt er, wir können einfach nicht mit Geld umgehen und verprassen alles.«

Da kommt Alice ein Gedanke. Was, wenn sie und

Hanna zusammenlegen und sich gemeinsam etwas kaufen? Die Idee versetzt sie kurz in Euphorie, aber Hanna würde sich niemals darauf einlassen. Zumindest die alte Hanna. Vielleicht stehen die Chancen jetzt ja besser.

»Alice, der Milchpudding ist schon alle«, meldet sich Gabi zu Wort. »Ist super angekommen.« Dann sagt sie etwas auf Portugiesisch zu Maria, Maria lacht, und die beiden verschwinden in den Flur.

»Ich wünschte, ich könnte auch eine Fremdsprache«, meint Hanna. »Das hört sich so cool an, einfach mal eben die Sprache wechseln.«

»Manchmal habe ich Angst, dass sie über mich reden«, gesteht Alice.

»Alice«, erwidert Hanna streng. »Es dreht sich nicht immer alles um dich.«

Kemi kommt in die Küche. »Da bist du ja! Gerade hab ich dich noch im Wohnzimmer gesehen, dann warst du auch schon wieder weg.«

»Du kennst mich doch«, antwortet Hanna. »Egal, wo ich bin, ich wär am liebsten woanders. Du hast doch behauptet, das wäre mein Motto.«

»Ach ja? Ganz schön frech von mir.«

»War es auch. Aber besser als deins.«

»Nämlich?«

»Eat, pray, eat.«

Kemi prustet los.

»Oder *Suche Freund, Chlamydien vorhanden.*«

»Mann, das waren gar keine Chlamydien!«

Alice schaut dabei zu, wie Kemi und Hanna zusammen lachen. Sie spürt die unsichtbaren Strömungen zwischen den beiden. Oh, denkt sie unvermittelt. So ist es bestimmt, wenn man einen Zwilling hat.

»Alice«, sagt Kemi plötzlich. »Du darfst dir ruhig auch mal einen genehmigen.« Sie reicht Alice eine Dose Bier. »Die wollte ich dir schon die ganze Zeit geben.«

»Danke.« Alice hat es nicht so mit Alkohol, will aber auch nicht bieder wirken.

»Übrigens, schönes Willkommensschild«, meint Hanna. »Wer von euch hat die ganzen Marienbilder gemalt?«

»Das war Vitoria.«

»Mal was anderes.«

Alice öffnet die Dose und trinkt einen kleinen Schluck.

Kemi sagt zu Hanna: »Deine Freundin Lola steht auf ihren Kollegen, will aber nichts sagen, weil sie die Freundschaft nicht zerstören will. Du solltest ihr mal ein paar Takte erzählen.«

»Ja, da bin ich als erfahrene Freundschaftszerstörerin genau die Richtige.«

»Außerdem befürchtet sie, sie könnte zu dominant für ihn sein«, fügt Kemi hinzu. »In sexueller Hinsicht. Das hat sie gesagt, nicht ich.«

»O Gott. Sorry, dass du dir das anhören musstest.«

Hanna und Kemi verlassen die Küche, und Alice weiß nicht recht, ob sie ihnen folgen soll. Sie zögert eine Weile, nippt an ihrem Bier und kommt zu dem Schluss, sie hätte einfach mitgehen sollen. Wer bleibt schon allein in der Küche? Im Wohnzimmer ist jedoch keine Spur von Hanna und Kemi, und auch sonst kennt Alice niemanden. Nur Michael und Olivia unterhalten sich am Getränketisch mit Hannas Freundin Lavinia, befinden sich aber auch nicht gerade in Reichweite. An einem Ende des Tisches brennt eine Reihe Kerzen – anscheinend Votivkerzen –, es erinnert an einen Schrein. Vermutlich steckt Vitoria dahinter.

Wahrscheinlich sollte sich Alice einfach dem nächstbesten Grüppchen anschließen, sich gut gelaunt vorstellen und am Gespräch teilnehmen. So würde es jedenfalls jemand vom Außenministerium handhaben. Aber der Gemeinderat von Lambeth ist kein Hort sozialer Raffinesse, und Alice wird von Schüchternheit übermannt. Je länger sie allein dasteht, desto unwohler fühlt sie sich. Ihr Bier ist halb leer, und wenn sie es ausgetrunken hat, wird sie nicht mehr wissen, wohin mit ihren Händen.

Da sieht sie Lavinia auf sich zukommen. Alice tritt zur Seite, um sie in die Küche zu lassen, aber anscheinend will sich Lavinia mit Alice unterhalten.

»Schöne Party«, sagt sie.

»Danke.«

»Ich habe gerade mit deinem Bruder gesprochen.« Lavinia wirft einen Blick in Richtung Michael.

»Ah ja.«

»Wohneigentum ist ihm wohl ganz schön wichtig.«

»Das stimmt.« Alice findet Lavinias Akzent interessant. Sie hört sich abwechselnd amerikanisch und dann wieder wie eine englische Aristokratin an. Ihre Augen sind ebenfalls interessant: Sie stehen weit auseinander, und ihr Blauton schimmert ins Graue.

»Er wirkt wie jemand, der behaupten würde, er habe keine Lieblingsfarbe«, sinniert Lavinia. »Wie ist er denn so als Bruder?«

»Ganz nett.« Alice hat Michael gegenüber schon immer einen Beschützerinstinkt gehabt, obwohl er nie von ihr beschützt werden wollte.

Sie fragt Lavinia: »Ist das ein amerikanischer oder ein britischer Akzent bei dir?«

»Tagesformabhängig. Und, bist du schon Wohnungseigentümerin?«

»Nein. Du?«

»Nein.« Lavinia zögert, dann fügt sie kleinlaut hinzu: »Aber meine Eltern sind reich. Deshalb geht es mir da anders als anderen. Ich habe schon ein Sicherheitsnetz.«

Lavinias Offenheit überrascht Alice. »Oh. Na, das ist aber praktisch.«

»Ich verdiene mein eigenes Geld, bezahle meine Miete und kann mich selbst finanzieren. Aber natürlich ist im Hintergrund immer das Wissen, dass sie mir aushelfen könnten. Egal, was passiert, ich bin abgesichert.« Sie schaut Alice in die Augen. »Das ist nicht das Gleiche, wie vollkommen auf sich selbst gestellt zu sein.«

Seltsam berührt von Lavinias Geständnis platzt es aus Alice: »Ich war auf einer Privatschule. Bis zur Oberstufe zumindest.« *Unsere heimliche Schande*, wie Hanna es immer genannt hat.

»Ich kenne viele, die auf der Privatschule waren. Ich ja auch. Wieso seid ihr gewechselt? Das hat Hanna nie erwähnt.«

»Unsere Eltern haben sich scheiden lassen, danach konnten sie es sich nicht mehr leisten.«

Lavinia mustert Alice auf ihre ruhige Art. »Warst du traurig, als du die Schule wechseln musstest?«

»Damals schon. Ich hatte ziemlich viel Schiss, weil ich noch mal neu anfangen musste. Aber am Ende war es wahrscheinlich besser so. Wenn man immer am selben Ort bleibt, wie soll man sich da weiterentwickeln? Außerdem hat mir der Wechsel geholfen, selbstbewusster zu werden. Nach einer Weile zumindest.«

»Warst du vorher nicht selbstbewusst?«

»Überhaupt nicht, nein.« Ganz im Gegensatz zu jetzt, denkt sie.

»Hast du sehr unter der Scheidung deiner Eltern gelitten?«

»Ja. Sind deine Eltern noch zusammen?«

»Ja, aber glücklich sind sie nicht. Ich kann mich nicht daran erinnern, dass sie jemals zusammen gelacht oder einander berührt hätten. Deswegen wollte ich auch selbst nie heiraten. Es gibt keinen wirklichen Grund für ihr Zusammensein. Meinst du, deine Eltern waren mal glücklich miteinander?«

»Weiß ich nicht. Keine Ahnung, wie das überhaupt aussehen würde, vor allem bei meiner Mutter.«

Alice will noch mehr sagen, aber in diesem Moment werden sie von Steve unterbrochen.

»Ist Vitoria hier vorbeigekommen?«, will er wissen.

Er kommt Alice viel zu nahe, und sie kann seine Fahne riechen.

»Ich glaube, sie ist auf dem Klo«, meint Alice. Aus dem Augenwinkel sieht sie, wie Vitoria heimlich aus dem Fenster klettert.

Steve nickt und stellt sich dann neben den Kamin, sodass er den ganzen Raum im Blick hat.

»Ich mache Vitoria mal lieber die Tür auf«, flüstert Alice Lavinia zu. »Sie hat bestimmt keinen Schlüssel dabei, und durchs Fenster kann sie ja jetzt auch nicht mehr.«

»Ich weiß nicht, was das für ein Spiel ist«, meint Lavinia. »Aber scheint ja Spaß zu machen.«

»Bin gleich wieder da.«

Lavinia neigt nachdenklich den Kopf.

Als Alice die Tür öffnet, lehnt Vitoria schon an der Wand. Offensichtlich hat sie mit schneller Hilfe gerechnet.

»Der lässt einfach nicht locker.« Sie geht an Alice vorbei in den Flur.

»Wo ist Gabi?«, fragt Alice.

»Die sucht wahrscheinlich nach Steve. Ist er immer noch im Wohnzimmer?«

Alice späht hinein. Zu ihrer Enttäuschung sieht sie, dass Lavinia inzwischen Gesellschaft von Santiago und einigen von Hannas Freunden aus der Oberstufe bekommen hat.

»Ja, er ist immer noch da.«

»Komm, wir gehen in die Küche und trinken was.« Vitoria hakt sich bei Alice unter. »Ach, übrigens, ich habe für die Atmosphäre ein paar Kerzen im Wohnzimmer aufgestellt.«

»Sieht schön aus.«

Vitoria holt zwei Bier aus dem Kühlschrank und reicht eins an Alice weiter, dabei hat sie ihr erstes noch nicht ganz ausgetrunken. Inzwischen ist es ohnehin schal geworden.

»Ich habe dich noch nie Bier trinken sehen. Schmeckt dir das doch?«

»Ja, total.« In Wahrheit bevorzugt Alice Mixgetränke mit Cola oder Ananassaft, bei denen man den Alkohol kaum schmeckt. Von der Theorie, dass ihr Geschmack mit der Zeit reifen würde, hat sie sich inzwischen verabschiedet. Cider kann sie im Notfall noch trinken. Sie beschließt, dem Bier noch eine letzte Chance zu geben, setzt die Dose beherzt an und verschluckt sich prompt.

Vitoria klopft ihr immer noch auf den Rücken, als James und Ye in die Küche kommen.

»Habt ihr mein Frettchen gesehen?«, fragt James. »Wir glauben, es ist hier langgerannt.«

»Ist es nicht mehr in der Box?«

»Nein, es wollte sich die Beine vertreten. Aber anscheinend hat jemand deine Zimmertür offen gelassen.«

»Das Frettchen war es sicher nicht«, meint Ye.

Auf ihrer Party läuft also ein Frettchen frei herum. Alice dreht sich Hilfe suchend zu Vitoria, aber die hält das Ganze offensichtlich für eine jener englischen Angelegenheiten, aus denen sie sich lieber heraushält. »Ich geh mal eine rauchen.«

So schlimm sind Frettchen ja nicht, hofft Alice.

Immerhin ist es keine Ratte. Vor Frettchen hat doch keiner Angst.

Aus dem Flur ertönt ein spitzer Schrei, der die drei zusammenzucken lässt. Sie tauschen erschrockene Blicke aus und bewegen sich dann in die Richtung, aus der das Geräusch gekommen ist. Im Flur stoßen sie mit Lola zusammen, die gerade aus dem Bad stürzt.

»Ein riesiges Eichhörnchen hat mich beim Pinkeln beobachtet.«

»Durchs Fenster?«, fragt James.

»Nein, im Bad. Auf einmal saß es auf dem Spülkasten.«

»Höchstwahrscheinlich war es ein Frettchen«, meint Ye.

James scheint sich da nicht so sicher. »Frettchen lassen sich eigentlich nicht so leicht mit Eichhörnchen verwechseln. Der Körperbau ist ein ganz anderer, von den Schwänzen ganz zu schweigen.«

»Sorry, dass ich keine genauere Untersuchung vorgenommen habe«, blafft Lola zurück. »Ich hab mich zu Tode schreckt.«

»Tut mir echt leid«, sagt Alice. »Das war wahrscheinlich nur ein zahmes Frettchen.«

»Ist es noch im Bad?«, fragt James.

»Woher soll ich das wissen?« Lola schüttelt genervt den Kopf und geht davon.

Alice, James und Ye nähern sich vorsichtig der Badezimmertür, die Lola im Anflug von Geistesgegenwart hinter sich zugeschlagen hat. James öffnet die Tür einen Spaltbreit, und sofort schießt ein dunkles Fellknäuel an ihnen vorbei, schlängelt sich blitzschnell durch die versammelten Beine und verschwindet in der Küche.

»Sredni!« James eilt ihm hinterher.

Ye und Alice bleiben allein zurück.

»Keine Sorge«, sagt Ye. »Er ist total zahm und geht einfach wieder in seine Box, wenn er müde wird.«

»James oder das Frettchen?«, scherzt Alice, aber Ye schaut sie nur verwundert an und sagt: »Das Frettchen.«

Alice geht wieder in die Küche, um ihr Bier zu holen, dann weiter ins Wohnzimmer. Sie will Lavinia die Geschichte mit dem Frettchen erzählen und sie hoffentlich zum Lachen bringen. Aber stattdessen trifft sie in der Tür wieder auf Lola.

»Und, habt ihr es gefangen?«

»Nein. Aber wie gesagt, es ist ganz zahm.«

»Sah nicht so aus.«

»Ihr seid euch auch unter eher ungünstigen Umständen begegnet«, sagt Alice.

»Stimmt. Mein Ex hatte einen Hund«, erwidert Lola. »Der hat uns immer beim Sex beobachtet.«

Alice ist völlig verdattert. »Konntet ihr ihn denn nicht aussperren?«

»Dann hat er an der Tür gekratzt und gejault, das war genauso nervig. Irgendwer findet das bestimmt geil, wenn ihm ein Tier zuguckt. Die Leute stehen ja auf alles Mögliche.«

»Kann schon sein.«

»Voyeurismus, aber halt mit Tieren. Ist das nicht trotzdem Tierquälerei, wenn man sie in sein Sexleben mit reinzieht? Passive Tierquälerei?«

»Keine Ahnung.« Alice weiß nicht, wie sie in diese Unterhaltung geraten ist.

Glücklicherweise stößt Ye wieder zu ihnen. »Da vorne sitzt er.«

Alice und Lola folgen seinem Blick. Das Frettchen hockt gemütlich unter dem Getränketisch und knabbert an etwas, das wie ein Dorito aussieht. Alice sagt: »Ich dachte, das sind Fleischfresser.«

»Ich glaube, er frisst alles.«

»Kannst du ihn einfangen?«

»Das überlassen wir lieber James. Bei Fremden ist er manchmal widerspenstig.«

»Aber du hast doch behauptet, er wäre total zahm«, entgegnet Alice.

»Ja, ist er auch. Mehr oder weniger.«

»Ich verzieh mich lieber«, sagt Lola. »Er scheint es auf mich abgesehen zu haben.«

Alice und Ye machen sich wieder auf die Suche nach James und finden ihn in der Küche, wo er am Kühlschrank lehnt und sich vollkommen entspannt mit Olivia unterhält.

»Wir haben Sredni gefunden«, verkündet Ye.

James, der zunächst genervt von der Unterbrechung wirkt, horcht auf. »Geht es ihm gut?«

»Klar. Er mampft gerade nebenan Doritos.«

»Cool.« James wendet sich wieder Olivia zu.

Ye sieht Alice an und zuckt die Schultern. *Wir haben es versucht.*

Alice will noch nicht aufgeben, aber da stürmt Gabi aus dem Wohnzimmer herein. »Hast du Steve gesehen?«

»Nein. Wieso?«

»Ich hab gehört, er macht sich wieder an Vitoria ran.«

»Ermuntert hat sie ihn jedenfalls nicht.«

»Das ist mir auch klar. Den bring ich um!«

Bitte nicht auf meiner Party, denkt Alice. »Vielleicht machst du stattdessen lieber einfach Schluss mit ihm.«

Gabi verdreht die Augen. »Danke für den Tipp, Alice. Natürlich mache ich mit ihm Schluss. Aber erst kann er sich noch auf eine richtig schöne Szene gefasst machen.«

O nein, denkt Alice. »Willst du nicht lieber erst mal warten, bis sich alles ein bisschen beruhigt hat?«

»Auf gar keinen Fall.« Gabi stapft davon.

»Am besten halten wir sie von Sredni fern, sonst regt er sich noch auf.« Ye folgt James und Olivia ins Wohnzimmer.

Alice will sich ihnen gerade anschließen, da kommt Hanna durch die Hintertür herein, und Gabi und das Frettchen sind erst einmal vergessen.

Hanna lehnt sich an den Kühlschrank. »Amüsierst du dich auch gut?«

»Ja.«

»Alice.« Hanna lächelt (ungewohnt liebenswürdig, findet Alice; Hanna ist wohl angetrunken). »Du konntest Partys noch nie leiden.«

»Kann ich wohl.« Wie kann sie Hanna davon überzeugen, dass die Party ihr Spaß macht, um nicht als langweilig abgestempelt zu werden?

Hanna setzt sich an den Küchentisch, steckt sich

eine Handvoll Chips in den Mund und kaut krachend. »Hat Olivia dir erzählt, dass sie schwanger ist?«

»Ja.«

Hanna grinst. »Ist ja angeblich ein Riesengeheimnis. Da dachte ich mir schon, dass sie es allen auf die Nase bindet.«

»Wir werden Tanten.«

Hanna nimmt sich noch ein paar Chips und verspeist methodisch einen nach dem anderen. »Michael hält mir gerne Vorträge über meine Lebensführung, dabei sollte er lieber mal vor der eigenen Tür kehren.«

Alice weiß nicht, was sie darauf erwidern soll. »Na ja, mein Fall ist sie auch nicht, aber jeder, wie er mag.«

Hanna lacht. »Was Beziehungen angeht, sind wir alle ziemliche Versager. Michael hat die bekloppte Olivia geheiratet, du bist Dauersingle, und meine Beziehungen waren alle katastrophal. Da ist wohl bei uns allen was schiefgelaufen.«

Alice gefällt das Bild nicht, das Hanna heraufbeschwört. »So schlimm ist es auch wieder nicht.«

»Denkst du je über unsere Kindheit nach?«

Der plötzliche Themenwechsel erschreckt Alice. »Ab und zu«, antwortet sie unverbindlich.

»Würdest du sie als schön bezeichnen?«

»Durchschnittlich schön. Wahrscheinlich besser als bei vielen anderen. In Ordnung.«

»Ich bin mir da nicht so sicher.« Hanna betrachtet die Chipstüte. »Was ist das für eine Sorte? Cheddar und Frühlingszwiebel? Wieso nennen die das nicht einfach Cheese and Onion? Wofür halten die sich?«

Eindeutig angetrunken, denkt Alice. »Viele Eltern lassen sich scheiden. Das ist nichts Besonderes.«

»Ich rede auch nicht von der Scheidung.«

Da werden sie von Steve unterbrochen, der mit panischer Miene aus dem Flur gestürzt kommt. »Habt ihr Gabi gesehen?«

»Ich glaube, sie sucht dich«, sagt Alice.

»Ich weiß. Scheiße!« Er verschwindet durch die Hintertür.

Alice wendet sich wieder Hanna zu, doch da kehrt Gabi aus dem Wohnzimmer zurück. »Ist er hier vorbeigekommen? Vitoria meinte, sie hätte ihn eben im Flur gesehen.«

»Ich glaube, er ist raus«, meint Alice.

Gabi geht in den Flur.

Steve kommt aus dem Garten zurück.

»Wie aufregend«, bemerkt Hanna.

»Kann ich mich in deinem Zimmer verstecken?«, fragt Steve.

»Nein«, antwortet Alice

Sie hören Gabis Stimme im Flur.

»Mist!« Steve rennt wieder zur Hintertür raus, und sie sehen durchs Fenster, wie er draußen vorbeiläuft.

»Hoffentlich geht er einfach nach Hause. Er kann ja übers Tor klettern. Ich weiß nicht, was er überhaupt noch hier will.«

»Ich hoffe, er bleibt«, sagt Hanna.

Alice ist erleichtert, dass zumindest Hannas gute Laune zurückgekehrt ist und sie sich harmloseren Gesprächsthemen zuwenden können.

»Komm, wir suchen Kemi. Der muss ich das hier unbedingt erzählen.«

Im Flur werden sie von Michael abgefangen.

»Alice, wusstest du, dass ein riesiges Frettchen deine Wohnung unsicher macht?«

»Sredni ist total zahm«, beschwichtigt Alice.

Hanna ist bereits im Wohnzimmer verschwunden, und Alice sieht ihre Felle davonschwimmen.

»Das ist doch lächerlich«, sagt Michael. »Und außerdem unhygienisch.«

Es klingelt. »Ich gehe mal eben aufmachen.«

Alice' Erleichterung währt nur kurz, denn vor der Tür steht Steve.

»Mein ganzer Kram ist noch in Gabis Zimmer. Geldbeutel, Schlüssel, Handy …«

»Na schön.« Sie tritt zur Seite, und rasch schlüpft er in Gabis Zimmer.

Alice geht ins Wohnzimmer. Wenn sie schon nicht mit Hanna reden kann, dann vielleicht wenigstens mit Lavinia.

Sie hat Glück, denn Lavinia steht mit Santiago am Kamin. Mutig nähert sich Alice den beiden.

»Hi.« Santiago sieht sie zuerst. »Anscheinend läuft hier ein Frettchen frei rum.«

»Sredni ist absolut harmlos«, erklärt Alice.

»Gerade saß er in meiner Handtasche.« Lavinia lächelt sie an. »Ich dachte schon, so eins kriegen alle Gäste als kleine Aufmerksamkeit.«

»Und ich war sauer, dass ich keins bekommen habe«, meint Santiago.

»Tut mir echt leid«, sagt Alice, aber Lavinia lacht bloß.

»Leider ist es wieder abgehauen, sonst hätte ich es seinem Besitzer zurückgegeben.«

»Wir haben uns gerade über den Brunch-Laden hier um die Ecke unterhalten«, sagt Santiago. »Jill's oder so. Vielleicht auch Julia's. Warst du schon mal dort?«

»Nein, ich glaube nicht.«

»Vielleicht können wir ja mal …« Lavinia wird von einem lauten Knall und Gebrüll unterbrochen. Sämtliche Köpfe drehen sich Richtung Küche.

Vitoria taucht neben Alice auf.

»Gabi hat Steve gefunden. Er lag auf ihrem Bett und hat tief und fest geschlafen.«

»O Gott.«

Noch ein Knall, dann klirrt Geschirr.

»Hört sich an, als wären sie in der Küche.«

Dann erscheint Steve in der Tür und verkündet: »Die ist doch verrückt! Dreht völlig durch.«

Er will gerade in den Flur flüchten, als Gabi fuchsteufelswild aus der Küche schießt. Sie kann Steve jedoch nicht weiter verfolgen, weil genau in diesem Moment James auf der Jagd nach dem Frettchen aus dem Flur kommt. Das Frettchen huscht zwischen den Füßen hin und her und manchmal auch darüber hinweg, was zu erschrockenen Schreien führt.

Auf seiner Jagd nach Sredni drängt James skrupellos alle aus dem Weg.

Erneut klingelt es an der Tür, aber bei all dem Chaos bemerkt Alice es kaum.

Das Frettchen ist inzwischen auf einen Stuhl geklettert und anschließend auf den Tisch gesprungen, wo es begeistert in die Schale mit den Doritos hüpft.

»Bloß keine ruckartigen Bewegungen!«, ruft James.

Gabi entdeckt Steve durchs Fenster – er hat es also auf die Straße geschafft – und brüllt: »Steve, ich krieg dich!« Entschlossen rennt sie auf das offene Fenster zu.

Das erschreckt wiederum das Frettchen, es schießt aus der Doritoschüssel, sprintet über den Tisch und macht einen Hechtsprung aufs Sofa, wo Hanna und Kemi sitzen.

»Fuck!«, ruft Kemi, als das Frettchen auf ihrem Schoß landet. Sie springt auf (das Frettchen kann sich auf die Armlehne retten), stößt dabei jedoch gegen den Tisch und wirft Vitorias Votivkerzenarrangement um.

James ist mittlerweile zum Sofa geeilt und hat sich das Frettchen geschnappt.

»Na bitte. Hab ihn.«

Doch für Erleichterung ist keine Zeit, denn alle Gäste bemerken zur gleichen Zeit, dass der Vorhang in Flammen steht.

»Scheiße!«, ruft Kemi. »Scheiße, Scheiße, Scheiße!«

»Wasser!«, schreit Hanna.

Alice ist gelähmt vor Schreck.

Im nächsten Augenblick ist Lavinia zur Stelle und reißt energisch den brennenden Vorhang herunter. Sie knüllt ihn auf dem Holzboden zusammen und tritt die Flammen mit den dicken Sohlen ihrer Stiefel aus.

Während die Gäste die verkohlten Vorhangreste anstarren, kommt Lola aus dem Flur herein. James hält das zappelnde Frettchen in die Höhe. Rauch hängt in der Luft.

»Ähm, Alice? Hanna?«, sagt Lola. »Da ist eine Frau an der Tür. Behauptet, sie wäre eure Mutter.«

Warum um alles in der Welt, wird Alice sich später fragen, ist ihre Mutter überhaupt gekommen? Egal, was sie behauptet, sie konnte unmöglich annehmen, dass sie eingeladen war. Warum ist sie also einfach aufgetaucht? Wieso muss sie sich überall einmischen, damit Alice auch ja nichts für sich haben kann?

Natürlich wird Hanna niemals glauben, dass Alice sie gar nicht eingeladen hat.

Als ihre Mutter angekündigt wird, steht Hanna auf und geht wortlos in die Küche.

Alice ist hin- und hergerissen. Soll sie Hanna nachlaufen oder sich um das dringlichere Problem – ihre Mutter – kümmern? »Geh ihr nach«, sagt Kemi. »Ich erzähle eurer Mum, ich wüsste nicht, wo ihr seid.«

Also macht sich Alice auf in die Küche, wo Hanna sofort auf sie losgeht.

»Das ist wieder mal typisch. Keine Ahnung, warum mich das überhaupt noch wundert.«

»Ich weiß nicht, was sie hier will! Wirklich nicht.«

»Das hätte mir von Anfang an klar sein sollen. Natürlich hast du irgendwelche Hintergedanken.«

Womöglich würde Hanna nicht so ausrasten, wenn sie nüchtern wäre, aber Alice wird bestimmt nicht auf die Idee kommen, das laut auszusprechen. »Hatte ich überhaupt nicht! Ganz bestimmt nicht. Ehrlich!« Ja, sie hatte die Party ihrer Mutter gegenüber erwähnt und als kleinen Wiedersehenstreff dargestellt, den sie mit Kemi ausrichten wollte. Aber eingeladen hatte sie ihre Mutter garantiert nicht. Sie kann sich das Missverständnis nicht erklären.

»Ich kann dir einfach nicht vertrauen. Konnte ich noch nie. Immer musst du Mum mit reinziehen. Immer rennst du zu ihr. Du kannst gar nicht anders.«

»Das stimmt doch gar nicht.« Alice' Augen brennen; sie versucht, die Tränen zurückzuhalten.

»Hast du dich je gefragt, warum du immer noch alleine bist? Weil du so sehr an Mum klebst, dass kein Platz für jemand anderen ist.«

»Ich klebe gar nicht an ihr.«

»Und wie. Diese ganze Familie ist so toxisch, dass ich aus dem Land musste. *Vom Kontinent.*« Alice will ihr widersprechen, doch Hanna fällt ihr ins Wort: »Ja, ja, wie theatralisch von mir. Das sagt ihr doch so gerne, oder? Hanna ist immer so theatralisch.«

Schweigen.

»Ich hau ab«, sagt Hanna schließlich. »Das war keine gute Idee. Hätte ich wissen sollen.«

Damit tritt sie durch die Hintertür. Sie wird übers Tor klettern müssen, aber mit so etwas hatte Hanna noch nie Probleme.

Alice bleibt wie angewurzelt stehen und kann die Tränen nicht länger unterdrücken. Nach einer Weile wird ihr bewusst, dass Kemi in der Tür steht.

»Hab mich getäuscht. Die Sache ist anscheinend doch noch nicht abgehakt.«

10

Alice sieht Hannas Nachricht nicht sofort, da sie in der Bibliothek in Edinburgh ein Buch über die Kelten liest und ihr Handy stumm geschaltet hat.

Als sie schließlich auf ihr Handy schaut, hält sie die Nachricht zunächst für einen Witz. Da steht *Alice, sag ihnen die Wahrheit. Versuch nicht, mich zu beschützen.*

Alice fragt sich, welche von Hannas Freundinnen wohl dafür verantwortlich ist. Sehr lustig, denkt sie.

Dann denkt sie: Verstehe ich nicht.

Sie liest die Nachricht erneut und kommt zu dem Schluss, es handele sich nicht um einen Witz, sondern um die Nachricht einer Betrunkenen. So richtig sicher ist sie sich nicht, denn Alice hat selbst noch nie betrunken Nachrichten verschickt. Außerdem ist es früher Nachmittag, wo man normalerweise nicht betrunken ist. Vielleicht hat Hanna was zu feiern.

Trotzdem ist Alice beunruhigt. Vor der Bibliothek stellt sie ihren Kragen gegen die Kälte auf und wählt Hannas Nummer. Hanna geht nicht ran, wobei Alice auch gar nicht damit gerechnet hat; Hanna ist nie leicht zu erreichen. Stattdessen tippt sie eine Antwort: *Hi Hanna! Wie läufts bei dir? War die letzte Nachricht für mich bestimmt? Xx*

Dann bleibt sie noch ein paar Minuten stehen und schaut stirnrunzelnd auf ihr Handy. Sie erhält keine Antwort.

Alice will gerade wieder in die Bibliothek gehen, doch aus irgendeinem Grund zögert sie. So wie immer, wenn sie sich einer Sache unsicher ist, ruft sie ihre Mutter an – die im Gegensatz zu Hanna sofort rangeht.

»Hallo, mein Schatz«, sagt sie. »Ich habe mich schon gefragt, wann du endlich anrufst.«

»Wir haben doch erst gestern telefoniert.« Alice ist erstaunt, dass ihre Mutter sich nicht mehr daran erinnert. Muss sie sich jetzt auch noch um sie Sorgen machen?

»Ja, ich weiß«, erwidert ihre Mutter. »Aber du hast mich so schnell abgewürgt, dass wir uns kaum richtig unterhalten konnten.«

»Wir haben zwanzig Minuten lang miteinander geredet.«

»Wie schmeichelhaft, dass du dir eine Stoppuhr stellst und die Minuten runterzählst, bis du endlich wieder auflegen kannst.«

»So meinte ich das nicht«, sagt Alice. »Du weißt doch, dass –«

»Zu schade, dass du mir nicht mal ein gelegentliches Telefonat gönnst. Wo ich hier ganz allein sitze.«

»Das stimmt doch überhaupt nicht.«

»Ich könnte hier tot auf dem Teppich liegen. Ich könnte tot umfallen, und niemand würde je nach mir suchen.«

»Aber du lebst ja noch«, sagt Alice beschwichtigend. »Du redest gerade mit mir.«

»Ach Alice, wieso musst du immer alles so wörtlich nehmen?«

Alice merkt, dass sie vom Thema abkommen. »Ich ruf dich nachher noch mal zum Plaudern an, versprochen. Ich hab mich bloß gefragt …« – sie gibt sich größte Mühe, beiläufig zu klingen – »… ob du heute schon was von Hanna gehört hast.«

»Wann höre ich je von Hanna?«, entgegnet ihre Mutter. »Sie ruft mich nie an, kommt mich nie besuchen. Sie hat nicht das geringste Interesse an ihrer Familie. Ich würde gern wissen, womit ich das verdient habe.«

»Okay, ich hatte mich bloß gefragt.«

»Hätte ich denn von ihr hören sollen?« Jetzt klingt ihre Mutter misstrauisch.

Alice zögert. Was sollte sie sagen? Sie habe eine komische Nachricht bekommen? Es gibt keinen Grund zu der Annahme, dass etwas nicht stimmen würde. Außerdem weiß sie genau, wie ihre Mutter auf Alice' Sorgen reagieren würde: entweder zu heftig oder zu unbekümmert, auf jeden Fall nicht hilfreich. Entweder verliert sie völlig den Kopf und will die Polizei, den Krankenwagen und die Feuerwehr rufen und dazu vielleicht noch die Küstenwache alarmieren, oder sie quittiert es mit einem verbalen Schulterzucken und dem heißen Tipp, Alice solle nicht auf Hannas Geltungsdrang hereinfallen. Alice weiß, dass die zweite Reaktion viel wahrscheinlicher ist, aber eine Garantie dafür gibt es nicht. Hin und wieder überrascht ihre Mutter sie doch.

»Ich glaube nicht«, sagt sie schließlich.

»Wieso läufst du auf einmal Hanna hinterher?«

»Einfach so«, sagt Alice. »Wollte nur mal wieder mit ihr reden.«

»Ich hätte Zeit«, erklärt ihre Mutter bestimmt.

Eine Dreiviertelstunde später, nachdem Alice sich endlich aus den Fängen ihrer Mutter befreit hat, versucht sie es erneut bei Hanna. Wieder geht sie nicht ran. Alice hat sich inzwischen fast eingeredet, alles sei in Ordnung, sie verhalte sich albern, wer gerate schon wegen einer einzelnen, leicht mysteriösen und vermutlich im betrunkenen Zustand abgesetzten Nachricht in Panik. Dennoch kann sie das nagende Gefühl nicht abschütteln.

Kemis Nummer hat sie nicht, und nach gründlicher Überlegung schickt sie ihr eine Nachricht über Facebook, wobei sie nicht allzu sehr daran zu denken versucht, wie wütend Hanna sein wird, wenn sie erfährt, dass Alice hinter ihrem Rücken ihre Freundinnen kontaktiert wie eine irre Stalkerin.

Hi Kemi! Alles gut bei dir? Hast du heute schon was von Hanna gehört?

Alice hält inne und grübelt nach, wie sie die Nachricht etwas unverfänglicher gestalten kann. Gewieft fügt sie hinzu: *Ich kann sie nicht erreichen. Ich glaube, ihr Handy ist kaputt.*

Sie redet sich gerade wieder ein, alles sei gut, da trifft Kemis Antwort ein.

O Gott, hat sie dir auch so eine geschickt?

Die Nachricht an Kemi ähnelt der an Alice, ist aber deutlich zusammenhangloser.

»Klingt, als hätte sie irgendwas genommen«, meint Kemi.

»Was soll sie denn genommen haben?« Kurz ist Alice verwirrt, weshalb Hanna klauen sollte.

»Drogen«, erwidert Kemi geduldig. »Das macht mir Angst. Wir müssen rausfinden, ob sie in Sicherheit ist.«

Auf Kemis Anweisung hin ruft Alice in der Pförtnerloge des College an, und ein Pförtner geht auf Hannas Zimmer nachsehen. Hanna ist nicht da. In der Zwischenzeit ruft Kemi ein paar von Hannas Freundinnen an, um herauszufinden, ob jemand von ihr gehört hat, doch ohne Erfolg.

»Am besten rufst du deine Mutter an«, meint Kemi schließlich. »Wir müssen ihr Bescheid sagen. Und dann können wir uns über die nächsten Schritte beraten.«

Der Gedanke, ihrer Mutter die Situation zu schildern, versetzt Alice in Schrecken, genau wie die nebulösen »nächsten Schritte«, aber sie weiß, dass Kemi recht hat. (»Behalte das mit den Drogen vielleicht für dich«, rät Kemi. »Sag einfach, sie klingt nicht wie sie selbst.«)

In einer Art unheimlicher Gedankenübertragung ruft ihre Mutter sie in genau dem Moment an, wo Alice nach dem Handy greift, um ihre Mutter anzurufen. Alice wundert sich nicht wirklich, dass sie schon wieder Redebedarf hat; es wäre nicht das erste Mal. Sie nimmt sich vor, ihrer Mutter ins Wort zu fallen, bevor sie sich weiter über ihr Rezept für vegetarische

Moussaka auslassen kann, doch ihre Mutter kommt ihr zuvor: »Alice, mich hat gerade jemand wegen Hanna angerufen.«

Seltsamerweise geht Alice trotz ihrer nervösen Diskussionen mit Kemi davon aus, dass Hanna in ganz gewöhnlichen Schwierigkeiten steckt, eine Party aus dem Ruder gelaufen ist, sie beim Rauchen auf dem Zimmer erwischt wurde oder ein paar Fristen verpasst hat. Gleichzeitig bemerkt sie allerdings, dass ihre Mutter anders klingt: Ihre Stimme ist höher, angespannt, fast bis zum Zerreißen gedehnt.

»Und? Ist alles in Ordnung?«, fragt Alice. »Was ist los?« Plötzlich ist ihr kalt, obwohl sie mit dem Rücken an der Heizung auf ihrem Zimmer sitzt.

»Sie ist in der Klinik«, sagt ihre Mutter.

Alice spürt, wie ihr der Boden unter den Füßen wegrutscht. »Ist sie verletzt? Was ist passiert?«

»Nein«, sagt ihre Mutter. Wieder hat jemand an den Reglern gedreht, ihre Stimme noch weiter angespannt. »Sie ist in einer psychiatrischen Klinik. Alice, sie wurde zwangseingewiesen.«

Noch Monate später hat Alice einen wiederkehrenden Albtraum, in dem ihr sämtliche Zähne ausfallen. Manchmal stürzt sie vom Fahrrad und schlägt sie sich aus, aber meistens fallen sie ihr spontan aus, während sie etwas ganz anderes macht, in der Bibliothek lernt oder einkaufen geht. Die Träume sind ihr ein Rätsel. Sie hatte noch nie Probleme mit den Zähnen, hat sie immer sorgfältig gepflegt und besitzt keine einzige Füllung.

Die erste Woche von Hannas Klinikaufenthalt verbringt sie mit ihrer Mutter in einem Travelodge-Hotel in Cambridge. Nacht für Nacht gehen sie in gegenüberliegenden Einzelbetten schlafen, wobei keine von beiden wirklich viel schläft. Weshalb man wohl so leicht merkt, dass noch jemand in der Dunkelheit wach liegt? Beschaffenheit und Gewicht der Luft scheinen sich zu verändern. Alice versucht, noch das kleinste Geräusch zu vermeiden, als wollte sie auf keinen Fall auf ihren gemeinsamen Wachzustand hinweisen. Dabei kannte sie doch eigentlich das Gefühl, sich ein Zimmer zu teilen. In Edinburgh musste sie sich sogar erst daran gewöhnen, ein Zimmer für sich zu haben; es war merkwürdig, ohne das Geräusch von Hannas Atem einschlafen zu müssen. Jetzt denkt sie jede Nacht an Hanna in ihrem Klinikzimmer und fragt sich, ob sie wohl auch wach liegt.

Morgens hat Alice einen Bärenhunger, obwohl sie normalerweise keinen Appetit auf Frühstück hat. Sie essen im kleinen Speisesaal des Travelodge, und Alice nimmt jedes Mal das englische Frühstück: Eier, Würstchen, Speck, Kartoffelpuffer, Bohnen – sie schaufelt sich alles in den Rachen. Ihre Mutter enthält sich, ganz entgegen ihrer Natur, eines Kommentars, sitzt ihr lediglich gegenüber, nippt enthaltsam an einem Kaffee und verspeist ein Stück Obst.

Anschließend kehren sie auf ihr Zimmer zurück, und Alice setzt sich an den kleinen MDF-Tisch in der Ecke, wo sie sich auf die Kelten zu konzentrieren versucht – Abgabetermin ist nächsten Montag (sie ist nicht auf die Idee gekommen, um Aufschub zu bitten; Alice hat noch nie in ihrem Leben um Aufschub gebeten). Währenddessen geht ihre Mutter spazieren oder tut so, als würde sie aufräumen, wobei sie jedoch nur ihre wenigen Besitztümer von einem Ende des Zimmers ans andere räumt. Beide stehen unter ständiger Anspannung, zucken beim leisesten Geräusch zusammen; Adrenalin rauscht ihnen durch die Adern. Kein Wunder, dass sie nicht schlafen.

Nachmittags gehen sie Hanna besuchen.

Nicht, dass Hanna – beziehungsweise die Fremde, die Hanna vage ähnelt – sich über ihre Besuche freuen würde.

»Ihr müsst verschwinden«, sagt sie. »Die wissen, dass ihr hier seid. Die sind in den Wänden.«

»Ist schon in Ordnung.« Alice gibt sich größte Mühe, sich ihre Furcht nicht anmerken zu lassen, um Hanna nicht noch weiter zu verängstigen.

»Ich verstehe nicht, wieso ich hier bin«, sagt Hanna.

»Du bist hier, weil du krank bist«, antwortet ihre Mutter.

»Das haben sie dir erzählt? Ich bin nicht krank.« Hanna wirkt unsicher. »Das liegt nur daran, dass die mich beobachten«, fügt sie hinzu. »Wenn die mich nicht beobachten würden, wäre alles gut.« Erneut zögert sie. »Dann wäre bestimmt alles gut.«

»Bald geht es dir wieder besser«, ergänzt Alice. »Du musst dich nur etwas ausruhen.« Sie merkt selbst, wie bescheuert sie klingt. Hannas Verhalten lähmt sie.

Hanna sieht sie mitleidig an. »Du verstehst das

nicht.« Dann schaut sie sich wieder über die Schulter.

Alice weiß, dass es unmöglich ist, sich vernünftig mit jemandem zu unterhalten, der an einer Psychose leidet. Man redet ständig aneinander vorbei und kann das beunruhigende Gefühl der Losgelöstheit nicht abschütteln, das einen bei jedem Gespräch begleitet, die klinische, entsetzte Faszination. Daran erinnert sie sich noch von ihrer Begegnung mit Tante Katy. Das war an sich schon verstörend, aber jetzt fällt Alice auf, dass sie Tante Katy nie bei Verstand erlebt hat. Sie hat keine Ahnung, wer diese andere Tante Katy gewesen sein könnte, die ursprüngliche, die unter der Krankheit verschwunden ist. Alice kann es kaum ertragen, Hanna so zu sehen, da sie nach ihrer Schwester sucht und stattdessen eine Wahnsinnige vor sich sieht.

Es kann eine Weile dauern, bis die Medikamente anschlagen, erinnert Dr. Walsh Alice und ihre Mutter nach ihrem dritten Besuch (Alice weint schon wieder, wobei sie es die zwei letzten Tage geschafft hat, sich die Tränen bis zum Parkplatz zu verkneifen). Aber Dr. Walsh ist zuversichtlich, dass Hanna in ein paar Tagen auf die Medikamente ansprechen wird.

»Und dann geht es ihr wieder gut, oder?«, fragt Alice ihre Mutter. »Wenn die Wirkung einsetzt?«

»Geht es deiner Tante gut?«, entgegnet ihre Mutter. Derzeit scheint sie oft sehr wütend.

»Wir wissen doch gar nicht, ob es das Gleiche ist«, erwidert Alice.

»Was soll es denn sonst sein?«

Nach einer Woche im Travelodge setzt ihre Mutter sie wieder in den Zug nach Edinburgh. Alice hat keine Gegenargumente, da sie ihre Hausarbeit persönlich einreichen muss. Allerdings erteilt ihre Mutter ihr darüber hinaus ein zweiwöchiges Besuchsverbot. Eigentlich wollte Alice am Wochenende zurückkommen, doch ihre Mutter sagt: »Das sind sechs Stunden Fahrt, Alice. Das lohnt sich nicht. Und ich will nicht, dass du dich überstrapazierst.« Alice fragt sich, was ihre Mutter wohl damit meint. Außerdem hat sie sowieso kein Geld für die Fahrkarte.

Nach Hannas Zwangseinweisung hatte ihre Mutter sich eine Woche freigenommen, aber ihre Kollegen können sie nicht noch länger vertreten, weshalb sie zurück nach London muss. Jeden Nachmittag fährt sie Hanna in Cambridge besuchen. Hin- und Rückweg dauern insgesamt vier Stunden, und Alice kann sich vorstellen, wie erschöpft sie sein muss.

Zurück in Edinburgh will Alice sich auf ihr Studium konzentrieren, macht sich aber unablässig Sorgen um Hanna. Ganz entgegen der Norm telefoniert sie täglich mit ihrem Vater. Er will wissen, wie es Hanna geht, und Alice hält ihn pflichtbewusst auf dem Laufenden. Er war auch schon in der Klinik, aber nur einmal, zu Anfang der zweiten Woche. Alice weiß, dass Hannas Verhalten nicht besonders ermutigend auf Besucher wirkt, aber trotzdem macht sie ihrem Vater insgeheim Vorwürfe. Selbst Michael hat sie schon drei Mal besucht.

»Besuche scheinen sie aus dem Gleichgewicht zu bringen«, erklärt ihr Vater.

Alles bringt sie aus dem Gleichgewicht, denkt Alice. Sie leidet an einer Psychose. Zu ihrem Vater sagt sie jedoch lediglich: »Sie würde sich bestimmt über dich freuen.«

Am Tag vor Hannas Entlassung kehrt Alice nach London zurück, um sie zu Hause willkommen zu heißen. Da die Osterferien ohnehin bald beginnen, versucht sie, sich wegen der verpassten Seminare und Vorlesungen nicht verrückt zu machen. Ihr Vater bezahlt ihr das Zugticket. Alice nimmt all ihren Mut zusammen und bittet ihn direkt darum, und er sagt: »Natürlich. Aber natürlich.« Dann überweist er ihr zweihundert Pfund.

Ihre Mutter hat angeordnet, dass Hanna Michaels altes Zimmer bekommt. Alice fragt sich, ob Hanna wohl den Humor in diesem späten Erfolg erkennen wird oder ob sie ihren Sinn für Humor verloren hat. Ihre Mutter fährt Hanna in Cambridge abholen, und währenddessen richtet Alice das Zimmer so gemütlich her wie möglich. Sie putzt und bezieht das Bett mit einem neuen Bezug, den sie mit dem Rest des Zuggeldes bei Debenhams gekauft hat. Der Bettbezug ist weiß mit blauen und rosafarbenen Blumen, und Alice gefällt, wie fröhlich er das Zimmer macht. Sie stellt frische Blumen in eine Vase auf den Nachttisch, ein Bund Narzissen von Sainsbury's, und legt dann einen kleinen Stapel Romane (einen Mix aus Schmonzetten und Höhenkammliteratur, um sämtliche Stimmungen zu bedienen) sowie einen teuren Schokoriegel daneben.

Als es so weit ist, scheint Hanna diese Feinheiten nicht zu bemerken. Sie bleibt in der Tür stehen und schaut sich im Zimmer um, äußert sich jedoch nicht dazu. Ihre Mutter stellt Hannas Rucksack in die Ecke und sagt: »So, mein Schatz. Möchtest du dich nach der langen Fahrt ein bisschen ausruhen? Ich habe Lasagne fürs Abendessen vorbereitet, aber die kann ich einfach warm machen, wenn du Hunger hast.«

»Und dazu gibts Knoblauchbaguette!«, verkündet Alice. Wahrscheinlich übertreibt sie es etwas mit dem fröhlichen Ton.

Wortlos streift sich Hanna die Turnschuhe ab, legt sich vollständig bekleidet ins Bett und zieht sich die Decke über den Kopf.

Am Abend wärmt ihre Mutter die Lasagne auf und bringt Hanna etwas davon nach oben.

»Sie isst im Bett«, erklärt sie, als sie wieder nach unten kommt. »Sie wird jetzt erst mal sehr müde sein. Das liegt an den Medikamenten.«

Außerdem, und das erkennt Alice erst nach einer Weile, liegt es an der Depression, die sich infolge der psychotischen Episode über ihre Schwester gelegt hat. Im Laufe der nächsten Wochen ist Hanna außer zum Schlafen kaum zu etwas in der Lage – tagsüber schläft sie mehrmals lange, außerdem die ganze Nacht über –, und wenn sie wach ist, weint sie. Alice hat ihre Schwester zuvor nur selten weinen sehen. Manchmal wischt Hanna sich nicht einmal die Tränen weg, sondern starrt einfach nur geradeaus und lässt sie sich über das Gesicht laufen. Alice weiß dieser Version von Hanna ebenso wenig zu helfen wie der wahnsinnigen. Oft setzt sie sich einfach wortlos neben Hanna, um ihr Gesellschaft zu leisten, aber wenn sie den Arm um ihre Schwester legen will, rutscht sie weg.

Michael kommt immer samstags vorbei und bringt Hanna jedes Mal eine Zeitschrift und eine Packung Fruit Pastilles mit. Hin und wieder ist Alice von seiner Zeitschriftenauswahl überrascht: Einmal ist es *Good Housekeeping*, einmal *Woman & Home* und einmal *Country Life*. Trotzdem sieht Alice, wie Hanna gelegentlich mit ungläubiger Miene darin blättert, also bieten sie ihr immerhin eine gewisse Zerstreuung.

»Du musst sie öfter mal aus dem Haus locken«, sagt Michael zu Alice.

»Ich versuche es ja«, erwidert Alice. »Ich schlage ihr ständig vor, dass wir mal spazieren gehen oder so, aber sie ist immer zu müde.« Oder sie antwortet gar nicht.

»Wir müssen sie irgendwie aus sich rausholen«, sagt Michael. »Diese ständige Brüterei hilft doch nichts.«

»Ich weiß.«

»Ich habe eine gute Idee«, verkündet Michael. »Ich schicke demnächst mal Olivia vorbei. Sie ist sehr empathisch und versteht bestimmt, was Hanna gerade durchmacht. Sie kann ihr sicher helfen.«

Alice denkt, dass dieser Besuch Hanna wahrscheinlich den Rest geben wird, schweigt aber, da sie sieht, wie verängstigt er ist.

Nach den Osterferien kehrt Alice für ihre Prüfungen nach Edinburgh zurück. Auf gewisse Weise ist es eine

Erleichterung, sich eine Weile auf ihr Studium konzentrieren zu müssen. Sie ruft Hanna täglich an, hat jedoch meistens keinen Erfolg; wie gewöhnlich geht Hanna nicht ran, und wenn Alice ihre Mutter anruft, um mit Hanna zu sprechen, ist Hanna zu müde.

»Ihr Gehirn muss sich erholen«, erklärt ihre Mutter. »Lass ihr Zeit.«

Alice fehlt ihre Schwester. Sie trägt Hanna ständig mit sich herum, auch wenn sie gerade nicht über sie nachdenkt. Seltsam, wie nahe sich Alice ihr in dieser Zeit fühlt. Es ergibt überhaupt keinen Sinn, da Hanna mehrere Hundert Meilen entfernt ist und ihre Anrufe nicht entgegennimmt. Trotzdem spürt Alice ein Ziehen im Bauch, direkt unter dem Brustkorb, als hätte sie Hannas Leid in seiner Gänze verschluckt und jetzt keinen Platz mehr zum Atmen.

Als Alice wieder nach London zurückkehrt, um die Sommerferien dort zu verbringen, scheint es Hanna etwas besser zu gehen. Sie ist wachsamer und schläft tagsüber nicht mehr so viel, weint allerdings noch oft. Alltägliche Dinge scheinen ihr viel abzuverlangen, vom Duschen bis hin zu kurzen Spaziergängen. Kemi ist ebenfalls wieder in London, und gemeinsam verkriechen sie sich in Hannas Zimmer und schauen den ganzen Nachmittag Filme. Einmal, als Alice an der Tür vorbeigeht, könnte sie schwören, die beiden würden lachen. Kurz überlegt sie, sich dazuzugesellen, aber niemand hat sie eingeladen.

Während dieser Phase verlässt Hanna das Haus nur

selten, doch ihr Vater und Susan überreden sie zu einem gemeinsamen Ausflug nach Whitstable. Der Tapetenwechsel und die Meeresluft würden Hanna sicher guttun, meint ihr Vater. Alice ist von dieser Wendung äußerst überrascht, und Hanna offensichtlich auch. Vor ihrer Abreise sagt sie: »Endlich habe ich es geschafft, Dads Aufmerksamkeit auf mich zu ziehen.«

Alice lacht und merkt, dass sie dabei leicht hysterisch klingt. Aber das war Hannas erster Witz.

»Und, wie wars?«, will sie wissen, als Hanna am Abend wieder zu Hause abgeliefert wird.

»Harte Arbeit.« Hanna wirkt erschöpft. Es ist gerade mal achtzehn Uhr, und sie geht direkt ins Bett.

Mittlerweile sitzt Hanna nachmittags oft in ihrem schmalen Garten und liest oder hört Musik. Manchmal setzt Alice sich zu ihr. Sie sieht ein gutes Zeichen darin, dass Hanna sich wieder aufs Lesen konzentrieren kann, und sie sitzt gern mit ihrer Schwester im Garten; so viel Zeit haben sie seit Jahren nicht mehr zusammen verbracht. Alice weiß, dass sie sich in Anbetracht der Umstände nicht so sehr darüber freuen sollte.

Obwohl sie so viele gemeinsame Stunden verbringen, kommt Hannas Erkrankung nie zur Sprache, und nach einer Weile wird es Alice unangenehm. Sie will nicht, dass Hanna sich allein damit fühlt oder es für einen Quell des Unbehagens in der Familie hält, und sie will keine von diesen Familien sein, die schwierige Themen meiden (wobei sie das ganz klar sind). Alice beschließt, dass es an ihr ist Hanna darauf anzusprechen.

»Schön, dass du liest«, sagt sie eines Nachmittags, als sie und Hanna nebeneinander auf den Gartenstühlen sitzen.

Hanna wendet den Blick nicht von ihrem Buch ab, hebt nur eine Augenbraue. »Danke. Das mache ich eigentlich schon, seit ich klein bin.«

»Ich meinte, dass du wieder liest. Jetzt.« Alice bricht ab. Natürlich weiß Hanna, was sie meint. Alice schlägt einen anderen Kurs ein. »Langsam scheinst du ja wieder die Alte zu werden, das freut mich.«

Hanna seufzt und gibt keine Antwort.

Alice spürt, dass sie ihrer Schwester schon auf die Nerven geht, bevor sie richtig losgelegt hat. Aber wenn sie jetzt aufgibt, bringt sie womöglich nie wieder den Mut auf, das Thema anzuschneiden. Nach kurzem Zögern fügt sie hinzu: »Dir scheint es viel besser zu gehen.«

»Tut es auch«, erwidert Hanna. »Ich hatte ja keine Wahl. Ansonsten wäre Olivia noch öfter vorbeigekommen.«

Alice lacht. »Toll, dass es dir so gut geht«, sagt sie. »Und wenn du weiterhin deine Medikamente nimmst, bleibt das auch so.«

Hanna wirft ihr einen Blick zu. »Danke für den Hinweis, Schwester Ratched.«

Eine längere Pause entsteht, dann sprudelt es aus Alice hervor: »Du kannst immer noch ein ganz normales Leben führen.« Sie hat sich eingehend informiert. »Machen viele.«

Hanna dreht sich zu ihr. »Alice, kannst du bitte mit dem Scheiß aufhören? Ich hab dich nicht als Therapeutin engagiert. Die ganze Erfahrung war sowieso schon schlimm genug, da musst du mich jetzt wirklich nicht noch extra dran erinnern.«

Hannas Tonfall trifft sie hart. »Ich dachte, es hilft dir vielleicht, darüber zu reden.«

»Tut es nicht.«

»Okay. Tut mir leid.«

Hanna wendet sich wieder ihrem Buch zu.

»Es fällt ihr eben nicht leicht, darüber zu reden«, meint ihre Mutter, als Alice ihr von dem gescheiterten Gesprächsversuch erzählt.

»Aber würde ihr das nicht helfen?«, fragt Alice.

»Offensichtlich nicht.«

»Wenn du es vielleicht mal versuchen würdest …«

»Lass gut sein, Alice«, sagt ihre Mutter streng. »Sie wird schon darüber reden, wenn sie das möchte, und das ist offenbar nicht der Fall. Schizophrenie ist kein einfaches Thema, das macht vielen Leuten Angst. Wir müssen jetzt dafür sorgen, dass sie stabil bleibt und keinen Rückfall hat.«

»Aber sie hat schon solche Fortschritte gemacht, findest du nicht?«, sagt Alice. »Noch einen Monat oder so, dann ist wieder alles in Ordnung mit ihr.«

Ihre Mutter sieht sie an, als hätte sie es mit einer Idiotin zu tun. »Mit ihr wird nie wieder alles in Ordnung sein.«

11

Das Problem lag darin, denkt Hanna später, dass ihre erste Begegnung einfach viel zu gut war. Das wurde ihnen zum Verhängnis. Besser ist es, man lernt sich auf eine unspektakuläre Weise kennen, die sich später nicht so leicht zum Mythos hochstilisieren lässt – über gemeinsame Freunde, online, oder auf einer Party, auf der beide zu betrunken sind, um sich hinterher daran zu erinnern. So besteht womöglich die Chance, den anderen als den zu erkennen, der er ist. Hanna und Dan fanden die Story ihres ersten Treffens so gut, dass sie den Rest der Beziehung überstrahlte. Die Beziehung war lediglich eine Verneigung vor ihrer Ursprungsgeschichte.

Außerdem war sich Hanna damals nicht bewusst, wie einsam sie war, und damit nicht in der Lage, sich vor den Instinkten der Einsamen zu hüten. Werde mein Partner. Rette mich. Ihre Krankheit und die lange, grauenhafte Erholungsphase hatten sie empfänglich gemacht, selbst drei Jahre später noch.

Sie lernt Dan dann in London kennen, wohin sie nach ihrem Abschluss in Cambridge zurückgekehrt ist. Ihre Rückkehr stellt eine größere Herausforderung dar als erwartet; ihre Mutter geht nämlich ganz selbstverständlich davon aus, dass Hanna nach dem Studium wieder bei ihr in Morden einzieht.

»Ich muss unabhängiger werden«, sagt Hanna.

»Das kannst du doch auch von zu Hause aus«, entgegnet ihre Mutter.

»Das ist nicht das Gleiche.«

»Alice ist sich auch nicht zu fein, sie wohnt wieder zu Hause. Das ist völlig normal.«

Als wäre Alice ein guter Maßstab für Normalität!

Hanna versucht, taktvoll zu bleiben. »Ich glaube, es wäre wichtig für mich, nach allem, was passiert ist, wieder auf eigenen Beinen zu stehen.«

»Ich mache mir einfach Sorgen um dich. Solltest du nicht lieber zu Hause sein, wo ich auf dich aufpassen kann?«

»Ich brauche keinen Aufpasser.«

»Es ist noch nicht so lange her, Hanna. Es ist wichtig, dass du …« Sie bricht ab.

Was?, denkt Hanna. Aufgibst?

»In geregelten Bahnen bleibst. Ich will mich um dich kümmern.«

War das nicht schon immer der größte Wunsch ihrer Mutter? Ihre Kinder hinter Schloss und Riegel zu wissen? Die Monate, in denen Hanna zu krank war, um sich gegen ihren dortigen Aufenthalt zu wehren, müssen herrlich für sie gewesen sein. Da zögert Hanna kurz. Das ist nicht ganz fair von ihr. Es war auch für ihre Mutter eine zermürbende Zeit. Und natürlich ist Hanna ihr dankbar für alles, im Nachhinein zumindest, absichtlich und entschlossen. Dennoch fragt sie sich unweigerlich, ob ihre Mutter es irgendwo tief im Innern – ohne Hanna bewusst etwas Schlechtes zu wünschen – doch genossen hat, dass sie so schwach und pflegebedürftig war. Vielleicht spricht Hanna auch deshalb so ungern mit ihrer Familie über ihre Krankheit, da sie dann stets die unterschwellige Selbstgefälligkeit ihrer Mutter zu spüren meint, als hätte diese schon immer geahnt, dass mit Hanna etwas nicht stimmte, und nun hatten ihr die Ereignisse endlich recht gegeben.

Jedenfalls weiß Hanna, dass es ein riskantes Zugeständnis wäre, jetzt nach Hause zurückzukehren – ein Begräbnis bei lebendigem Leib. (Sie neigt zwar immer noch zu Übertreibungen, aber selbst dieses Bild wird dem Widerwillen nicht gerecht, der sie bei dem Gedanken daran überkommt, wieder am Ort ihrer tiefsten Verzweiflung eingepfercht zu sein.) Sie will die monatelange Depression, das Schlimmste, was ihr je widerfahren ist, nicht noch einmal durchleben. Wenn Hanna sich je Gedanken darüber gemacht hätte, wäre sie vor ihrer Erkrankung davon ausgegangen, dass Depression Taubheit bedeutet, aber in ihrem Fall zeichnete sie sich durch ein permanentes Gefühl des Grauens in jedem wachen Moment aus. Und durch endlose Wellen der Traurigkeit. Sie war eine offene, blutende Wunde. Auf gar keinen Fall will sie dorthin zurückkehren.

Alice und ihre Mutter sind entsetzt, als Hanna verkündet, sie wolle im Internet nach einem Zimmer suchen.

»Wie, mit Fremden?«, fragt Alice.

»Fremde sind auch nur Freunde, die man noch nicht kennt«, meint Hanna.

Außerdem kommen auch nur Fremde infrage. Kemi wohnt aus finanziellen Gründen wieder zu Hause, Santiago ist zu ihrem Freund nach Oxford gezogen, und Lavinia ist nach Paris gegangen (wohin auch sonst).

»Mit Leuten aus dem Internet?« Ihre Mutter klingt, als wollte sich Hanna Mitbewohner im Darknet rekrutieren.

Gar nicht so einfach, sich angesichts des erbitterten, verängstigten Widerstandes ihrer Familie nicht beirren zu lassen. Doch Hanna findet ein günstiges Zimmer in einer WG in Neasden (der niedrige Preis ist dem Zustand und der Lage des Hauses geschuldet; in der Woche nach Hannas Umzug wird bei ihnen eingebrochen). Bei ihrem Kellnerjob in der Pizzeria verdient sie nicht viel, und etwas anderes kann sie sich nicht leisten. Aber erst mal braucht sie auch nur eine Verschnaufpause, damit sie überlegen kann, was sie als Nächstes vorhat. Im letzten Jahr in Cambridge hat sie im Gegensatz zu allen anderen keine Bewerbungen verschickt, weil ihr das Ende ihres Studiums, der Abschluss und eine Zukunft unvorstellbar waren. Sie wollte das Schicksal nicht unnötig herausfordern, indem sie weiter vorausplante als bis zu den Abschlussprüfungen.

Am Ende hat sie einen guten Zweierschnitt, fühlt sich wie schon öfter in letzter Zeit merkwürdig desorientiert, und ihr stehen alle Möglichkeiten offen. Aber muss man auf Bewerbungsformularen angeben, dass man in psychiatrischer Behandlung war?

»Wie kommst du darauf?«, fragt Kemi. »Das geht doch keinen was an.«

Hanna kann immer noch kaum glauben, dass diese Episode hinter ihr liegt, dass sie es irgendwie überstanden hat. »Was ist, wenn es irgendwann rauskommt und die mich feuern?«

»Dann zerren wir sie vors Arbeitsgericht«, erwidert Kemi fröhlich. »Außerdem bist du auch nicht verrückter als andere.«

»Kann sein.« Hanna muss an ihre Mutter denken.

Hanna ist also mit ihren zweiundzwanzig Jahren seit ein paar Monaten wieder in London, teilt sich eine Wohnung mit Wildfremden und verbringt ihre Zeit mit Kellnern und Bewerbungen, während sie gleichzeitig versucht, nicht wieder verrückt zu werden.

Die Sache mit Dan beginnt mit einer Partyeinladung von Lola, die einzige von Hannas Cambridge-Freundinnen, die ebenfalls in London wohnt (Hanna hatte nicht ernsthaft in Erwägung gezogen, mit ihr eine WG zu gründen, weil Lola eben Lola ist). Leider fehlt in Lolas Angabe der Adresse ein entscheidendes Wörtchen, sodass Hanna am Abend der Party vor einem Haus in der Clovelly Avenue steht statt in der angrenzenden Sackgasse Clovelly Close.

Hanna wundert sich zwar, als sie sich dem umgebauten viktorianisch anmutenden Gebäude nähert, das sich nicht weiter von seinen Nachbarn unterscheidet, weil sie von drinnen keine Partygeräusche hört, und fragt sich kurz, ob sie zu früh dran ist, was ihr allerdings nie passiert. Vielleicht ist die Schallisolierung so gut, oder die Party ist öde. Sie klingelt bei Wohnung Nummer 2, die Gegensprechanlage knistert, und eine Männerstimme sagt: »Hey, komm rauf.«

Die Tür summt, und Hanna drückt sie auf. Im schmalen Hausflur befindet sich links die Tür zu Wohnung Nummer 1, und eine mit Teppich ausgelegte Treppe führt in den ersten Stock zu Wohnung Nummer 2. Die Tür geht auf, als Hanna gerade oben ankommt. Dahinter steht ein Typ in Hannas Alter mit zerwühltem, sandfarbenem Haar und gut gelaunter Miene. Er hat Kissenabdrücke im Gesicht, ist also gerade aufgestanden. Aus der Wohnung hinter ihm dringt keine Musik, und Hanna entdeckt auch keine anderen Gäste.

»Hey, du bist ja gar nicht Lauren.«

»Und du bist nicht Lola.«

Sie brauchen eine Weile, bis sie das Missverständnis geklärt haben. Sie stellen sich einander vor, und Dan erfährt von Hannas unzuverlässiger Freundin Lola, während Hanna nun weiß, dass Lauren eine Freundin von Dan ist, mit der er heute Abend Pizza essen und *Game of Thrones* gucken wollte.

»Manchmal kriegen wir auch Post für die Clovelly Close. Eigentlich komisch, dass sich nicht noch öfter Leute hierher verirren. Das passiert heute tatsächlich zum ersten Mal.«

»Bestimmt nervig, anderen ständig die Post hinterhertragen zu müssen.«

»Keine Angst, ich behalte sie zur Freizeitlektüre.«

Sie lächeln einander an. »Dann verschwinde ich mal wieder«, sagt Hanna. »Die Party wartet.«

»Beim zweiten Versuch klappt es bestimmt.«

Hanna tritt einen Schritt zurück und – sie kann sich nicht erklären, wie es dazu kommt – verliert das Gleichgewicht auf der Treppe. Beinahe wäre sie gestürzt, doch Dan macht einen Satz nach vorn und schnappt sie sich.

Hinter ihm fällt die Tür ins Schloss.

»Scheiße.«

Hannas Herz rast nach dem Beinahe-Sturz, und sie hält sich am Geländer fest. Dan lässt sie rasch wieder los.

»Hast du dich jetzt ausgesperrt?«, fragt Hanna.

»Jap.«

»Tut mir echt leid.«

»Muss es nicht«, sagt Dan großzügig. »Das passiert mir ständig.«

»Weil du ständig Leute auf dem Treppenabsatz retten musst?«

»Ganz genau.«

»Hat sonst noch jemand einen Schlüssel?«

»Ja, aber mein Handy liegt in der Wohnung. Nicht so schlimm.« Er klingt unbekümmert. »Mein Mitbewohner müsste bald wieder da sein, der lässt mich dann rein.«

»Willst du mein Handy benutzen?«

Er zuckt die Schultern. »Ich weiß bloß die Nummer von meiner Mum auswendig, und die kann mir von Norfolk aus wahrscheinlich auch nicht helfen.«

Plötzlich fällt Hanna ein, dass sie ihn zu Lolas Party einladen könnte. Aber sie will auch nicht komisch wirken. Sie zögert.

»Ist kein Problem, ehrlich. Ich hab mich wirklich schon öfters ausgesperrt. Geh zu deiner Party. Lauren und ich können ja unten im Pub auf meinen Mitbewohner warten.«

»Na ja, wenn du meinst.« Jetzt ist die Gelegenheit dahin, ihn zur Party einzuladen.

Er will sie noch zur Haustür begleiten, aber dort tut sich ein weiteres Problem auf. Während ihres Plauschs auf der Treppe hat sich die Tür verriegelt.

»Na toll. Das war bestimmt der Pisser in der 1. Das macht der ständig.«

Er hämmert gegen dessen Tür, doch niemand öffnet.

»Ja, der ist weg. Schließt immer ab, wenn er geht, auch wenn er weiß, dass noch andere im Haus sind. Hat Schiss vor Einbrechern.«

Hanna findet das in Anbetracht ihrer eigenen jüngsten Erfahrungen nicht unvernünftig. Aber die Situation gefällt ihr trotzdem nicht. »Wir sitzen hier fest.«

»Ja. In der Zwischenwelt. Tut mir leid.«

Hanna seufzt. »Ist dir das auch schon mal passiert?«

Er wirkt peinlich berührt. »Ein, zwei Mal vielleicht. Tut mir echt leid.«

»Du kannst ja nichts dafür.« Hanna beißt die Zähne zusammen.

»Wenn wir komplett einen auf *Peep Show* machen wollen, kann Lauren ja die Pizza durch den Briefschlitz schieben.«

Hanna ist nicht nach Scherzen zumute. Sie verpasst noch die Party, oder zumindest einen Teil davon, und die Situation hier wird langsam unangenehm. Allerdings würde Dan nicht mit ihr hier festsitzen, wenn sie nicht irrtümlicherweise bei ihm geklingelt hätte, weshalb er genauso genervt sein könnte. Die Lage scheint ihn jedoch kaum aus der Ruhe zu bringen. Ob ihn überhaupt etwas aus der Ruhe bringt?

»Und dein Mitbewohner kommt ganz sicher bald nach Hause?«

»Klar«, sagt er. »Glaub ich zumindest.«

»Sicher klingt anders.«

Sie überlegt, den Schlüsseldienst zu rufen, aber das kann sie sich eigentlich nicht leisten, und ihm kann sie die Rechnung schlecht aufdrücken, immerhin ist es auch ihre Schuld, dass sie hier festsitzen. Sie stellt sich selbst ein Ultimatum: Wenn der Mitbewohner in einer Stunde (eine Stunde!) nicht wieder da ist, wird sie Dan den Plan mit dem Schlüsseldienst vorschlagen. Sie kann ja nicht für immer hier im Hausflur bleiben.

Fürs Erste lehnt sie sich an die Wand und rutscht auf den Boden. Kurz darauf setzt sich Dan ihr gegenüber.

»Zum Glück muss ich nicht aufs Klo«, bemerkt Hanna.

»Das wäre problematisch.«

Und zum Glück ist er kein Mörder oder Vergewaltiger, denkt Hanna (soweit sie weiß, zumindest). Sie holt eine Flasche Wein aus der Tasche – einen Fünf-Pfund-Rosé, den sie bei sich im Laden an der Ecke gekauft hat und fragt: »Magst du einen Schluck?« Sie trinkt erst seit Kurzem wieder, seit ihr das Risiko kalkulierbar erscheint. Sie nimmt inzwischen nur noch eine geringe

Dosis Sertralin, und dessen einzige Wechselwirkung mit Alkohol ist anscheinend leichte Müdigkeit.

Sie reichen die Flasche eine Weile hin und her.

»Wie lange wohnst du schon hier?«, fragt Hanna.

»Seit meinem Abschluss vor zwei Jahren. Ich wollte in London bleiben, und das hier konnte ich mir leisten.«

Sie erfährt, dass er Produktdesign an der Brunel University studiert hat und jetzt computergestützte Designs für eine Visualisierungsfirma in Lambeth erstellt (sein Büro ist anscheinend in der Nähe von Alice' Arbeitsstelle). Hanna kennt einige der Filme, an denen er mitgearbeitet hat, und ist beeindruckt. Sein Job klingt auf attraktive Art kreativ und nerdig.

Dann will Dan mehr über sie wissen, und sie erzählt von der Wohnung in Neasden und davon, dass sie die Uni ein Jahr später abgeschlossen hat als ihre Freundinnen, weshalb sie nicht mit ihnen zusammenziehen konnte. Dan stellt zu allem Nachfragen, und Hanna muss plötzlich entscheiden, ob sie näher darauf eingehen möchte, weshalb sie ihr erstes Studienjahr wiederholen musste. Sie hat fest vor, der Frage auszuweichen, vage auf eine familiäre Krise zu verweisen oder zu behaupten, sie hätte Drüsenfieber gehabt oder ihre Prüfungen einfach nicht bestanden.

Sie hat mittlerweile mehrere Lügen getestet, ohne einen klaren Favoriten zu finden, und will gerade eine an Dan ausprobieren, da hält sie inne. Was, wenn sie zur Abwechslung mal nicht vor der Wahrheit zurückschrecken würde? Sie betrachtet das Ganze als eine Art

Mutprobe: Erzähl es jemandem, mit dem du ohnehin festsitzt und den du nie wiedersehen wirst. Er ist ihr Versuchskaninchen. Der Grad seiner Verstörung wird ihr wertvolle Rückschlüsse auf die potenziellen Reaktionen anderer Menschen ermöglichen. Wenn er verängstigt oder ablehnend reagiert, wird sie es ihr Leben lang nie wieder jemandem erzählen, aber dann kann wenigstens niemand behaupten, sie hätte es nicht versucht. Niemand könnte sie als Feigling bezeichnen.

»Ich bin mitten im ersten Jahr an der Uni krank geworden«, setzt sie an. In ihrem Tonfall schwingt eine Spur Trotz mit, das hört sie selbst. Soll er sie doch abstempeln. »Richtig krank. Erst konnte ich nicht mehr schlafen, und dann ging alles irgendwie den Bach runter.« Sie verstummt, sammelt sich, zwingt sich, weiterzusprechen. »Es wurde immer schlimmer, weil ich nicht wusste, dass ich krank bin. Am Ende habe ich … sozusagen die Orientierung verloren.«

»Wie das? Wegen dem ganzen Stress?«

»Ja, das auch. Und ich wurde zwangseingewiesen.«

»Krass! Damit habe ich jetzt nicht gerechnet.«

»Kam auch ganz schön überraschend.«

»Das war bestimmt schrecklich. Scheiße.« Er beugt sich ein wenig vor. »Wie hat sich das angefühlt?«

Hanna ist gerührt und erstaunt von seiner unkomplizierten Reaktion. Normalerweise haben Leute in ihrem Alter noch nicht herausgefunden, wie man angemessen mit schmerzhaften Themen umgeht. Als Santiago Hanna letztes Jahr erzählte, dass bei ihrer Mutter Krebs festgestellt wurde, wusste Hanna nicht, wie sie reagieren sollte, war viel mehr damit beschäftigt, bloß nichts Falsches zu sagen, als auf Santiagos Gefühle einzugehen.

Aber Dan wirkt kein bisschen befangen. In seiner Gegenwart beschleicht Hanna die Hoffnung, dass ihre Krankheit sie vielleicht doch nicht für immer gebrandmarkt hat.

Sie gibt sich Mühe, ihm zu erklären, wie sie langsam den Bezug zur Realität verloren hat, und er hört aufmerksam zu.

»Aber jetzt geht es dir wieder gut?«, fragt er schließlich.

»Ja.« Sie zögert. »Ich war erst ein paar Wochen in der Klinik und dann sechs Monate zu Hause, bevor ich wieder zur Uni bin. Aber so was geht leider nie ganz weg. Jetzt rechne ich praktisch immer damit und warte auf die ersten Anzeichen, damit ich es rechtzeitig merke.« Jetzt, wo sie es einem Fremden gegenüber in Worte fasst, wird ihr bewusst, wie anstrengend das alles ist. Sie hat unglaublich viel geleistet, um an diesen Punkt zu gelangen, leistet täglich noch mehr. Das Olanzapin braucht sie zwar nicht mehr, aber Sertralin nimmt sie nach wie vor jeden Abend, außerdem hin und wieder Diazepam gegen innere Unruhe. Sie beobachtet ihre Stimmung genau, sagt Verabredungen ab, wenn sie sich aufgewühlt oder übermüdet fühlt, versucht, genug zu schlafen, und meldet sich einmal im Monat bei ihrer Psychiaterin.

»Bei Verstand zu bleiben ist quasi ein Fulltime-Job«, sagt sie einmal zu Kemi.

»Nur leider bezahlt dich keiner dafür«, erwidert Kemi. »Also ist es eher ein Hobby.«

Zu Dan sagt Hanna: »Eigentlich ist es paradox, sich gegen Psychosen wappnen zu wollen. Sobald es losgeht, verliert man ja sowieso sein Urteilsvermögen und kann nicht mehr unterscheiden, was echt ist und was nicht. Deswegen ist da ständig die Angst, dass es wieder losgeht, dass es schon zu spät ist und ich es einfach nicht gemerkt habe.«

»Klingt schrecklich.«

»Ist es auch.«

Unmittelbar nach ihrem Klinikaufenthalt kam sie sich manchmal vor, als wäre sie in einem Gemälde von Salvador Dalí aufgewacht, alles in ihrer Umgebung war verrutscht, geschmolzen oder verzerrt. Nichts schien mehr sicher, und alles Bekannte, worauf sie sich früher einmal verlassen konnte, hatte sich verändert oder war verschwunden. In den ersten Monaten ihrer Genesung sah sie immer noch überall Zeichen: Eine Krähe flog über sie hinweg, und kurz glaubte sie, dass sie ihr etwas mitteilen wolle – *Krähen verkünden Unheil, bald passiert etwas Schlimmes* –, bis ihr wieder einfiel, dass ihr Gehirn nicht richtig funktionierte, und sie den Gedanken sorgsam und entschieden beiseiteschob. Das war jetzt also ihr Leben: sich immerzu selbst beobachten, jedem Gedanken misstrauen, sich ermahnen, dass Bäume keine Botschaften senden, dass die Vögel nicht ihretwegen in ganz bestimmten Formationen fliegen. Niemand verfolgt sie, niemand hört ihre Gedanken ab.

Selbst jetzt, drei Jahre nachdem sie ihr Studium

fortsetzen durfte, scheint alles am seidenen Faden zu hängen. Als lebte sie ohne Haut. Aber das kann sie niemandem erklären, weil es niemand verstehen würde, nicht einmal Kemi, die Hanna sonst komplett versteht. Außerdem ist Hanna ihrem sozialen Umfeld schon genug zur Last gefallen, hat ihre Freundinnen oft genug runtergezogen.

Doch es fällt ihr erschreckend leicht, Dan alles zu schildern. Er sieht sie mitfühlend an, stellt unvoreingenommene Fragen.

Das ist Hannas erster Fehler: Sie empfindet seine Reaktion als tröstlich. Erst viel später wird sie erkennen, wie leichtsinnig sie gewesen ist. Sie ist so froh, dass er keine Angst vor ihrer Psychose hat, und erkennt daher nicht, was wirklich dahintersteckt: Er fühlt sich davon angezogen. Er hat durchaus Mitgefühl – da liegt Hanna richtig, denn ein schlechter Mensch ist er nicht – aber sie merkt nicht, wie genüsslich er ihre Erfahrung aufsaugt. Wie aufregend er es findet. Schon ironisch, dass ausgerechnet Hanna, der schon immer vorgeworfen wird, auf Drama aus zu sein, diesen Zug bei jemand anderem vollkommen übersieht.

Außerdem warnt einen keiner, worauf man bei potenziellen Partnern achten sollte, mal abgesehen vom absoluten Minimum wie eine gewisse Vorsicht bei Grausamkeit oder Gewalt, aber was ist mit den subtileren Gefahren? Zum Beispiel das Risiko, sich jemanden auszusuchen, der einen nie wirklich kennen wird, sondern nur die Version, die er in seinem Kopf erschaffen hat? Später im Leben wird Hanna lernen, Menschen in zwei Gruppen zu unterteilen. Zum einen diejenigen ohne spezielle Hintergedanken, die einen beobachten und in Ruhe darauf warten, dass man ihnen zeigt, wer man ist. Und zum anderen diejenigen, die nicht darauf warten, sondern einem eine Persönlichkeit aufdrücken, die Schnipsel ihrer eigenen enthält. Klar, manches gehört wahrscheinlich wirklich zu dir, aber der Rest sind Fetzen ihrer Bedürfnisse und Vorurteile.

Zu Dans Verteidigung muss man sagen, dass er noch jung ist. Er erwartet bestimmte Sachen von anderen, und wenn er sie nicht bekommt, bildet er sie sich eben ein. Womöglich lernt er irgendwann noch, abzuwarten und zuzuhören, wie es auch Hanna lernen musste.

Dan ist fasziniert von der Tatsache, dass Hanna eine Zwillingsschwester hat.

»Wahnsinn!«, sagt er, als sie es zum ersten Mal erwähnt. »Eineiig?«

»Nein.«

»Oh, aber ähnelt ihr euch vom Charakter her?«

»Überhaupt nicht.«

»Wie ist sie denn?«

»Sie …« Hanna kann sich nicht entsinnen, jemals Alice' Persönlichkeit beschrieben zu haben. Es fällt ihr ebenso schwer, als müsste sie ihre eigene beschreiben. »Sie ist nett. Da sind sich, glaub ich, alle einig. Ein netter Mensch.«

»Richtig viel verrät mir das jetzt nicht.«

»Na ja, manchmal ist sie vielleicht *zu* nett.« Hanna sucht nach den passenden Worten. »Man kann mit

Alice kein Spiel gucken, weil ihr die Verlierer immer so leidtun.«

Dan lacht. »Ich glaube, ich weiß so ungefähr, was du meinst.«

Dan hatte auch mal eine Schwester, erfährt Hanna. Sie ist vor seiner Geburt bei einem Autounfall gestorben. Seine Mutter saß am Steuer, und Dan zufolge hat ihr sein Vater nie richtig verziehen. Als Ersatz bekamen sie dennoch ein weiteres Kind, Dan, das jedoch den Verlust nicht wettmachen konnte, und als Dan eingeschult wurde, waren sie bereits geschieden. Das meiste davon erfuhr Dan von seiner Tante, der trinkfreudigen Schwester seiner Mutter. Obwohl er ohne Geschwister aufgewachsen sei, habe er sich nie als Einzelkind gefühlt: Sein ganzes Leben spielte sich im Schatten seiner toten Schwester ab.

»Was für eine furchtbare Geschichte. Deine armen Eltern.«

»Ja.«

Offensichtlich setzt ihm das bis heute zu, selbst jetzt, aber ihr fällt noch etwas anderes daran auf, sie kann es nicht richtig benennen. Es hat damit zu tun, wie er die Geschichte auskostet.

Als Hanna Dans Mutter zum ersten Mal begegnet, ist sie überrascht. Angesichts der tragischen Vergangenheit hat sie sich Dans Mutter als zerbrechliche, bleiche Gestalt vorgestellt, die nur selten lächelt. Dan hat nie viel über sie gesprochen, ist Hannas Fragen ausgewichen.

Seine Mutter stellt sich als massive, warme Präsenz

heraus, umarmt Hanna beim ersten Treffen fest und führt das ganze Essen über redegewandt Konversation. Ihr graues Haar trägt sie kurz und stachelig, dazu große, farbenfrohe Ohrringe, und sie stellt Hanna viele Fragen, reagiert mit »Das ist ja toll!« oder »Na so was!«, als wäre Hanna der interessanteste Mensch, dem sie je begegnet ist. Hanna ist hin und weg von ihr.

»Tut mir leid, falls sie ein bisschen anstrengend war«, meint Dan hinterher.

»Was meinst du damit? Sie ist doch toll. Ich mag sie echt gern.«

»Ja, manchmal kann man es aushalten. Aber mein Dad ist wirklich unerträglich.«

»Eltern können schwierig sein.« Dabei findet Hanna Dans Mum überhaupt nicht schwierig. Kaum vorstellbar, eine Mutter zu haben, die derart beeindruckt von einem ist und nicht jede Kleinigkeit kritisiert, die man sagt oder tut. Kaum vorstellbar, nicht jede Bemerkung seiner Mutter gegen das Licht halten und nach versteckten Spitzen suchen zu müssen.

Dan und Hanna ziehen nach wenigen Monaten zusammen – sie finden eine Mietwohnung in Kilburn mit großen Fenstern und schönem Licht. Zu diesem Zeitpunkt haben ihre Streitereien bereits begonnen. Aber sie haben ja ihre Story, ihre skurrile erste Begegnung, und sie haben ihr gemeinsames Gelächter und ihre knisternde Anziehung. Keiner von beiden kommt auf die Idee, etwas zu hinterfragen.

Alles ging schnell, nicht nur das Zusammenziehen:

Eben waren sie noch Fremde, nun verbringen sie so gut wie jede Minute miteinander. Hanna ist in Dan verliebt, in seine Sanftheit, seinen schrägen Humor, sein sandfarbenes Haar, das immer so aussieht, als käme er gerade aus dem Bett. Doch in erster Linie – das gesteht sie sich jedoch nicht ein – ist sie erleichtert. Jemand hat sie akzeptiert, sogar ausgewählt, die versehrte Version von ihr – wenn er nur wüsste, wie cool und selbstbewusst sie früher war! –, und von nun an muss sie nicht mehr allein sein. Sollte die Krankheit doch zurückkehren (die Angst, die sie packt und ihr den Atem abschnürt), ist nun jemand da, der ihr helfen kann, damit sie nicht alles aufgeben und wieder zu ihrer Mutter ziehen muss. Dank Dan bleibt es ihr vielleicht erspart, wie Tante Katy zu enden.

Hanna bereut, wie sie ihre Tante früher betrachtet hat. Jetzt weiß sie, dass Tante Katys Krankheit kein Witz war, sondern eine Tragödie.

Dan wirkt überrascht, als Hanna ihm erzählt, sie habe einen Platz im Förderprogramm für Führungskräfte im öffentlichen Dienst bekommen.

»So was hätte ich mir bei dir eigentlich nicht vorgestellt«, meint er.

»Irgendwas muss ich ja machen«, erwidert sie achselzuckend.

Der öffentliche Dienst ist ihm offensichtlich zu bieder, zu einfallslos. Anscheinend hat er mehr von ihr erwartet, hält sie für wild und unberechenbar. Er hat wohl nicht verstanden, dass Hanna sich vor allem nach

Stabilität und Sicherheit sehnt. Sie will einen festen Job, einen zuverlässigen Partner, eine anständige, bezahlbare Wohnung – ein solides Fundament, sodass sie, wenn alle Stricke reißen, wenn das Erdbeben kommt, lediglich durchgeschüttelt wird und nicht in sich zusammenfällt.

»Du verwandelst dich noch in deinen Bruder.« (Dan hatte schon das Vergnügen.) »Dann hetzt du im Regierungsviertel rum und redest über das wichtige Memo, an dem du gerade arbeitest.«

»So schlimm ist Michael auch wieder nicht.« Hanna ist überrascht, dass sie ihn plötzlich in Schutz nimmt. »Außerdem bin ich im diplomatischen Dienst. Wird vielleicht ganz glamourös. Überleg mal, wo sie mich überall hin versetzen könnten.«

»Ziehst du dann jeden Tag ein Nadelstreifenkostüm an?«

»Kann sein. Im Gegensatz zu dir sehe ich es nicht als den Gipfel menschlichen Strebens an, in Jeans zur Arbeit kommen zu dürfen.«

Dan schweigt kurz. »Ich will doch nur, dass du dein Potenzial nicht vergeudest.«

»Welches Potenzial?«, fragt Hanna gereizt. Dieser Zug an ihm fällt ihr immer öfter auf. Ständig will er ihr Ratschläge erteilen, hat Ansichten zu ihrem Leben, als könnte er es besser beurteilen als sie. Von außen wirkt er anders: Wenn man ihn kennenlernt, scheint er lieb und zurückhaltend, hin und wieder blitzt sein jungenhafter Charme auf, als würde er es ein wenig zu weit treiben und könnte nicht fassen, wie viel man ihm durchgehen lässt. Deshalb erkennt Hanna erst nach einer Weile, dass er ihr anscheinend misstraut und denkt, sie bräuchte auf Schritt und Tritt seinen Beistand.

Außerdem muss er ständig das letzte Wort haben. Das färbt auf Hanna ab, sodass aus dem Nichts Konflikte entstehen, ganz normale Unterhaltungen rasend schnell eskalieren, bis sie zu wütend aufeinander sind, um die Wogen wieder zu glätten. Hanna weiß: Sie tragen beide dazu bei. Erst in dieser Beziehung wird ihr bewusst, wie streitlustig sie ist. Vielleicht hat ihre Mutter doch recht gehabt; manchmal ist sie wirklich unerträglich, sogar sich selbst. Sie kann nie etwas auf sich beruhen lassen, keine seiner blöden Bemerkungen ignorieren.

Sie streiten über große und kleine Dinge, von der Todesstrafe (Hanna ist dagegen; Dan überraschenderweise dafür) bis zu Fernsehserien (Dan hält *Die Sopranos* für extrem überbewertet; Hanna ist großer Fan). Einer ihrer größten Streite bricht aus heiterem Himmel aus, als Dan meint, die Lehrerausbildung sei »Kinderkacke«. Hanna hat keine Ahnung – bis heute nicht –, wie er darauf kommt, persönliche Erfahrung kann es ja nicht sein. Sie protestiert, dem sei ganz und gar nicht so. Santiago hat sie gerade abgeschlossen, und Hanna weiß, wie hart sie dafür arbeiten musste. Der Streit eskaliert, zieht sich über Stunden (Hanna kann sich den Ablauf hinterher nicht erklären; ihre Streite scheinen sich selbst zu nähren und ohne äußeres Zutun weiterzulaufen). Beide werden ausfallend, und am Ende weigert sich Dan, zu Hanna ins Bett zu kommen, und schläft auf dem Sofa. Später wird Hanna begreifen, dass es eigentlich gar nicht um die Lehrerausbildung ging, ein Thema, an das sie bis zu jenem Tag kaum einen Gedanken verschwendet hat, aber sie kann auch nicht sagen, worum es sonst gegangen sein könnte. Die Beziehung fühlt sich mitunter an wie ein Kampf auf Leben und Tod, der keinen Raum für ihre jeweiligen Bedürfnisse und Meinungen bietet.

Vielleicht besteht das Problem ja gar nicht darin, dass sie nicht zueinander passen, sondern darin, dass sie einander zu ähnlich sind. Irgendwann erkennt Hanna an Dan die gleichen Fehler wie an sich selbst und kann ihn daraufhin nur noch schwer respektieren. Manchmal ertappt sie sich dabei, wie sie ihn mit kühler Distanziertheit betrachtet und seine Schwächen auflistet; dann ist sie verwirrt und erschrocken, weil Dan sicher das Gleiche tut, denn im Grunde schaut sie in einen Spiegel und verurteilt gnadenlos, während sie selbst gnadenlos verurteilt wird. Dan spart nicht mit seiner Verachtung für andere, ist selbst jedoch dünnhäutig und sehr damit beschäftigt, was andere von ihm denken. Ihn beeindrucken Menschen, die Hanna unfreundlich findet, aber hat sie selbst Freundlichkeit nicht immer als nebensächlich abgetan? Dan kauft Bücher bestimmter Autoren – Thomas Pynchon, David Foster Wallace, Hermann Hesse – und stellt sie sich gut sichtbar ins Bücherregal, liest sie allerdings nie, obwohl er es womöglich vorhatte. Er hat so viel vor und tut es nicht. Hanna kann es sich kaum verkneifen, ihn damit aufzuziehen, auch wenn sie sieht, wie sein Gesicht erstarrt und sein

Hass anwächst. Wieso will sie ihn demütigen, statt ihm dabei zu helfen, seine Schwächen zu verbergen, so wie sie ihre eigenen zu verbergen versucht?

Eines Abends gehen sie mit Hannas neuen Freundinnen und Freunden aus der Beamtenausbildung etwas trinken, und sie hat den Eindruck, dass sie sich bestens amüsieren. Dan ist außerordentlich charmant, bringt die anderen zum Lachen, stellt ihnen Fragen, und Hanna ist stolz, ihn mitgebracht zu haben, stolz, dass er zu ihr gehört.

Aber hinterher, als sie fragt: »Und? Wie fandest du sie?«, sagt er nur: »Ganz nett.«

»Mehr nicht?« Sie kann ihre Ernüchterung nicht verhehlen.

»So, wie ich sie mir eben vorgestellt habe. Du weißt schon, beamtenmäßig.«

Nicht das schon wieder. »Was macht denn jemanden deiner Meinung nach ›beamtenmäßig‹?«

»Sie waren halt … du weißt schon. So ernst.«

»Sie sind doch nicht ernst. Ali ist doch zum Totlachen. Du hast dich den ganzen Abend nicht eingekriegt.«

»Ich wollte bloß nicht unhöflich sein.«

Offenbar hat er fest vor, weder an Ali noch an den anderen ein gutes Haar zu lassen. Trotzdem ist sie genervt. Niemand bringt sie so sehr auf die Palme wie Dan. Wenn andere Blödsinn reden, kann sie einfach darüber hinwegsehen und sie im Stillen als Idioten abstempeln, warum dann nicht auch Dan?

»Jen war Kinderschauspielerin und hat in tausend

BBC-Serien mitgespielt. Nach der Uni hat sie zwei Jahre in Sankt Petersburg gelebt, ohne dort eine Menschenseele zu kennen oder ein Wort Russisch zu sprechen. Was ist denn daran bitte langweilig?«

»Von langweilig war keine Rede. Ich habe ›ernst‹ gesagt.«

»Ernst sein ist doch nicht verkehrt«, protestiert Hanna, bevor sie merkt, dass sie ihm damit ein Zugeständnis gemacht und wichtigen Boden verloren hat.

»Hab ich auch nicht behauptet«, antwortet Dan selbstgefällig.

Oft sind sie allerdings sehr glücklich miteinander. Wenn sie nicht streiten, sind sie sogar außerordentlich zufrieden. Hanna scheint eine Art selektive Amnesie zu entwickeln und sich in Friedenszeiten nicht mehr zu erinnern, wie heftig ihre Streite sein können. Manchmal stellt sie sich ein unsichtbares Publikum vor, das beeindruckt davon wäre, wie gut sie übereinander sprechen, wie sehr sie einander zum Lachen bringen, wie offensichtlich die gegenseitige Anziehung ist. Dann wieder wünscht sie sich ein Publikum, wenn Dan ihr Gemeinheiten an den Kopf wirft – »Du bist so arrogant! Wie soll es irgendwer mit dir aushalten?«, oder: »Vielleicht sollten wir uns einfach trennen«, oder der Tiefpunkt: »Meinst du nicht, du solltest lieber noch ein paar Medikamente nehmen? Du hörst dich ganz schön verrückt an« – und es später rundheraus abstreitet.

»So was würde ich nie sagen. Denk dir doch nicht so einen Quatsch aus.«

Dadurch entsteht in Hanna das Gefühl, wieder den Bezug zur Wirklichkeit zu verlieren. Manchmal überlegt sie, ihn während eines Streits heimlich aufzunehmen, aber würde so nicht eine Verrückte handeln?

Sie erzählt den Leuten auf der Arbeit die Geschichte ihres Kennenlernens, und sie sagen: »Wow, wie lustig!«, oder: »Das könnt ihr später euren Enkeln erzählen.«

Als Hanna fragt, ob sie Dan mit in den Pub bringen kann, erwidert Kemi: »Warum nicht? Machst du doch sowieso immer.«

Hanna ist überrascht. Die sonst so lockere Kemi klingt fast eingeschnappt. »Hast du ein Problem damit?«

»Ich hätte nichts dagegen, dich ab und zu auch mal alleine zu sehen.«

»Ich dachte, du magst ihn.«

»Tu ich auch. Darum geht es nicht.«

Es stimmt schon, Hanna und Dan wohnen zusammen, von daher kann sie ihn so oft sehen, wie sie will. Aber seine Anwesenheit hat eine beruhigende Wirkung auf sie, und bis jetzt hielt sie Dan, Kemi und sich für ein prima Dreiergespann.

»Na gut, dann lasse ich ihn eben zu Hause.«

Am anderen Ende der Leitung herrscht Schweigen.

»Bist du sauer auf mich?«, fragt Hanna fassungslos.

»Ich verstehe einfach nicht, warum sich alles ändern muss, nur weil du einen Freund hast. Ich verstehe nicht, warum unsere Freundschaft nicht so bleiben kann wie früher.«

»Ist sie doch!«

»Nein, es ist nicht mehr das Gleiche.«

Hanna ist verwundert. Diese Anhänglichkeit sieht Kemi gar nicht ähnlich.

»Wir sehen uns kaum noch, und wenn, dann ist Dan dabei«, zählt Kemi auf. »Früher haben wir alle paar Tage telefoniert, jetzt vielleicht alle zwei Wochen ganz kurz, wenns hoch kommt.«

»Tut mir leid. Ich hab in letzter Zeit bei der Arbeit viel um die Ohren. Ich versuche, mir mehr Zeit zu nehmen.«

»Daran liegt es nicht, das war ja schon öfter so. Aber früher war ich eben diejenige, der du von deinem Tag erzählt hast. Jetzt kriegt Dan jeden Abend die ganzen sinnlosen, lustigen Storys zu hören, und wenn wir das nächste Mal miteinander reden, hast du die längst vergessen, und wir sprechen nur über oberflächlichen Kram. Er kriegt die ganze Substanz, ich nur das Gerüst.«

»Tut mir leid«, wiederholt Hanna.

»Nein, das muss dir nicht leidtun. Ich kann es auch nicht richtig erklären. Irgendwo ist das ja normal, wenn man eine ernsthafte Beziehung eingeht, aber ehrlich gesagt hätte ich nicht gedacht, dass *uns* das passiert. Das hab ich noch nicht richtig verarbeitet. Jetzt habe ich niemanden mehr, dem ich meine Storys erzählen kann.«

»Du hast doch Joe.« Hanna mag Kemis Freund sehr gern, aber Kemi bleibt nach wie vor dabei, dass es nichts Ernstes sei.

»Ich will meine Storys nicht Joe erzählen, sondern dir.«

»Kannst du doch.«

»Nein, wenn wir uns unterhalten, habe ich ja schon alles vergessen, genau wie du. Wenn mir was Lustiges passiert, merke ich mir das extra für dich, aber dann hast du eine Woche keine Zeit, und dann ist es zu spät. Und wenn dir was Lustiges passiert, gehst du einfach nach Hause und erzählst es Dan. Das ist das Problem. Und wenn wir uns dann endlich mal treffen, bringst du auch noch Dan mit.«

»Ja, verstehe.« Hanna fühlt sich angegriffen, schluckt es aber herunter. »Tut mir leid, Kemi.« Sie klingt förmlicher als beabsichtigt. »Das war keine Absicht. Ich hab es überhaupt nicht gemerkt.«

»Nein. Das merken immer bloß diejenigen, die zurückgelassen werden.«

Als Hanna ihm von der Unterhaltung berichtet, sagt Dan: »Kann es sein, dass ihr euch einfach auseinandergelebt habt?«

Hanna widerspricht entschieden, kommt aber ins Grübeln.

Womöglich liegt es an Kemis Abneigung gegen Dan, dass Hanna sich schließlich jemand anderem hinsichtlich ihrer turbulenten Beziehung anvertraut: Alice.

Beim Kaffeetrinken – sie verabreden sich inzwischen hin und wieder – antwortet sie auf Alice' Nachfrage: »Dem gehts gut. Wir hatten bloß gestern einen Riesenstreit.«

»Oh, das tut mir leid.« Das scheint die Wahrheit. Die meisten Leute könnten es sicher kaum erwarten, die schmutzigen Einzelheiten zu hören (zumindest ginge es Hanna so). Alice dagegen kann Konflikte nicht ertragen. Ihr wäre es am liebsten, wenn jeder still vor sich hin leben würde und nett zu seinen Mitmenschen wäre. Wie langweilig die Welt dann aussähe, denkt Hanna.

Als Alice nicht weiter nachfragt, fügt Hanna hinzu: »Es ging darum, ob weiße Turnschuhe cool oder bescheuert aussehen.«

Dankenswerterweise muss Alice darüber nicht lachen. »Habt ihr euch denn wieder vertragen?«

»Ja.« Hanna zögert, dann fährt sie unsicher fort: »Aber wir streiten uns ziemlich oft.«

Alice nickt. »Aber ihr vertragt euch jedes Mal wieder, oder?«

»Ja, klar.« Alice versteht anscheinend nicht, was sie ihr sagen will. Aber vielleicht hat sie sich auch nicht klar ausgedrückt.

Kurz herrscht Schweigen, dann meint Alice: »Du bist eben ein ziemlich leidenschaftlicher Mensch. Da ist es ja kein Wunder, dass deine Beziehungen auch sehr leidenschaftlich sind.«

Bei Alice hört sich das so positiv an. Als wäre Unbeständigkeit etwas Gutes. Hanna ist kurz erleichtert. Aber in Wahrheit kommt ihre Beziehung ihr gar nicht glamourös vor. Eher anstrengend. Sie weiß nicht, wie sie Alice das erklären soll. Sie führt genau die Art Beziehung, die alle von ihr erwarten, vielleicht die einzige Art, zu der sie in der Lage ist, und Dan ist gut aussehend und witzig und liebt sie, obwohl sie mal zwangseingewiesen wurde und nicht versprechen kann, dass sie nie wieder zwangseingewiesen wird. Worüber beschwert sie sich also?

Hanna hätte gedacht, dass man wenigstens im hohen Alter vor solchen Liebesturbulenzen geschützt sei. Aber eines Tages schockiert ihr Vater sie mit der Neuigkeit, er habe eine neue Freundin.

»Aber er ist fast sechzig!«, meint Hanna empört zu Dan. »Da sollte er sich doch festgelegt haben.«

»Glaubst du, er hat Susan in die Wüste geschickt oder umgekehrt?«

»Keine Ahnung.«

Obwohl Hanna das weder Dan geschweige denn Alice gestehen würde, tut es ihr leid um Susan. Mit den Jahren hat sie sie ins Herz geschlossen. Susan war zwar nie sonderlich spannend, nahm aber Rücksicht auf die Gefühle anderer Menschen, und das weiß Hanna inzwischen zu schätzen.

Doch Susan ist Geschichte, und jetzt steht Christina auf dem Plan. Bisher hat Hanna nur erfahren, dass Christina aus Dänemark stammt, jedoch schon lange in England lebt und dass die beiden sich auf der Arbeit kennengelernt haben. Die neue Beziehung ist anscheinend so ernst, dass ihr Vater sie zum Mittagessen einlädt, um Christina seinen Kindern vorzustellen. (Michael ist gerade in New York und kommt um die ganze Sache herum, wobei er sich aus Loyalität ihrer Mutter gegenüber womöglich ohnehin geweigert hätte; selbst nach über zehn Jahren hat er Susan stets mit kühler Höflichkeit behandelt.)

Alice macht sich Sorgen, wie ihre Mutter auf das Treffen reagieren könnte.

»Herrgott, die sind doch seit Ewigkeiten geschieden«, erwidert Hanna. »Hab dich nicht so. Macht doch keinen Unterschied, ob wir uns mit Susan oder einer Neuen treffen. An die hat Mum sich ja auch irgendwann gewöhnt.«

»Ich mochte Susan«, sagt Alice traurig.

Hanna zuckt die Schultern. Insgeheim ist sie gerührt: Anscheinend bedeuten sie ihrem Vater immer noch so viel, dass er ihnen seine neue Lebensgefährtin vorstellen will. Aber das wird sie Alice ebenfalls nicht auf die Nase binden.

Als der Tag gekommen ist, wundert sich Hanna über ihre eigene Nervosität. Deshalb nimmt sie Dans Angebot an, vorher ein Pint in ihrer Stammkneipe zu trinken. Eigentlich wollte Hanna es bei einem belassen, aber als sie nach der ersten Runde eine Cola bestellen will, verzieht Dan das Gesicht.

»Was?«

»Nichts.«

»Ich will bloß einen guten Eindruck machen.«

»Ist klar.« Er zuckt die Achseln, als wäre ihm völlig egal, was sie trinkt oder sonst mit ihrem Leben anstellt.

Hanna fallen seine Bemerkungen über den öffentlichen Dienst wieder ein. Ob er das hier als weiteres Indiz für ihre fortschreitende Langweiligkeit wertet? Vielleicht hat er ja recht. Die alte Hanna hätte sich nie einen Kopf über ihren Alkoholkonsum gemacht. Die neue Hanna dagegen ist brav und vorsichtig, und die kann Dan anscheinend langsam nicht mehr leiden. Die Vorstellung tut weh. »Na schön«, sagt sie. »Das Gleiche noch mal, bitte.«

Als sie in Barnes aussteigt, ist sie schon viel besser aufgelegt. Alice wartet mit einem Kaktus in der Hand vorm Eingang der U-Bahn-Station.

Sie folgt Hannas Blick. »Für Dad. Können wir ihm ja gemeinsam schenken.«

»Steht er irgendwie auf Kaktusse?« Hanna kichert. »Kakteen, meine ich.«

»Das ist kein Kaktus, sondern eine Sukkulente.«

Das bringt Hanna erneut zum Kichern, und Alice fragt: »Alles okay?«

»Ja, alles klar. Tut mir leid. Eine Sukkulente.« Sie merkt, dass sie schon wieder lachen muss, und stellt mit Unbehagen fest, dass das zweite Pint auf leeren Magen vielleicht doch keine gute Idee war. Sie versucht, sich zusammenzureißen. »Sehr erwachsen von dir, eine Pflanze als Gastgeschenk mitzubringen.«

»Ich fühle mich kein bisschen erwachsen. Wann, glaubst du, fängt das an?«

»Weiß ich auch nicht.«

Sie machen sich auf den Weg zu ihrem Vater.

»Hoffentlich wird es nicht unangenehm«, sagt Alice. »Hoffentlich entstehen keine peinlichen Pausen.«

»Ach, die überbrücken wir dann einfach. Die Sache mit Dänemark ist nützlich, da bieten sich viele Gesprächsthemen an. Guck mal.« Sie holt einen zerknitterten Zettel aus der Jackentasche. »Dan und ich haben eine Liste mit Fragen vorbereitet, falls uns der Gesprächsstoff ausgeht.« Das war während der letzten zehn Minuten im Pub, und am Ende waren sie sehr zufrieden mit ihrer Liste.

Alice wirkt skeptisch. »Meinst du echt, das ist nötig?«

»Absolut. Ich dachte, wir steigen mit ein paar Fragen über Kopenhagen ein. Soll eine sehr saubere Stadt sein. Und Radfahren in der Hauptstadt, mal sehen, wie sie dazu steht.«

»Das muss aber schon natürlich wirken.«

»Klar.« Hanna überfliegt die Seite. »Sind die Dänen religiös? Halten die sich immer noch für Wikinger?«

»Am besten überfallen wir sie nicht so«, meint Alice. »Das mit den Wikingern würde ich streichen.«

»Und das Wetter. Dazu können wir sie ewig ausquetschen. Dort wird es richtig kalt, oder? Vielleicht tragen die im Winter sogar Schneestiefel. Ich wollte schon immer mal wissen, was genau eigentlich Schneestiefel sind. Das können wir sie auch fragen.«

»Aber lass es uns nicht übertreiben.« Alice klingt langsam nervös. »Vielleicht will sie ja gar nicht über Schneestiefel reden.«

Inzwischen sind sie in die Straße eingebogen, in der ihr Vater wohnt, lauter Doppelhaushälften mit Buntglasfenstern in der Haustür.

»Ich wette, sie ist ganz begeistert von uns«, meint Hanna, aber Alice wirkt unsicher.

»Geht es dir wirklich gut? Bist du vielleicht ein bisschen … beschwipst?«

»Nur ganz geringfügig«, erwidert Hanna. »Alles unter Kontrolle.«

Hanna erreicht den Messingklopfer vor Alice und schlägt fester zu als beabsichtigt.

»Hanna, wir sind doch nicht das SEK!«

»Tschuldigung.«

Beinahe sofort geht die Tür auf, und ihr Vater begrüßt sie unerwartet herzlich. »Willkommen, ihr zwei!«

Er hat abgenommen, bemerkt Hanna. Ob das wohl an der neuen Freundin liegt? Er sieht gertenschlank aus. Das Wort »gertenschlank« bringt sie fast wieder zum Prusten, aber sie kann es sich gerade noch verkneifen.

Alice überreicht ihm den kleinen Topf, und er sagt: »Oh, wie schön. Ein Kaktus.« Dann küsst er sie beide unbeholfen auf die Wange.

Hanna geht an ihm vorbei und zieht ihre Jacke aus. »Das ist kein Kaktus, sondern eine Sukkulente.« Sie spricht deutlich und lallt kein bisschen, stellt sie erfreut fest.

»Ist das was anderes?«

»Kakteen sind eine Unterart der Sukkulenten.« Alice scheint einen botanischen Vortrag vorbereitet zu haben.

»Wie interessant.« Ihr Vater führt sie in die Küche und stellt die Sukkulente ab. Dann deutet er auf die Frau, die sich ihnen nun nähert. »Und das ist Christina.«

Christina überrascht sie. Sie ist viel jünger, als Hanna gedacht hat, ungefähr vierzig. Sie hatte sich auf eine gemütliche, mütterliche Frau wie Susan eingestellt, die sie umarmt und ihnen Schokoladenpudding anbietet, aber Christina ist schmal und kantig, trägt dunkelroten Lippenstift und ein elegantes marineblaues Etuikleid. Sie begrüßt Hanna und Alice mit befremdlicher Selbstsicherheit, verteilt Luftküsse ohne jeglichen Körperkontakt. Sie trägt einen leicht floralen, teuer wirkenden Duft. Auf diese kühle Stilsicherheit ist Hanna nicht gefasst gewesen.

Sie nimmt ein Glas Prosecco entgegen, das ihr Vater ihr anbietet, und trinkt einen großen Schluck, um sich zu sammeln. Dann hat sie das Gefühl, sie müsse das Schweigen unterbrechen, das sich zwischen ihnen ausgebreitet hat. »Ganz schön frisch heute, oder?« Sie nimmt noch einen Schluck und fügt dann hinzu: »Christina, spürst du die Kälte überhaupt, so als Dänin?«

Christina wirkt verwundert. »Nein, eigentlich nicht.«

Alice mustert Hanna argwöhnisch. »Schön, dich kennenzulernen, Christina.«

»Gleichfalls. Ich habe schon viel von euch gehört.« Ihr Akzent passt perfekt zu ihr: dezent, gemessen, elegant. »Zwillinge auch noch. Ihr steht euch bestimmt sehr nahe.«

Darauf scheint Alice nichts einzufallen, also übernimmt Hanna. »Mehr oder weniger. Wir sind jetzt zwar nicht so verschieden wie Tag und Nacht, aber wie ein Ei dem anderen gleichen wir uns auch nicht. Wobei Eier ja sehr unterschiedlich aussehen können, das Bild habe ich noch nie verstanden.« Sie bemerkt, dass Christina sie verwirrt anstarrt, vielleicht hat sie es ja übertrieben mit den Redensarten. Sie stürzt ihren Prosecco herunter und wechselt das Thema. »Wie tief fallen eigentlich die Temperaturen in Dänemark im Winter, Christina?«

»Weiß ich nicht genau.« Christina runzelt die Stirn. »Es kann schon recht kalt werden. Minus fünfzehn Grad vielleicht?«

Hanna nickt wissend. Alice wirft ihr einen bittenden Blick zu. »Schneestiefel«, formt Hanna mit den Lippen.

Alice wendet sich hastig wieder an Christina, damit Hanna erst einmal nicht zu Wort kommt. »Dad hat erzählt, du wohnst schon seit fünfzehn Jahren in England. Warst du von Anfang an in London?«

Während Christina sich mit Alice unterhält, kann Hanna sie in Ruhe betrachten. Sie ist sehr attraktiv. Was sie wohl an ihrem Vater findet, der so viel älter ist als sie? Klar, er hat Geld. Die letzten Jahre scheint er auch immer reicher geworden zu sein, während ihre Mutter immer ärmer wurde.

Hanna will noch einen Schluck Prosecco trinken, aber ihr Glas ist leer. Ihr Vater nimmt es ihr diskret ab, dann hat sie ein Glas Wasser in der Hand.

»Hast du momentan viel um die Ohren?«, flüstert er. »Du wirkst ein bisschen … erschöpft.«

»Ja, habe ich.«

»Ich hol dir ein paar Chips, damit du mir bis zum Essen nicht verhungerst.«

Er kann echt ein guter Vater sein, denkt Hanna lächelnd.

Unangenehme Gesprächspausen am Tisch bekämpft Hanna, indem sie immer konkretere Fragen zur Abfallentsorgung in Kopenhagen stellt, die Christina höflich beantwortet. Dann reißt ihr Vater die Konversation an sich (ziemlich abrupt, findet Hanna) und erzählt ausführlich von den neuen interaktiven Sportspielzeugen, die seine Firma gerade einkauft. Hanna geht davon aus, dass das Christina ebenfalls interessiert, immerhin arbeitet sie ja auch dort. Ob ihr Vater wohl noch mit Susan zusammen war, als die Beziehung mit Christina anfing? Am Telefon meinte er leichthin, er und Susan hätten sich getrennt, bevor er ihr von der Neuen erzählte; aber womöglich hat er die Reihenfolge der Ereignisse vertauscht. Immerhin war er auch noch mit ihrer Mutter verheiratet, als er mit Susan zusammenkam. Hanna beobachtet quer über den Tisch, wie er Christina lächelnd Wein nachschenkt. Hanna selbst bleibt bei Wasser und fühlt sich schon etwas besser. Das Essen hilft auch. Anscheinend hat sie noch einmal die Kurve gekriegt.

»Sehr schade, dass euer Bruder nicht da ist«, meint Christina.

»Ja.« Hanna schüttelt ihre Gedanken ab. »Der ist in New York und macht sich wichtig.«

»Er ist auch wichtig, Hanna.« Aus unerfindlichen Gründen muss Alice Michael immerzu verteidigen. An Christina gewandt sagt sie: »Er ist Partner in einer Kanzlei in der City und wurde vorübergehend ins New Yorker Büro versetzt.«

Herrje, warum heiratest du ihn nicht einfach?, denkt Hanna.

»Ganz schön beeindruckend«, erwidert Christina. »Schade, dass Oscar auch nicht da ist. Er hat heute Schauspielunterricht.«

»Wer ist Oscar?«, fragt Hanna.

»Christinas Sohn«, sagt ihr Vater, und Hanna bemerkt den scharfen Blick, den Christina ihm zuwirft.

»Ach so! Wie schön!« Hanna überspielt ihre Überraschung mit übertriebener Begeisterung. Wieder einmal typisch für ihren Vater, diese unwichtige Kleinigkeit nicht zu erwähnen.

»Wie alt ist er denn?«, will Alice wissen.

Christina sieht ihren Vater erneut an, diesmal unverhohlener. »Er ist neun.«

»Schönes Alter.« Alice klingt wie eine Großmutter. Dann stellt sie ein paar höfliche Fragen zu Oscars Hobbys. Hanna muss zugeben, dass Alice sich ziemlich gut schlägt.

»Hört sich sehr begabt an«, ringt Hanna sich ab, nachdem Christina ihnen von Oscars rascher Auffassungsgabe in Mathematik und Naturwissenschaften berichtet hat.

»Ist er auch. Aber am meisten Spaß macht ihm das Theater. Vor Kurzem hat er Peter Pan im Schulmusical gespielt.«

»Wow«, sagt Alice. »Die Titelrolle.«

»Alle sagen, er sei ein Naturtalent. Wenn wir unterwegs sind, gibt er manchmal kleine Darbietungen, dann sind sogar Fremde ganz begeistert.«

»Ein echtes Allroundtalent«, fügt ihr Vater hinzu. »Eine tolle Stimme hat er auch.«

Anscheinend kennt ihr Vater dieses Kind sehr gut und hat vermutlich schon viel Zeit mit ihm verbracht. Ein merkwürdiges Gefühl. Ob Oscar genauso adrett und elegant ist wie Christina? Er klingt jedenfalls einschüchternd.

Gedichte schreibt er auch noch, wie sich herausstellt.

»Wunderschöne Gedichte«, schwärmt Christina. »Er schreibt oft über Tiere, aber auch über seine Gefühle, seine Sicht auf die Welt. Er ist eine ganz wundervolle Seele.«

»Aber wirklich«, meint Hanna.

»Und er hängt sehr an eurem Vater«, ergänzt Christina. »Es ist so schön, die beiden zusammen zu sehen.«

Hanna ringt sich ein Lächeln ab.

Dann steht ihr Vater auf und verkündet, er werde den Tisch abräumen, damit sie zum Dessert übergehen können. Christina schließt sich ihm an und lehnt Hannas und Alice' Hilfe ab.

Während Christina und ihr Vater in der Küche sind, sagt Hanna zu Alice: »Wusstest du, dass sie ein Kind hat?«

»Nein.«

»Wieso hat Dad nichts davon gesagt? Wir haben uns voll zum Affen gemacht.«

»Hats wahrscheinlich vergessen.«

»Sieht ihm ähnlich.«

»Das ist ganz schön anstrengend, oder?«, meint Alice.

»Wie in einem Stück von Pinter. Ich wette, jetzt bist

du doch froh, dass ich so viele Fragen über Dänemark in petto habe.«

»Ein bisschen seltsam war es schon, wie du sie über Recycling gelöchert hast.«

»Und über das Kopenhagener Verkehrsnetz haben wir noch überhaupt nicht gesprochen.«

»Ich glaube, es reicht jetzt mit Dänemark.« (Alice weiß nie, ob Hanna sie nur aufzieht.)

»Aber die Radwege –«

»Hanna.«

Ihr Vater und Christina kehren mit Desserttellern und einem Zitronenkäsekuchen zurück.

»Käsekuchen! Den habt ihr doch am liebsten!«, verkündet ihr Vater grinsend. (Haben sie nicht.)

Nachdem der Nachtisch serviert ist, wendet sich das Gespräch noch einmal Oscar zu. Als Hanna sich anschließend bereit macht, nach Kopenhagens altem Straßenbahnnetz zu fragen – in erster Linie, um Alice zu ärgern –, räuspert sich ihr Vater.

»Also, schön, schön. Schön, euch beide zu sehen.«

Hanna glaubt erst, er wollte sie damit subtil zum Gehen auffordern, was aber seltsam wäre, immerhin sind sie gerade erst zum Nachtisch übergegangen. Sie schaut sich Hilfe suchend nach Alice um, aber die verspeist andächtig ihren Käsekuchen.

»Wir wollen euch etwas mitteilen.« Ihr Vater hält verlegen inne. »Gute Neuigkeiten. Christina und ich werden heiraten.«

Hanna starrt Christina an, die den Blick bescheiden auf ihren Teller senkt.

Hanna ist schockierter, als sie zugeben möchte.

»Wow! Glückwunsch!«, bricht Alice das Schweigen.

»Ja«, presst Hanna hervor. »Toll.« Sie lächelt ihren Vater an. »Wisst ihr schon, wann?« Eine erwachsene Frage, findet sie. Sie sieht, wie ihr Vater Christina einen Blick zuwirft.

»In ein paar Monaten, dachten wir«, antwortet Christina.

»Wow!«, wiederholt Alice. »Wie aufregend.«

»Und wo?«, fragt Hanna weiter.

»In einem Hotel in Chiswick«, sagt ihr Vater.

»Ach, wie schön.« Hanna fängt sich langsam wieder. »Endlich ein Anlass für ein neues Kleid.«

Ihr Vater sieht wieder zu Christina, dann sagt er zögerlich: »Eigentlich wollen wir im kleinen Kreis feiern. Im ganz kleinen Kreis.«

Hanna steht immer noch auf dem Schlauch. »Ihr wollt, dass wir es für uns behalten, damit niemand beleidigt ist?«

»Ich meine, nur Christina und ich.«

Hanna ist einen Moment sprachlos. Vor allem ist sie davon überrascht, dass ihr Vater es immer noch schafft, ihr wehzutun.

»Und was ist mit Trauzeugen?«, fragt Alice.

»Das übernehmen Christinas Freundin und deren Mann.«

»Ach so, klar.« Hanna verstummt kurz. »Ist Oscar dabei?«

»Ja, aber er ist auch noch klein. Wir können ihn ja nicht alleine lassen oder bei den Nachbarn parken.«

Mit uns hast du das auch gemacht, denkt Hanna.

»Das versteht ihr doch, oder?«, fragt ihr Vater. »So ist es am einfachsten. Wegen eurer Mutter und so.«

»Natürlich«, sagt Alice.

Leicht verzögert fallen auch Hanna ihre Manieren wieder ein. »Natürlich«, echot sie.

Nach einer erneuten Pause verkündet Alice heiter: »Ich freue mich für euch. Herzlichen Glückwunsch noch mal.« Sie hebt ihr Glas.

Nachdem sie angestoßen haben, steht Hanna auf. »Ich muss mal.«

Im Bad schließt sie ab, lehnt sich ans Waschbecken und ringt um Fassung. Wieso will er überhaupt noch mal heiraten, und wieso diese fremde Frau, von deren Existenz sie gerade erst erfahren haben? Mit Susan war er über zehn Jahre zusammen (wenn nicht noch länger), und von Heiraten war nie die Rede. Susan hat im Gegensatz zu Christina wohl nicht darauf bestanden. Bestimmt ist die Idee nicht auf dem Mist ihres Vaters gewachsen. Typisch. In Beziehungsfragen hält Hannas Vater es mit dem ersten Newtonschen Gesetz: Ein Körper verharrt im Zustand der Ruhe, sofern er nicht durch von außen einwirkende Kräfte zur Änderung seines Zustands gezwungen wird. Wahrscheinlich war es auch nicht seine Idee, seine Kinder von der Hochzeit auszuschließen. Und bestimmt kam er nicht einmal auf die Idee, Christina zu widersprechen. Obwohl Hanna ihn bereits ihr ganzes Leben kennt, weiß sie sehr wenig über die Persönlichkeit ihres Vaters. Vielleicht hat er auch gar keine eigene. Ein Mann ohne scharfe Umrisse, der sich von derjenigen formen lässt, mit der er gerade zusammen ist; ein stehendes Gewässer, das nur auf eine vorgegebene Fließrichtung wartet.

Was für eine Rolle spielt all das überhaupt? Hanna dreht den Hahn auf und spritzt sich Wasser ins Gesicht. Inzwischen ist sie stocknüchtern. Sie wird wieder reingehen, ihren Kuchen aufessen und Gleichgültigkeit demonstrieren.

»Du kannst so gefühllos sein, Hanna«, meinte ihre Mutter vor Kurzem. »Richtig kalt. Das macht mir Angst.« Dann seufzte sie. »Vielleicht lernst du irgendwann noch, das besser zu verbergen. Zu mehr reicht es wahrscheinlich nicht.«

Anlass dafür war eine Auseinandersetzung, während der sie Hanna vorwarf, nicht genug Zeit mit ihrer Familie zu verbringen, aber das mit der Gefühllosigkeit hat ihre Mutter ihr schon öfter vorgeworfen. Einmal ist sie zu kühl, dann wieder übertrieben emotional und theatralisch. Wenn sich ihre Mutter wenigstens mal entscheiden könnte.

Hanna dreht den Wasserhahn zu. Vielleicht hilft sie ihr ja jetzt, ihre angeborene Gefühlskälte.

Zurück im Esszimmer nimmt sie wieder Platz und trinkt einen Schluck. Sie schenkt Christina ihr höflichstes, gesellschaftstauglichstes Lächeln und sagt: »Christina, Kopenhagen soll ja sehr radfahrerfreundlich sein, stimmt das?«

Christina nickt leicht verwirrt und entschuldigt sich, um selbst auf die Toilette zu gehen. Hannas Vater holt noch eine Flasche Wein, und Alice raunt ihr zu: »Das Gleiche habe ich sie eben auch schon gefragt. Alle saßen so still da, da bin ich in Panik geraten. Jetzt denkt sie bestimmt, wir haben sie nicht mehr alle.«

Auf dem Weg zurück zur U-Bahn herrscht Schweigen zwischen Hanna und Alice.

»Wir könnten immer noch die Hochzeit crashen«, sagt Hanna schließlich. »In Verkleidung auftauchen.«

»Er hätte uns einladen sollen«, entgegnet Alice.

»Offensichtlich wollen sie uns nicht dabeihaben. Und er hat schon recht damit, dass es wegen Mum unangenehm wäre. Zumindest bleibt uns das erspart.«

»Das macht es auch nicht besser.«

Plötzlich merkt Hanna, dass Alice weint. Mit dem Handrücken wischt sie sich stille Tränen aus dem Gesicht.

»Hey, Al. Ist doch egal. Da machen wir uns nichts draus.«

»Es tut aber weh.«

»Ja, klar. Aber das ändert auch nichts. Er wollte uns noch nie wirklich um sich haben, oder?«

Alice schweigt, und Hanna wird klar, dass sie gehofft hat, Alice würde ihr widersprechen.

»Ist doch egal«, wiederholt Hanna.

Sie bleiben an den Drehkreuzen der U-Bahn-Station stehen und kramen ihre Karten hervor.

»Dabei will ich nicht mal unbedingt hin«, sagt Alice mit belegter Stimme. »Ich wünschte bloß, er würde uns dabeihaben wollen.«

Hanna schweigt. Dann sagt sie: »Hey, aber dieser Oscar ist doch garantiert ein Arschlochkind, oder?«

Da muss Alice ein bisschen lächeln.

Dans Antrag ist eine dicke Überraschung, und zwar nicht nur, weil sie so jung sind und in ihrem Freundeskreis keiner auch nur ans Heiraten denkt, sondern auch, weil sie zu diesem Zeitpunkt in einer ausgewachsenen Krise stecken.

»Das spielt keine Rolle«, meint Dan, als Hanna ihn darauf aufmerksam macht. »Ich will dich nicht verlieren. Lass uns einfach heiraten.«

Der Auslöser ihrer jüngsten Unstimmigkeiten ist Dans neue Arbeitskollegin Jessica. Sie fängt kurz nach Hannas Begegnung mit Christina in Dans Firma an, und plötzlich hört Hanna ihren Namen andauernd. Jessica und Dan arbeiten gemeinsam an einem Projekt, und Jessica ist anscheinend besonders geschickt, talentiert und auch noch witzig. Außerdem, erzählt Dan, geht sie *jeden Tag* ins Fitnessstudio. (Hanna weiß nicht, was sie mit dieser Information anfangen soll. Sie fühlt sich latent angegriffen.)

Hanna gibt sich alle Mühe, Dans Begeisterung zu ertragen. Ist doch schön, sagt sie sich immer wieder, dass er sich so gut mit seiner Kollegin versteht. Ist doch schön. Eine Weile lang drehen sich Dans Anekdoten ausschließlich um Jessica.

Dann erwähnt er sie plötzlich nicht mehr.

Da fängt Hanna wirklich an, sich Sorgen zu machen. Erschwerend kommt hinzu, dass Dan auf einmal an mehreren Abenden die Woche mit seinen Kollegen in den Pub geht, was er vorher nie getan hat.

»Vielleicht kann ich ja auch mal mitkommen«, sagt Hanna. »Klingt lustig.«

Er zuckt die Schultern. »Normalerweise bringt man seinen Partner nicht mit, wenn man mit Kollegen einen trinken geht. Du würdest dich sowieso langweilen.« Aber Hanna ist sich sicher, dass sein Kollege Nick schon mal seine Freundin mitgebracht hat und jemand anderes einen Freund; ganz sicher. Aber sie kann ihn ja schlecht zwingen.

Dan hat jetzt auch ein strengeres Auge auf sein Handy, aber vielleicht bildet sich Hanna das nur ein. Er tippt ständig darauf herum, und wenn sie zu ihm geht, schaltet er schnell das Display aus. Obwohl sich Hanna selbst nie als eifersüchtig eingeschätzt hat, ist sie es anscheinend doch.

»Aber wir wollten doch was zusammen machen«, sagt sie manchmal und hört selbst den quengelnden Ton in ihrer Stimme. Herrgott, sie klingt wie ihre Mutter! Dabei wollten sie gar nichts zusammen machen, nicht so richtig. Nur gemeinsam zu Hause essen. Kein Wunder, dass ihm der Pub spannender vorkommt.

»Du wolltest um acht wieder da sein, jetzt ist es schon neun«, wirft sie ihm vor.

»Eine Stunde später«, protestiert Dan. »Ist das echt so schlimm? Es ist Freitagabend, meine Fresse! Hey, es tut mir ja leid, okay? Ich hab nicht auf die Uhr geguckt. Die anderen sind alle noch länger geblieben als ich, die müssen auch nicht um acht zu Hause sein.«

Das macht Hanna noch wütender, weil Dan nicht ganz unrecht hat; sie sollte ihn nicht anmeckern, nur weil er an einem Freitagabend eine Stunde später nach Hause kommt als angekündigt. Wie erbärmlich. Aber es macht sie rasend, zu Hause zu sitzen und auf ihn zu warten, während die Minuten verstreichen und es immer später wird. Sie stellt sich vor, wie gut er sich wohl amüsiert, mit Jessica trinkt und lacht. Zu dem Zeitpunkt hat sie Jessica selbstverständlich schon bei Facebook und auf der Firmenwebsite ausfindig gemacht. Besonders hübsch ist sie nicht, aber sie hat schönes Haar. Tröstlich findet Hanna das nicht. Und sie kann sich selbst nicht dafür leiden, dass sie nachgeforscht hat.

Hanna hat das Gefühl, er würde ihr entgleiten, also gibt sie sich mehr Mühe. Sie trägt wieder Make-up, legt mehr Wert auf ihre Kleidung. Sie versucht sogar, besser zu kochen. Ja, sie weiß selbst, wie traurig das alles ist.

»Voll Stepford-mäßig«, hört sie Kemi sagen. Aber derzeit vertraut sie sich Kemi nicht so oft an.

Bei dem Gedanken, Dan könnte sie betrügen oder kurz davor sein, wird ihr schlecht vor Angst. Sie versucht immer wieder, es sich auszureden. Er trifft sich ja nicht allein mit Jessica. »War ein Haufen Leute dabei«, sagt Dan leichthin, wenn sie fragt, mit wem er unterwegs war. »War eine größere Gruppe.«

Später, als Hanna den Fehler macht, ihm ihre Bedenken bezüglich Jessica mitzuteilen, meint er: »Ach Hanna, hör doch auf, wir sind bloß Freunde. Darf ich keine weiblichen Freunde mehr haben?«

Selbstverständlich darf er das. Hanna weiß auch nicht, was in sie gefahren ist. Dan hat eine Menge guter Freundinnen, und sie hat sich nie daran gestört. Die meisten mag sie sogar, vor allem Lauren. Warum ist sie dann plötzlich so besessen von dieser Jessica?

Irgendwann kommt ihr der Gedanke, dass es sich womöglich um die ersten Anzeichen aufkommender Paranoia handeln könnte. In ihrem Hirn läuft etwas schief. Der Gedanke macht ihr Angst, und Dan scheint es auch zu bemerken. »Alles in Ordnung bei dir, Hanna?«, fragt er, als sie sich mal wieder streiten. »Bist du dir sicher, dass alles in Ordnung ist?«

Hanna nimmt sich vor, mit aller Kraft gegen die drohende Psychose anzukämpfen. Sie wird sich fest im Griff haben und ihn nie wieder auf Jessica ansprechen. Aber es ist ein harter Kampf. Die Erkenntnis, dass der eigene Freund keine Zeit mehr mit einem verbringen will, ist deprimierend. Sie lachen nicht mehr oft miteinander. Vermutlich geht er zum Lachen woandershin. Und zum Streiten zu Hanna.

Den Antrag macht Dan ihr nach einem heftigen Streit. Darin geht es um Jessica, obwohl keiner von ihnen ihren Namen ausspricht. Hanna hat sie seit ihrem heimlichen Schwur nicht mehr erwähnt.

Aber in diesem Fall fühlt sie sich tatsächlich im Recht, denn diesmal hatten sie wirklich gemeinsame Pläne. Sie wollten zusammen ins Kino gehen und die 21-Uhr-Vorstellung von *Anna Karenina* sehen, aber um zehn nach neun sitzt Hanna immer noch allein in der Wohnung, weil Dan noch nicht von seinem After-Work-Umtrunk zurück ist. Auf ihre Nachrichten antwortet er auch nicht. Hanna macht sich langsam Sorgen, er könnte tot sein.

Als er um Viertel nach neun endlich nach Hause kommt, dauert es nur Sekundenbruchteile, bis ihre Erleichterung schäumender Wut Platz macht. An seinem schlaffen Gesichtsausdruck und dem unsteten Blick erkennt sie sofort, dass er betrunken ist.

»Was soll der Scheiß? Der Film hat vor einer Viertelstunde angefangen. Wo zum Teufel warst du?«

»Die Tube kam ewig nicht.«

»Das beantwortet nicht meine Frage.«

»Ich war in der U-Bahn.« Pause. Dann endlich: »Tut mir leid, Han.«

»Na toll. Jetzt haben wir den Film verpasst. Vielen Dank auch.«

»Ach komm, ist doch direkt um die Ecke. Da laufen bestimmt immer noch die Trailer.«

»Aber dann verpassen wir den Anfang. Außerdem will ich nicht rennen, hektisch Tickets kaufen und dann im Dunkeln nach den Plätzen suchen, während der Film schon läuft. Ich wollte rechtzeitig da sein, Popcorn holen, gute Plätze aussuchen und mir die Trailer angucken.« Tränen treten ihr in die Augen.

»Dann gehen wir halt morgen.«

»Ich wollte aber heute.«

»Na gut, dann gehen wir heute.«

Hanna schnaubt zitternd. »Zu spät.«

»Ist es nicht, wenn wir uns beeilen. Sei doch nicht

so pingelig mit deinem perfekten Kinoerlebnis. Ist doch nur ein Film und nicht deine Hochzeit.«

»Du kannst mich mal, Dan.« Sie stürmt davon, aber die Wohnung ist klein, viele Orte gibt es nicht, an die sie stürmen könnte. Sie verbringt die nächsten zehn Minuten damit, in ihrem Schlafzimmer auf und ab zu tigern, zu sauer, um richtig zu weinen.

Als ihr Ärger später am Abend verflogen und sie nur noch müde ist, sagt sie: »Ich will das nicht mehr.«

»Super.« Dan ist inzwischen wieder nüchtern – das verdankt er der Kombination aus Hannas Zorn und mehreren Gläsern Wasser. »Dann hören wir auf mit dem Gestreite und sind einfach wieder wie früher.«

»Das geht nicht. Ich weiß nicht, wie. So habe ich das nicht gemeint.« Sie ringt mit sich. »Ich finde, wir sollten uns trennen.«

Das muss Dan erst einmal sacken lassen. »Nein.« Dann strenger: »Nein, Hanna. Das willst du doch gar nicht.«

»Ich weiß nicht, was ich will. Ich kann so nicht mehr weitermachen.« Sie muss weinen. »Ich hasse mich selbst, wenn ich mich so aufführe. So war ich früher nicht. Ich verstehe nicht, was passiert ist.« Tränen laufen ihr in Strömen über das Gesicht. Er legt die Arme um sie, und einen Augenblick lang gestattet sie sich, der Umarmung nachzugeben, als könnte sie sich tatsächlich trösten lassen, ausgerechnet von ihm.

»Ich werde mich ändern«, sagt Dan. »Wir ändern uns beide. Alles wird anders. Ich verspreche es dir. Wir können uns nicht trennen; wir sind doch füreinander bestimmt. Waren wir schon immer.« Der Alkohol wirkt noch nach, und er ist nach wie vor verliebt in die Vorstellung von ihnen als Paar. »Beziehungen sind eben nicht immer einfach. Aber das wussten wir von Anfang an. Das zwischen uns ist es doch wert, darum zu kämpfen.« (Zu dem Zeitpunkt hält das keiner von beiden für eine ausgelutschte Floskel.)

Eine Weile später, nachdem Hanna noch mehr Tränen vergossen hat und Dan ebenfalls, verkündet er: »Ich finde, wir sollten heiraten.«

»Das ist keine gute Idee.«

Mit der einnehmenden Dringlichkeit, an die sie sich aus ihren Anfangstagen erinnert, erwidert Dan: »Doch, ist es. So was weiß man einfach.«

»Wir sind noch zu jung.«

»Wir sind erwachsen. Wir wissen, was wir wollen.«

»Aber das sagst du doch jetzt nur, weil ich Schluss machen wollte.«

»Ich will dir zeigen, wie viel du mir bedeutest. Wenn wir es richtig offiziell machen, wird garantiert alles anders.«

Und irgendwann, das Ende all ihrer Probleme in Sicht, gibt Hanna nach. »Okay, von mir aus.«

Keine wahre Liebesgeschichte kommt ohne Konflikte aus. Eine Beziehung ohne Konflikte ist vielleicht schön, aber davon erzählen möchte man niemandem.

Hanna befürchtet, dass Kemi die Neuigkeiten von ihrer Verlobung nicht mit ungetrübter Freude aufnehmen wird, und das ärgert sie. Also erzählt sie es zuerst Alice, bei der man sich auf eine unkomplizierte Reaktion verlassen kann.

»Hanna, das ist ja wundervoll!«, sagt Alice, als sie sich am nächsten Abend im Pub treffen. »Hast du auch einen Ring?«

Zum ersten Mal fällt Hanna auf, dass ihr ein Ring fehlt. »Noch nicht. Es war sehr spontan.« Dann fügt sie hinzu: »Verlobungsringe sind doch eh ein patriarchales Besitzsymbol, oder? *Diese Frau ist vom Markt.* Wieso tragen Männer nicht auch welche?«

»Ihr könntet doch beide einen haben«, schlägt Alice vor. »Wie auch immer, das sind tolle Neuigkeiten. Herzlichen Glückwunsch!« Dann geht sie zur Theke und bestellt eine Flasche Prosecco, die sie in einem Eimer mit Eis und zwei Sektflöten zum Tisch trägt. Die Geste rührt Hanna. Alice verdient nicht viel, und das hier ist eine teure Art, Prosecco zu trinken.

Alice hebt ihr Glas. »Auf deine Verlobung.«

Hanna überkommt eine Welle der Dankbarkeit für Alice, für ihre Großzügigkeit und Treue. Sie nimmt sich vor, Alice zukünftig nicht mehr als selbstverständlich anzusehen.

Auch ihre Mutter spricht ihr unerwartet warmherzig ihre Glückwünsche aus. Hanna hat mit ihrer Missbilligung gerechnet (»Du bist doch erst sechsundzwanzig«, »Die Ehe ist auch nicht das Gelbe vom Ei« und so weiter), oder zumindest dem angedeuteten Vorwurf, Hanna tue das alles nur, um Aufmerksamkeit auf sich zu ziehen. Stattdessen scheint ihre Mutter hocherfreut.

»Das ist genau, was du brauchst, Hanna. Dan ist ein

sehr netter Mann, er kümmert sich bestimmt gut um dich.«

Aha, überlegt Hanna, ihre Mutter glaubt also, sie brauche irgendeine Form der Betreuung. Aber wenigstens ist sie ausnahmsweise mal nett.

Selbst Kemi spart sich die Einwände, auf die Hanna sich gefasst gemacht hat, sodass sie ihre eingeübten Gegenargumente in der Schublade lassen kann. »Na, das ist doch schön«, sagt sie. »Glückwunsch.« Aber Kemis Reaktion fällt deutlich verhaltener aus als die von Alice und ihrer Mutter, und das kränkt Hanna, obwohl sie schon damit gerechnet hat – vielleicht auch deshalb, weil sie in Wahrheit selbst ihre Zweifel hat.

Als Hanna ihrem Vater von dem Heiratsantrag erzählt, besteht er überraschenderweise darauf, sie zur Feier des Tages zu einem Italiener in Islington einzuladen. Er ist selbst frisch verheiratet, vielleicht hat er deswegen eine Schwäche für Verlobungen. Hanna spürt, wie sehr seine Aufmerksamkeit ihr schmeichelt, und ärgert sich darüber.

Bei einem Teller Nudeln gratuliert er ihr, und beim Dessert – Tiramisu für Hanna (»Heute mal kein Käsekuchen?«), Sorbet für ihn – eröffnet er ihr, Christina sei schwanger.

Ob er sich die großen Verkündungen immer bis zum Nachtisch aufhebt, falls er danach schnell das Weite suchen muss?

»Wirklich? Wie schön.«

»Sie ist im vierten Monat. Wird ein Frühlingsbaby.«

Aber ihr Vater ist zu alt für ein Baby. Heute sieht er besonders alt aus: Seine Backen hängen schlaff herab, als wollten sie ihm aus dem Gesicht rutschen, und sein schütteres Haar ergraut langsam. Vor allem wirkt er müde. Hanna erfüllt es mit Unbehagen, ihren Eltern beim Altern zuzusehen. Eines Tages werden sie nicht mehr da sein, und das scheint undenkbar.

»Ich habe was für dich, mein Schatz.« Ihr Vater zögert, und Hanna betrachtet ihn interessiert. Was könnte er ihr noch bieten?

Geld natürlich. Nur ein bisschen, meint er, das er im Laufe der Jahre beiseitegelegt hat, für schlechte Zeiten. Sie soll es haben. Für ihre Hochzeit, oder ihr Leben mit Dan.

Hanna schaut auf ihren Löffel, mit dem sie die letzten Tiramisureste von dem kleinen Porzellanteller kratzt.

Er holt einen gefalteten Scheck aus seiner Brieftasche und reicht ihn ihr. Dreißigtausend Pfund. Sie kann nicht fassen, wie viel Geld das ist.

»Leg es an. Pass gut drauf auf. Nimm es für die Hochzeit oder als Anzahlung für ein Haus.«

Hanna starrt immer noch auf den Scheck. »Danke«, sagt sie schließlich.

»Eins noch«, sagt ihr Vater. »Erzähl den anderen lieber nichts davon.«

»Den anderen?«

»Michael und Alice. Vielleicht habe ich später auch noch was für die beiden. Aber das hier ist erst mal nur für dich.«

Hanna fragt nicht, warum, stellt gar keine Fragen, aber er spricht trotzdem weiter.

»Ich bin jetzt wieder verheiratet, und das Baby ist unterwegs. Die Sache ist die, Christina sorgt sich sehr um das Baby und Oscar. Er hat seinen Vater nie kennengelernt. Sie will Oscar unbedingt beschützen, und das Baby auch. Sie hat es im Leben nicht immer leicht gehabt, deshalb ist sie in bestimmten Fragen ziemlich ängstlich.«

Hanna schweigt.

»Ich muss dafür sorgen, dass sie abgesichert sind, das ist ihr sehr wichtig. Deshalb sollst du jetzt etwas bekommen. Verstehst du?«

Sie nickt, wenngleich sie es nicht ganz versteht. »Klar.«

Dann bestellt er noch was zu trinken – Amaretto für sie und einen Kognak für sich – und erzählt ihr, das Baby solle August heißen, wenn es ein Junge wird (dänisch ausgesprochen), und Alma, wenn es ein Mädchen wird.

»Dein Name wirkt ja auch ein bisschen skandinavisch«, sagt er zu Hanna. »Da könntet ihr als Geschwister durchgehen.«

Aber wir sind doch Geschwister, denkt Hanna.

»Ich weiß gar nicht mehr, warum wir damals das H am Ende weggelassen haben. Vielleicht aus Versehen.« Dann lächelt er sie an – ein merkwürdiges, trauriges Lächeln, das sie nicht wiedererkennt. »Weißt du, Hanna, dich mochte ich stets am liebsten.«

Da kommen ihr die Tränen. Allerdings nicht, weil

er endlich gesagt hat, was sie schon immer von ihm hören wollte, sondern weil es jetzt zu spät ist und es sie nicht mehr interessiert. Warum fühlt sich das Ganze so sehr nach einem Abschied an? Sie ahnt noch nicht, dass ihr Vater sie nach der Geburt ihres kleinen Bruders nicht einladen wird, um ihn zu besuchen, und jedes Mal neue Ausreden erfindet, bis Hanna endlich begreift, dass sie nicht willkommen ist. Danach sieht sie ihren Vater nur noch ein paar Mal, und das stets an neutralen Orten und ohne Christina. Einmal bringt er August mit, das einzige Mal, dass Hanna ihren kleinen Bruder sieht. Sie wird den Grund für Christinas Feindseligkeit nie erfahren, die sich im Übrigen auch auf Michael und Alice erstreckt. Irgendwann kommt sie zu dem Schluss, dass Christina einfach hasserfüllt ist, und wundert sich, wie sie das bei ihrem ersten Treffen übersehen konnte.

Obwohl Hanna all das jetzt noch nicht wissen kann, beschleicht sie doch eine gewisse Vorahnung. Deshalb verschließt sie sich innerlich vor ihm, obwohl er plötzlich so liebevoll mit ihr spricht, faltet den Scheck fein säuberlich zusammen und steckt ihn ins Portemonnaie, ohne ihren Vater anzusehen. »Danke für das Geld.«

Auf dem Weg zurück zur Tube denkt sie daran, wie sie ihn als Kind für einen Gott gehalten hat. An seiner unvollkommenen Liebe gab sie sich selbst die Schuld. Sie weiß nicht mehr genau, wann der Prozess der Desillusionierung einsetzte, aber wahrscheinlich schon, bevor er sie verlassen hat. An so vieles aus ihrer Kindheit kann sie sich nicht erinnern, und den Erinnerungen, die sie hat, traut sie nicht richtig. Aber mittlerweile kann sie beinahe das Gefühl artikulieren, dass ihre Eltern ihr bestimmte Sachen geschuldet haben, auf die sie immer noch wartet.

»Teilst du es dir mit Alice und Michael?«, fragt Dan sie am Abend. Manchmal melden sich seine Prinzipien, aber immer im unpassendsten Moment.

»Vielleicht gibt er ihnen ja eigene Schecks.«

»Glaubst du wirklich?«

Hanna schweigt. Sie hat vergessen, dass Dan auf bestimmte Formen von Fairness großen Wert legt. Nach einer Weile sagt sie: »Eigentlich ist es ja für unsere Hochzeit.«

Sie hat längst entschieden, das Geld für sich zu behalten. Es steht ihr zu, sie hat es verdient, auch wenn sie nicht weiß, wodurch. Außerdem würde Alice es natürlich brühwarm ihrer Mutter erzählen, weil sie ihr immer alles erzählt. Und Hanna will nicht, dass ihre Mutter davon erfährt. Sie kann sich ihre Reaktion ausmalen – *Hanna lässt sich kaufen* –, und wenn sie es von jemand anderem hören würde, wäre es wahr.

Dan schweigt einen Augenblick, dann sagt er leise: »Ist natürlich deine Entscheidung. Aber solltet ihr ein Geschenk von eurem Vater nicht unter euch dreien aufteilen?«

Hanna zuckt die Schultern. »So eine Familie sind wir nicht.«

12

Nach der Geburt seines Sohnes August (dänisch ausgesprochen) vergeht kein Jahr, dann ist Paul tot. Ein tragischer Unfall: Eines Morgens auf dem Weg von der U-Bahn zum Büro wird er von einem herabfallenden Schild erschlagen. Das Schild ist aus Metall, rot und gelb, und hat sich von der Fassade eines Kebabladens gelöst. *Kebabulös!*, steht darauf. Es war nicht richtig am hölzernen Hilfsrahmen gesichert (was während der gerichtlichen Untersuchung festgestellt wird) und wurde außerdem nicht ordnungsgemäß instand gehalten.

Paul war in seinen letzten Sekunden unter dem nicht fest verankerten Schild stehen geblieben, um auf eine Nachricht von Christina zu antworten. Sie haben sich eine halbe Stunde zuvor zu Hause gesehen, doch das spielt für Christina keine Rolle; alle zehn Minuten schickt sie ihm Updates über ihren Sohn und Fragen zu seinem Aufenthaltsort. (Er weiß nicht genau, weshalb; die Antwort lautet meistens »Auf der Arbeit«, »Auf dem Weg zur Arbeit« oder »Auf dem Weg nach Hause«.) Und Christina reagiert äußerst ungehalten auf verzögerte Antworten.

Der Wind geht in Böen, und das Metallschild über Pauls Kopf neigt sich bereits gefährlich schräg. Er tippt weiter und bekommt nicht mit, wie ein Gerüstbauer ein paar Häuser weiter die Gefahr erkennt und ruft: »Alter, pass auf!« Ein anderer Mann in einem Tweedmantel, der gerade über die Straße geht, stimmt mit ein: »Hey, weg da!«

Die Rufe kommen aus verschiedenen Richtungen und Paul dreht den Kopf erst nach links, dann nach rechts. Er war noch nie gut darin, auf widersprüchliche Anweisungen zu reagieren. Vor lauter Verwirrung rührt er sich nicht von der Stelle. Doch selbst der entschlussfreudigste Mensch der Welt hätte kaum genug Zeit für eine Reaktion gehabt. Innerhalb weniger Sekunden hat sich das Schild komplett nach vorne geneigt, und die letzten Schrauben geben nach. Ein letzter, hoffnungsloser Warnschrei ertönt, dann fällt es herab. Ein paar Sekunden später ist Paul tot. Passanten hieven die Reklametafel von ihm, und während sie auf den Krankenwagen warten, versucht es der Gerüstbauer mit Wiederbelebung. Aber Pauls Kopfverletzung ist verheerend, er ist praktisch sofort tot. Er war zweiundsechzig Jahre alt.

In den überregionalen Zeitungen wird zwar von dem Unfall berichtet, ebenso im *Evening Standard* und in der *Metro*, Paul wird jedoch nicht namentlich erwähnt, sondern lediglich (fälschlicherweise) als »Mann Mitte fünfzig« beschrieben. Teils auch deswegen, hauptsächlich allerdings daher, dass Christina die Information unmittelbar nach dem Unfall für sich behält, ist Paul schon fast eine Woche lang nicht mehr am Leben, bevor seine Kinder aus erster Ehe davon erfahren.

Als Alice Christinas Anruf entgegennimmt, versetzt deren ruhiger Ton auch sie selbst in einen ruhigen Zustand.

»Tot?«, hört sie sich fragen. »Bist du dir sicher?« Christina erklärt ihr kurz, was vorgefallen ist. »Mhm. Okay. Danke fürs Bescheidsagen.«

Erst nachdem sie das Gespräch beendet hat, fängt sie an zu zittern. Es scheint ihr unmöglich, die Neuigkeiten zu verarbeiten. Und Christina hat sie damit beauftragt, den Rest der Familie in Kenntnis zu setzen, also muss sie jetzt ihre Mutter und Michael anrufen, und, am allerwichtigsten, Hanna. Allerdings hat sie es versäumt, sämtliche relevanten Informationen einzuholen. Hat Christina tatsächlich gesagt, es sei am Montag passiert, vor fünf Tagen? Vor lauter Schock muss sie sie falsch verstanden haben. Wann ist es wirklich passiert? Sind die sterblichen Überreste noch im Krankenhaus? Können sie ihren Vater sehen?

Sie ruft Christina zurück, doch die scheint ihre Pflicht als erledigt zu betrachten und geht nicht ran. Im Laufe der nächsten Stunde ignoriert sie alle weiteren Anrufe. Alice ermahnt sich, dass Christina sicher vor Trauer gebrochen ist und sich Menschen in emotionalen Extremsituationen oft merkwürdig benehmen. Dennoch fände sie es besser, die Einzelheiten zu kennen, bevor sie ihrer Familie die Nachricht überbringt.

Natürlich ruft sie zuerst ihre Mutter an.

Sie hört, wie fest ihre Stimme ist, obwohl sie am ganzen Körper zittert, und sie hört, wie ihre Mutter nach Luft schnappt. »Oh, ihr armen Schätze«, sagt sie.

Doch selbst angesichts der ungewöhnlichen, unaufgeforderten Zärtlichkeit ihrer Mutter muss Alice nicht weinen.

»Ich kann Michael und Hanna Bescheid sagen«, bietet ihre Mutter an, doch aus irgendeinem Grund erwidert Alice: »Nein, schon gut. Ich mach das.« Sie weiß nicht, weshalb, aber sie fühlt sich verantwortlich für die entsetzliche Nachricht, als hätte sie den Tod ihres Vaters heraufbeschworen, indem sie Christinas Anruf entgegennahm. Ihre Mutter widerspricht ihr jedenfalls nicht, beharrt zum ersten Mal in Alice' Leben nicht darauf, miteinbezogen zu werden. Sie klingt merkwürdig erschöpft.

Ein schreckliches Pflichtbewusstsein erfüllt Alice. Es ist Samstagmorgen, Hanna ist also wahrscheinlich zu Hause. Alice nimmt die U-Bahn in Clapham North und steigt in Waterloo um. Die seltsame Ruhe ist immer noch da, ein Frösteln in ihrem Innersten, wobei das Zittern etwas nachgelassen hat. Sie weiß genau, wie hart Hanna die Nachricht treffen wird; sie hat ihren Vater stets am meisten geliebt. Alice will den Augenblick nicht erreichen, in dem sie es aussprechen muss. Sie stellt sich vor, wie sie einfach in der U-Bahn sitzen bleibt und auf ewig mit der Jubilee-Linie hin- und herfährt, den Tod ihres Vaters für Hanna nie zur Wirklichkeit macht. Wie albern. In Kilburn öffnen sich die Türen, und Alice steigt aus.

»Oh, hi. Dan ist gerade beim Fußball«, sagt Hanna an der Tür, als wäre Alice seinetwegen gekommen. Und dann: »Stimmt was nicht? Warum bist du hier?«

Alice denkt im ersten Moment nicht daran, dass tatsächlich etwas nicht stimmt und sie nicht nur mal eben zu Besuch gekommen ist, und hält das für eine etwas unfreundliche Begrüßung. Dann fängt sie sich wieder und überlegt, wie sie am besten anfangen soll. Erst jetzt dämmert ihr, wie gefährlich dieser Schlag für Hanna sein könnte. Hanna ist zwar seit mehreren Jahren wieder auf dem Damm, und Alice hat mit der Zeit aufgehört, mit angehaltenem Atem auf einen Rückfall zu warten, doch sie weiß auch, dass diese Art von Erkrankung nie wirklich verschwindet (und im Zweifelsfall würde ihre Mutter sie daran erinnern).

Aber jetzt ist sie hier, und die Nachricht muss überbracht werden. Soll sie Hanna zuerst einen Tee kochen? Nein, die Verzögerung wäre unverzeihlich. Sie versucht, sich an die Strategie zu erinnern, mit der sie es ihrer Mutter beigebracht hat, und wendet sie erneut an.

»Setz dich lieber hin«, sagt sie.

»Wie jetzt?«, fragt Hanna. »Hier im Flur?«

»Wir gehen besser ins Wohnzimmer.«

»Alice, du benimmst dich ganz schön komisch.«

Alice merkt, dass Hanna Angst hat, und sobald sie im Wohnzimmer sind, setzt sie an: »Ich fürchte, ich habe schlechte Neuigkeiten. Sehr schlechte Neuigkeiten.«

»Was ist passiert?«, unterbricht Hanna sie.

»Dad. Er ist tot.« Hanna sagt nichts, und Alice setzt

ihr leise die wenigen ihr bekannten Einzelheiten auseinander.

Dann wartet sie angespannt ab, doch Hanna nimmt die Nachricht fast so ruhig auf wie Alice selbst, nur ihre körperliche Reaktion ist merkwürdig: Sie scheint sich abzutasten, berührt kurz ihre Arme, dann ihre Beine, als suchte sie nach fehlenden Gliedmaßen, als wollte sie überprüfen, ob sie die Botschaft intakt überstanden hat.

Dann sagt sie: »Von einem herabfallenden Schild? Was für ein bescheuerter Tod.«

Alice fragt sich, ob mit ihnen beiden etwas nicht stimmt.

»Und wie meinst du das, vor fünf Tagen?«, fragt Hanna.

»Ich bin mir nicht sicher, ob sie das gesagt hat, vielleicht hab ich sie falsch verstanden. Sie ist nicht rangegangen, als ich sie zurückrufen wollte.«

»Versuchs noch mal.«

Alice versucht es. Christina geht nicht ran.

»Um Gottes willen«, sagt Hanna.

Zusammen nehmen sie den Bus nach Kentish Town, um Michael die Nachricht zu überbringen. Was für eine Samstagsbeschäftigung, denkt Alice: durch London gondeln und Leuten erzählen, dass ihr Vater tot ist.

Michael reagiert ebenfalls unerwartet. Alice sagt zaghaft ihr Sprüchlein auf – mittlerweile ist sie recht gut darin, immerhin ist es schon das dritte Mal – und wartet ab. Inzwischen rechnet sie mit einer unbeeindruckten Reaktion, daher ist sie regelrecht erschrocken über den Gefühlsausbruch ihres Bruders. Er hat seit Jahren kaum mit ihrem Vater gesprochen.

»Er kann doch nicht tot sein.« Michael weint, und sie können ihn nur schwer verstehen. »Das kann nicht sein.«

Alice, die neben Hanna auf dem Sofa sitzt, fragt sich, wann Olivia wohl nach Hause kommt. Sie und Hanna sind schlecht hierfür ausgestattet und könnten jemanden mit einer emotionaleren Ader gebrauchen. Michael stellt immer wieder dieselben Fragen – wann und wie, war es schnell, war es schmerzlos –, auf die Alice keine Antwort hat, doch irgendwann wird ihr klar, dass das keine Rolle spielt, da Michael ohnehin nicht aufnahmefähig ist. Nach einer Weile steht Hanna auf, setzt sich neben ihn und legt einen Arm um ihn.

Am Nachmittag versammeln sie sich bei ihrer Mutter, alle vier und Dan, der neben Hanna sitzt und ihre Hand hält, sowie Olivia, die sich prächtig zu amüsieren scheint.

»Wie grauenvoll«, sagt sie immer wieder. »Grauenvoll! Ich fass es einfach nicht! Was für ein Schock. Ich bin beinahe in Ohnmacht gefallen, als ich es gehört hab, stimmts, Michael?«

Seit Ewigkeiten waren sie nicht mehr alle zusammen, denkt Alice. Ihre Mutter sieht aus, als hätte sie geweint, aber da ihre Mutter nicht darauf eingeht, erwähnt auch Alice es nicht.

Christina haben sie immer noch nicht erreicht, daher sind ihnen viele Details nach wie vor unbekannt.

»Komisch, dass der eigene Vater tot ist, aber man so wenig darüber weiß«, meint Hanna.

»Vielleicht ist er ja gar nicht tot«, sagt Michael plötzlich. »Was, wenn es bloß … Christina ist?«

Kurz regt sich Hoffnung in Alice. Immerhin haben sie außer Christinas Aussage keine Beweise.

»Sollen wir mal bei Dad anrufen?«, fragt sie.

»Hab ich schon«, erwidert Hanna knapp. »Das Handy ist aus. Grad fällt mir auch ein, dass ich ihm vor ein paar Tagen geschrieben hab, um mal zu hören, wie es dem Baby geht. Ein bisschen merkwürdig fand ich das schon, dass er nicht geantwortet hat, macht er eigentlich immer. Jetzt ergibt das natürlich Sinn.« Alice sieht sie an, doch Hanna meidet ihren Blick.

Dann kommen sie auf die Idee, nach Zeitungsartikeln zu schauen, und können endlich ein paar Lücken schließen.

Fußgänger von herabstürzendem Schild erschlagen, lautet die Schlagzeile im *Evening Standard*. Die Artikel in den unterschiedlichen Zeitungen ähneln sich, enthalten Länge und Gewicht des Schildes (Alice hatte keine Ahnung, dass Schilder so schwer sind), Unfallzeit und -ort, das Alter des Opfers sowie die Tatsache, dass es noch am Unfallort verstarb.

»Wie schrecklich, das so schwarz auf weiß vor sich zu sehen«, sagt Olivia. »Mir ist schlecht.«

»Ich habe das vor ein paar Tagen gelesen«, sagt Michael. »In der Tube, auf dem Weg nach Hause. Ich weiß noch, wie ich dachte, der arme Kerl. Und dann habe ich nicht weiter daran gedacht. Mir war nicht klar, dass es Dad war.« Er schnieft und reibt sich das Gesicht. »Falls es wirklich Dad war«, fügt er störrisch hinzu.

»Wahrscheinlich war er es wirklich«, sagt ihre Mutter sanft.

»Ja«, sagt Hanna. »Er ist mit Sicherheit tot.«

Auch Alice hält es für wahrscheinlich, Michaels Widerstand zum Trotz. Der Unfallort befindet sich in der Nähe seines Büros, das Alter stimmt ungefähr, und natürlich würde Christina – obwohl sie sich seit der Geburt des Babys komplett abgeschottet hat – sich so etwas nicht einfach ausdenken. Und weshalb sonst können sie ihren Vater nicht auf dem Handy erreichen? Ockhams Rasiermesser, denkt Alice niedergeschlagen.

»Aber wie sollen wir akzeptieren, dass er tot ist, ohne den Leichnam zu sehen?«, fragt sie sich laut.

»Ich schätze, da müssen wir unsere Fantasie bemühen«, erwidert Hanna.

Am nächsten Tag gibt es immer noch nichts Neues von Christina, und sie probieren es bei dem Krankenhaus, das sich in der Nähe des Büros ihres Vaters befindet. Damit liegen sie richtig. Michael ruft vom Wohnzimmer ihrer Mutter aus an, während Hanna und Alice hinter ihm stehen und ihre Mutter in der Küche Tee kocht. Sie hatte angeboten, in ihrem Namen im Krankenhaus anzurufen, doch Michael war anscheinend der Ansicht, es wäre seine Aufgabe.

»Danke, Mum, aber ich führe auf der Arbeit ständig wichtige Telefonate«, erklärte er, woraufhin Hanna die Augen derart verdrehte, dass Alice Angst hatte, sie könnten ihr aus dem Kopf springen.

Nachdem Michael mehrfach durchgestellt wurde, erfahren sie, dass ihr Vater tatsächlich verstorben ist. Kein magisches Denken kann daran rücken, es in einen grausamen Trick von Christina verwandeln. Die sterblichen Überreste wurden bereits dem Bestattungsunternehmer übergeben. Welchem Bestattungsunternehmer? Das weiß der Mensch am anderen Ende nicht oder verrät es zumindest nicht.

Jetzt haben sie Angst, dass Christina sie nicht zur Beisetzung einladen wird oder sie bereits stattgefunden hat.

»Unmöglich«, meint Michael. »Das würde doch niemand machen.«

»Niemand, der normal ist«, erwidert Hanna. »Die Alte ist doch gestört.«

»Vielleicht ist es auch einfach ein Riesenmissverständnis.« Alice hat gründlich darüber nachgedacht. »Vielleicht funktioniert ihr Handy nicht richtig und ihr wird nicht angezeigt, dass wir angerufen haben. Außerdem hat sie gerade ihren Ehemann verloren und kann nicht klar denken.«

»Alice«, sagt Hanna. »Sei doch nicht so –«

»Was?«

»So Alice-artig. Warum siehst du zur Abwechslung nicht mal, was hier passiert, und nicht, was dir am liebsten wäre?«

Das versetzt Alice einen Stich, aber im Moment sind sie eben alle nervlich strapaziert.

»Das Testament«, sagt Hanna plötzlich. »Meint ihr nicht, ihr geht es ums Testament? Sie erbt alles und will nicht, dass wir das anfechten.«

»Ich glaube nicht, dass wir damit weit kommen würden«, erwidert Michael. »Es sei denn, es liegt irgendein Formfehler vor.«

»Sollen wir die Polizei einschalten?«, schlägt Alice vor.

Hanna runzelt die Stirn. »Und was sollen die machen? Christina aufspüren und sie zwingen, uns zur Beerdigung einzuladen?«

Genau darauf hat Alice gehofft, aber das wird sie Hanna gegenüber garantiert nicht zugeben.

»Irgendwann können wir im Nachlassregister nachschauen«, sagt Michael.

Sie schauen ihn an.

»Ob Christina die Testamentsvollstreckerin ist«, ergänzt er. »Und die Ausstellung eines Erbscheins beantragt hat. Oder ob es überhaupt ein Testament gibt.«

»Sollten wir uns nicht lieber erst mal auf die Beerdigung konzentrieren?«, fragt Alice.

»Weil wir damit so riesige Fortschritte machen, oder was?«, patzt Michael.

Alice könnte losheulen, doch sie schluckt die Tränen hinunter. »Vielleicht gehen wir einfach zu ihr. In echt ist das bestimmt noch mal was anderes. Und dann finden wir raus, ob es ein Missverständnis war. Und wenn nicht, können wir an ihre Gutmütigkeit appellieren.«

Hanna lacht verächtlich auf.

»Meinst du wirklich, sie macht uns die Tür auf?«, fragt Michael.

»Kann schon sein.«

»Auf gar keinen Fall«, meint Hanna. »Das bringt doch nichts. Ich glaube, wir können da nichts dran ändern.«

Alice kann sich nicht daran erinnern, ihre Schwester jemals derart resigniert erlebt zu haben, abgesehen von den schlimmsten Wochen ihrer Depression.

Da kommt ihre Mutter zurück. Alice vermutet, dass sie an der Tür gelauscht hat.

»Ich finde, das reicht jetzt«, erklärt ihre Mutter.

Am nächsten Tag macht sich ihre Mutter auf zu Christina. Alice ist die einzige Zeugin, da Hanna und Michael nicht so leicht freinehmen können. Alice dagegen ist recht zuversichtlich, dass der Gemeinderat von Lambeth eine Weile ohne sie auskommt (vielleicht sogar auf unbestimmte Zeit). Sie nimmt sich einen Tag Urlaub und gibt an, es handele sich um einen Notfall in der Familie. Es fühlt sich an wie eine Ausrede, obwohl es stimmt. Niemand auf der Arbeit weiß vom Tod ihres Vaters.

Ihre Mutter sieht das neue Haus in Barnes zum ersten Mal, und als sie nebeneinander auf dem Gehweg stehen, merkt Alice, wie überrascht sie von dessen Ausmaßen ist. Aber ihre Mutter äußert sich nicht dazu, rückt sich lediglich die Handtasche auf der Schulter zurecht und sagt: »Na dann«, bevor sie den Weg hinaufmarschiert und Alice ihr hinterhereilt.

An der Haustür greift ihre Mutter nicht sofort nach

dem Klopfer, was Alice angesichts des energischen Anmarsches überrascht. Stattdessen verharren sie ein paar Sekunden, unerwünschte Besucher, die sich für die Begegnung wappnen – wie zwei Gerichtsvollzieherinnen, denkt Alice. Oder Zeugen Jehovas. Ob Christina sie wohl gesehen hat, sie gerade beobachtet?

Sie raunt ihrer Mutter zu: »Meinst du, sie …«

»Was?«

Ist nett zu uns, wollte Alice sagen, aber sie weiß, wie dumm das klingen würde. »Ich weiß auch nicht«, sagt sie. »Ich hoffe, es wird nicht zu unangenehm.«

»Wir wollen bloß wissen, wann die Beerdigung stattfindet«, erwidert ihre Mutter würdevoll, als hätte sie noch nie im Leben einen unangenehmen Moment erlebt. »So einfach ist das.«

Sie greift nach dem Türklopfer.

Alice macht sich darauf gefasst, im nächsten Moment Christina gegenüberzustehen. Schon komisch, dass ihre Mutter gleich zum ersten Mal der zweiten Frau ihres Vaters begegnen wird. Wenn Alice ganz ehrlich ist, hat sie inzwischen Angst vor Christina, obwohl sie sich schon ewig nicht mehr begegnet sind. Christina wollte nicht, dass sie das Baby besuchen, und Alice hat ihren kleinen Bruder erst ein Mal gesehen, als sie und Hanna kurz mit ihrem Vater in Wimbledon Common spazieren waren. Damals war August erst zwei Monate alt und schlief die ganze Zeit über. Die Ausgrenzung fühlt sich schmerzlich frisch an – natürlich hatte sich ihr Vater damit einverstanden erklärt. Seltsam, dass es da draußen jemanden gibt, der eine so ausgeprägte

Abneigung gegen Alice und ihre Geschwister hegt. Dabei haben sie Christina doch gar nichts getan. Es ergibt keinen Sinn, dass sie sie hasst. (»Auf der Welt gibt es eine Menge Arschlöcher«, wollte Hanna Alice beruhigen, was sie nur noch weiter beunruhigte. »Die erkennt man schon auf den ersten Blick.«)

Niemand öffnet, und nach einer Weile klopft Alice' Mutter erneut. Dieses Mal hören sie, wie drinnen ein Baby weint.

»Sie ist zu Hause«, erklärt Alice' Mutter.

Sie warten wieder, und Alice merkt, dass sie die Luft anhält. Christina kommt immer noch nicht zur Tür. Bestimmt hat sie sie aus dem Fenster entdeckt, und natürlich macht sie nicht auf. Wie dumm von Alice – hatte sie wirklich geglaubt, ihre Mutter könnte ihr Problem so einfach aus der Welt schaffen? Dass es einen Unterschied machen würde, wenn sie eine »Erwachsene« hinzuzögen?

Gerade will sie vorschlagen, dass sie aufgeben und den Rückzug antreten, da hebt ihre Mutter unerwartet die Stimme.

»Christina!«, ruft sie. »Ich weiß, dass du da drin bist! Wir gehen nirgendwohin, du brauchst uns also gar nicht zu ignorieren.«

»Mum!« Alice ist schockiert.

»Was ist?«

»Ich dachte nicht, dass wir …« Beim Gesichtsausdruck ihrer Mutter bricht sie ab und fügt dann schwächlich hinzu: »Ich hatte bloß gehofft, dass sie die Tür aufmacht.«

»Tja, das war naiv«, erwidert ihre Mutter. »Hier ist ganz offensichtlich eine aggressivere Taktik nötig.« Erneut hämmert sie mit dem Klopfer an die Tür und ruft dann noch lauter: »Willst du meine Kinder wirklich davon abhalten, zur Beerdigung ihres Vaters zu gehen?«

»Die Nachbarn können dich alle hören«, sagt Alice.

Ihre Mutter wirft ihr einen stirnrunzelnden Blick zu, wie um zu sagen: *Genau darum geht es ja.*

»Christina!«, ruft sie erneut.

»Ich glaube, wir gehen besser«, meint Alice.

Ihre Mutter tritt vom Weg und späht durch ein Fenster. Sie klopft fest an die Scheibe, obwohl niemand im Zimmer ist.

»Mum«, fleht Alice. »Das bringt uns doch nicht weiter.« Sie sieht die Gesichter in den Fenstern der Nachbarhäuser lebhaft vor sich, schämt sich aber zu sehr, um sich danach umzusehen. Wie konnte es hierzu kommen? Sie hatten nicht vereinbart, bei Bedarf eine Szene zu veranstalten.

»Das funktioniert nicht, Mum«, sagt sie. »Sie macht uns nicht auf.«

»O doch.« Ihre Mutter geht wieder an die Haustür und knallt den Klopfer dagegen. »Mir ist völlig egal, was du danach machst«, brüllt sie. »Aber du wirst meine Kinder nicht davon abhalten, auf die Beerdigung ihres Vaters zu gehen.«

Plötzlich geht über ihnen ein Schiebefenster auf, und Christinas Gesicht erscheint. Sie sieht wütend aus, weit entfernt von der eleganten Gefasstheit, die Alice mit ihr verbindet.

»Wenn Sie nicht sofort verschwinden, rufe ich die Polizei«, zischt Christina. »Das Baby ist völlig fertig, und außerdem ist das Belästigung. Das ist illegal!«

Alice' Mutter scheint die Drohung nichts auszumachen. »Rufen Sie sie ruhig«, erwidert sie. Für jemanden, der noch vor Kurzem laut gebrüllt hat, ist ihre Stimme jetzt erstaunlich ruhig. »Ich erzähle ihnen dann gerne, warum genau wir hier sind.«

»Mir egal, was Sie denen erzählen«, gibt Christina zurück. »Sie haben mein Grundstück unerlaubt betreten und mich bedroht.«

»Die Nachbarn freuen sich bestimmt, wenn hier mal was los ist«, sagt Alice' Mutter.

»Um Gottes willen!«, ruft Christina. »Sie haben sie doch nicht mehr alle.« Ihr Kopf verschwindet, und das Fenster knallt zu.

Doch kurz darauf öffnet sich die Tür, und sie stehen vor Christina. Sie ist blasser, als Alice sie in Erinnerung hat, und trägt August auf der Hüfte, ein großes, rundliches Baby mit blonden Locken. Er betrachtet die Besucher ernst. Alice erwidert seinen Blick. Er sieht aus wie ihr Vater. Jetzt, da er älter ist, ist es noch deutlicher. Speichel tropft ihm von den Lippen, und er macht kleine Bläschen damit.

Alice' Mutter und Christina blitzen einander böse an.

Mit gesenkter Stimme sagt Christina: »Sie belästigen mich und blamieren sich außerdem. Das hier ist ein Trauerhaus. Was wollen Sie von mir?«

»Sie wissen genau, was ich will«, erwidert Alice'

Mutter. »Ich will wissen, wann und wo die Beerdigung stattfindet, sodass meine Kinder sich von ihrem Vater verabschieden können.«

»Sie sind keine Kinder mehr«, entgegnet Christina. »Und ich halte niemanden von irgendetwas ab. Ich hatte mit den Vorkehrungen alle Hände voll zu tun. Ich bin die Hinterbliebene, falls Sie das schon vergessen haben.«

»Genau wie meine Kinder.«

»Sie sollen ruhig zur Bestattung kommen«, sagt Christina. »Was interessiert mich das. Ich wollte sie sowieso einladen.«

»Gut. Wann und wo?«

Christina zögert kurz, dann zuckt sie die Schultern. »Morgen um elf im Mortlake Crematorium.«

»Danke.«

Christina schüttelt angeekelt den Kopf und knallt die Tür zu. Alice beobachtet, wie Augusts Gesicht verschwindet.

Als sie den Gartenweg hinabgehen, sagt Alice' Mutter: »Sie war gar nicht so hübsch, wie ich dachte. Wirkte recht ausgemergelt, findest du nicht?«

Sie rufen beim Krematorium an, da sie Christina nicht vertrauen, doch zu ihrer Überraschung stimmen die Angaben.

»Stell dir mal vor, wozu Mum imstande wäre, wenn Christina sie angelogen hätte«, sagt Hanna. Anscheinend fand sie Alice' Bericht enorm erheiternd.

Zu ihrer Überraschung hat ihre Mutter nicht vor,

sie auf die Beerdigung zu begleiten. »Ich habe nicht das Bedürfnis«, erklärt sie. »Wir sind schon ewig geschieden. Außerdem will ich die Lage nicht noch weiter verschlimmern.«

Auf Alice wirkt dieser Kurswechsel abrupt, doch sie widerspricht ihr nicht.

Am nächsten Tag trifft Alice frühzeitig in Mortlake ein. Das Krematorium liegt in unmittelbarer Nähe des Uferwegs, und sie setzt sich auf eine Bank mit Blick auf die Themse, um auf die anderen zu warten. Der Morgen ist wunderschön, und Alice ist fast etwas entsetzt, wie gut gelaunt sie ist. Sie freut sich auf Hanna und Michael. Streng ruft sie sich ins Gedächtnis, dass sie heute ihren Vater beisetzen und bald Christina gegenüberstehen. Trotzdem fühlt es sich unwirklich an. Es wäre hilfreich gewesen, ihren Vater noch ein letztes Mal zu sehen – er hatte sich im Laufe der letzten Jahre nicht gerade durch Anwesenheit in ihren Leben hervorgetan. So fällt es ihr äußerst schwer, seinen Tod zu begreifen. Mein Vater ist tot, sagt sie sich probehalber. Sie spürt nicht so viel, wie sie sollte.

Hanna und Dan treffen als Erste ein, was angesichts Michaels berüchtigter Pünktlichkeit sehr unerwartet ist. Dan nimmt Alice in den Arm. »Wie geht es dir?«

»So weit ganz gut.« Alice lächelt. Sie mag Dan, er ist charmant und bringt sie zum Lachen. Sein Büro ist nur ein paar Straßen von ihrem entfernt, aber bislang ist sie ihm nur ein Mal über den Weg gelaufen, als sie sich bei Pret ein Sandwich zu Mittag geholt hat (zur

Belohnung, wie jeden Freitag). Dan wirkte aufrichtig erfreut, als sie ihn nervös am Arm berührte, und das rührte und schmeichelte Alice. In Dans Gesellschaft kommt sie sich richtiggehend glamourös vor; ob es Hanna wohl genauso geht? Wobei Hanna eigentlich selbst schon immer genug glänzt.

Hanna ist in einen schwarzen Parka gehüllt und hat sich die Kapuze aufgesetzt, obwohl der Himmel strahlend blau ist. Darunter trägt sie schwarze Jeans und einen schwarzen Pullover. Dan hat eine dunkelgraue Jeans und ein hellgraues Hemd an, darüber eine Bomberjacke. Alice mustert sie unsicher. Sie selbst trägt ein schwarzes Latzkleid und einen cremefarbenen Rollkragenpullover. Sie weiß nicht, ob sie sich schick genug gemacht haben. Kurz wünschte sie, ihre Mutter wäre ebenfalls hier. Aber da taucht Michael auf, kommt in dunklem Anzug und Wollmantel den Uferweg herabgeschritten und sieht so erwachsen aus, dass es für sie alle reicht. Olivia ist nicht dabei, was Alice kurz wundert, aber sie geht nicht weiter darauf ein.

»Na dann«, sagt Michael abrupt, als hätte er auf sie gewartet und nicht andersherum. »Sollen wir?«

Alice gefällt es, als Gruppe einzutreffen. So hat sie weniger Angst vor Christina, obwohl sie auf einmal pinkeln muss, wie immer, wenn sie nervös ist. Wahrscheinlich hat sie vor der Gedenkfeier noch Zeit, will aber nicht von den anderen getrennt werden. Vielleicht würde Hanna ja mitkommen? Aber Alice sieht schon vor sich, wie Hanna das Gesicht verziehen würde, wenn sie um Begleitung zur Toilette bäte.

Und dann – sie steuern gerade auf das Hauptgebäude zu, und Alice ist noch gar nicht richtig bereit – ist da plötzlich Christina. Sie steht mit einer anderen Frau, die etwas älter wirkt, vor dem Eingang, beide ganz in Schwarz und in eleganten Pumps. Christina dreht sich zu ihnen und fixiert sie mit ihrem Blick. Von August ist keine Spur. Alice hätte ihn gern gesehen.

Sie schließen zu den beiden auf, und kurz herrscht Schweigen. Die Stille ist unerträglich. Alice sucht fieberhaft nach einer Begrüßung, doch ihr fällt nichts ein; immer wieder sieht sie vor ihrem inneren Auge, wie ihre Mutter an Christinas Tür hämmert und deren wutverzerrtes Gesicht am Fenster erscheint.

Michael nimmt das Heft in die Hand. »Christina, unser herzliches Beileid«, sagt er steif.

Christina deutet ein Nicken an. »Geradeaus geht es zur Kapelle.«

Und dann, Gott sei Dank, ist die Begegnung überstanden. Doch selbst nachdem sie es sicher ins Innere geschafft haben, spürt Alice Christinas eiskalten Blick auf sich. Eine weitere unangenehme Erinnerung regt sich in ihr, und während sie Michael, Hanna und Dan den Flur entlang folgt, spürt sie ihr nach. An wen erinnert Christina sie? Dann fällt es ihr ein: Milli Stephenson, vor langer Zeit. Alice wurde schon mal von jemandem gehasst, und damals wie heute kann sie nur schwer begreifen, woran es liegt, es sei denn, mit ihrer Persönlichkeit stimmt irgendetwas nicht. Sie ist erleichtert, wenn auch mit dem Anflug eines schlechten Gewissens, dass Christina ihre Geschwister genauso wenig leiden kann und Alice es deswegen nicht als persönliches Versagen werten muss.

Die Kapelle ist bereits zur Hälfte gefüllt, aber Alice kennt niemanden. Wahrscheinlich sind die meisten Gäste Freundinnen und Freunde von Christina (vielleicht auch von ihrem Vater, aber das kann sie nicht mit Sicherheit sagen). Außer ihnen ist niemand aus der Familie anwesend; Alice' Großeltern sind schon seit Jahren tot. Ihr Onkel, der Bruder ihres Vaters, lebt in Australien. Hoffentlich hat Christina ihn wenigstens informiert. Sie nimmt sich vor, ihn am Abend auf LinkedIn zu suchen und ihm vielleicht eine E-Mail zu schicken.

»Meinst du, ich kann noch schnell aufs Klo?«, fragt sie Hanna.

Hanna verdreht die Augen. »Solange du nicht hinter den Sargträgern hängen bleibst. Wir halten dir einen Platz frei.«

Glücklicherweise sind die Toiletten nicht allzu weit von der Kapelle entfernt, und Alice ist froh, dass sie Christina nicht über den Weg läuft. Beim Händewaschen schaut sie ihrem Spiegelbild in die Augen. Dein Vater ist tot, erinnert sie ihr Spiegelbild. Die Worte scheinen immer noch nicht viel zu bedeuten.

Zurück in der Kapelle entdeckt sie die anderen in der letzten Reihe, wo Hanna ihren Mantel auf den Platz neben sich gelegt hat. Alice setzt sich und fragt: »Womit hast du mir Milli Stephenson vom Hals geschafft?«

»Wen?« Hanna zwängt sich wieder in ihren Mantel. »Eiskalt hier drin, oder?«

»Milli Stephenson. Die hat mich in der zehnten Klasse gemobbt.«

»Ach ja, die!« Kurz legt sich ein nostalgischer Schatten über Hannas Gesicht. »Ich hab gesagt, ich verrate allen, wie verrückt sie nach dir ist, und dass ich die Liebesbriefe mit in die Schule bringen würde, die sie dir geschickt hat, damit alle sie lesen können.«

Alice lässt das sacken. »Aber sie …«

Hanna seufzt. »Ja, Alice, natürlich habe ich mir das nur ausgedacht. Ich wollte sie mit ihren eigenen Waffen schlagen. Wahrscheinlich hätte ich es auch durchgezogen. Ein paar Briefe gefälscht. In so was bin ich ziemlich gut.«

Alice weiß nicht genau, was sie darauf erwidern soll. »Danke jedenfalls.«

Dan, der auf Hannas anderer Seite sitzt, beugt sich zu ihnen. »Warum kenne ich die Geschichte noch nicht?«

»Richtig stolz bin ich nicht darauf«, erwidert Hanna. »Rückblickend wäre es schön gewesen, wenn mein Plan sich nicht auf die ausgeprägte Homophobie an unserer Schule gestützt hätte.« Sie wirft Alice einen Seitenblick zu.

Warum wirft sie mir einen Seitenblick zu?, denkt Alice.

»Damals wusstest du es eben noch nicht besser«, sagt Michael. Er sitzt neben Dan am Ende der Reihe und blättert durch die Trauerfeierordnung. »Scheint hier alles standardmäßig abzulaufen«, meint er. »Die ganzen Standardtexte. Dieses Gedicht von Dylan Thomas.«

»›Geh nicht gelassen in die gute Nacht‹?«, fragt Hanna. »Kommt mir jetzt nicht so richtig passend vor.«

»Die meisten Leute finden das wahrscheinlich tröstlich, weil es so bekannt ist«, meint Alice. Egal, was sie von Christina hält, es fühlt sich falsch an, die Textauswahl zu kritisieren.

»So richtig viel Gelegenheit hatte er ja nicht, im Sterbelicht zornentfacht zu sein«, entgegnet Hanna. »Ihm ist ein Schild auf den Schädel geknallt.«

»Und dann haben wir noch ›Steh nicht an meinem Grab und weine‹«, fährt Michael fort.

»Noch so ein Klassiker«, sagt Dan. »Das hatten wir bei meiner Großmutter auf der Beerdigung auch.«

»Bei unserer auch«, sagt Alice. »Das mag ich richtig gern.«

Hanna schweigt. Alice vermutet, sie würde eine Passage aus irgendeiner obskuren Predigt von John Donne bevorzugen; sie stört sich an der Einfallslosigkeit. Aber Trauer ist nun mal nichts Originelles.

Allmählich wird es voll in der kleinen Kapelle. Alice glaubt, ein paar Kollegen ihres Vaters zu erkennen, ist sich aber nicht sicher. Sie versucht, sie freundlich anzulächeln, doch sie schauen beim Hereinkommen nicht in die letzte Reihe. Eine Frau mit ausladendem Hut nimmt in der ersten Reihe Platz und blockiert Alice die Sicht. Sie wusste gar nicht, dass manche Leute auf Beerdigungen noch Hut tragen. Kurz steigt Panik in ihr auf: Sollten sie und Hanna auch Hut tragen? Nein, beruhigt sie sich, selbst Christina trägt keine Kopfbedeckung.

Hanna kramt in ihrer Manteltasche. »Zitronenbonbon?«

»Nein, danke«, sagt Alice.

»Hanna«, rügt Michael, während Hanna mit der Verpackung knistert und sich das Bonbon in den Mund steckt. »Das ist gerade etwas unpassend.«

»Verzeih mir den sozialen Fehltritt«, erwidert Hanna. »Ich war noch nie auf der Beerdigung meines Vaters.«

Dan lacht, und die Frau mit Hut dreht sich nach ihnen um.

»Wahrscheinlich denkt sie, wir haben uns hier uneingeladen eingeschmuggelt«, raunt Hanna, nachdem die Frau sich wieder umgedreht hat.

Haben wir ja irgendwie auch, denkt Alice.

Dann herrscht Stille, Musik springt an, und im nächsten Augenblick wird der Sarg hereingetragen. Christina folgt mit August auf dem Arm. Sie weint. Ein dunkelhaariger Junge geht mit ausdrucksloser Miene neben ihr her; das muss Oscar sein. Der Anblick des Sarges versetzt Alice einen Schock bis auf die Knochen. Darauf war sie nicht vorbereitet, und plötzlich weint auch sie, unschön und unerwartet. Kommentarlos reicht Hanna ihr ein Taschentuch.

Die Sargträger stellen den Sarg ab, und der Trauerredner tritt nach vorne und heißt die Gäste willkommen. Er hat eine Glatze, und sein Anzug wirkt eine Nummer zu klein. Alice hat sofort Mitleid mit ihm, dabei hat sie keinen Grund zur Annahme, er wäre unglücklich, bloß weil sein Anzug ihm nicht passt.

Als er mit der Begrüßung fertig ist, sind auch Alice' Tränen versiegt. Sie versucht, sich auf die Lesungen und ein klassisches Musikstück zu konzentrieren, das sie nicht wiedererkennt. Nichts davon scheint viel mit ihrem Vater zu tun zu haben, genauso wenig wie die kurze Rede, die ebenfalls vom Trauerredner gehalten wird. Die Worte könnten auf jeden beliebigen Menschen zutreffen, denkt Alice. Seine Kindheit in Cornwall wird erwähnt, seine Liebe zum Meer (von der Alice zum ersten Mal hört), seine Leidenschaft für die Arbeit, seine Großzügigkeit und sein Sinn für Humor, alles in äußerst groben Zügen. Alice, Hanna und Michael kommen überhaupt nicht zur Sprache, doch das setzt ihr keineswegs so heftig zu, wie sie erwartet hätte. Ob es Hanna wohl wehtut? Sie hält es jedoch für keine gute Idee, sie anzuschauen. August wird mehrfach erwähnt, genau wie Christina und sogar Oscar.

»Und zum Schluss«, sagt der Trauerredner, »möchte Christina noch ein Lied mit uns allen teilen, das Paul besonders viel bedeutet hat.«

»Die singt doch jetzt nicht, oder?«, murmelt Dan.

Nein, das Lied wird über die Lautsprecher gespielt. Der Trauerredner fummelt an der Fernbedienung herum, dann ertönen die ersten Klavierakkorde.

Es dauert einen Moment, bis Alice das Lied erkennt, aber nicht lange. *Don't Stop Believin'* von Journey.

Jetzt riskiert sie doch einen Blick zu Hanna, der ebenfalls die Verwirrung ins Gesicht geschrieben steht. War das ein Lieblingslied ihres Vaters? Alice hat nie erlebt, wie er es angemacht oder auch nur erwähnt hätte.

Hanna flüstert ihr ins Ohr: »Meinst du, er hielt sich eher für das *small town girl* oder den *city boy*?«

Als die erste Strophe beginnt, schütteln die beiden sich vor stummem Gelächter, Michaels missbilligenden Blicken zum Trotz.

Dem anschließenden Trauerkaffee wohnen sie nicht bei. Sie wurden nicht eingeladen, und sie wissen nicht, wo er stattfindet. Alice ist erleichtert; es wäre ohnehin zu unangenehm, und sie würden niemanden kennen außer Christina, die bestimmt keinen Small Talk mit ihnen halten möchte. Stattdessen gehen Hanna, Alice und Dan in einen Pub um die Ecke. Michael verabschiedet sich vor dem Krematorium mit den Worten, er habe noch einiges auf der Arbeit zu erledigen.

»Sogar heute?«, fragt Hanna.

»Die Arbeit macht sich nicht von allein«, erwidert Michael gereizt.

»Wahrscheinlich setzt ihm bloß der Gedanke zu, dass es auch ihn hätte treffen können«, meint Hanna, nachdem Michael verschwunden ist, aber der alte Witz zündet nicht richtig.

Es ist zwar erst Mittagszeit, aber Alice verspürt ganz untypischerweise das Bedürfnis nach einem Drink. Sie bestellt sich ein Radler, Hanna und Dan trinken Bier.

Nach der ersten Runde erklärt Dan, er müsse los. »Ich habe gesagt, dass ich für das Meeting heute Nachmittag wieder da bin. Du kommst zurecht, oder?«

Alice sieht, wie Hannas Miene sich verschließt. »Natürlich.«

»Schade, dass er arbeiten muss«, sagt Alice. »Aber wahrscheinlich ist es schwieriger, für die Beerdigung des Vaters der Verlobten freizubekommen statt für die Beerdigung des eigenen Vaters.« Der Satz kommt ihr konfus vor.

»Von müssen kann keine Rede sein«, erwidert Hanna. »Er will doch unbedingt mit seiner Trauerkleidung und betroffener Miene da auflaufen und Jessica erzählen, wie schwierig sein Vormittag war.«

Alice ist schockiert. »Aber das würde er …« Und dann: »Wer ist Jessica?«

»Seine Arbeitskollegin.«

»Ach so, aber wenn sie nur eine Kollegin ist –«

»Noch. Sofern er die Wahrheit sagt. Er meint jedenfalls, ich bilde mir das alles nur ein, und er hat wahrscheinlich recht. Bin ja sonst nie paranoid, was?« Sie lacht freudlos auf. »Aber es bringt nichts, wenn ich mir darüber Gedanken mache. Heute geht es um Dad. Den Inbegriff ehelicher Treue.«

Alice mag es nicht, wenn Hanna so redet. Vielleicht war der Alkohol doch ein Fehler. Hanna wird ziemlich morbide, wie ihre Mutter sagen würde. Um Hannas Stimmung etwas aufzuhellen, sagt sie: »Was meinst du, auf welche Powerballaden aus den Achtzigern Dad sonst noch heimlich stand?«

Hanna zuckt die Schultern. »Das werden wir wohl nie erfahren.«

Während Alice weiter nach einem heiteren Gesprächsthema sucht, fragt Hanna: »Meinst du, Dad war zufrieden damit, wie sein Leben verlaufen ist?«

»Weiß ich nicht«, sagt Alice. »Ich frage mich, ob das Leben für irgendwen so läuft wie erhofft.«

Hanna schweigt kurz. »Würdest du sagen, das Leben ist eine Komödie oder eine Tragödie?«

Die Frage überrascht Alice. Vorsichtig erwidert sie: »Weder noch, glaube ich.«

»Ich glaube ja, dass sich die Menschheit in zwei Kategorien teilen lässt.« Hanna klingt, als würde sie eine einstudierte Weltanschauung aufsagen. »Diejenigen, für die das Leben eine Komödie mit ein paar tragischen Momenten ist, und diejenigen, die es als Tragödie mit ein paar komischen Momenten betrachten.«

»Aha. Und in welche Kategorie gehörst du?«

»In die zweite natürlich. So wie alle vernünftigen Menschen.«

»Ich glaube nicht, dass mein Leben grandios genug ist, um als Tragödie zu gelten«, meint Alice. »Dafür ist es zu unbedeutend.«

Hanna gibt keine Antwort, was Alice als stille Zustimmung deutet. Dann steht sie auf, um ihnen noch etwas zu trinken und ein paar Chips zu holen.

»Auf unseren toten Vater«, sagt Hanna bei ihrer Rückkehr. »Ich bin mir sicher, wir wurden enterbt.«

»Das würde Dad doch niemals tun«, sagt Alice. »Hätte er niemals getan.«

»Christina wird schon dafür gesorgt haben.«

»Wie kommst du darauf?«

»Nur so ein Gefühl.«

Danach wird Hanna immer betrunkener, und zu Alice' Überraschung ist sie nicht die Einzige.

Es gibt ein Testament, aber wie von Hanna vorhergesagt, werden sie darin nicht erwähnt. Alice fragt sich, wie Hanna so hellsichtig sein konnte, wo niemand sonst damit gerechnet hätte. Anscheinend hat ihr Vater sein Testament kurz nach Augusts Geburt erneuert und vermacht darin sämtliche Besitztümer seiner zweiten Frau.

»Wir könnten es anfechten«, meint Alice. »Vor Gericht gehen.«

»Das lohnt sich nicht«, sagt Michael. »Die Kosten, die Komplikationen. Glaub mir, das lohnt sich nicht. Außerdem haben wir keinen stichhaltigen Grund.«

»Aber das gehört sich doch nicht.« Alice fragt sich, ob ihr das Testament ihres Vaters mehr zusetzt als dessen Tod – in dem Fall würfe das kein gutes Licht auf sie. Aber natürlich geht es ihr nicht wirklich um das Geld.

»Meinst du, er hatte uns kein bisschen lieb?«, fragt sie Hanna.

»Keine Ahnung.« Seit sie davon erfahren haben, hat sich Hanna ungewöhnlich still verhalten. »Wahrscheinlich doch. Aber irgendwo ist es doch egal, was man fühlt, wenn man sich nicht entsprechend verhält, oder?« Stirnrunzelnd schaut sie in die andere Richtung. »Seine Art der Liebe war am Ende eben nicht viel wert.«

13

Nach dem Tod ihres Vaters gerät schnell alles aus den Fugen. Der Zusammenhang besteht lediglich im Zeitlichen, denkt Alice später; man kann wirklich nicht behaupten, er hätte ihr Leben irgendwie zusammengehalten. Tatsächlich überrascht es sie, wie wenig sie ihn vermisst. Nichts von dem, was schiefläuft, hat mit seinem Ableben zu tun, zumindest nicht auf den ersten Blick. Doch Alice wird die darauffolgenden Vorfälle immer mit der Beerdigung ihres Vaters verbinden.

Zum Beispiel, wie sie eine Woche später auf dem Heimweg Dan und Hanna in einiger Entfernung am Eingang der U-Bahn-Station erblickt. Sie küssen sich, und Alice beschleunigt ihren Schritt, immerhin verstehen Hanna und sie sich gerade viel besser, und sie freut sich vielleicht, sie zu sehen. Aber dann löst sich Dan von Hanna, sagt etwas zu ihr, und sie lacht und küsst ihn erneut, und es ist überhaupt nicht Hanna. Alice bleibt wie angewurzelt stehen, sodass der Mann hinter ihr beinahe mit ihr zusammenstößt. Er weicht in letzter Sekunde aus und murmelt im Vorbeigehen »Also echt«.

Alice starrt Dan und die andere an und spürt, wie sie rot anläuft, als wäre sie selbst in flagranti ertappt worden. Aber die beiden bemerken sie gar nicht.

Wahrscheinlich besser so, denn Alice hat keine Ahnung, wie sie reagieren sollte. Wäre sie Hanna, würde sie zu den beiden stürmen und sie zur Rede stellen, ohne sich darum zu scheren, dass sie eine Szene macht (oder es sogar genießen). Alice weiß nicht genau, ob sie sich um Hannas willen gedemütigt fühlt, oder ob es daran liegt, dass sie zur Salzsäule erstarrt ist und lediglich wie ein Fisch mit offenem Mund zuschauen kann.

Kurz darauf steigen die beiden die Stufen zur U-Bahn hinab – Hand in Hand. Dann ist es also ernst, denkt Alice, wenn sie schon Händchen halten. Obwohl sie es mit eigenen Augen gesehen hat, kann sie nicht fassen, dass Dan Hanna derart hintergehen könnte. Warum? Wie ist es möglich, dass Hanna ihm nicht genügt? Ihr gesamtes Weltbild ist erschüttert. Wenn nicht einmal die Liebe zwischen zwei schillernden, charmanten Menschen, die sich wirklich und wahrhaftig füreinander entschieden haben und nicht bloß zusammen sind, weil sie Angst vor dem Alleinsein haben; wenn diese Liebe nicht heilig ist, dann mit Sicherheit überhaupt keine.

Den ganzen Weg bis nach Hause und den restlichen Abend über grübelt Alice darüber nach, was sie gesehen hat. Natürlich muss sie es Hanna sagen, aber wie? Vor dieser Nachricht graut es ihr noch mehr als vor der vom Tod ihres Vaters, aber da stand sie auch unter Schock. Vielleicht steht sie jetzt wieder unter Schock. Hanna und Dan sind *verlobt.* Alice spürt erneut, wie wütend sie auf Dan ist – er hat Hanna und glaubt trotzdem, er hätte noch mehr verdient. Hat Hanna denn nicht schon genug durchgemacht? Ihre Beziehung mit Dan war Alice immer wie ein Neuanfang erschienen, eine Rückkehr zur Sonnenseite des Lebens. Alice will das alles nicht zerstören. Ein klein wenig befürchtet sie auch, dass Hanna ihr die Schuld geben könnte, wenn sie es ihr erzählt.

Ob die Nachricht Hanna wohl weniger erschüttern würde, wenn sie von Dan selbst käme und nicht von einer Außenstehenden? Dann könnte sich Hanna wenigstens damit trösten, dass Dan selbst reinen Tisch gemacht hat, weil er nicht damit leben konnte. Alice malt sich aus, wie sie bei Dan auf der Arbeit auftaucht und ihm ein Ultimatum setzt: »Entweder du sagst es ihr oder ich.« Wie um alles in der Welt soll sie so etwas zu irgendjemandem sagen, und dann auch noch zu Dan?

Am nächsten Morgen fühlt sie sich wie gerädert und greift auf altbewährte Mittel zurück: Sie ruft ihre Mutter an. Sie bemüht sich, alles behutsam und verständlich zu erläutern, aber als sie zu dem Teil gelangt, wo sie erkennt, dass es sich nicht um Hanna handelt, zittert ihre Stimme.

Als sie ihren Bericht beendet hat, schweigt ihre Mutter. Alice ist überrascht, hat sie doch mit einer zornentbrannten Tirade über Dans Verhalten gerechnet – sie hat sich sogar darauf gefreut, weil sie sich dann gegen Dan verbünden und ihrer Empörung Luft machen könnten.

»So was Dummes«, sagt ihre Mutter schließlich.

Das erscheint Alice ziemlich mager, aber schließlich hat ihre Mutter die schreckliche Wahrheit gerade erst erfahren, wohingegen Alice sie schon sacken lassen konnte. Alice hat keine Ahnung, was sie selbst in dieser Situation von sich gegeben hätte. Wahrscheinlich etwas viel Unzusammenhängenderes.

»Aber wie bringe ich das Hanna bei?«, fragt sie ihre Mutter.

»Hanna? Überhaupt nicht, natürlich!«

Alice braucht eine Weile, um zu verstehen, was ihre Mutter meint. »Ach so, klar, Dan muss es ihr selbst sagen. Aber wie kriege ich ihn dazu?« Wieder malt sie sich aus, wie sie ihn auf der Arbeit zur Rede stellt, und schaudert innerlich.

»Nein, im Gegenteil. Wir müssen Hanna vor dieser Information beschützen.«

Alice runzelt die Stirn. Sie presst sich das Handy so fest ans Ohr, dass es langsam wehtut, und wechselt auf die andere Seite. »Ich weiß, wir müssen es ihr behutsam beibringen. Aber sie muss es doch erfahren.«

»Möglich, aber nicht jetzt. Nicht so kurz nach der Beerdigung. Alice, sie hat ihren Vater verloren.« Das klingt vorwurfsvoll, als hätte Alice die Finger im Spiel gehabt.

»Ja, das Timing ist denkbar schlecht. Aber … was sollen wir denn stattdessen machen?«

»Wir behalten es für uns«, erwidert ihre Mutter.

»Auf gar keinen Fall.« Sie drehen sich im Kreis.

»Und wenn das einen Rückfall auslöst? Willst du das etwa?«

»Natürlich nicht.«

»Na bitte.«

»Wir können ihr so was aber nicht verheimlichen. Außerdem geht es ihr doch gut. Dads Tod hat sie auch nicht aus der Bahn geworfen.«

»Dann bringt das jetzt vielleicht das Fass zum Überlaufen.«

Das gibt Alice zu denken, und die alten Ängste bezüglich Hanna steigen wieder an die Oberfläche. Was, wenn Hanna so lange stabil war und Alice sie dann mit dieser Nachricht in den Abgrund stößt, weil sie dafür noch nicht stark genug war?

»Mir kommt das falsch vor, ihr das zu verheimlichen.« Sie hört allerdings den fragenden Tonfall in ihrer Stimme.

»Warum denn? Es ist doch nur zu ihrem Besten. Außerdem kommt Dan vielleicht noch zur Besinnung, und die Sache erledigt sich von selbst, ohne dass Hanna je davon erfahren muss.«

»Aber Mum!« Alice ist aufs Neue entsetzt. »Sie kann doch jetzt nicht mit ihm zusammenbleiben.«

»Selbstverständlich kann sie das«, blafft ihre Mutter. »Sei doch nicht so unvernünftig. Dan ist ein netter Mann und kümmert sich gut um sie. Sie braucht ihn. Mach ihr das nicht kaputt, nur weil du dein Gewissen erleichtern willst. Das wäre unverzeihlich egoistisch.«

Wirklich? Ist es anmaßend, dass sie glaubt zu wissen, was das Beste für Hanna ist? Vielleicht treibt sie ja tatsächlich eher der Drang an, sich des furchtbaren Wissens zu entledigen, als der Wunsch, ihrer Schwester zu helfen. Sie versucht, sich in Hanna hineinzuversetzen. Würde sie es an ihrer Stelle wissen wollen? Allerdings kann sie sich gar nicht erst an den Gedanken gewöhnen, mit jemandem wie Dan zusammen zu sein, und das Gedankenexperiment scheitert bereits im Ansatz.

»Alice«, sagt ihre Mutter. »Du darfst es ihr nicht sagen. Versprich es mir.«

Die Argumente ihrer Mutter überzeugen Alice nicht. Nach dem Telefonat ist sie verwirrter als zuvor. Aber dann vergeht ein Tag, und noch einer, dann eine Woche, und obwohl die Sache mit Dan und der anderen Frau ihre Gedanken beherrscht, schafft sie es nicht, Hanna davon zu erzählen. Ihre Mutter fragt jeden Tag: »Du hast es ihr doch nicht gesagt, oder?«, und Alice empfindet jedes Mal eine gewisse Erleichterung, weil sie ehrlich verneinen kann und damit zumindest vor dem Zorn ihrer Mutter sicher ist.

Sie braucht einfach ein bisschen Zeit, um zu entscheiden, was sie tun soll. Also zagt und zaudert sie. Doch je mehr Zeit vergeht, desto unmöglicher scheint es ihr, das Thema Hanna gegenüber anzuschneiden. Nicht nur ist es schwierig, die Sache überhaupt anzusprechen; jetzt muss sie Hanna auch noch gestehen, dass sie ihr die Neuigkeit schon seit einer Woche verschweigt (dann zwei).

Nach vierzehn Tagen schreibt sie Hanna eine Nachricht und schlägt vor, dass sie sich auf einen Kaffee treffen. Alice weiß zwar selbst nicht genau, was sie sagen wird, aber sicherlich wird es ihr klar, wenn sie Hanna erst mal gegenübersteht. Leider hat Hanna bei der Arbeit ungewöhnlich viel zu tun und fürs Wochenende schon Pläne. Sie schlägt vor, dass sie das Ganze auf die nächste Woche verschieben, und Alice ist ungemein erleichtert, als hätte sie noch einmal eine Galgenfrist erhalten.

Als sie sich endlich treffen, ist beinahe ein Monat vergangen. Hanna wollte lieber nach der Arbeit etwas trinken, und obwohl sich Alice normalerweise darüber freuen würde, in zwanglosem Rahmen Zeit mit ihrer Schwester zu verbringen, wird sie immer nervöser. Kurz vor dem Wiedersehen kommt ihr ihre bisherige Strategie mit jeder Minute weniger vertretbar vor. Die Tatsachen sprechen eindeutig gegen sie: Alice weiß seit einem Monat, dass Dan fremdgeht, und hatte mehrfach Gelegenheit, es ihrer Schwester zu erzählen. Alice ist erschrocken über sich selbst. Wie hat sie sich die Sache so lange schönreden können? Wie konnte sie davon ausgehen, das Ganze würde mit der Zeit einfacher werden? Im Gegenteil, die Situation ist verfahrener als je zuvor.

Sie treffen sich an einem Donnerstagabend auf Hannas Vorschlag hin in einem Pub unweit der Waterloo Station, genauer gesagt, einer Spelunke in der Union Street – laut Hanna der einzige Pub im Zentrum Londons, in dem man nicht brüllen muss, um etwas zu bestellen. Sie hat recht: Im Gegensatz zu den übervollen Lokalen von The Cut, an denen Alice auf dem Weg von der U-Bahn vorbeikommt, herrscht hier bei ihrer Ankunft wundersame Stille, die meisten Tische sind unbesetzt. Lediglich ein paar verstreute Grüppchen befinden sich im Inneren, und zwei ältere Männer trinken schweigend gemeinsam am Tresen.

Hanna sitzt an einem Tisch in der Ecke und winkt Alice heran, vor ihr warten bereits zwei Getränke. »Ich hab dir einen Cider bestellt.«

Alice legt den Mantel ab und setzt sich. Sie betrachtet das Glas unbehaglich. Von dem Kater nach der Beerdigung ihres Vaters musste sie sich zwei Tage lang erholen. »Danke. Wartest du schon lange?«

»Nein, erst seit ein paar Minuten. Anscheinend war ich zur Abwechslung mal zu früh dran.«

Alice beschließt, sich bei einem neutralen Thema aufzuwärmen. »Wie läuft es bei der Arbeit?«

»Ach, ganz gut. Ziemlich gut sogar. Vor Kurzem ist mir aufgefallen, dass mein Job mir tatsächlich Spaß macht, im Gegensatz zu den meisten anderen Leuten. Und was ist mit dir? Wie läufts im Gemeinderat?«

»Wie am Schnürchen.« Alice kommt das Gespräch gezwungen vor. Mittlerweile ist ihr klar – eigentlich schon seit sie Hanna erblickt hat –, dass sie einen Fehler gemacht hat, dass sie es Hanna sofort hätte sagen müssen. Wie hat sie sich nur in diese Situation manövriert? Vermutlich hat der Rat ihrer Mutter ihr einen einfachen Ausweg geboten.

»Alles okay mit dir?«, fragt Hanna.

»Ja.« Wie soll sie es Hanna jetzt noch erzählen? Der richtige Moment ist nicht nur längst an ihr vorbeigezogen, inzwischen hat er sie garantiert bereits mehrfach überrundet.

»Ich glaube, Dan und ich sollten langsam mal einen

Termin für die Hochzeit festmachen«, sagt Hanna, als Alice stumm bleibt. »Es läuft gerade alles viel besser. In letzter Zeit ist er echt toll. Fühlt sich wieder an wie früher.«

Alice schweigt. Erfreute Kommentare würden ihren Verrat nur verschlimmern.

»Was ist denn?«, fragt Hanna.

»Nichts«, antwortet Alice zu schnell.

»Geht es dir gut?«

»Ja.«

»Ich dachte, wenn du willst, könntest du vielleicht meine Brautjungfer sein. Gemeinsam mit Kemi natürlich.« Sie strahlt Alice an und wartet auf deren freudige Reaktion.

Unter normalen Umständen wäre das alles zu schön um wahr zu sein. Ihr Teenager-Ich wäre komplett aus dem Häuschen bei der Vorstellung, Hanna könnte sie je gut genug leiden, um sie als Brautjungfer anzuheuern. Doch jetzt ist es nur ein grausamer Scherz des Universums und zeigt wieder einmal, was für eine schreckliche Schwester Alice ist.

»Ich kann nicht«, sagt sie, bevor sie erneut der Mut verlässt.

Hanna runzelt die Stirn. »Okay, kein Problem. Wieso nicht?«

Einen kurzen, verrückten Augenblick lang zieht Alice in Betracht, ideologische Bedenken gegen die Institution der Ehe vorzuschieben, aber das würde auch nichts bringen.

Sie holt Luft. »Ich habe Dan gesehen.«

»Okay.«

Obwohl Alice noch gar nichts wirklich Gehaltvolles gesagt hat, sieht sie Hanna erstarren, als wüsste sie bereits, was auf sie zukommt. Hanna schweigt weiter, weshalb Alice gezwungen ist, fortzufahren. »Ich habe ihn mit jemand anderem gesehen.«

»Was genau meinst du mit ›mit jemand anderem‹?« Hanna klingt bedrohlich ruhig.

»Er hat … sie geküsst. Vor der U-Bahn in Lambeth.«

»Wen?«

»Eine Frau. Irgendeine. Ich weiß es nicht.«

»Bist du dir sicher, dass es Dan war?«

»Ja. Ich war nicht weit weg, und sie haben sich auch nicht die ganze Zeit über geküsst. Sie haben sich auch unterhalten.«

»Aha. Wie sah sie aus?«

Alice versucht, die Frau möglichst detailliert zu beschreiben. »Mittelgroß, schlank. Schulterlange, braune Haare, blauer Mantel. Vielleicht weiße Turnschuhe, aber da bin ich nicht hundertprozentig –«

»Schon gut, ich brauche nicht den ganzen Polizeibericht«, fällt Hanna ihr ins Wort. Dann sagt sie leise: »Scheißkerl.«

»Und was für einer.« Alice' Entrüstung ist aufs Neue entfacht.

»Ich hätte es wissen müssen.« Hanna wischt sich schnell und energisch die Tränen ab. »Wie dumm von mir. Ich dachte, es läuft wieder besser, aber man sieht eben nur, was man sehen will.« Sie unterbricht sich kurz. »Wann war das?«

»Wann?«

»An welchem Tag?«

»Freitag.«

»Letzten Freitag?«

Nun sitzt Alice natürlich in der Patsche. Fast schon hat sie gehofft, sie könnten sich das genaue Datum sparen; das Wichtigste ist ja, dass es überhaupt passiert ist. Wie naiv. Natürlich will Hanna es wissen.

»Vor vier Wochen«, sagt Alice leise.

»Vier Wochen?«, wiederholt Hanna wesentlich weniger gedämpft. Die beiden alten Männer am Tresen drehen sich zu ihnen um. »Wieso erzählst du mir das erst jetzt? Vier Wochen, hab ich das richtig verstanden?«

»Ja.«

»Ich fass es nicht.« Hanna scheint schockierter über die Verzögerung als über die Nachricht an sich. »Alice, wie kannst du mir so was antun?«

»Es tut mir leid! Es tut mir so leid. Ich wusste nicht, was ich machen soll. Ich hatte Angst um dich.«

»Wer weiß, wie lange das schon läuft.« Hanna wischt sich erneut Tränen aus den Augen. »Wahrscheinlich seit Monaten. Oder noch länger. Scheiße, und ich frage ihn gestern Abend noch, ob wir nicht einen Termin für die Hochzeit festlegen sollen. Alice, deinetwegen habe ich mich total zum Affen gemacht.«

»Tut mir leid«, sagt Alice noch einmal.

»Aber wieso hast du es mir nicht einfach gesagt?«

Alice ist auf den Zorn ihrer Schwester gefasst gewesen, aber sie hat nicht damit gerechnet, wie verletzt Hanna ist. Das ist viel schlimmer.

Sie stammelt: »Ich hatte Angst, dass es zu viel für dich ist, wenn du es so kurz nach Dads Tod erfährst.«

»Wieso sollte es zu viel für mich sein?«

»Weiß ich nicht.«

»Was meinst du damit?«

Alice fährt stockend fort: »Ich hatte Angst, du könntest wieder krank werden.«

»Aber warum? Mir geht es doch seit Jahren gut.«

»Ich weiß.« Alice fühlt sich in die Ecke getrieben. »Aber bei Schizophrenie weiß man ja nie so genau, oder?«

Endlich verstummt Hanna. Alice riskiert einen Blick, und sie kann Hannas merkwürdigen Gesichtsausdruck nicht genau deuten.

»Alice. Wovon redest du?«

Eine ganze Weile schauen sie einander bloß an.

»Ich habe doch keine Schizophrenie«, sagt Hanna schließlich.

»Aber du …« Alice weiß nicht, wie sie den Satz beenden soll. Macht Hanna sich etwas vor? Ist das Verleugnen von Schizophrenie ein Anzeichen für Schizophrenie? Sie merkt selbst, was für eine verdrehte Logik das ist.

»Das ist Tante Katys Krankheit, nicht meine.«

»Aber ich dachte …«

»Dass alle psychischen Krankheiten gleich sind?«

»Nein, überhaupt nicht.« Alice ist heillos überfordert.

Hanna zwingt sich, ruhig zu bleiben. »Bei mir wurde eine depressive Episode diagnostiziert, die eine

Psychose ausgelöst hat. Das haben drei verschiedene Ärzte so festgestellt.« Fassungslos fügt sie hinzu: »Wieso weißt du davon nichts? Bist du einfach wegen Tante Katy davon ausgegangen, dass es Schizophrenie ist?«

»Ja, ich …« Alice zögert. »Außerdem hat Mum das anscheinend auch gedacht.«

»Mum hat das behauptet?« Einen Moment ist Hanna sprachlos. »Aber … wieso sollte sie dir erzählen, ich hätte Schizophrenie? Sie weiß doch, dass das nicht stimmt.«

»Da hat sie sich bestimmt vertan.«

»Nein. Sie war doch bei mehreren Arztterminen dabei. Die haben ganz deutlich gesagt, dass es keine Schizophrenie ist. Das mussten sie auch, weil Mum immer wieder danach gefragt hat. Warum hat sie dich angelogen?«

Alice weiß nicht, was sie darauf erwidern soll. »Sie hat nicht gelogen. Das würde sie nicht tun bei dem Thema. Sie muss es wirklich geglaubt haben.«

»War ja klar, dass du dich auf ihre Seite schlägst.«

»Mache ich doch gar nicht! Ich will bloß verstehen, was passiert ist.«

»Das ist doch verrückt. Du bist jahrelang davon ausgegangen, ich wäre schizophren?« Sie muss lachen, bricht aber sofort wieder ab. »Das ist verrückt.«

»Na ja, wir haben das Wort nie benutzt. Und du wolltest auch nie darüber reden. Und … na ja, ein bisschen sah es schon aus wie Schizophrenie.«

»Klar, wenn man sich von vornherein festgelegt hat, dass es das ist«, schießt Hanna zurück.

Alice verstummt.

»Die Sache ist komplett absurd«, sagt Hanna. »Wie soll irgendwer in so einer Familie bei Verstand bleiben? Läuft unsere Mutter einfach rum und weist Leuten mir nichts, dir nichts psychische Störungen zu?«

»Nein. Da muss sie was missverstanden haben. Oder ich habe es missverstanden.«

»Ich frage mich, welche Diagnose sie dir und Michael wohl gestellt hat. Hoffentlich mindestens irgendeine Persönlichkeitsstörung.« Ihr Ton wandelt sich abrupt. »Wem hat sie sonst noch erzählt, ich wäre schizophren?«

»Niemandem, glaube ich.« Hanna wechselt so schnell zwischen Wut und Fassungslosigkeit, dass Alice kaum Schritt halten kann. »Na ja, Michael, nehme ich an. Und vielleicht Dad.«

»Dad ist in dem Glauben gestorben, ich wäre schizophren? Na herrlich. Meinst du, deshalb durfte ich ihn und das Baby nie besuchen?«

»Das durften wir doch alle nicht. Außerdem sind Menschen mit Schizophrenie selten gefährlich. Das ist ein weit verbreiteter Irrtum. Viele Menschen mit Schizophrenie führen ein ganz normales –«

»Jetzt hör aber auf, Alice! Du brauchst nicht mehr die Sprecherin für Schizophreniekranke geben. Schon vergessen? Ich bin überhaupt nicht schizophren.« Hanna atmet angestrengt aus. »Warum lässt dich das alles so kalt?«

»Tut es doch gar nicht. Aber ich …« Alice' Hirn hat Schwierigkeiten, die letzten paar Jahre aus dem Nichts neu zu schreiben. Wie konnte sie Hanna so lange die falsche Krankheit zuschreiben? »Es gibt bestimmt eine logische Erklärung. Wenn du einfach mit Mum redest –«

»Ich weiß ja, dass sie ein bisschen daneben ist, aber wieso besteht sie darauf, dass ich Schizophrenie habe?« Hanna schüttelt angewidert den Kopf. »Ich fass es nicht, dass du ihr das einfach abgekauft und mich nicht einmal gefragt hast.«

»Du wolltest doch nie darüber reden.« Außerdem hat Alice Hanna nie als Schizophreniekranke betrachtet. Für sie war sie immer bloß Hanna. »Ich glaube nicht, dass Mum absichtlich Fehlinformationen verbreitet hat. Es war bestimmt ein Irrtum.«

Das hätte sie besser für sich behalten. Hannas Zorn, bis eben noch knapp unter der Oberfläche, kocht über. Mit eiskalter Stimme sagt sie: »Du kannst einfach nicht anders, oder? Egal, was sie tut, immer musst du sie verteidigen. Und ich Idiotin bin davon ausgegangen, das hätte sich geändert.«

»Ich verteidige sie nicht. Ich will bloß verstehen …«

»Vielleicht lässt du das lieber bleiben und schaust den Tatsachen zur Abwechslung mal ins Auge. Für dich muss alles nur ein Irrtum oder ein Missverständnis sein. Du kannst die Vorstellung nicht ertragen, dass jemand einfach ein furchtbarer Mensch ist, genau wie bei Dan. Du konntest dich dem Gedanken nicht stellen, also hast du so getan, als wäre gar nichts passiert. Du hättest es mir sagen müssen, Alice. Scheiße, du hättest es mir sagen müssen.«

»Ich dachte, es wäre besser so.« Alice kommen die Tränen.

»Nein, du bist einfach feige.« Hanna springt auf und streift hektisch den Mantel über.

»Es tut mir so leid.«

»Das glaub ich dir gerne. Du kannst es nicht ertragen, wenn jemand sauer auf dich ist. Und letzten Endes lässt du sie deswegen einfach im Stich.« Alice zuckt innerlich zusammen, als sie die Verachtung in Hannas Gesicht sieht. Hanna wirft sich ihren Rucksack über die Schulter und verschwindet.

Alice merkt, dass die beiden alten Männer an der Bar wieder zu ihr herübersehen. »Alles in Ordnung?«, fragt einer von ihnen. Alice wischt sich mit dem Ärmel übers Gesicht und erwidert: »Ja, alles gut«, was natürlich lächerlich ist, so heftig, wie sie weint. »Alles gut«, wiederholt sie und lächelt ihnen unter Tränen zu.

Nichts ist gut, denkt sie. Nicht, nachdem sie Hannas Hass auf sich gezogen hat. Sie kippt den Rest des Ciders hinunter, er ist schal und warm. Im Ohr hat sie ein seltsames Klingeln, wie nach einer Explosion. Sie nimmt ihren Mantel und geht.

14

Celia hat sich daran gewöhnt, missverstanden zu werden. Immerhin ist ihr gesamtes Leben nach dem Muster verlaufen. Aber das hier stellt alles andere in den Schatten; zum einen, weil es so ungeheuerlich ist, zum anderen, weil es sich um ihr eigenes Kind handelt.

»Ich weiß gar nicht, wo ich anfangen soll«, sagt Hanna, als Celia ihr die Tür aufmacht. »Dieses Mal hast du dich wirklich selbst übertroffen.«

»Möchtest du vielleicht reinkommen?« Celia versucht, die Situation einzuschätzen. »Oder möchtest du mir deine Predigt lieber von der Türschwelle aus halten?«

Wortlos geht Hanna an ihrer Mutter vorbei ins Haus. Celia folgt ihr in die Küche.

»Tee?«, fragt sie.

»Nein.«

»Warum hast du nicht vorher angerufen?«, fragt Celia. »Ich hätte doch unterwegs sein können.«

»Du bist nie unterwegs.«

Das ist verletzend und falsch, aber Celia beschließt, nicht darauf einzugehen. Sie bleibt trotz Hannas Unhöflichkeit gütig. »Setz dich doch.« Fast schon freut es sie, dass sie diejenige ist, die ihre Emotionen unter

Kontrolle hat, während Hanna jegliche Kontrolle entglitten ist. Celia vermutet schon, woran das liegt: Alice ist etwas über die Sache mit Dan rausgerutscht. Sie nimmt sich fest vor, ruhig und unerschütterlich zu bleiben.

»Ich will mich nicht setzen«, erwidert Hanna. »Wieso verbreitest du Lügen über mich?«

Das verwirrt Celia. »Lügen? Wovon redest du?« Und sofort ist die alte Angst wieder da: Die Krankheit ist zurück, all ihren Bemühungen zum Trotz. Hanna ist paranoid und anklagend. »Hol einmal tief Luft«, sagt Celia. »Alles ist in Ordnung.«

»Nichts ist in Ordnung«, faucht Hanna. »Wieso erzählst du rum, ich wäre schizophren?«

Damit hat Celia so wenig gerechnet, dass sie lachen muss. »Das habe ich doch überhaupt nicht rumerzählt.«

»Hast du wohl. Alice, Michael, Dad und Gott weiß, wem noch.«

»Schon ewig nicht mehr. Ich weiß auch nicht, warum die sich so an der Idee festgeklammert haben.«

»Wahrscheinlich, weil du es ihnen erzählt und nie berichtigt hast. Obwohl es nie zugetroffen hat!«

Hanna geht erregt auf und ab, und Celia, die gern ein Bild des Anstands sein möchte, setzt sich an den Tisch. »Es kann sein, dass ich es vor ewigen Zeiten mal als eine mögliche Erklärung erwähnt habe, ja«, räumt sie ein. »Es war ja auch eine mögliche Erklärung. Ich wollte bloß, dass wir vorbereitet sind.« Es stimmt, dass Celias schlimmste Befürchtungen nie eingetreten sind. Der Familienfluch hat Hanna nicht direkt getroffen, sondern ihr lediglich einen Streifschuss verpasst: nicht die gleiche Krankheit wie Katy, aber eine ähnliche. Ganz sicher würde Celia nicht zugeben, sie habe falschgelegen, sie hatte damals bloß nicht alle Informationen.

»Spielt es wirklich eine Rolle, wie wir es nennen?«, fragt sie.

»Für mich schon, stell dir vor.«

»Am Anfang wusste doch keiner von uns, welchen Verlauf deine Erkrankung nehmen würde. Die Lage war sehr ernst. Wir mussten uns der Realität stellen.«

»Aber das war nicht die Realität«, gibt Hanna aufgebracht zurück. »Das weißt du ganz genau, du warst doch bei allen Terminen dabei!«

»Was wissen die Ärzte schon?«, entgegnet Celia scharf. »Die denken, sie wüssten alles.«

»Die haben Hunderte psychisch erkrankte Patienten«, sagt Hanna. »Und du dachtest trotzdem, du wüsstest es besser. Das ist mal wieder typisch.«

»Die sehen ihre Patienten vielleicht im Vorbeigehen«, erwidert Celia. »Aber keiner von diesen Ärztinnen und Ärzten hat je mit einem zusammengewohnt. Niemand weiß mehr über diese schreckliche Krankheit als ich. Ich habe sie aus nächster Nähe erlebt. Und sie ist erblich. Ich hatte Angst um dich. Ich hatte schon immer Angst um dich.«

Hanna bleibt abrupt stehen. »Meinst du damit etwa, du hast schon immer darauf gewartet, dass meine angeborene Verrücktheit endlich zutage tritt? Na, das erklärt ja eine ganze Menge.«

Ganz so hat es Celia nicht gemeint. Wenn sie es

erklären müsste, würde sie sagen, es habe sich auf eher unbewusster Ebene abgespielt. Aber es stimmt, dass sie von jeher ein ängstliches Auge auf Hanna hatte, ihr schwierigstes und explosivstes Kind. Manchmal denkt sie daran zurück, wie Alice und Hanna als Kinder mit der Sortierbox spielten – Alice drehte und wendete die Klötzchen geduldig, wenn sie nicht durch die Öffnung passten, aber Hanna wurde schnell wütend, brach in Tränen aus und schlug frustriert auf die Öffnungen ein. Es tat Celia im Herzen weh, und sie eilte Hanna stets rasch zu Hilfe.

Einmal wollte sie den beiden die Geschichte erzählen, sie waren gerade im Teenageralter. Sie dachte, sie fänden es vielleicht ganz amüsant, wie früh sich ihre unterschiedlichen Persönlichkeiten bereits gezeigt hatten. Doch Alice schwieg, und Hanna sagte: »Verstehe, du hast schon gemerkt, was für ein schlimmer Mensch ich bin, als ich noch ganz klein war.« Das hatte Celia überhaupt nicht gemeint, aber natürlich würde Hanna sie im Zweifel stets falsch verstehen. Hanna wird nie erfahren, dass Celia bis heute jeden Morgen mit dem Gefühl aufwacht, sie würde in einen Abgrund stürzen, dem Gefühl der kalten Angst, was wohl aus ihrem Kind werden wird.

Jetzt sagt sie zu Hanna: »Ich wollte doch nur, dass du es im Leben leicht hast.«

»Und wieso hast du dann alles darangesetzt, es mir schwer zu machen?«

Vor Schreck verschlägt es Celia die Sprache. Dann erwidert sie: »Du bist überspannt. Du musst das alles ins rechte Licht rücken. Ich weiß ja, dass du wegen Dan neben der Spur bist, dadurch wirkt alles andere natürlich auch dramatischer.«

Nach einer kurzen Stille fragt Hanna: »Woher weißt du das mit Dan?«

Jetzt steckt Celia in der Klemme – sie hätte Dan besser nicht erwähnt. »Alice hat es mir erzählt«, gibt sie widerwillig zu. Sie vermutet, Hanna wird diese Information nicht einfach hinnehmen, aber trotzdem spürt sie eine gewisse Genugtuung. So sieht Hanna wenigstens, dass nicht alle Familienmitglieder Celia derart geringschätzen.

»Wann?«, will Hanna wissen.

»Vor Kurzem«, sagt Celia unbestimmt.

»Natürlich«, sagt Hanna. »Das war ja klar. Alice hat gesehen, wie Dan eine andere küsst, und statt es mir direkt zu erzählen, ist sie damit garantiert sofort zu dir gelaufen.«

»Sie hat meinen Rat gebraucht. Das war sehr vernünftig von ihr.«

»Deswegen hat sie mir ewig nichts davon erzählt. Weil du es ihr verboten hast. Da hätte ich auch von selbst draufkommen können.«

»Es war doch nur zu deinem Besten.«

»Du hattest noch nie auch nur die geringste Ahnung, was mein Bestes ist«, zischt Hanna.

»Aber natürlich habe ich das«, erwidert Celia. »Ich bin deine Mutter.«

»Ja, und? Als ob das bei dir irgendetwas bedeuten würde.«

Hannas Grausamkeit erschüttert Celia. Sie ruft sich in Erinnerung, dass Hanna emotional aufgewühlt ist; vielleicht meint sie es ja gar nicht so. Nach einigem Überlegen sagt Celia: »Wir wollten dich nicht aus dem Gleichgewicht bringen. Mir war klar, dass du irgendetwas Unüberlegtes tun würdest, wenn du davon erfährst. Ich wollte bloß nicht, dass du wegen so einer albernen Kleinigkeit deine Beziehung wegwirfst.«

»Albern? Er hat mich betrogen.«

Celia ist erleichtert, dass sie Hanna zumindest in andere Bahnen gelenkt hat. Dieses Thema erscheint ihr lohnenswerter als die Frage, wer wann was über Dan wusste oder wer an Schizophrenie leidet oder nicht. »Hanna, Beziehungen sind kompliziert«, sagt sie. »Dan ist ein anständiger Kerl.«

»Kann sein. Aber nicht mir gegenüber.«

Ihre nächste Frage, das gibt Celia gern zu, klingt nicht ganz so, wie sie es sich vorgestellt hat. »Was, wenn du niemand anderes mehr findest?«

»Mum, ich bitte dich.«

»Er wird sich gut um dich kümmern. So jemanden findest du vielleicht nie wieder.«

»Ich brauche niemanden, der sich um mich kümmert«, erwidert Hanna.

»Das weißt du doch gar nicht. Du kannst nicht wissen, ob du noch mal krank wirst.« Erneut steigt die Angst in ihr auf. »Und dann brauchst du jemanden, der dir Stabilität bieten kann.«

»Wieso? Um mir bei meiner imaginären Schizophrenie zur Seite zu stehen?«

»Nenn es, wie du willst –«

»Ich soll es nennen, wie ich will?«

»Du leidest an einer ernsthaften Krankheit.«

»Litt.«

»Du musst deine Zukunft sichern, sonst bereust du es eines Tages. Dann wünschst du dir, du hättest Dan nicht so voreilig vor die Tür gesetzt.«

»Du glaubst also wirklich, ich verdiene keinen Partner, der mir treu ist?«, fragt Hanna. »Ich bin so beschädigt, dass ich mich einfach an den Nächstbesten klammern soll?«

»Du verdrehst mir die Worte im Mund. Ich meine bloß, dass du langsam begreifen musst, dass Beziehungen kompliziert sind. Sie benötigen Arbeit.«

»Da bist du ja die Expertin«, höhnt Hanna. »Wie erfolgreich waren denn deine Beziehungen? Dad hat dich verlassen, und seitdem hattest du niemanden mehr. Du hast nicht mal einen Freundeskreis, von Alice mal abgesehen. Ganz schön traurig, wenn du mich fragst.«

Celias Zorn beängstigt sie. Es verlangt ihr alles ab, ihrer Tochter keine Ohrfeige zu versetzen. »Wunderst du dich wirklich, dass Dan sich woanders umgesehen hat, so wie du dich aufführst?«

Hanna sagt: »Ich weiß auch nicht, wieso ich dachte, ein Gespräch mit dir könnte helfen.«

Hanna verhält sich dramatisch wie eh und je und spricht nach dem Streit über Dan und das Missverständnis mit der Schizophrenie zwei Wochen lang nicht mit ihrer

Mutter. Das soll Celia recht sein, sie spricht nämlich auch nicht mit Hanna.

Als Hanna schließlich doch anruft, geht Celia davon aus, dass sie sich entschuldigen möchte. Stattdessen informiert Hanna sie jedoch – absurderweise –, dass sie das Land verlässt. Sie tritt eine Stelle in Kuala Lumpur an. Sie weiß nicht, erklärt Hanna, ob sie je zurückkommen wird.

»Das ist also dein Plan?«, fragt Celia. In ihrem Magen wogt und schwappt ein Gefühl, das sie für Wut hält (dabei ist es Trauer). »So weit wegziehen und so tun, als existieren wir nicht?«

»Ich muss hier raus«, sagt Hanna. »Noch mal neu anfangen.« Ihr kühler, geschäftsmäßiger Ton beunruhigt Celia viel mehr, als es ein Wutanfall je könnte.

»Du musst vor uns flüchten? Meinst du das etwa?« Celia weint fast, doch die Worte dringen wie von allein aus ihr. »Jetzt ist plötzlich deine Familie an allem schuld, was?«

»Nicht meine Familie«, erwidert Hanna. »Sondern du.«

»Mach dich doch nicht lächerlich.«

»Du hast mich schon immer am wenigsten lieb gehabt«, sagt Hanna. »Gib es einfach zu. Jetzt ist es eh egal.«

»Aber das stimmt doch gar nicht.«

»Natürlich stimmt das. Alle denken immer, Kinder würden das nicht merken. Natürlich merken sie das.«

»Ich hatte dich so lieb wie die anderen!« Celia will sich gegen die ungerechte Anschuldigung verteidigen.

»Wenn ich manchmal streng mit dir war, dann nur deshalb, weil du ein schwieriges Kind warst.«

»Ein Kind wird zu dem, wozu man es erklärt.«

»Ich wollte doch nur, dass du ein leichtes, stabiles Leben hast. Mehr wollte ich nicht.«

»Um Gottes willen, ich bin Beamtin. Mein Leben kommt dir bloß instabil vor, weil es nicht in deinen Händen liegt.«

»Das ist doch Unsinn.«

»Ist es nicht.«

»Du benimmst dich egoistisch und gemein«, sagt Celia. »Aber was erwarte ich auch von dir? Du hattest schon immer eine grausame Ader.«

»Ja«, erwidert Hanna. »Ich weiß. Ich konnte mich noch nie sonderlich gut leiden. Aber ich glaube, mit einer anderen Mutter wäre ich anders geworden.«

Celia kann nichts mehr darauf antworten, weil die Leitung plötzlich tot ist.

Innerhalb von nur drei Wochen hat Hanna Großbritannien verlassen. Es ist die dramatischste Aktion ihres Lebens.

Trotz mehrerer Kontaktversuche von Alice und Michael weigert sie sich, vor ihrer Abreise mit ihnen zu sprechen, nicht einmal mit Kemi als Vermittlerin.

»Was, wenn das wieder ihre Krankheit ist?«, fragt Celia. Alice und Michael sitzen bei ihr in Morden am Küchentisch. »Wieso sollte sie sich sonst so aufführen?« Sie hat sich auf diese Idee eingeschossen; sie kommt ihr gleichzeitig angsteinflößend und tröstlich vor.

»Sie ist nicht krank«, sagt Alice. »Kemi meint, ihr geht es gut. Sie ist bloß fest entschlossen.«

»Das ist doch nicht normal«, beharrt Celia. »Das würde niemand machen, der bei Verstand ist.«

»Da hast du recht«, meint Michael. »Wir sollten die Behörden in Kuala Lumpur einschalten.«

»Und was sollen die dann machen?«, fragt Alice. »Sie festnehmen, weil sie eine Stelle im Ausland angetreten hat, was ständig haufenweise Leute machen? Kemi sagt, ihr geht es gut. Sie will bloß nichts mehr mit uns zu tun haben.«

»So wie es sich anhört, hast du dir ja wirklich ganz schön einen geleistet«, sagt Michael. »Wobei ich nicht verstehe, weshalb ich dafür bestraft werde.«

»Ich hätte ihr das mit Dan sofort erzählen sollen.« Alice sieht aus, als würde sie gleich wieder in Tränen ausbrechen.

»Du hast doch bloß in ihrem Interesse gehandelt«, tröstet sie Celia.

Alice dankt es ihr, indem sie fragt: »Aber warum hast du uns in dem Glauben gelassen, sie würde an Schizophrenie leiden, selbst nachdem klar war, dass es nicht stimmt?«

»Ich wusste doch auch nicht, was es war«, erwidert Celia. »Woher auch? Ich bin nicht ihre Ärztin. Außerdem war einfach nie der passende Moment. Und ich verstehe wirklich nicht, warum du dich auf ihre Seite schlägst.«

»Ich schlage mich doch nicht …«, setzt Alice an. »Na, einer muss es doch tun.«

Celia blitzt Alice wütend an, doch Alice meidet ihren Blick.

»Ein paar Wochen Vorlauf kommen mir ziemlich kurz vor für einen Jobwechsel und einen Umzug ins Ausland«, sagt Michael. »Wahrscheinlich war das schon länger in der Planung. Vielleicht hat es etwas mit Dads Tod zu tun.«

»Aber wieso hat sie uns dann nichts davon erzählt?«, fragt Celia.

»Vielleicht hat sie auf den richtigen Moment gewartet«, meint Alice.

Celia lacht kurz hysterisch auf. »Wie nett von ihr!«

In den ersten Monaten von Hannas Abwesenheit ist sich Celia sicher, dass sie bald von ihr hören wird. Doch die Zeit vergeht, und Hanna meldet sich nicht. Von Kemi wissen sie, dass Hanna gesund und munter ist, aber Kemi geizt mit Details. Ja, Hanna macht die Stelle Spaß. Nein, sie weiß nicht, ob Hanna dort jemanden kennengelernt hat. Nein, es sieht nicht so aus, als hätte Hanna vor, bald wieder nach Hause zu kommen.

Celia ist zutiefst entsetzt von Hannas Verhalten. Niemals, selbst während ihrer heftigsten Streite nicht, hätte sie das für möglich gehalten. Allerdings hat Hanna auch kein ausgeprägtes Interesse an ihrer Familie gezeigt, als sie noch in London lebte, daher versteht Celia nicht genau, weshalb die neue Situation so unerträglich ist. Sie ist stinksauer auf Hanna, und sie fehlt ihr. Sie denkt täglich an sie, wobei sie weiß, dass Hanna im Gegenzug höchstwahrscheinlich nie an sie denkt.

Jeden Abend ertappt sie sich dabei, wie sie fast eine Art Gebet aufsagt, obwohl sich ihre Meinung zu Gott seit Studienzeiten nicht geändert hat: *Mach, dass sie sieht, wie unvernünftig sie ist. Mach, dass sie wieder nach Hause kommt.*

Zu Weihnachten und zum Geburtstag schicken sie Hanna Geschenke. Außerdem weiß Celia, dass Alice ihr E-Mails schickt, doch sie erkundigt sich nicht nach deren Inhalt, und soweit sie es mitbekommt, bleiben sie unbeantwortet. Sie findet es leicht tröstlich, dass Hanna auch Alice die kalte Schulter zeigt. Dass nicht nur Celia gemieden wird.

Im zweiten Jahr schickt Hanna Antwortpostkarten, doch die Nachrichten sind absichtlich knapp:

Liebe Mum, liebe Alice, lieber Michael,
frohe Weihnachten.
Viele Grüße
Hanna

Viele Grüße? Es wäre barmherziger gewesen, sich die Karte zu sparen.

In den Jahren seit Hannas Verschwinden hat sich Celia bemüht, dankbar für die zwei ihr verbliebenen Kinder zu sein. Doch es reicht nicht. Von einem fehlenden Kind kann man sich nicht erholen. Hannas Abwesenheit fühlt sich an wie eine Amputation, ein Phantomschmerz, der nicht nachlässt.

Zudem hat Michael ihr in letzter Zeit außer knappen wöchentlichen Telefonaten nicht viel zu bieten (Celia vermutet, dass seine Frau dahintersteckt), und selbst Alice ist nur schwer fassbar. Manchmal muss Celia mehrfach bei ihr anrufen, bevor sie rangeht, und manchmal antwortet sie erst nach mehreren Stunden auf ihre Nachrichten. Bedeutet sie ihr wirklich so wenig?

»Ich war auf der Arbeit, Mum«, sagt Alice dann. Oder: »Ich hab nicht auf mein Handy geguckt.«

Aber jeder guckt auf sein Handy. Und wie lange dauert es, auf eine Nachricht zu antworten? Zwei Minuten, wenn es hoch kommt.

»Außer dir habe ich doch niemanden mehr«, klagt Celia.

Woraufhin Alice erwidert: »Das stimmt doch gar nicht.«

Doch es stimmt. Celias Mann – Ex-Mann – ist tot (wie passend, dass er auf so lachhafte Art ums Leben gekommen ist), genau wie ihre Eltern. Mark hat sie im Stich gelassen, und bei Hanna sind Hopfen und Malz verloren. Zu ihrer Schwester hat sie kaum noch Kontakt, abgesehen von gelegentlichen Telefonaten, bei denen Katy droht, sie als Kommunistin zu denunzieren. Aber damit will sie Alice natürlich nicht belasten.

Inzwischen sieht sie Alice zwei Mal die Woche: sonntags zum Mittagessen und Spazierengehen, und einmal unter der Woche zum Abendessen. Celia hält das für das Mindeste, was sie von ihrer Tochter erwarten kann. Andere Mütter sehen ihre Kinder täglich. Celia hat das Gefühl, dass sie zwischen all die anderen

Beschäftigungen gequetscht wird, die Alice wichtiger erscheinen. Unter diesen Umständen ist es doch nicht zu viel verlangt, jeden Tag miteinander zu telefonieren. Normalerweise sind die Gespräche auch nicht besonders lang, meistens dauern sie keine halbe Stunde. Die meisten Töchter würden sich freuen, ihrer Mutter so nahezustehen. Celia wäre froh gewesen, wenn ihre Mutter jeden Tag mit ihr hätte sprechen wollen. Aber es kommt immer noch vor – in letzter Zeit sogar häufiger –, dass Alice selbst das zu viel Mühe bereitet.

Es ist ja auch nicht so, als hätte Alice einen riesigen Freundeskreis. Sie hatte bisher nur zwei Beziehungen, und keine von beiden hat lange gehalten. Ihre Mutter war stets ihre engste Vertraute. Wenn Alice abends nicht ans Telefon geht, macht sich Celia daher natürlich Sorgen, dass ihr etwas zugestoßen sein könnte. Und wenn Alice rangeht und sagt, sie habe nicht viel Zeit, kann sich Celia beim besten Willen nicht vorstellen, was sie Besseres zu tun haben könnte. Soweit sie weiß, liest Alice abends meistens auf ihrem Zimmer oder schaut mit ihren Mitbewohnerinnen fern.

Wenn sie sich nicht mehr auf Alice verlassen kann, auf wen dann?

»Wenn ich mal nicht mehr da bin, werde ich dir fehlen«, sagt Celia, und Alice erwidert: »Sag doch so was nicht, Mum.«

Celia vermutet, dass ihr Leben leichter wäre, wenn sie nicht so viel für ihre Kinder empfände.

Bei Hannas Rückkehr war sich Celia sicher, dass sie eine Wiederannäherung erwarten könnte. Celia hat zwar nicht vergessen, was Hanna ihr an den Kopf geworfen oder wie fürchterlich sie sich ihrer Familie gegenüber benommen hat, aber dennoch hatte sich eine plötzliche, erschreckende Leichtigkeit in Celia ausgebreitet, als sie hörte, dass Hanna wieder nach Hause kommen würde. Und es wäre auch überhaupt nicht viel nötig gewesen, nur eine winzige Geste der Zuneigung gegenüber ihrer Mutter, ein klitzekleiner Hinweis, dass sie die Sache wieder ins Lot bringen wollte. Sie würden die unschönen Ereignisse der Vergangenheit nicht weiter diskutieren müssen; sie hätten einfach so weitermachen können, als wäre nie etwas geschehen.

Auf Katys Beerdigung jedoch war Hanna zwar nicht gerade unhöflich, aber distanziert, förmlich, linkisch. Wie eine Fremde. Hinterher, als sie wieder zu Hause war, musste Celia deswegen weinen. In dieser Nacht konnte sie nicht schlafen, saß stundenlang im Bett und dachte an Hanna. Meistens denkt sie an Hanna als Neugeborenes: die kleinen Knopfaugen, die an dunkle Beeren erinnerten, die ulkig geschürzten Lippen. Die unglaublich weichen Locken im Nacken. Darin liegt einer der grausamsten Züge der Natur: dass unsere Kinder erwachsen werden und uns verlassen.

Eine Woche nach der Beerdigung fasst Celia einen neuen Plan, um die Versöhnung mit Hanna zu erzwingen. Die Willkommensparty bietet die ideale Gelegenheit. Mit einem einzigen, zwanglosen Gespräch in formlosem Rahmen, so malt es sich Celia aus, könnte alles aus der Welt geschafft werden. Sie ist nun bereit, selbst das Heft in die Hand zu nehmen, denn es ist schmerzhaft deutlich geworden, dass Hanna es nicht vorhat.

Natürlich funktioniert es nicht. Statt Celias Friedensangebot zu akzeptieren, stürmt Hanna davon und lässt Celia gedemütigt zwischen einer Ansammlung ihrer eigenartigen Freundinnen und Freunde zurück. Die öffentliche Zurückweisung verschlimmert Celias angesammelten Kummer und macht ihn unerträglich.

»Sie hat eben nicht mit dir gerechnet«, sagt Alice am nächsten Tag. »Sie dachte, ich hätte ihr eine Falle gestellt.«

Celia weiß nicht genau, ob das tröstlich gemeint ist, aber falls ja, dann ist Alice nicht sonderlich gut im Trösten. »Eine Falle? Das bin ich also für euch? Eine Falle?«

»Nein«, erwidert Alice. »Natürlich nicht. Sie war wahrscheinlich einfach ein bisschen überrumpelt.«

»Ich hätte ja nicht gedacht«, gibt Celia kühl zurück, »dass es einen überrumpeln sollte, wenn die eigene Mutter zur Willkommensparty auftaucht.«

»Sie hat dich nicht erwartet.«

»Wieso hast du ihr denn nicht gesagt, dass ich komme?«

»Ich wusste doch gar nicht, dass du kommen wolltest«, entgegnet Alice. »Ich habe bloß erwähnt, dass wir eine Party feiern. Ich wusste nicht, dass du kommen willst. Ich hatte dich doch gar nicht … eingeladen.«

Der Schlag sitzt, und erst nach einer kurzen Pause

antwortet Celia: »Du wolltest mich nicht dabeihaben. Jetzt wird mir das alles klar.«

»Darum geht es nicht. Es war eine Party für den Freundeskreis, keine Familienfeier.«

»Du warst da, Hanna war da, Michael war da. Sogar Olivia war da. Ich verstehe wirklich nicht, was daran ›keine Familienfeier‹ sein soll. Aber keine Angst«, fügt sie rasch hinzu, um Alice zuvorzukommen. »Ich habe den Wink verstanden. Offensichtlich wollt ihr nichts mit mir zu tun haben. Ich hätte nie damit gerechnet«, schließt sie mit zittriger Stimme, »dass ihr euch derart Mühe geben würdet, um mich auszuschließen.«

»Wir wollten dich gar nicht ausschließen«, sagt Alice. »Mensch, Mum. Es geht nicht immer nur um dich.«

Der neue, scharfe Ton in Alice' Stimme bestürzt Celia. So hat Alice noch nie mit ihr gesprochen.

Alice ist offenbar genauso schockiert wie Celia, denn nach diesem Gefühlsausbruch herrscht erst einmal Schweigen.

Schließlich sagt Alice, nicht ganz so zerknirscht, wie Celia erwartet hätte: »Du hättest besser noch ein bisschen gewartet, mehr nicht. Jetzt ist Hanna schon wieder sauer auf mich.«

»Und sonst interessiert dich nichts?« Der Schrei ihrer Kindheit, ihres ganzen Lebens steigt wieder in ihr auf: *Was ist mit mir? Was ist mit meinen Gefühlen?*

»Nein«, erwidert Alice. »Im Moment nicht.«

»Na, jetzt weiß ich wenigstens, woran ich bin«, sagt Celia. »Ich muss Schluss machen. Ich habe noch Dinge zu erledigen.« Zum ersten Mal legt sie auf, ohne sich von Alice zu verabschieden.

Sie versucht, sich zu beruhigen, indem sie sich einen Tee macht und ihn am Küchentisch trinkt. Das Zimmer kommt ihr sehr still vor, wenn sie allein hier sitzt, dabei sitzt sie immer allein hier. Die Stille ringsum wird dichter und schwerer, und sie überlegt, das Radio einzuschalten, kann sich aber nicht zum Aufstehen entschließen. Natürlich ist sie wütend auf Alice, aber noch schlimmer ist die düstere Erkenntnis, die sich endlich eingestellt hat: Sie wird sich nie wieder mit Hanna vertragen, weder jetzt noch in Zukunft.

Ihre Hände zittern, und sie legt sie um die Tasse. Ein kaltes Schaudern regt sich in ihrem Innersten, das auch literweise Tee nicht beseitigen kann. Da ist sie, wieder acht Jahre alt. Ungeliebt, unansehnlich.

15

2018

Eine Woche nach der Party hat Alice immer noch nichts von Hanna gehört. Zwar spielt sie (mehrmals am Tag) mit dem Gedanken, ihr eine Nachricht zu schreiben, sich nochmals zu entschuldigen und um ein Treffen zu bitten, aber ihr Widerwille wächst von Tag zu Tag. Zum ersten Mal verspürt sie ungewohnte Anflüge von Feindseligkeit gegenüber ihrer Schwester. Die Gefühle sind ihr so fremd, dass sie eine Weile braucht, um sie zu benennen. Aber wie oft war sie schon an diesem Punkt? Wollte sich versöhnen, ohne dass Hanna Wert darauf legte? Ist sie nicht bereits ihr ganzes Leben lang hinter Hanna hergelaufen, wollte ihr immer alles recht machen, ohne dass Hanna je etwas recht war?

»Gib ihr noch etwas Zeit«, meint Lavinia, als sie sich am darauffolgenden Wochenende zum Brunch treffen.

»Aber ich habe ihr doch Zeit gegeben«, erwidert Alice. »Mehrere Jahre.«

»Ihr seid beide älter geworden. Vielleicht haben sich die Dinge inzwischen geändert.«

Aber die Dinge ändern sich nie wirklich, denkt

Alice. Darauf hat sie lange genug gehofft, und langsam wird es erbärmlich. Zeit, erwachsen zu werden (wenn sie bloß wüsste, wie).

Danach sprechen sie nicht mehr über Hanna – trotz allem hätte Alice das Gefühl, sie zu hintergehen.

Sie ist überrascht gewesen, als Lavinia das Treffen vorgeschlagen hat, und entzückt. Früher hatte sie oft das Gefühl, kaum Freunde zu haben. Die meisten ihrer Kollegen beim Gemeinderat sind älter als sie, und obwohl sie ganz nett sind, hat sie keine engeren Freundschaften geschlossen. Von Alice' drei besten Uni-Freundinnen von der Universität ist eine in Edinburgh geblieben, eine nach Newcastle gezogen und die dritte nach Vancouver, daher hat sie nur selten Kontakt mit ihnen. Zwei sind bereits verheiratet und haben kleine Kinder, die Dritte ist verlobt. Alice freut sich für sie, aber ab und zu beschäftigt sie es doch, dass das Leben der anderen voranschreitet, während ihres von Jahr zu Jahr unverändert bleibt.

Natürlich gibt es da auch noch Max, ihren Freund, beziehungsweise Ex-Freund von der Uni, mit dem sie manchmal spazieren geht. Aber ihre Unterhaltungen bleiben immer merkwürdig unpersönlich, sie sprechen über die Arbeit, über aktuelle Ereignisse, und Alice kann sich nicht vorstellen, ihm ihre Gefühle anzuvertrauen (was womöglich einer der Gründe für das Scheitern ihrer Beziehung gewesen ist). Außerdem ist da noch Jess Moore aus der Schule, die Alice vor ein paar Jahren aus heiterem Himmel bei Facebook angeschrieben hat. Nun gehen Alice und Jess gelegentlich Kaffee trinken, aber wenn Alice ganz ehrlich ist, fühlt sie sich in Jess' Gegenwart kaum wohler als damals in der Schule. Jess ist ebenso wie Alice unfreiwillig Single und macht gern unlustige Witzchen darüber, wie sie beide allein sterben werden. Nach den Treffen ist Alice stets leicht deprimiert.

Alles in allem erscheint Alice ihr Freundeskader bei genauerer Betrachtung enttäuschend schwach besetzt. Manchmal fürchtet sie, dass Hanna damals doch ins Schwarze getroffen hat: Alice' beste Freundin ist ihre Mutter, wenn auch bloß mangels Alternative.

Nach Lavinias Einladung regte sich frische Hoffnung in Alice, wobei sie kurz vor dem Treffen Angst hatte, Lavinia könnte die Idee bereuen; immerhin ist Lavinia so interessant und ungewöhnlich, dass Alice sie womöglich langweilen könnte. Doch sehr zu ihrer Erleichterung läuft das Gespräch wie von selbst. Lavinia lacht oft über Sachen, die Alice sagt. Damit hat Alice nicht gerechnet, aber der Anblick gefällt ihr: Lavinias Miene wechselt rasch von ernst zu lebhaft, wenn sie etwas witzig findet.

Nachdem sie gegessen und einen zweiten Kaffee getrunken haben, schlendern sie eine Weile plaudernd durch Clapham. Alice weiß, dass sie sich langsam verabschieden sollte, dass sie lieber aufhören sollte, wenn es am schönsten ist, bevor sie den peinlichen Punkt erreichen, an dem ihnen der Gesprächsstoff ausgeht. Aber sie kann sich nur schwer losreißen. Je mehr Zeit vergeht, desto aufgeregter wird sie. Ob Lavinia sie wohl wiedersehen will, und wenn ja, wann? Weder bei Max noch bei irgendeinem ihrer anderen Dates hat sie je diese aufkeimende Hoffnung verspürt.

Da wird ihr schlagartig bewusst, dass sie hier nicht bei einem Date ist.

»Das hier ist übrigens ein Date.« Sie gehen gerade auf Clapham Common zu, da bleibt Lavinia stehen und schaut Alice an. »Zumindest dachte ich das. Du auch?«

»Ähm«, sagt Alice.

Und dann kommt sie nicht mehr zum Antworten.

Alice ist schon immer ein umsichtiger Mensch gewesen und schaut stets nach links und rechts, bevor sie auf die Straße tritt. Man sollte meinen, sie wäre dadurch vor Unfällen gefeit, aber das trifft natürlich nur zu, wenn andere Menschen ebenso umsichtig wären wie Alice, und andere Menschen sind bekanntermaßen unberechenbar.

Sie sieht den Jungen nicht kommen. Zum einen nähert er sich ihnen von hinten, zum anderen stehen sie auf dem Bürgersteig, wo man eigentlich nicht damit rechnen muss, überfahren zu werden. An sich hätte sie ihn hören können, das verräterische Surren und Klappern der Räder, wenn sie nicht so auf Lavinia konzentriert gewesen wäre. Die Welt besteht in diesem Augenblick nur aus Lavinias Gesicht, aus ihren grauen Augen.

Deswegen bemerkt Alice den Jungen auf dem Roller erst, als er mit ihr zusammenprallt und sie zu Boden geschleudert wird. Sie hört Lavinias Schrei und versucht noch, den Sturz mit dem Arm abzufangen, aber es geht zu schnell, ihr Handgelenk verfängt sich unter ihrem Körper, und sie schlägt mit dem Kopf auf dem Pflaster auf.

Alice bekommt es zwar nicht mehr mit, aber Lavinia reagiert sofort. »Pass doch auf, wo du hinfährst«, herrscht sie den Jungen an und geht neben Alice in die Hocke, die das Bewusstsein verloren hat. An ihrem Kopf prangt eine stark blutende Platzwunde, und langsam bildet sich eine kleine Menschentraube. Lavinia wählt den Notruf. Der Junge und seine Mutter, die ihn endlich eingeholt hat, haben längst das Weite gesucht.

Alice kommt im Rettungswagen wieder zu sich. Verwirrt fragt sie sich, ob sie entführt wurde. Dann sieht sie Lavinia neben sich sitzen, also muss Lavinia entweder ebenfalls entführt worden sein oder sie sind freiwillig hier. Und irgendwie glaubt Alice nicht, dass Lavinia sich entführen ließe (im Gegensatz zu Alice, die das perfekte Opfer abgeben würde).

»Alles in Ordnung«, erklärt der Sanitäter. »Sie sind gestürzt.«

Gestürzt?, denkt Alice. Ist sie etwa neunzig? Sie kann sich überhaupt nicht an den Unfall erinnern, was die Rettungsassistenten anscheinend für kein gutes Zeichen halten.

In der Notaufnahme wird ihre Kopfwunde versorgt – sie ist nicht besonders tief, aber Kopfwunden bluten immer heftig, erklärt die junge Ärztin – und mit drei Stichen genäht. Ihr Handgelenk ist schmerzhaft geschwollen, allerdings lediglich verstaucht und nicht gebrochen, wie sich beim Röntgen herausstellt. Sie soll zur Beobachtung über Nacht bleiben, für den Fall, dass sie eine Gehirnerschütterung hat.

Die Kurzliegerstation hat zwölf Betten, von denen die meisten belegt sind. Alice wird von der Krankenschwester zu einem Bett gebracht, dessen Kopfteil aufgerichtet ist, damit sie bequem sitzen kann. Merkwürdig, dass sie wie eine Kranke behandelt wird, immerhin fehlt ihr doch gar nichts, abgesehen von ein wenig Schwindel und Kopfschmerzen und dem dumpfen Pochen im Handgelenk. Alice kommt sich vor wie eine Betrügerin.

»Hatten Sie heute Abend noch was vor?«, fragt die Pflegerin mitfühlend von einer jungen Frau zur anderen.

Ja, nur was mit Freunden trinken – wie es wohl wäre, jemand zu sein, der samstagabends immer etwas vorhat?

»Nein«, sagt sie nach einer Weile. »Ich verpasse nicht viel.« Sie wollte ihr Buch zu Ende lesen, wahrscheinlich früh zu Bett gehen.

Als Alice wieder allein ist, betrachtet sie ihre Umgebung. Der Boden ist aus billigem PVC, wie sie es nur aus Krankenhäusern kennt – schmuddelgrün und glänzend, wie die Oberfläche eines Sees. Neben dem Bett stehen ein kleiner Tisch und ein blauer Plastikstuhl, am Bett ist ein Tablett befestigt, das sie zu sich heranziehen kann. Um einige der belegten Betten sind die Vorhänge zugezogen, in anderen liegen leicht Verletzte: ein Gipsarm, eine frisch genähte Kopfwunde, blaue Flecken im Gesicht. Manche Patienten scheinen zu schlafen oder zumindest zu dösen, andere sind mit ihren Handys beschäftigt. Alice fängt ein paar Blicke auf und lächelt, aber niemand erwidert ihren Gruß. Nicht einmal mit ihren Mitpechvögeln kann sie sich anfreunden.

Lavinia, die lieber nach draußen gegangen ist, als Alice' Wunde genäht wurde, erscheint in der Tür zur Station.

»Ich hatte schon Angst, als ich dich nicht gefunden habe«, sagt sie. »Ich wollte gerade in der Leichenhalle nachsehen, da haben sie mich hierhergeschickt.« Lavinias Gesichtsausdruck und Tonfall sind so ungerührt wie eh und je, und Alice kann nur schwer einschätzen, ob das ein Witz sein soll. Lavinia setzt sich neben das Bett. »Soll ich dir irgendwas von zu Hause holen? In einer Stunde wäre ich wieder da.«

Alice glaubt in ihrer Verwirrung kurz, Lavinia würde von dem Haus in Wimbledon sprechen, dem Zuhause ihrer Kindheit. Sie sieht es klar und deutlich vor sich. Dann fällt ihr wieder ein, dass sie dort seit achtzehn Jahren nicht mehr lebt, dass ihr Zuhause ein WG-Zimmer in Clapham ist.

»Nein, nein, nicht nötig«, sagt sie. »Danke. Ist ja nur eine Nacht.«

»Okay.«

Alice wird den Gedanken an das Haus in Wimbledon nicht los und spürt, wie sich ihre Stimmung verfinstert. Wahrscheinlich ist sie einfach müde nach all der Aufregung. Sie lässt den Blick noch einmal durch den Raum streifen. Im Bett ganz hinten in der Ecke bemerkt sie erst jetzt ein Mädchen, das höchstens achtzehn Jahre alt ist. Ihre Unterarme sind bis zu den Ellbogen verbunden. Niemand ist bei ihr. Das macht Alice so traurig, dass sie befürchtet, sie müsse in Tränen ausbrechen, was ihr als absurde Überreaktion erscheint. Aber natürlich denkt sie eigentlich an Hanna. Wie oft sie an Hanna denkt, während ihre Gedanken ganz woanders sein sollten. Im tiefsten Tal ihrer Depression sagte Hanna einmal: »Ich möchte sterben.« Wenn man einmal um das Leben eines Menschen fürchten musste, lässt einen das nie wieder los.

»Du denkst an etwas Trauriges«, bemerkt Lavinia.

»Mir gehts gut.« Alice hat sich von ihren morbiden Gedankengängen leiten lassen – vielleicht liegt es an der Kopfverletzung – und versucht, sich zusammenzureißen. »Tut mir leid, dass du deinen Samstagabend hier verbringen musst. Du brauchst wirklich nicht zu bleiben.«

»Möchte ich aber«, erwidert Lavinia, woraufhin sich Alice viel besser fühlt. »Ich hatte eh noch nie was gegen Krankenhäuser. Ich finde, die sind eine Riesenerrungenschaft der Zivilisation.«

Da muss Alice lachen, auch wenn sie mal wieder nicht genau weiß, ob Lavinia es ernst meint.

Dann entdeckt Alice Hanna in der Stationstür und erschrickt; hat sie ihre Schwester etwa mit ihren Gedanken herbeigerufen? Wieso sollte Hanna sonst hier sein?

Lavinia folgt Alice' Blick. »Ich habe sie angerufen.

Ich habe es dir bloß nicht gesagt, weil ich nicht wusste, ob sie kommen würde.«

»Natürlich komme ich.« Hanna klingt leicht empört.

»Aber mir gehts gut.« Alice freut sich über Hanna und schämt sich gleichzeitig, dass sie so einen Wirbel verursacht. »Wirklich. Das ist eine reine Vorsichtsmaßnahme, dass ich über Nacht bleiben soll, hat die Ärztin gesagt.«

»Ernsthaft, Alice?« Hanna tritt an ihr Bett. »Du hast dich von einem Roller überfahren lassen? Ich dachte erst, Lavinia meint ein Moped und keinen Tretroller. Meine Güte, wieso kann keiner in dieser Familie einen anständigen Unfall haben?«

»Ich hole uns mal einen Kaffee«, erklärt Lavinia taktvoll.

Alice schaut ihr nach. Ihre schlanke, sich fließend bewegende Gestalt scheint vielmehr dahinzuschmelzen als davonzugehen.

Hanna setzt sich auf den frei gewordenen Stuhl. Keine von beiden weiß, was sie sagen soll. Hanna trägt Jeans und einen roten Oversize-Pulli, den Alice seit Jahren kennt; er hat Löcher an den Ärmeln, durch die Hanna immer die Daumen steckt. Der Pulli wirkt merkwürdig tröstlich auf Alice.

»Ich hab Mum Bescheid gesagt«, meint Hanna. »Nachdem Lavinia mich angerufen hat. Ich hab zwar betont, dass es dir gut geht, aber sie will trotzdem kommen. Du kennst sie ja.«

»Du hast mit ihr gesprochen?«

»Ja«, erwidert Hanna geduldig. »Zwangsläufig, um ihr Bescheid zu geben.«

»War sie …«

»Alles in Ordnung. Wie gehts deinem Kopf?«

»Geht schon. Tut nur ein bisschen weh.«

Sie schweigen erneut. Also hat es nur einen blöden Unfall gebraucht, damit Hanna wieder mit ihr redet. Vielleicht hätte sie so etwas schon vor Jahren einfädeln sollen. Sie hätte ihren Tod vortäuschen können, um Hanna aus Kuala Lumpur zurückzulocken. Wäre sie doch bloß so clever gewesen.

»Wirst du hier gut behandelt?« Hanna sieht sich auf der Station um. »Ist die Belegschaft nett?«

»Klar, alle großartig.«

»Schön.«

Erneute Stille. Alice fällt nichts ein.

Hanna ergreift unvermittelt wieder das Wort. »Ein Kind auf einem Tretroller, verstehe ich das richtig?«

»Ja.«

»Und dann hat es auch noch Fahrerflucht begangen?«

Alice versucht, Hannas belustigten Ton zu überhören. »Lavinia meinte zumindest, der Junge und seine Mutter hätten sich aus dem Staub gemacht.«

»Meinst du, er war mit überhöhter Geschwindigkeit unterwegs?«

»Das ist nicht lustig. Wäre ich eine alte Frau, hätte das übel enden können.«

»Ja, ja, ich weiß. Tut mir leid.« Hanna wirkt einen Moment zerknirscht, dann legt sie nach: »Aber eine alte Frau wäre vielleicht schneller zur Seite gesprungen.«

»Ich war abgelenkt.«

»Das ist mir klar.« Hanna scheint Alice' Bemerkung mehr Bedeutung zuzumessen als beabsichtigt. Dann fragt sie vorsichtig: »Also, Lavinia und du …?«

Alice ist überrascht. »Ich weiß nicht.« Sie spürt, wie sie rot wird. »Wir waren nur brunchen.«

»Okay.« Pause. »Warst du schon immer …?«

»Ich weiß nicht«, wiederholt Alice. Sie weiß es wirklich nicht. Alles war schon immer so verworren. »Und dein neuer Freund? Ist er nett?«, wechselt sie schüchtern das Thema.

Hanna wirkt überrascht. »Welcher Freund?«

»Ich dachte, als wir Kaffee trinken waren, hättest du gesagt …«

»Ach, das. Nein, ich wollte bloß Michael verarschen.«

»Verstehe. Und in Kuala Lumpur hast du auch niemanden kennengelernt?«

Hanna lacht. »Ja, ich habe ziemlich viele Leute *kennengelernt*. Aber jetzt bin ich wieder zu Hause und will einen festen Freund. Einen richtigen, der nett und zuverlässig ist, aber nicht langweilig. Das ist doch nicht zu viel verlangt, oder?«

»Nein, überhaupt nicht.«

»Kemi meint, sie wüsste da jemanden, aber ob ich mich auf ihr Urteilsvermögen verlassen sollte? Nicht, dass meins unfehlbar wäre.« Hanna unterbricht sich. »Wusstest du, dass Dan diese Jessica echt geheiratet hat, mit der er mich betrogen hat?«

»Ist nicht wahr!«

»Doch, sie haben sogar ein Baby. Hab ich auf Instagram gesehen. Aber es hat mir echt kaum was ausgemacht. Ist ja schon lange her.«

»Das war so ein Idiot.«

Hanna lächelt. »Na ja, auch egal jetzt. Schnee von gestern.«

Alice fragt sich, ob sie nur Dan meint oder ihr damit ebenfalls verziehen ist. Sie wagt sich einen Schritt vor: »Ich habe Mum nicht zu der Party eingeladen. Wirklich nicht.«

Hanna nickt. »Ja, okay. Kann sein, dass ich da ein bisschen überreagiert habe.«

»Mich hätte das auch gestört.«

»Das war echt ein Schock«, meint Hanna. »Ich hatte das Gefühl, ich kann ihr gar nicht entkommen.«

»Das Gefühl habe ich auch manchmal«, antwortet Alice treulos.

Erneut lächelt Hanna breit. »Ich weiß.« Dann fügt sie hinzu: »Aber du musst schon zugeben, dass du dir da selber im Weg stehst.«

»Ich weiß«, erwidert Alice betreten.

»War jedenfalls eine nette Party. Ich hätte mich hinterher bedanken sollen. Hab einfach keine Manieren.«

»Gern geschehen.« Alice fühlt sich über die Maßen geschmeichelt, dass Hanna ihre Party nett fand.

Hanna schweigt einen Augenblick. Sie wirkt jetzt nachdenklich, unbeholfen sogar, und Alice versucht, sich davon nicht beunruhigen zu lassen.

»Übrigens«, sagt Hanna schließlich. »Ich hab noch was für dich.«

»Was denn?«

»Zehntausend Mäuse.«

»Wie bitte?«

»Ich weiß, du liegst hier nicht im Sterben, es war ja nicht mal ein Moped, das dich überfahren hat, aber ich wollte das so oder so loswerden. Dad hat mir vor seinem Tod ein bisschen Geld geschenkt. Beziehungsweise eine ganze Menge Geld, dreißigtausend Pfund. Das hätte ich dir erstens erzählen und zweitens das Geld mit dir und Michael teilen sollen. Tut mir leid.«

Entschuldigungen von Hanna sind eine echte Seltenheit, ebenso wie Entschuldigungen von ihrer Mutter. Genau genommen entschuldigen sich die beiden nie, denkt Alice. Am ehesten sagen sie noch so etwas wie »Tut mir leid, dass du nicht verstehst, wenn andere nur dein Bestes wollen« (ihre Mutter zu Hanna), »Tut mir leid, dass ich dir so eine Last bin« (ihre Mutter zu Alice), oder »Tut mir leid, dass ich nicht so perfekt bin wie die heilige Alice« (Hanna zu ihrer Mutter). Am liebsten nutzt ihre Mutter jedoch ein schlichtes, kühles »Tut mir leid, dass du das so empfindest«. Im ersten Moment mag das alles nach Entschuldigung klingen, doch es sind trojanische Pferde, Nicht-Entschuldigungen im Gewand von Beinahe-Entschuldigungen.

»Tut mir wirklich leid«, wiederholt Hanna.

»Schon gut. Das mit dem Geld wusste ich schon.«

Hanna ist verwirrt. »Wie bitte? Woher?«

»Du hast es mir nach Dads Beerdigung im Pub erzählt. Warst wohl ziemlich betrunken. Ich übrigens auch.«

Sie sieht, wie Hanna die Information verarbeitet.

»Daran kann ich mich überhaupt nicht erinnern. Ich nehme an, du hast Mum nichts davon erzählt, immerhin hat sie es mir nie vorgehalten.«

»Nein, habe ich nicht.« Alice ist stolz auf sich. »Außerdem war es mir egal. Damals schon und jetzt immer noch. Du warst eben Dads Lieblingskind. Und das Geld war ja für deine Hochzeit gedacht, also nicht bloß irgendein Geschenk. Als du nach Malaysia gegangen bist, war ich sogar froh, dass du es hattest.«

»Aber ich habe nichts davon ausgegeben«, sagt Hanna eilfertig. »Ich habe bloß den Scheck eingelöst, damit die böse Christina nicht ihre Griffel daranbekommt, aber danach habe ich es nie wieder angerührt. Jetzt können wir es unter uns aufteilen, das hätten wir von Anfang an machen sollen.«

»Dad wollte aber, dass du es bekommst.«

»Wen juckts? Er ist tot. Und sein Urteilsvermögen war bekanntermaßen auch nicht das schärfste.«

»Es gehört dir«, beharrt Alice.

»Quatsch. Ich weiß auch nicht, warum ich es nicht gleich mit euch geteilt habe. Das war blöd von mir. Ich hab uns wohl nie als vereinte Front gesehen.«

Alice überlegt. »So wurden wir ja auch nicht erzogen. Ich glaube, Mum fand es leichter, uns in Einzelteile zu zerlegen, um uns besser im Griff zu behalten.«

Hanna nickt reumütig. »Genau. Jedenfalls gebe ich es nicht aus, also kannst du deinen Anteil entweder nehmen oder für immer auf meinem Sparkonto verrotten lassen.«

Alice zögert nur noch einen Augenblick. »Na gut.« Sie fragt sich, was sie mit dem Geld anfangen wird. Für eine Anzahlung reicht es nicht, aber sie kann es zu ihrem Ersparten legen und eines Tages vielleicht … wer weiß. Vielleicht könnte sie sogar aus London wegziehen. Schließlich zwingt sie niemand dazu, hierzubleiben. Aber was würde ihre Mutter davon halten?

»Meinst du, du gehst noch mal ins Ausland?«, fragt sie Hanna.

Hanna lässt es sich durch den Kopf gehen. »Wahrscheinlich nicht. Ich meine, es hat schon Spaß gemacht, und es war genau das Richtige für mich, aber eben nicht das wahre Leben. Alle meine Freunde in Kuala Lumpur haben fürs Außenministerium gearbeitet. Wir sind abends essen gegangen, durch Asien gereist, solche Sachen. Es war echt toll, weil wir neben der Arbeit alle keine Verpflichtungen hatten. Aber ich habe kaum Malaysier kennengelernt. So gesehen habe ich gar nicht richtig dort gelebt. Am Ende war das alles nicht echt, und nach ein paar Jahren hat es sich irgendwie falsch angefühlt. Als würde ich weglaufen.« Sie zuckt die Schultern. »Also war es wohl Zeit, nach Hause zu kommen.«

»Ich bin froh, dass du wieder da bist.«

Hanna lächelt – ein bisschen traurig, findet Alice. »Ich weiß.«

»Mum freut sich auch. Ich weiß, sie kann das nicht immer so gut zeigen, aber sie hat dich vermisst. Sehr sogar.«

Hanna lächelt erneut, und diesmal sieht es eindeutig

traurig aus. »Du brauchst dich nicht immer für sie zu rechtfertigen. Das ist nicht deine Aufgabe.«

Alice nickt. Sie will ihr Glück nicht herausfordern.

»Eigentlich tut sie mir sogar leid«, meint Hanna. »Sie wird für immer einsam bleiben und anderen die Schuld daran geben. Irgendwas stimmt wirklich nicht mit ihr, und die Hoffnung, dass sie sich noch mal ändert, habe ich längst aufgegeben.«

»Da hast du wahrscheinlich recht.«

»Schade für sie.«

Eine Weile herrscht Schweigen, dann sagt Hanna: »Und, glaubst du, wir sind jetzt erwachsen?«

»Erwachsen?« Der Themenwechsel verwirrt Alice. »Ich weiß nicht. Immerhin sind wir über dreißig, theoretisch also schon.«

»Ich dachte immer, das spürt man, wenn es so weit ist«, sagt Hanna nachdenklich. »Aber ich fühle mich genau wie immer.«

»Ich auch.«

»Vielleicht vollzieht sich das auch eher schleichend.« Hanna lehnt sich zurück und schlägt die Beine übereinander. »Wie dem auch sei, ich bin froh, dass du nicht gestorben bist. Das wäre schon ein bisschen ärgerlich gewesen.«

Alice ist gerührt. »Danke.«

Da kehrt Lavinia mit drei Pappbechern beladen zurück.

»Ihr habt es ja nett hier.«

»War eine richtige Sterbebettszene«, meint Hanna. »Haben unser Gewissen entlastet und alles.«

Sie bietet Lavinia den Stuhl an. »Danke, ich stehe lieber. Wirklich. War schon immer so, wahrscheinlich, weil ich zu groß bin. Was machen die Kopfschmerzen, Alice?«

»Schon besser. Ich finde dich übrigens nicht zu groß, mir gefällst du.« Verlegen registriert sie, wie Hanna den Blick zwischen ihr und Lavinia hin- und herwandern lässt. Sie ist einfach nicht gut in solchen Sachen.

(Aber vier Jahre und eine Pandemie später wird sie in einem schlichten blauen Kleid in der Hackney Town Hall stehen und heiraten. Das Leben kann einen durchaus überraschen, wie Hanna gern sagt. Hanna, im achten Monat schwanger, obwohl sie angeblich nie Kinder wollte – ja, sie hat sie alle erneut verwundert –, wird ihre einzige Brautjungfer sein, und Michaels dreijährige Tochter wird Blumen streuen. Michael, der vor Stolz auf seine Kleine beinahe platzt, wird eine Rede halten, und ihre Mutter wird Michaels Sohn, der noch ein Baby ist, die ganze Zeit besitzergreifend auf dem Schoß halten; Olivia verpasst die Hochzeit, angeblich hat sie in letzter Sekunde Migräne bekommen. Lavinias erweiterte Familie, die zum Teil vom Festland und aus Nordamerika anreisen wird, stellt sich als erwartungsgemäß exzentrisch heraus. Hannas lieber, schüchterner Freund wird sich eine lebhafte Nacherzählung der Kriege zwischen dem Osmanischen Reich und den Habsburgern von einem Onkel Lavinias anhören müssen – inklusive schauspielerischer Darstellung der entscheidenden Szenen.)

»Für dich habe ich koffeinfrei genommen.« Lavinia

reicht Alice den Kaffeebecher. »Die Schwester meinte, du meidest Koffein bis morgen lieber. Ein Sandwich und einen Marsriegel habe ich dir auch noch mitgebracht, falls du nachher Hunger bekommst. Ach ja, und eine Flasche Wasser.« Sie holt alles aus der Tasche und stellt es auf das Tablett.

»Danke!« Alice ist ganz gerührt von Lavinias Fürsorglichkeit.

Hanna hebt ihren Becher. »Prost! Ist ja fast schon eine Party hier. Hat jemand ein Frettchen?«

»Alice!«, ertönt eine Stimme von der Tür, und da steht ihre Mutter, blass und mitgenommen. Sie hält ihre Handtasche und einen Baumwollbeutel umklammert, als befürchtete sie, jeden Moment von einem Patienten oder Pfleger ausgeraubt zu werden, und ihr graues Haar ist etwas durcheinander. Sie sieht alt aus, denkt Alice plötzlich. Wann ist sie so alt geworden?

»Mir gehts gut, Mum.« Ihre Mutter nähert sich eilig dem Bett. »Wirklich.«

»Der Bus kam ewig nicht, da wollte ich ein Taxi nehmen, aber das ging nicht.« Ihre Mutter klingt zittrig. »Immer diese Apps heutzutage. Man kann nicht mehr einfach ein Taxi rufen wie früher, alles geht nur noch über Apps! Dabei hatte ich doch solche Angst um dich.«

»Mir ist wirklich nichts passiert«, wiederholt Alice. »Sie behalten mich nur zur Beobachtung hier.«

»Ich bin schon vom Schlimmsten ausgegangen.« Erst da scheint ihre Mutter Hanna zu bemerken. »Oh. Hanna.«

»Hi.«

Lavinia lächelt Celia freundlich an. »Schön, Sie wiederzusehen. Ich bin Lavinia. Wir haben uns bei Hannas Abschlussfeier kennengelernt.«

»Hallo«, erwidert Celia abwesend. »Ach ja, Lavinia, natürlich. Ihr habt an der Universität zusammengewohnt, richtig?«

»Genau. Sie war total unordentlich.«

»Das glaube ich sofort.«

»Stimmt doch gar nicht«, wehrt sich Hanna.

»Ich muss dann auch los.« Lavinia wirft Hanna einen entschuldigenden Blick zu. Zu Alice sagt sie: »Ich schreib dir später.«

Alice strahlt sie an.

Als Lavinia fort ist, legt sich eine neue Spannung über die drei, als hätten sie nicht damit gerechnet, plötzlich allein zu sein. Es ist nicht die Familienzusammenführung, auf die Alice gehofft hätte. Im Gespräch mit Hanna und Lavinia hat sie fast vergessen, wo sie ist, aber jetzt werden ihr die anderen Patienten deutlich bewusst, Zeugen des peinsamen Aufeinandertreffens zwischen Hanna und ihrer Mutter. Sie könnten natürlich den Vorhang um das Bett schließen, aber das würde nur noch mehr Aufmerksamkeit in ihre Richtung lenken. Abgesehen davon würden ihre Bettnachbarn trotzdem jedes Wort verstehen.

Ihre Mutter wendet sich steif an Hanna. »Danke, dass du angerufen hast.«

»Klar doch.« Hanna ist aufgestanden, bietet ihrer Mutter den Stuhl an und setzt sich neben Alice auf die

Bettkante. Trotz ihrer Verlegenheit ist Alice froh, dass Hanna anscheinend bleiben will. Und überrascht.

»Was für ein furchtbarer Schreck«, meint ihre Mutter.

»Das kann ich mir vorstellen«, sagt Alice.

»Michael lässt liebe Grüße ausrichten.«

»Oh, wie nett.«

»Und ich habe dir ein paar Sachen mitgebracht.« Ihre Mutter tätschelt den Beutel, den sie eben noch umklammert hat. »Eine Zahnbürste und Zahnpasta, einen alten Schlafanzug von mir und ein paar Bücher. Ich wusste nicht, was ich einpacken soll, ich war ganz außer mir.« Sie legt die Tasche auf den Beistelltisch.

»Sehr schön, Mum. Danke.«

»Ganz schön kühl hier. Hast du es auch warm genug? Ich hätte besser noch einen Pullover mitgebracht.«

»Ist schon gut.« Alice wünschte, ihre Mutter würde leiser sprechen, und sofort überkommt sie ein schlechtes Gewissen, immerhin ist sie offensichtlich sehr aufgewühlt.

»Und morgen früh wirst du entlassen?«, fragt ihre Mutter.

»Hat man mir zumindest gesagt.«

»Wie geht es deinem Kopf? Tut es noch weh?«

»Fast gar nicht mehr.«

»Und du bist sicher, dass es dir gut geht?«

»Ja.«

»Du bist auch nicht verwirrt? Wer ist Premierminister?«, fragt ihre Mutter plötzlich forsch.

»Tony Blair. Und es kann nur besser werden.« Hanna lacht zwar, aber ihre Mutter nicht.

»Welches Jahr haben wir?«

»Zweitausendachtzehn«, antwortet Alice geduldig. »Und Theresa May ist Premierministerin.«

Ihre Mutter seufzt erleichtert und scheint sich zur Ruhe zu zwingen. »Gut. Selbstverständlich hole ich dich morgen ab, damit du sicher nach Hause kommst. Sag einfach Bescheid, wann sie dich entlassen.«

»Nicht nötig, Mum. Mir geht es gut, wirklich. Ich nehme einfach den Bus.«

»Ganz alleine mit dem Bus fahren? Mit einer Gehirnerschütterung? Dann endest du noch in Glasgow!«

Da fängt Alice Hannas Blick auf und muss sich schnell wegdrehen, um nicht laut loszulachen.

»Diese Tretroller sind wirklich ein Unding«, fährt ihre Mutter fort. »Absolut rücksichtslos von den Eltern, ihre Kinder so über den Gehweg brettern zu lassen. So ein Unfall musste ja passieren. Vielleicht ändert sich jetzt endlich was«, fügt sie hinzu, als wäre Alice' Verletzung ein schmerzhaftes, aber notwendiges Opfer für die allgemeine Fußgängersicherheit gewesen. »Hat das Kind sich wenigstens entschuldigt?«

»Weiß ich nicht. Ich war ja bewusstlos.«

»Na ja, Gott sei Dank bist du nicht tot.« Trotz ihres Gepolters sieht sie aus, als würde sie jeden Moment in Tränen ausbrechen.

»Mir geht es wirklich gut«, sagt Alice zum gefühlt tausendsten Mal.

»Bekommst du noch Abendessen?« Ihre Mutter

wischt sich rasch eine Träne aus dem Gesicht und schaut sich um, als würde sie jeden Moment mit einer Bedienung rechnen.

»Lavinia hat mir ein Sandwich geholt.«

»Sehr gut. Diesen Fraß kann man ja auch vergessen. Ich weiß noch, als ich nach eurer Geburt im Krankenhaus war, da hat es mir immer vor den Mahlzeiten gegraut. Aber alle haben darauf bestanden, dass ich etwas esse.«

»Ich weiß nicht.« Hannas erster Beitrag zur Unterhaltung. »Ich mag das Krankenhausessen eigentlich.«

Einen Moment herrscht Stille, da alle an Hannas Krankenhausaufenthalt denken müssen.

Rasch sagt Alice: »Aber Schulessen mochtest du ja auch immer.«

Hanna zuckt die Schultern. »Was soll ich sagen? Ich mag es breiig und beige. Irgendwie gemütlich.«

»Du wolltest auch als Kind nur breiiges Essen«, wirft ihre Mutter ein, und es klingt vorwurfsvoll. Wahrscheinlich weiß ihre Mutter einfach nicht, was sie sonst zu Hanna sagen soll.

»Mögen nicht alle Kinder breiiges Essen?«, fragt Hanna gelassen. »Alice und Michael haben sicher auch keinen Prosciutto mit Oliven verputzt.«

Alice ist nervös, weil das Gespräch zu entgleisen droht und Hanna, ob ihre Mutter es bemerkt oder nicht, langsam patzig wird.

»Dein Lieblingsessen war Kartoffelpüree«, erwidert ihre Mutter mit ihrer merkwürdigen Schroffheit, die mit zunehmendem Alter immer auffälliger wird. »Alice, deins war Käse-Makkaroni.« Alice hat keine Ahnung, worauf sie hinauswill. An Hanna gewandt fährt ihre Mutter fort: »Du hast dein Kartoffelpüree am liebsten mit Erbsen gegessen, das hast du vermischt und Kartoffelkuchen genannt. Alice hat sich immer beschwert, weil es ihr nicht gefallen hat, wie du die Erbsen zerquetscht und das Kartoffelpüree grün gefärbt hast.«

»Davon ist mir schlecht geworden«, meint Alice.

»Ihr wart wundervolle Kinder«, sagt ihre Mutter. »Ich werde nie vergessen, wie wundervoll ihr wart.«

Die alte Leier ihrer Mutter. Alice weiß, dass ihre Mutter sich manchmal wünscht, sie wären immer noch kleine Kinder.

»Tja, damals war das Leben noch einfacher«, bemerkt Hanna.

»Da bin ich mir gar nicht so sicher.« Alice hat das Gefühl, sich einschalten zu müssen, damit sich das Gespräch nicht zu einem Streit entwickelt. »Ich glaube, wenn man älter wird, vergisst man schon mal die unschönen Seiten der Kindheit. Ich weiß noch, dass ich oft Angst hatte. Kinder sind nicht immer glücklicher als Erwachsene. Selbst wenn man eine schöne Kindheit hat«, fügt sie eilig hinzu.

»Du warst wirklich ein ängstliches Kind«, sagt ihre Mutter. »Immer hast du dir Gedanken über anderer Leute Gefühle gemacht. Du warst schon immer gutherzig, sogar als kleines Kind.«

»Das stimmt«, sagt Hanna. »Das muss man dir lassen.«

»Und du, Hanna, du warst schon immer lebhaft.« Ihre Mutter klingt beinahe etwas verärgert. »Ich dachte immer, in einem anderen Leben hättest du bestimmt eine Revolution angeführt.«

Hanna schweigt einen Augenblick. Dann scheint sie sich wieder gesammelt zu haben und sagt leichthin: »Du meinst also, ich war anstrengend.«

»Ja. Das warst du.«

Hanna lächelt leise und nickt zufrieden.

»Aber lebhaft zu sein …« Ihre Mutter zögert, dann spricht sie verlegen weiter. »Lebhaft muss nicht immer schlecht sein.«

Hanna trägt eine ungewöhnliche Miene: eine Mischung aus Belustigung, Erstaunen und noch etwas, das Alice nicht zuordnen kann. »Ähm, vielen Dank.«

Inzwischen ist es Abend, der Himmel vor den Fenstern am Ende der Station ist dunkel.

»Ich gehe dann besser mal wieder«, sagt ihre Mutter. »Jetzt weiß ich ja, dass es dir gut geht. Außerdem will ich die anderen nicht stören.«

Zu spät, denkt Alice. Die gesamte Station kennt nun ihre dominante Mutter und Alice' Schwäche für Käse-Makkaroni.

»Und du bist sicher, dass es dir wirklich gut geht?«

»Absolut.«

»Schreibst du mir eine Nachricht, bevor du einschläfst?«

»Ja, wenn ich dran denke.«

»Und auch wenn du morgen aufwachst, und wenn du weißt, wann ich dich abholen soll.«

»Ja.«

»Und falls du nachts nicht schlafen kannst?«

»Vielleicht.« Bestimmt nicht, denkt Alice.

Ihre Mutter nickt, wirkt aber immer noch nicht zufrieden. Sie nimmt ihre Handtasche.

Hanna steht ebenfalls auf. »Ich gehe auch. Schreib mir morgen, aber nicht vorm Einschlafen oder mitten in der Nacht, das kann ich echt nicht gebrauchen.«

Dann gibt ihre Mutter Alice einen Kuss, und Hanna tätschelt ihr die Schulter wie einem älteren Familienmitglied oder einem kranken Hund, und Alice sieht den beiden nach. Wie schön, denkt sie, dass Hanna und ihre Mutter gemeinsam gehen. Auch wenn es womöglich nur bedeutet, dass sie schweigend nebeneinanderher zum Ausgang laufen und sich davor sofort trennen, als würden sie sich gar nicht kennen, ohne Alice als gemeinsamen Nenner. Alice lehnt sich seufzend zurück in ihr Kissen, darüber kann sie sich jetzt nun wirklich keine Gedanken machen.

Aber als sie fast an der Stationstür sind, hört sie, wie ihre Mutter etwas zu Hanna sagt. Sie klingt förmlich, als hätte sie es auswendig gelernt: »Ich habe noch nicht zu Abend gegessen. Vielleicht gibt es hier in der Nähe ein nettes Restaurant, falls du mitkommen möchtest?«

Den Rest versteht Alice kaum noch, da sie inzwischen fast außer Hörweite sind, aber sie glaubt, Hannas Antwort zu vernehmen: »Ja, von mir aus.«

DANK

Mein erster Dank gilt Caroline Hardman, meiner langjährigen Agentin, für ihre klarsichtige Intelligenz, ihre Beharrlichkeit und ihre Integrität. Dank an Jon Riley, Jasmine Palmer, Elizabeth Masters, Ana McLaughlin, Christ Keith-Wright und das gesamte Team bei riverrun für ihren Enthusiasmus und ihre allgemeine Genialität. Was für eine Freude, von ihnen verlegt zu werden. Vielen Dank (wieder mal) an Penny Price für ihr forensisch genaues Lektorat; sämtliche Fehler oder Ungenauigkeiten wurden von mir freudvoll wieder eingefügt.

Ich danke meinen Unifreundinnen und -freunden, die mit ihrer Meinung in großen und kleinen Fragen nicht hinter dem Berg hielten, was zur Großen Kopfhörerdebatte 2021 führte. Vielen Dank an Topes für das geduldige Beantworten meiner Fragen zum Spielzeugeinkauf. Danke an Issy Sudbury, die drei Jahre lang einzig und allein aus dem Grund in Kuala Lumpur lebte, um in meinem Auftrag Romanspielorte auszukundschaften. Dank gebührt außerdem John Maloney, der das erste Kapitel so detailliert und bedacht kommentierte; du bist ein sensibler, taktvoller Leser und ein wunderbarer Freund.

Mein Dank gilt Mum und Dad, die dafür gesorgt haben, dass ich dieses Buch überarbeiten konnte, während ich mich um ein Neugeborenes kümmerte. Als Wiedergutmachung für die dreißig Jahre, in denen ihr meine Sperenzchen ertragen musstet, habe ich die Eltern in diesem Roman nach eurem Vorbild gestaltet. Kleiner Scherz.

Und zu guter Letzt danke ich meinem Mann, der auf chaotische Verhältnisse stets gut gelaunt und angemessen resigniert reagiert. Tut mir leid, Chris, aber ich bin die Flut und du lediglich ein kraftloser Knut. Danke auch unserem Baby, das zwar nicht viel praktische Hilfe geleistet hat, aber zugegebenermaßen ziemlich niedlich ist. Beinahe hätte ich gesagt, dass ihr einziger Beitrag darin bestand, auf meiner Tastatur herumzuhämmern und meinen Tee zu verschütten, was allerdings auch auf meinen eigenen Schreibprozess zutrifft, und wer im Glashaus sitzt usw.